讀雙面卡片

形文字對照表

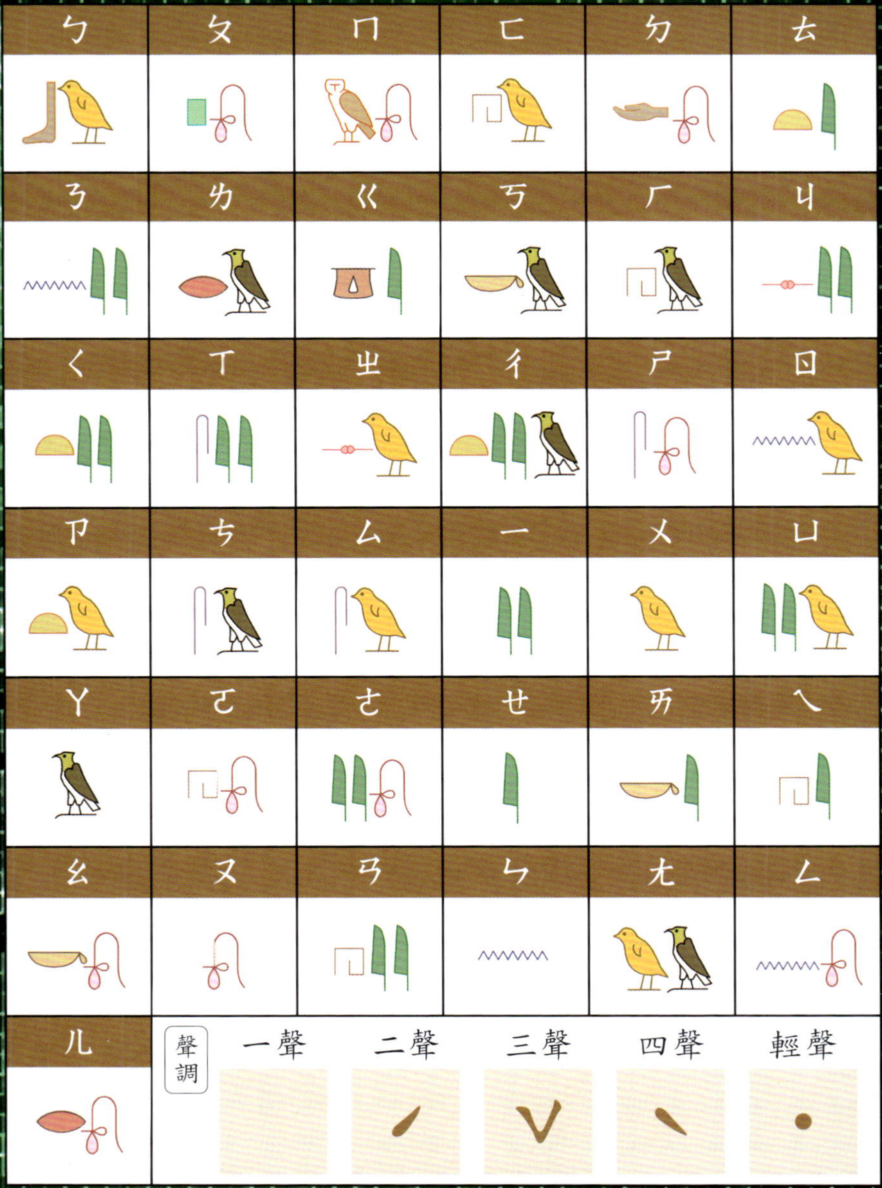

請小心的剪下來使用。（玩法請參照二〇一頁）

摩斯密碼對照表

《英文字母對照》

A	• —
B	— • • •
C	— • — •
D	— • •
E	•
F	• • — •
G	— — •
H	• • • •
I	• •
J	• — — —
K	— • —
L	• — • •
M	— —
N	— •
O	— — —
P	• — — •
Q	— — • —
R	• — •
S	• • •
T	—
U	• • —
V	• • • —
W	• — —
X	— • • —
Y	— • — —
Z	— — • •

《注音符號對照》

ㄅ	— • • •
ㄆ	• — — • •
ㄇ	• — — •
ㄈ	• • — • —
ㄉ	• — —
ㄊ	— — • —
ㄋ	— — — •
ㄌ	• • •
ㄍ	— • • —
ㄎ	— — • • —
ㄏ	• • — —
ㄐ	— • •
ㄑ	• — • • —
ㄒ	• • — — •
ㄓ	• • • •
ㄔ	— • — •
ㄕ	• — •
ㄖ	• — — —
ㄗ	• • • —
ㄘ	— • — • •
ㄙ	— • —
ㄧ	•
ㄨ	—
ㄩ	• • —
ㄚ	— — —
ㄛ	— —
ㄜ	— • — —
ㄝ	— — • •
ㄞ	• — • —
ㄟ	• • — • •
ㄠ	• — • •
ㄡ	• • — •
ㄢ	• —
ㄣ	— •
ㄤ	— — •
ㄥ	• •
ㄦ	• — — — •

聲調

一聲	
二聲	ˊ
三聲	ˇ
四聲	ˋ
輕聲	˙

暗號推理學園

1 拯救世界的神祕之鑰

山本省三 著 丸谷朋弘 繪 賴惠鈴 譯

目次

暗號推理學園

1 拯救世界的神祕之鑰

登場人物介紹

諾亞學園的學生們

愛因

聰明絕頂的學生會長，什麼樣的暗號都難不倒他。

陽翔

滿腔熱血的小學生，目標是成為拯救世界的英雄，擅長運動，但不太會破解暗號。

修

博學多聞，總是能保持冷靜，擅長破解知識型暗號。

麗娜

非常喜歡動物，有點特立獨行，擅長憑直覺破解暗號。

幽靈學園的學生

影子

曾經是諾亞學園的學生，擅長破解暗號，想擁有「暗號帝國的鑰匙」。

諾亞學園的老師們

密老師

既嚴格又冷酷的級任老師。

銀河校長

個性溫和，非常為學生著想。

考古學家

戈登博士

因為發現第一把「暗號帝國的鑰匙」被捲入此次的事件。

第一集故事提要

一位平凡的小學生陽翔，靠著滿腔熱血考上培養暗號天才的「諾亞學園」，學生不是在課堂上面對毒蛇，就是在游泳池閃躲鱷魚，身在不折不扣的生存戰場，陽翔能活著畢業嗎？

歡迎來到暗號推理學園

◎ 我是銀河校長，歡迎你一起加入學園，挑戰各種千變萬化、錯綜複雜的暗號！

01 請先與陽翔一行人認真思考並解開暗號。

02 先偷看一下藏在頁面裡的「提示」也沒有關係。

03 最重要的是樂在其中！祝各位好運。

銀河
諾亞學園校長

愛因
諾亞學園學生會長

1 開始解謎！

「咦！這是什麼？」

戈登博士彎下腰，從腳邊的爛泥中撿起一顆閃爍著七彩光芒的光球，用手擦去表面的泥沙後，球上露出幾個淺淺的文字及數字。

博士將光球高高舉起，朝遠處大喊：

「嘿！大家可以過來一下嗎？」

這裡是南美洲的蓋亞那高原，因為有上百座平頂山峰，所以被稱為「高原」。高原四周都是懸崖峭壁，人類要爬上去可比登天還難，因此這裡原封不動的保留著遠古時代的模樣。

考古學家戈登博士就在這片高原的最高處，他來這裡是為了和當地的學者們一起尋找古文明的遺跡。

山頂雖然平坦，但到處都是巨大的凹陷地形，博士等人在其中一個凹陷處發現有座滾燙的噴泉——山腳下找到的一本古文書裡稱之為「惡魔之泉」，可見還有其他人來過這裡。

「這附近又沒有火山，為什麼只有這裡會冒出熱水呢？」

博士說完，一行人立刻在「惡魔之泉」的周圍進行挖掘。

接著，陸續聚集過來的學者們，也都疑惑的看著那顆光球。

顆—3　把—1　丟—6　這—2　裡—9

水—8　光—4　球—5　進—7

提示　數字所代表的似乎是「文字順序」喔！

這時，有位少年穿過圍成一圈的學者們，朝戈登博士問道：

「請問，可以讓我摸一下這顆球嗎？」

那位少年是當地的居民，來協助幫忙

挖掘遺跡。

博士點頭同意，少年的雙眼充滿了興奮與期待。他一邊指著光球上的文字及數字，一邊撿起地上的樹枝，接著依照數字順序寫下文字。

博士看到後，驚訝的向少年喊道：「真……真了不起！你好聰明啊！」

少年咧嘴一笑，露出一口潔白的牙齒。

「這種暗號很常見，只要依照數字的順序排列文字就行了。光球上的文字依序排列分別是：『把—1、這—2、顆—3、光—4、球—5、丟—6、進—7、水—8、裡—9。』也就是『把這顆光球丟進水裡。』的意思。」

戈登博士雖然擔心會失去這顆光球，但仍決定放手一試。

「好！因為是你解開的暗號，所以就由你來丟吧！」

撲通！少年使勁將光球扔向沸騰的泉水。

咻咻咻咻！光球一掉進水裡，立刻冒出彩色的熱氣，熱氣形成的漩渦覆蓋著泉水，光球在水中不但沒有下沉，反而不停的轉圈，就這樣持續了五分鐘左右。

嘩啦嘩啦！

彷彿被泉水彈開似的，有什麼東西從泉水裡飛了出來，落在距離戈登博士約一公尺的地方，它散發著蒸騰的熱氣，完全看不出來是什麼。

「喔喔喔喔！」當它從漸漸消失的熱氣中顯露出來時，眾人不約而同的驚呼。

原來那是一把鑰匙，長約十公分，閃爍著耀眼的金色光芒，而光球則消失不見了。

戈登博士蹲下來，近距離觀察鑰匙。

「光球、暗號、鑰匙，這……這難道是一個偉大的發現嗎？說

不定這就是暗號帝國的鑰匙！」

博士的腦海中浮現出「銀河」的臉，他是博士的朋友，同樣也是考古學家，在暗號解讀的研究領域裡赫赫有名。

印象中，銀河的核心研究是「暗號帝國的鑰匙」。

「我知道有位學者對這把鑰匙有深入研究，不如把鑰匙交給他仔細調查，各位覺得如何？」戈登博士向當地學者徵求意見。

因為大家對銀河的大名都有所聽聞，所以一致同意了戈登博士的建議。

轟隆轟隆轟隆轟隆！

戈登博士帶著那把鑰匙坐上接送他們的直升機，博士在緩緩升空的直升機裡，反覆研究那把鑰匙。

「它究竟藏著什麼祕密呢？」戈登博士喃喃自語著。

此時，博士尚未意識到，這把鑰匙的發現，揭開了全世界巨大動盪的序幕。

2 歡迎來到暗號推理學園

陽翔站在彷彿隨時都要倒塌的大樓前，反覆看了好幾次地圖。

「真的是這裡嗎？」他怎麼也無法相信，這棟建築就是自己要找的地方。

「我是不是走錯路啦？總之，先進去再說吧！」陽翔一腳邁進了大樓。

陽翔走著走著，走廊盡頭那面髒兮兮的水泥牆突然打開，竟然出現了一扇電梯門。

「哇，果然很誇張，好像間諜片啊！」

陽翔從小到大的夢想就是成為勇敢的英雄並擊退壞人，守護世界和平，至今他尚未放棄這個夢想，深信總有一天會實現。

兩個月前，父親對他說：「爸爸工作的『解謎公司』將挑選幾位聰明優秀的員工子女，前往守護世界和平的學校就讀。」

「解謎公司」是全球數一數二的科技企業。

陽翔一聽到「守護世界和平」，立刻自告奮勇。

「真的嗎？守護世界和平的學校是什麼樣子呢？」

「這部分爸爸也不太清楚，聽說目前世界各地發現了許多未解的暗號，必須破解它們才能守護世界和平，所以要培養擅長破解暗號的學生。」

陽翔似懂非懂，感到有些困惑，因為他向來不擅長解讀暗號，甚至從未對暗號感到好奇。

「暗號啊……」

「你拿暗號沒轍吧？那就沒辦法了。」

陽翔是那種「你越說我不行，我越要證明自己」的人，況且守護世界和平一直是他的夢想。

「等一下！如果是為了世界和平，不管要破解多麼複雜的暗號，我都不會退縮的！那麼我先去報名考試。」

「這樣啊！既然如此，你先寫一封入學申請書，寄給解謎公司旗下的諾亞學園。」

「好！我會寫一封充滿熱誠，絕對不會輸給任何人的申請書。」

於是，過了一段時間，陽翔收到入學通知。

「太棒了！我終於可以實現夢想，和諾亞學園的同學一起生活了！雖然暫時吃不到媽媽做的蛋包飯，也不能跟爸爸比賽踢足球，會感到有點寂寞就是了。」陽翔說道。

陽翔出發之際，爸爸媽媽一起為他祝福送行。

陽翔滿心期待的走到電梯前，耳邊傳來一個男人的聲音。

「陽翔同學，歡迎來到諾亞學園！我是銀河校長，你準備好要進入本校就讀了嗎？來吧！請按下電梯按鈕。」

「是的！銀河校長，請多多指教。可是要按哪個按鈕呢？有好多個按鈕啊！」

銀河校長的聲音再次傳來。

「你想進入本校嗎？如果答案為『是的』，你就應該知道要按下哪個按鈕才對。」

「咦！我現在就要開始破解暗號了嗎？」

「當然！這還用說嗎？陽翔同學，諾亞可是暗號推理學園！」

「也對，從現在起我就是諾亞的學生了。」陽翔這麼鼓勵自己。

「好的！嗯，我想想……答案是……」

「我知道了！」陽翔頓時恍然大悟。

「很好。不過，要是答錯的話，你的入學資格就會取消喔！」

提示 陽翔的回答中，存在著正確按鈕的「部首」。

陽翔默默的用力點頭，毫不猶豫的按下白色按鈕。因為校長問他是否想進入這所學校，他回答「是的」，所以是白色*。

結果如他所推測的一樣，電梯門打開了。

「恭喜你成為本校學生！」

在校長的祝賀聲中，陽翔邁著輕快的步伐走進電梯。

「太好了！」

陽翔擺出勝利手勢，電梯以飛快的速度將他載往地下室。

叮咚！三分鐘後，伴隨著門鈴聲，電梯門打開了。

陽翔走出電梯後發現，地面上鋪著黑白相間的磁磚，擺放著幾張木製桌椅，只有三張椅子上坐著學生，沒有人回頭，似乎大家都

＊編注：陽翔的回答「是的」，其中「的」的部首為「白」部，因此正確的電梯按鈕為「白色」。

沒發現陽翔的到來。

陽翔四處張望，深咖啡色的木板牆看起來非常高雅，正前方有

一塊黑板，可見這裡是教室。黑板的旁邊有座古老柱鐘，另一邊則是古色古香的大型地球儀，陽光從木框窗戶投射進來，窗外的風輕輕吹動著遠方的樹。

陽翔心想：「好像外國電影裡的學校啊！」

這裡是地下室，所以從窗戶灑落的陽光及窗外的景色應該都是人工照明和AI影像，如此逼真，不愧是由科技公司創辦的學校。

可是，不知道為什麼，陽翔面前有一排鐵欄杆，而且不管怎麼推或怎麼拉，欄杆一動也不動，這麼一來就無法走進教室了，這是怎麼回事呢？

「請問一下。」陽翔詢問坐在椅子上的三個人。

他們同時轉過頭，接著都站了起來，走向陽翔，他們的年齡看起來跟陽翔相近。

「我好像被關在籠子裡，為什麼會這樣呢？」

沒有人回答陽翔的問題，其中有一位個子高䠷，金髮碧

眼的男孩反問陽翔：「你是新生嗎？」

「是的，請多多指教。」

「嗯，原來如此，感覺你是那種比起學習更喜歡玩耍，會在操場跑來跑去，無憂無慮自得其樂的人呢！」

「真是的！第一次見面就不斷的評論我。」陽翔十分生

氣，但是強忍著不與對方爭辯。

另一位個子較矮，戴著黑框眼鏡的男孩以輕描淡寫的語氣說：

「別這麼說嘛，他能取代影子入學，一定相當優秀吧！」

陽翔心想：「這傢伙說話的口氣怎麼一臉正經的樣子，肯定是個書呆子……話說回來，影子是誰呀？」

「我是修，可以請教你的名字嗎？」

「啊，我叫陽翔，請多多指教。妳呢？」陽翔詢問修旁邊那位留著棕色長髮，眼睛水汪汪的女孩。

「我叫麗娜，我很喜歡動物，但是不喜歡人類，所以請盡量不要跟我說話。」

「她好像習慣講話側著身體，而且頭也不抬，感覺有點難以親近。算了，這不重要，我們應該以後就會變成好朋友吧！」陽翔的想法總是這麼樂觀。

這時，最先詢問陽翔問題的男孩豎起食指。

「哎呀，忘記自我介紹了。我只講一遍，記好了，我叫愛因，天才科學家愛因斯坦的愛因。」

「什麼？法蘭康斯坦？」

愛因用力的瞪了陽翔一眼：「法蘭康斯坦是怪物好嗎，我說的是愛因斯坦！」

「愛因，你也說錯了，法蘭康斯坦是製造出科學怪人的科學家名字。」

「看樣子，修不僅思緒敏捷，還博學多聞。」陽翔心想。

愛因聳聳肩，接著說：「你叫陽翔，那麼，你知道是因為影子退學，你才有辦法入學的嗎？影子和我一樣都是解讀暗號的天才，但是，解謎公司的競爭對手「暗黑公司」挖角，於是，他變成暗黑公司成立的幽靈學園第一屆學生。不過，目前影子好像是唯一的學生，畢竟很難找到能跟那傢伙合拍的人。」

修和麗娜都點頭附和愛因。愛因接著說：「可是，陽翔完全不是影子的對手吧？」

陽翔想反駁，卻不知該說些什麼，只好嚥下這口氣，而且他也知道是因為有人被別的學校挖角，才有空缺的名額。

「影子到底是何方神聖？」陽翔想認識他。

這時，有個女人走進教室，她穿著筆挺的紅色西裝，紮著俐落的髮型，邁著大步走向陽翔。

「看樣子，各位都已經完成自我介紹了，我是級任老師，我姓密。從今天起，陽翔同學也是我們的夥伴，請多指教。」

「請多多指教。」陽翔也向密老師行禮問好。

接著，陽翔繼續提問：

「密老師，可以請教您一個問題嗎？為什麼只有我被關在籠子裡呢？」

「嗯，這個嘛，因為我想請陽翔同學當生物股長。」密老師一

本正經的說著，陽翔感到有點害怕。

「咦！生物股長？班上養了什麼寵物嗎？」

只見修、麗娜和愛因紛紛指向陽翔的背後，陽翔回頭一看，發現電梯門已經關上，而門口蜷曲著一條似乎帶有劇毒的眼鏡蛇，不時伸出分岔的舌頭。

「天哪！」

陽翔大聲喊叫，拚命搖動欄杆，急切的想逃出籠子。

「放我出去！快點放我出去！我不會照顧毒蛇啦！」

密老師卻只是默不作聲的看著陽翔。這時候，眼鏡蛇迅速靠近陽翔，陽翔嚇得全身僵硬，想逃也逃不掉。

接著，更恐怖的事情發生了，眼鏡蛇滑行到陽翔腳邊，隔著褲管咬住陽翔的小腿，陽翔驚慌失措，連忙跌坐在地上。眼鏡蛇緊緊的咬住不肯鬆口，要是胡亂驅趕，感覺連其他的部位也會被咬，陽翔不敢亂動，只能無助的哀號。

「我快撐不住了，誰來救救我啊？」

這時，密老師從口袋裡拿出一張紙遞給他。

「陽翔同學，冷靜點，你已經是諾亞學園的學生了。如果想活命，必須在三十分鐘內破解這個暗號，並且按照指示行動。否則，三十分鐘之後，蛇毒就會在你的體內擴散，到時候就真的沒救了。」

「騙……騙人的吧！」

陽翔伸出顫抖的手把紙接了過來，內容寫著：

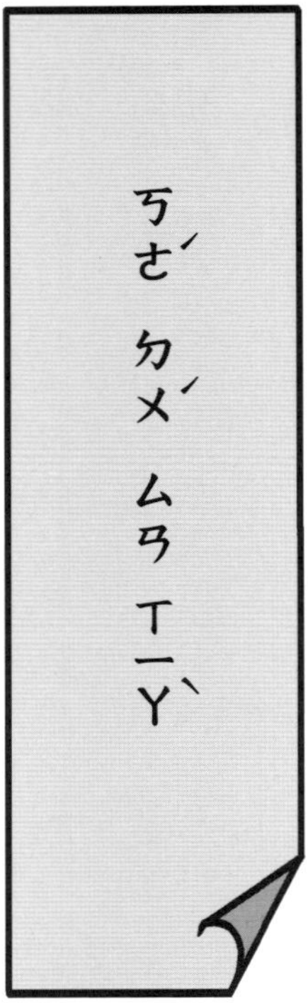

「這是什麼意思？」

陽翔抬頭詢問，密老師卻看向其他三個人，一邊拍手一邊說：

「除了陽翔同學以外，其他人都回座繼續寫習題。」

老師丟下這句話就離開教室了。

修和愛因只是瞥了一眼陽翔手中的紙條，便走向自己的座位。

只有麗娜探頭看著紙上那些字，接著她喃喃自語：

「眼鏡蛇的毒與陽翔的命，哪個會先消失呢？」

麗娜說完，頭也不回的走向座位。

黑板旁邊的柱鐘宣告陽翔已經被咬了十五分鐘，眼鏡蛇依舊不鬆口，牠閉上眼睛，像睡著似的動也不動。而教室裡只聽見他們寫字的沙沙聲。

「同班同學就快死了，都沒有人關心嗎？這真的是為了守護世界和平而成立的學校嗎？」陽翔想對他們怒吼，但是腦袋卻昏昏沉沉，已經沒有力氣吼叫了。

麗娜顯然更在意眼鏡蛇，而不是陽翔，只見她悄悄的歪著頭回望了一下，又轉身離開。

陽翔腦海中不經意的閃過麗娜剛才說的話。

「眼鏡蛇的毒與陽翔的命，哪個會先消失呢？」

「毒先消失……ㄉㄨˊ先消失！」

ㄎㄜˊ ~~ㄉㄨˊ~~ ㄙㄢ ㄒㄧㄚˋ

「原來如此，『ㄎㄜˊ ㄙㄢ ㄒㄧㄚˋ』是『咳三下』啊！」

陽翔深呼吸後，依照暗號的指示咳了三下。

「咳、咳、咳！」

咳到第三下後，眼鏡蛇立刻爽快的鬆口，放開陽翔的褲管，瞬間靜止不動。可能是毒素消失了，陽翔的腦袋也清醒多了。

啪啪啪！密老師一邊拍著手，一邊回到教室。

陽翔心想：「老師肯定躲在某處觀察我。」

「看樣子，你終於解開暗號了。」密老師一邊說一邊打開籠子，陽翔終於離開籠子，其他同學也圍了過來。

陽翔突然緊緊握住麗娜的手，向她鞠躬。

「麗娜，謝謝妳。妳是我的救命恩人！」

麗娜頓時滿臉通紅，露出不知所措的表情。

「我不知道你在說什麼，快放開。」

愛因不以為然的說：「這種簡單的暗號我只要花一秒鐘就可以解開了。」

「咦！怎麼沒有傷口？」陽翔捲起褲管，檢查被蛇咬的地方。

「果然是機器人。」修走進籠子，用腳尖踢了踢眼鏡蛇。

愛因拍拍陽翔的肩膀。

「你只是被老師的話催眠而已，『蛇毒會在體內擴散』並不是真的。」

密老師雙手環抱，把臉別開。

陽翔不甘心受騙上當的情緒湧上心頭，忍不住抗議：「這種做法太過分了，老師，解不開暗號也沒關係，我會用自己的方式守護世界和平給您看！」

密老師轉過頭，臉上的表情沒有絲毫變化，彷彿什麼都沒聽見。

「陽翔同學的座位在第一排，請利用下課時間仔細閱讀抽屜裡的講義。」

3 暗號比任何事物都重要

十分鐘的下課時間結束了。

同時也揭開第一堂課的序幕，鐵欄杆已經收進牆壁裡，陽翔的座位在修與愛因的中間，麗娜則坐在愛因的右邊靠窗座位，凝望著窗外的AI風景。

陽翔的心跳加快，為了擺脫毒蛇事件帶來的低落情緒，他重新振作起來，把背挺得筆直。

密老師走進教室，站在黑板前，突然右手握拳，高舉拳頭大喊：

「ㄤㄑㄢㄙㄚㄡㄕㄚㄅㄩㄢ，two！」

「這是哪一國的語言？」

難以理解的言語令陽翔瞬間愣住。

「我知道！」愛因舉手回答：「老師，那是『凱撒密碼』。」

密老師點點頭。這次換修站起來說：「老師，我可以向陽翔說明什麼是凱撒密碼嗎？」

「很好，修同學，那就麻煩你了。」

於是，修面向陽翔，自信滿滿的解釋：「你知道大約兩千年前，古羅馬有位名叫尤利烏斯・凱撒的將軍嗎？」突如其來的問題令陽翔感到疑惑，老實說，他只聽過「凱撒」這兩個字。

提示 two是「二二」的意思，試試看運用在51頁的注音表來解讀暗號，每個注音往前數兩個，最後全部用「四聲」念念看，會是什麼呢？

「嗯……好像有聽過，我在餐廳吃過凱撒沙拉，是不是因為凱撒喜歡這道沙拉，才取了這個名字？」

「凱撒沙拉的由來與凱撒將軍一點關係也沒有，比較可靠的說法是發明這道菜的廚師名叫凱撒。」修得意的聳肩說道。

「嗯，好無用的知識啊！」麗娜將視線從窗外移到修的身上，冷冷的說道，說完又看向窗外。

可能是因為麗娜說的話，修的臉色變得有點難看。

陽翔心想：「原來他也會露出這種表情啊！」

修說話的語調總是像個機器人，陽翔終於在他身上看到具有人性的地方，心情稍微放鬆了一些。

「還有，我們現在討論的不是沙拉，而是暗號。凱撒密碼是凱撒將軍為了不讓敵人發現祕密而使用的暗號，規則是依照固定的字數來錯開文字。」修說道。

這次換愛因接著說：「沒錯。密老師最後說了一個數字，你也聽見了吧？陽翔。」

「嗯，聽見了。老師說了two，也就是『二』。」

「然後呢？」愛因觀察陽翔的表情。

「什麼然後？」陽翔感到一頭霧水。

愛因以小老師的口氣說道：「當然是密老師說的暗號『ㄤㄑㄢㄙㄚㄡㄕㄚㄅㄩㄢ』的答案啊，提示已經寫在黑板上了，你試著破解看看吧！」

陽翔只聽見「二」，但他完全不知道暗號的答案是什麼，只能一邊抓著頭，一邊走到黑板前。

密老師沉默不語，臉上顯現出想知道陽翔有多少能耐的表情。

陽翔仔細一看，黑板變成巨大的電子觸控式螢幕，雖然外觀看起來很普通，但那絕對是最新的設備。

陽翔用手指在觸控式螢幕上摸索暗號的答案。

「我想想……因為是『二』，所以暗號裡的每個注音要往前數兩個嗎？」陽翔開始在暗號下方分別寫上答案。

「第一個是『ㄤ』，『ㄤ』往前數兩個注音是『ㄢ』。」

數到倒數第三個注音時，陽翔停頓了，因為「ㄅ」的前面沒有注音！該怎麼辦才好呢？

陽翔焦急又緊張，只見麗娜伸出手指，對著窗外飛進來的蜻蜓「比劃圓圈」——當然蜻蜓也是AI影像。

陽翔突然恍然大悟說道：「啊，對了，把『ㄅ』接到『ㄦ』後面就可以了！謝啦，麗娜。」

聽到陽翔突然向自己道謝，麗娜又是一陣錯愕。

ㄤ↓ㄢ　ㄑ↓ㄏ　ㄢ↓ㄠ　ㄙ↓ㄗ　ㄚ↓ㄨ　ㄡ↓ㄟ

ㄕ↓ㄓ　ㄚ↓ㄨ　ㄅ↓ㄥ　ㄩ↓ㄧ　ㄢ↓ㄠ

「這樣就很簡單了。」陽翔將注音全部寫出來，接著對密老師說：「老師，答案是『ㄢˋ　ㄏㄠˋ　ㄗㄨㄟˋ　ㄓㄨㄥˋ　ㄧㄠˋ』，意思是『暗號最重要』！」

「陽翔同學答對了！雖然多花了一點時間，不過你做得很好。」

「太好了！」陽翔終於鬆了一口氣。

密老師請陽翔回座，對大家說：「各位同學請注意聽，諾亞學園將『暗號』看得比任何事都重要！只有擅長破解暗號的優秀學生才能在這個學園生存下去，因為只有解開暗號，才能為世界帶來和平。以前是這樣，現在是這樣，未來也是這樣。」

陽翔雖然解開了凱撒密碼，卻不明白老師說這些話的用意，暗號與世界和平到底有什麼關係呢？

密老師用指尖敲了黑板兩下，下一秒，有位包著頭巾，看起來既像武士又像和尚的人出現在螢幕裡。

「你們知道這個人是誰嗎？」

修第一個舉手回答：「他是活躍於西元十六世紀中葉，日本戰國時代著名的武將，上杉謙信。」

「原來是上杉謙信啊！」陽翔曾經在電視播放的時代劇裡看過這位歷史人物。

愛因接著說：「密老師，他也會使用暗號呢！」

「沒錯。」密老師說。

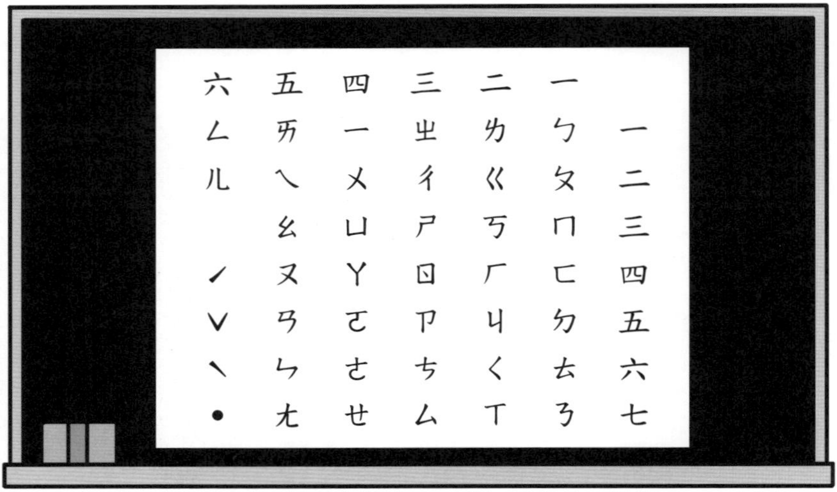

接著黑板上出現三十七個注音符號及五個聲調，由六個直排和七個橫排構成，旁邊則標示一到七的數字。

「那麼請各位解開以下這個暗號。」

密老師輕觸螢幕，接著螢幕出現六個數字。

一三四一六六

陽翔目不轉睛的盯著螢幕，修和愛因則露出「這個問題太簡單了，答案一看就知道」的表情。

這時，麗娜舉手說：「我知道了！數字是兩個一組的，所以答案是……」

提示 直排第一行和橫排第三行所對應到的注音是？

麗娜只說到這裡，便坐下來望向窗外，陽翔覺得麗娜簡直太不可思議了，完全猜不透她在想什麼。

密老師微微一笑。

「陽翔同學，請回答。」

突然被密老師點名，陽翔急得滿頭大汗。

「這次一定要迅速的破解成功，讓他們對我刮目相看，因為暗號才是最重要的。冷靜下來，你一定辦得到！」陽翔在心裡為自己打氣。

「嗯……因為數字是兩個一組，所以是『一三、四一、六六』

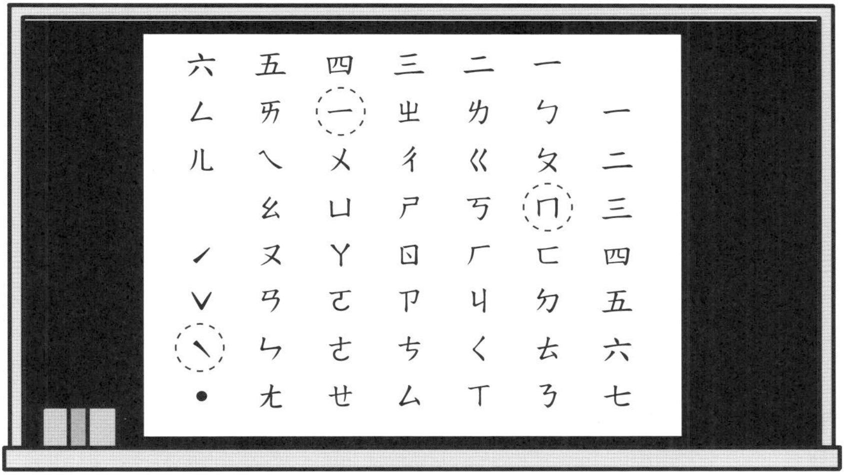

這三組……

「這三組數字怎麼樣？」

老師緊迫盯人的追問，激發出陽翔的靈感。

「也就是說數字會對應出注音的位置，所以答案是『ㄇㄧˋ』！」

「瞧，這不就被我破解了嗎？英雄面對危機時可是很強大的。」

陽翔默默的想著。

「很好，陽翔同學，你似乎對暗號開始有些理解了。」

第一次被密老師稱讚，陽翔有些害羞，連忙低著頭坐下。他才剛坐下，修就舉手起身。

「老師，我有問題。據說上杉謙信這個暗號的原理，早在古希臘就由一個名叫波利比烏斯的人發明出來了，是這樣嗎？」

「沒錯，還取名為波利比烏斯密碼呢！不確定上杉謙信是否也知道波利比烏斯密碼，但是他在遙遠的日本也使用了類似的暗號，真的很不可思議，大家不覺得很有趣嗎？」

不愧是密老師的學生們，每個人頭腦聰明又博學多聞，陽翔也不想輸給他們，決定先從認真的發問開始。

「老師，我有問題！聽說遭遇危險時的SOS求救訊號是『···———···』，那也是暗號嗎？」陽翔舉手問道。

「沒錯，那也是一種暗號，叫作『摩斯密碼』。」

修和愛因用「你連摩斯密碼都不知道」的眼神看著陽翔。

「沒關係，誰不是從一無所知開始的呢？只要努力學習，把知識變成自己的東西就好了。」陽翔並不氣餒。

密老師調整黑板的畫面，換上另一張圖片。

「那麼我就來講解一下摩斯密碼吧！這是用來打出摩斯密碼的

工具，進入十九世紀後，人們用電子訊號來交換訊息，不過一開始還無法傳送具體的影像或聲音。」

聽到這裡，愛因站起來面向陽翔說：「接下來由我為大家說明，尤其是陽翔，你得聽清楚了。」

雖然愛因的語氣充滿挑戰，但表情卻很真誠，這時的他看起來既帥氣又可靠。

愛因開始解釋：「有一位名叫摩斯的電信技師利用這種電信技術，發明出只靠聲音的不同排列組合，就能表達不同文字的『摩斯密碼』，後來再進化為不用透過電線，就能直接將電波發射到空中以傳送信號的技術。陽翔，懂了嗎？」

陽翔不由自主的頻頻點頭，在他眼中，愛因簡直是另一位老師。

「我懂了，是『點線、點線』的按下機器按鈕，藉此傳送信號，對嗎？」

愛因把臉湊近陽翔說：

「沒錯，摩斯密碼由點和線構成。點（・）是短音『嗶』，線（—）是長音『嗶——』，再以不同的順序排列組成文字。」

配合愛因的說明，密老師將黑板的畫面切換成英文字母與注音的摩斯密碼表，一邊不斷的點頭，似乎很認同愛因的說明。

愛因接著說：「對照這張英文字母表，就能明白SOS是由點點點、線線線、點點點（・・・ — — — ・・・）構成。」

原本一直保持沉默的修，聽到這裡忍不住插話。

「還有，摩斯密碼不僅能透過電信傳送，也能利用手電筒一明一滅的閃光長短，或喇叭和口哨的聲音長短來表示，還能結合其他

摩斯密碼　對照表

《英文字母對照》

A	•—
B	—•••
C	—•—•
D	—••
E	•
F	••—•
G	——•
H	••••
I	••
J	•———
K	—•—
L	•—••
M	——
N	—•
O	———
P	•——•
Q	——•—
R	•—•
S	•••
T	—
U	••—
V	•••—
W	•——
X	—••—
Y	—•——
Z	——••

《注音符號對照》

ㄅ	—•••
ㄆ	•——••
ㄇ	•——•
ㄈ	••—•—
ㄉ	•——
ㄊ	——•—
ㄋ	———•
ㄌ	•••
ㄍ	—••—
ㄎ	——••—
ㄏ	••——
ㄐ	—••
ㄑ	•—••—
ㄒ	••——•
ㄓ	••••
ㄔ	—•—•
ㄕ	•—•
ㄖ	•———
ㄗ	•••—
ㄘ	—•—••
ㄙ	—•—
ㄧ	•
ㄨ	—
ㄩ	••—
ㄚ	———
ㄛ	——
ㄜ	—•——
ㄝ	——••
ㄞ	•—•—
ㄟ	••—••
ㄠ	•—••
ㄡ	••—•
ㄢ	•—
ㄣ	—•
ㄤ	——•
ㄥ	••
ㄦ	•———•

聲調

一聲	
二聲	ˊ
三聲	ˇ
四聲	ˋ
輕聲	˙

暗號一起使用。」

「哇！好方便呀！」陽翔點頭如搗蒜。

愛因和修提出各自的見解後，密老師也對陽翔說：

「可是啊，摩斯密碼也因此成為戰場上非常重要的通信工具。兩次世界大戰都牽扯上許多暗號，若說『戰爭始於暗號，終於暗號』也不為過呢！」

這句話迴盪在陽翔心裡，密老師似乎也留意到陽翔的情緒，出了一道題目：「陽翔同學，請你試著解開這個摩斯密碼。」

螢幕上顯示出這些摩斯密碼：

|••• •|•• ˇ | ••|•• ˋ

•|| • ˋ •|••| • ••|• ˊ

••|| |•|| ˊ •||•• • •• ˊ

陽翔對照摩斯密碼表，仔細的將信號轉換成注音。

麗娜自顧自的點頭，一副胸有成竹的模樣，愛因硬生生的把哈欠吞了回去，修則用指尖在桌面敲打出這組摩斯密碼。

提示 請參照65頁的摩斯密碼表，對照「注音符號」來思考。

五分鐘之後……

「我知道了！」

「有信心嗎？」密老師直視著陽翔。

「有！答案是『保衛地球和平』！」陽翔回應老師。

啪啪啪！密老師不停的拍手。

「陽翔同學，太好了！你對暗號越來越在行了！」

麗娜也為他鼓掌，在她的帶動下，修也跟著拍手。

愛因沒有拍手，卻嘀咕著：

「線、線線、3、點線線、線、點點線點點、4、線線線點、點、3、點點線線、線點、3、點、點點線點、3、點點線線點、點、線點、4、點點線線點、點、線點、1。」

提示 請參照65頁的摩斯密碼對照表來思考，記得對照「注音」，數字代表的是「聲調」喔。

陽翔寫下愛因說的暗號，並仔細對照摩斯密碼表，因為已經有過一次經驗，所以這次很快就解開了。

陽翔朝愛因舉起手。

修和麗娜顯然都知道愛因的摩斯密碼代表什麼意思，密老師當然也非常明白，她臉上的微笑就是最好的證明。

陽翔轉身面向密老師，誠懇的說：「剛才我說了許多不懂暗號的話，真是不好意思。以後我一定會努力學習如何破解暗號，請大家拭目以待！」

噹噹噹噹！噹噹噹噹！剛好就在這個時候，下課鐘聲響起。

「我對你很有信心。」這是愛因給他的訊息。

4 賭上性命的體育課

下一堂課是體育課，陽翔從教室走到操場。

操場的大小像一個小型的棒球場，鋪滿綠意盎然的草皮。陽翔蹲下，輕輕拉了那些草：「咦！斷掉了，看來是真的草皮。」

「這也太逼真了吧，瀰漫著花香的微風吹過，操場的另一頭還有森林，嗯……應該是ＡＩ影像，藍天一望無際，小鳥和蝴蝶在天空飛翔，這些也是ＡＩ影像吧！雖然這裡是地下室，但完全沒有封閉感呢！」陽翔一邊想著，一邊慢慢走向操場附設的游泳池，今天要在那裡上課。

陽翔問密老師：「不用換泳衣嗎？」

密老師笑著回答：「這個嘛，表現好的話，根本不必下水，所以不用換也沒關係。」

「那是什麼？」陽翔站在游泳池邊觀察，有好幾隻巨大的灰色生物在裡面游泳。

只見其中一隻從水中探出頭，張開血盆大口，露出滿嘴尖銳的牙齒，陽翔嚇得驚聲尖叫。

「天哪！是鱷魚！」

「這些鱷魚都是真的，不是機器人喔！」站在陽翔背後觀察的修說道。

麗娜看著在泳池裡游來游去的鱷魚，揚起笑容讚嘆：「啊！好可愛呀！」

愛因不知道怎麼了，一句話也沒說。

「集合！」密老師請大家在游泳池的跳臺前集合。

「接下來，游泳池裡會擺放幾塊浮板，每塊浮板上有一個字，

請各位踩著浮板走過去，走過的浮板連起來必須要變成『回文』，麗娜同學，妳知道什麼是回文嗎？」

麗娜點點頭說：「像是『我為人人，人人為我』或『魚幫水，水幫魚』，這樣正著讀或是反著讀，都可以讀得通的句子，就叫做回文。」

「答對了！因為是回文，所以會有一塊浮板是多餘的，請各位找出多餘的字並跳過它，連成回文，抵達對岸再回來，看誰最快能完成。」

愛因突然用細如蚊子的音量詢問密老師：「老師，萬一踩到錯誤的浮板，會發生什麼事呢？」

「這個嘛！浮板應該會翻覆，你可能會掉進水裡。」

陽翔大聲抗議：「這樣太危險了吧！泳池裡有鱷魚耶！」

「哦，那又怎麼樣呢？」

「要是被鱷魚咬了，可是會沒命的！」

「陽翔同學，仔細聽好了，諾亞的使命就是要培養出遇到任何危機，都能冷靜下來破解暗號的勇者。」

「我知道，可是……」

修拍拍陽翔的肩膀說：「為了守護和平必須賭上性命，總之先勇敢挑戰吧！」

聽到這句話，密老師微微一笑。

「修同學說的沒有錯，為了預防作弊，請等待的同學先戴上這個。」密老師發下眼罩給大家。

陽翔等人戴上眼罩時，泳池裡的浮板也已經擺放到位。

「這樣就行了。」

遠處傳來一個男人的聲音，好像是今天早上陽翔在年久老舊的大樓電梯前聽到的聲音。

那個男人也在現場。

「陽翔同學，請你拿下眼罩，到我這邊來。」

陽翔拿下眼罩，走向聲音傳來的方向，眼前是一位頭髮梳理得非常帥氣，個子高䠷的男人。他的年紀看起來跟陽翔的父親相似，體型十分結實壯碩，胸前掛著一個醒目的金色圓筒，裡面裝了什麼呢？

「你就是諾亞學園的新生陽翔同學吧？我是這所學校的校長，請多多指教。」銀河校長用力握住陽翔的手。

「那麼，就從陽翔同學開始吧！」

密老師站在跳臺前呼喚陽翔過去。

陽翔站在跳臺上說：「好！這麼做是為了守護世界和平。」陽翔克服心裡的恐懼，望向游泳池。

游泳池的正中央有一排浮板，鱷魚們

緩慢悠哉的在浮板周圍游來游去。

「開始前進！」密老師大聲喊道。

嗶！校長將金色的圓筒放到嘴邊，吹出聲響，原來那是哨子。

鱷魚紙噴水池水噴魚鱷

提示
請先想想看「回文」是什麼呢？有一個字是多餘的，別踩錯了！

雖然陽翔想直接一躍而過，但是，必須先冷靜下來思考：「不可能一次跳過兩個字，也就是兩塊浮板，因為只有一塊浮板是多餘的。好，我知道了。」

咚！陽翔從跳臺上跳到第一塊寫著「鱷」的浮板上，沒有沉下去。

第一個字答對了，再接再厲，接著是「魚」，接下來必須跳過「紙」這個字，來到「噴」。

這時，鱷魚靠過來了。

「天哪！」

陽翔專注的維持身體平衡，就這樣一步步跳到最後一塊浮板。

「看我的！」

陽翔為自己加油打氣，最後一個字是「鱷」。很好，搞定了！答案是「鱷魚噴水池」，跟他想的一樣。接下來只要踩著相同的浮板，回到跳臺上就行了。

我跳、我跳、我跳跳跳……陽翔最後縱身一躍，在跳臺上著地，成功了！

嗶！哨聲響起，密老師宣布成績。

「兩分十八秒，還可以。」

銀河校長坐在游泳池旁的長椅上，向陽翔招手。

陽翔走到他旁邊坐下，銀河校長笑咪咪的說：「不只是還可以，這個紀錄很出色喔！」

同時，修站在跳臺上，已經拿下眼罩了。

修彷彿一眼就看出了答案，自信的點了點頭，十分沉著冷靜。

他大概不怕鱷魚吧。

嗶！銀河校長配合密老師的一聲令下，吹響哨子。

咚……咚……咚……咚……好驚險啊！陽翔屏住呼吸，目不轉睛的盯著修。

雖然他選的浮板都正確，可是動作不夠靈活，無法完全跳到浮板的正中央，每次雙腳踏上浮板後，身體都因為失去平衡而搖搖欲墜。但修還是一如既往的鎮定，他面不改色的前進著，每個動作都像慢動作似的，似乎打從一開始就放棄速度，花了四分二十五秒，時間幾乎是陽翔的兩倍。

再來是麗娜，她的跳法可特別了。

只見她身輕如燕的從跳臺跳到第一塊浮板上，然後居然拍起手，還唱起了歌。

「鱷魚先生，鱷魚先生，請來我這邊。」

配合自己的掌聲，她從這塊浮板跳到下一塊浮板，與平時在教室裡總是看著窗外的麗娜相比，現在的她看起來充滿活力。

「原來如此，因為她喜歡動物，不喜歡人類嘛。」陽翔想起麗娜說過的話。

鱷魚紛紛從水中探出頭來。

「哎呀，你長得好可愛呀！」

天哪，她也太老神在在了，居然還有閒工夫跟鱷魚說話！陽翔著實嚇了一跳，沒想到麗娜這麼厲害。

結果她所用的時間只比陽翔多十九秒，共計兩分三十七秒。

輪到愛因了，他也與教室裡的模樣判若兩人，不過跟麗娜相反，他低著頭，一臉無奈的站上跳臺，不斷的深呼吸。

看到他的樣子，麗娜與修面面相覷。愛因上一堂課還神采奕奕的教陽翔摩斯密碼，現在怎麼變了一個人？

「他是不是身體不舒服呢？」陽翔有些擔心。

嗶！銀河校長吹響哨聲。

愛因跟大家一樣，先跳到「鱷」的浮板上。

他跳到下一塊浮板的過程令人驚心動魄，剛剛修的動作雖然很慢，但還算冷靜沉著，而愛因卻是真的很害怕。

「加油，愛因，加油！」陽翔想起愛因傳達「我對你很有信心」時的表情，在心裡默念。

最後愛因花了五分零二秒，是四個人裡面時間最久的。

「你是討厭鱷魚，還是害怕鱷魚？」麗娜難得主動跟愛因說話。

愛因轉過頭回答：「別亂說，我怎麼可能會害怕，剛才只是暖身運動。」

然而，陽翔發現愛因的腳其實還在微微顫抖。

休息五分鐘後，密老師對大家說：「再來一輪。」

哨聲響起，陽翔把眼罩拿下來。

春風電拂柳拂風春

提示 春天的風輕輕吹拂著？

陽翔仔細思考著：

「從上往下念或從下往上念都一樣，就表示第一個字和最後一個字一定相同，如果前後浮板對應的字不一樣，就表示其中有一塊是多餘的。舉例來說，從上往下數第三個字是『電』，從下往上數第三個字是『拂』，就表示這兩個字裡有一個是多餘的。」

「原來如此，我現在更理解了。」

接著校長哨聲一響：「出發吧！」

陽翔依序跳上「春」、「風」的浮板，很順利。下一塊浮板是「電」，再下去是「拂」，要選哪一個？陽翔鼓起勇氣，跳到「拂」的浮板上……很好！沒有沉下去。

吼吼吼！鱷魚又靠過來了，但是陽翔現在一點都不害怕，跳到「柳」的浮板上，哇！跳得太用力了，差點掉下去。

不過，他馬上站穩腳步，依序跳上最後三塊浮板，順利抵達對岸，回程也很順利。如他所料，正確答案是「春風拂柳」。儘管這次回文有點難度，但陽翔只花了兩分零四秒就破解，比剛才更快。

「太好了，我辦到了。」陽翔緊握拳頭並在心裡喃喃自語著。

修的跳法跟剛才一樣，所以也用了更多的時間，超過五分鐘。

麗娜這次居然還伸手摸了摸浮板旁的鱷魚，這是只有不按牌理出牌的麗娜才會做的事，沒想到她只花了兩分零六秒，緊追在陽翔之後，令他佩服得五體投地。

接下來是愛因。

看著站在跳臺上的愛因，陽翔感覺就像自己又要挑戰一次，心跳開始加速。

「愛因，冷靜！加油！」

陽翔不停的為他加油鼓勵，修和麗娜也為愛因鼓勵。

「加油！」

但愛因只是緊盯著游泳池，伴隨著哨聲，他縱身一躍！

愛因先跳到第一塊「春」的浮板上，然後是「風」，跳過「電」，接著是「拂」、「柳」、「拂」，再來到「風」。

「目前為止都正確，很好，很好。」陽翔小聲的說著並拍手。

就在這時……啪沙！嗷吼吼！鱷魚突然從愛因腳下的浮板冒出來，還張開血盆大口。

「哇啊啊啊啊！」愛因嚇了一大跳，連忙往後退。

「危險！快站穩腳步！」陽翔大喊並緊握拳頭。

撲通！可惜愛因就這麼失去平衡，倒栽蔥般的掉進水裡。

「愛因，我現在就去救你！」

陽翔大聲喊叫，迅速衝向游泳池，奮不顧身的跳進水裡，游向快要溺水的愛因。

巨大的水花飛濺起來，兩人的身影都消失在水面上，幸好沒過多久，陽翔就抓緊愛因游了上來。

麗娜大喊：「快點，鱷魚游過來了！鱷魚先生，別吃他們！」

嗶嗶！

銀河校長吹響哨子，聲音非常尖銳，彷彿快要刺穿耳膜。

下一秒鐘，鱷魚們一動也不動。

銀河校長對陽翔及愛因說：「放心吧，這些鱷魚是我的寵物，已經訓練到不會咬人了，我可以用哨聲來控制牠們。冷靜點，先上來吧！」

陽翔背著愛因游到泳池邊。

上岸後，渾身溼透的愛因驚魂未定，一句話也不說，只是緊緊握住陽翔的手。

陽翔有點不好意思的笑了。

「愛因，太好了！我們沒有成為鱷魚的食物。」。

這次事件過後，愛因私底下告訴陽翔，其實他根本不會游泳。

5 謎樣的電子郵件

陽翔與愛因洗完澡後，正在更衣室裡換衣服，突然，校內廣播響起：「各位同學，接下來要為陽翔同學舉行迎新餐會，請所有人到學生餐廳集合。」是密老師的聲音，密老師還沒說完，陽翔的肚子已經餓得嘰哩咕嚕叫個不停。

砰砰！砰砰砰！

陽翔走進學生餐廳，銀河校長、密老師、麗娜、修和愛因都出

歡迎陽翔同學
來到諾亞學園

來迎接陽翔並拉響彩炮。

陽翔覺得好感動。

鋪著大桌巾的木桌上擺滿了美味佳餚，熱騰騰的漢堡排上還有荷包蛋，烤得酥脆的帶骨雞肉，披薩上面撒滿了起司，裝在大籃子裡的薯條堆成一座小山，還有裝飾著鮮奶油與各種水果的鬆餅。果汁的口味很多，有柳橙、有葡萄柚、還有哈密瓜等，可樂及檸檬汽水也沒有缺席。

所有人到場後，銀河校長說：「陽翔同學，雖然你比其他人晚來一個月，我們仍誠摯的歡迎你！」

密老師將飲料倒進杯中，與大家分享。

銀河校長接著說：「那麼請大家起立，乾杯！」

「請各位多多關照！」陽翔精神抖擻的大聲說道。

愛因、修、麗娜和密老師異口同聲的回應：「請多指教。」

陽翔與眾人逐一碰杯後坐了下來，他看著所有人的臉，心想：

「雖然每個人性格都不同，但應該都能融洽相處，成為好夥伴。」

這時，密老師說：「雖然陽翔同學是在影子同學離開後才入學的……」聽到「影子」這個名字，銀河校長的臉上掠過一陣陰霾。

陽翔猜想，影子自請退學的事，讓校長感到無比遺憾。他後來才知道，原來還有更重要的原因。

密老師接著說：「期待你未來在諾亞學園有更好的表現，我準備了特別的餐點給你。」

桌子上有好幾個大銀盤，銀河校長掀開銀盤的蓋子。

陽翔的眼睛為之一亮。

「哇，是壽司！」

「對呀，聽說你最愛吃壽司了。請大家從①到④中選一盤喜歡的壽司，不過要仔細閱讀注意事項喔！」

！阱鮑魚陷有蝦子盤海膽二第心鮪魚小

提示 請將屬於生物的詞彙圈起來，
剩下的文字由後往前讀讀看！

「我可以先選嗎？」

愛因等人都點頭同意。

於是陽翔站起來，輪流打量著四盤壽司，要選哪一盤呢？四盤壽司皆包含鮪魚、海膽、蝦子、鮑魚、章魚、海苔捲等六種壽司，盤子旁邊有一張紙，紙上寫著一堆看不懂意思的文字。

「阱鮑魚陷有蝦……」陽翔自言自語，並沒有想太多，直接選了蝦子最大隻的第二盤壽司。

陽翔並沒有注意到愛因正對著他猛眨眼睛，提醒他紙條上的文字是暗號。

「我要開動了！」

陽翔嚥了嚥口水，拿起筷子準備大快朵頤。

陽翔第一口吃的是蝦子壽司，壽司塞滿了他的嘴巴，正當他要拔掉蝦尾時，陽翔的鼻子一陣刺痛，滿臉通紅，眼淚奪眶而出。

「嗚嗚！」

陽翔眼淚直流，不斷的灌入飲料，好不容易才把壽司吞下去，感覺肚子裡彷彿有一團火焰在燃燒。

沒錯，陽翔選的那盤壽司，每個都放上了滿滿的芥末。

愛因一邊拍著陽翔的背一邊說：「所以我剛才一直暗示你，誰叫你的眼裡只有壽司，貪吃也該適可而止呀！」

修接著說：「這個暗號是文字解謎，圈出相同性質的詞彙之後，剩下的試試看正著念或反著念，就可以知道是什麼意思了。這句話裡的鮪魚、海膽、蝦子、鮑魚都是生物，圈起來後，把剩下的文字由後往前念就是『小心第二盤有陷阱！』，也就是要你小心壽司裡的芥末。」

！阱鮑魚陷有蝦子盤海膽二第心鮪魚小

「如果想成為真正的勇者，任何時刻都不能鬆懈喔！」

「可是……在蝦子和鮪魚上面塗那麼多芥末，壽司不會覺得很難過嗎？」麗娜滿臉疑惑的說。

「嗯……果然是麗娜才會有的想法。」陽翔喃喃自語。

「那我來把多餘的芥末拿掉吧！」

陽翔將芥末減量後，每個壽司都變得更可口了，大家吃得津津有味，享受各種佳餚，每一道都堪稱人間美味。

「我吃飽了。」

所有人都飽餐一頓。

叮咚！銀河校長的平板電腦傳來電子郵件的通知訊息。

請河馬到獅子動物豹
樂園會鱷魚合，大象
閘門的入口松鼠號碼
熊藏老虎在馬信海獅
裡長頸鹿。

提示 把屬於動物的詞彙圈起來，再念出剩下的字，你能解開暗號嗎？

校長滑動螢幕，對大家說：「是戈登博士的來信。」

修問校長：「是那位大名鼎鼎的考古學家戈登博士嗎？」

「沒錯！」銀河校長一邊說，一邊向大家展示信件的內容。

密老師問校長：「戈登博士答應會來和我們討論『暗號帝國的鑰匙』，對吧？」

暗號帝國的鑰匙——這句話引起修的驚呼。

「什麼！就是那個一萬多年前，存在於北極冰山底下的『暗號帝國』嗎？」

「不愧是修同學，就連專家學者中，也沒有很多人知道暗號帝

國的存在呢！」銀河校長點頭讚許。

「暗號帝國是利用暗號崛起的國家，據說帝國滅亡時，有五把鑰匙散落在世界各地，找到了嗎？」修繼續問道。

陽翔完全聽不懂他們在說什麼，愛因和麗娜則頻頻點頭附和，似乎是因為曾經聽修提及過。

銀河校長對所有人娓娓道來：

「關於『暗號帝國的鑰匙』，稍後再仔細為大家說明。總之，成立諾亞學園的目的之一，就是為了找出那些鑰匙，但是，首先我們要了解這封信的意思。」

「看起來好像一群動物在玩躲貓貓。」麗娜盯著平板喃喃自語著。

陽翔也仔細的再看一遍。

「我懂了，這是文字解謎，對嗎？」

「原來如此，陽翔說的沒錯。戈登博士可能沒辦法來這裡，所以才用電子郵件通知我們在別的地點會合。」愛因接過平板說道。

「絕對沒錯。」大家都同意。

愛因從郵件裡找出動物的名稱：「有河馬、豹、鱷魚、大象、松鼠、熊、老虎、馬以及海獅。」

愛因補充：「還有獅子和長頸鹿不是嗎？我真厲害，居然能找出全部的動物。」他逐漸恢復了自信。

麗娜又開始喃喃自語：「說到有很多動物的地方，大家會想到哪裡呢？」

請河馬到獅子動物豹
樂園會鱷魚合，大象
閘門的入口松鼠號碼
熊藏老虎在馬信海獅
裡長頸鹿。

銀河校長切換平板的畫面，展示出地圖。

「這附近有個地方叫『動物樂園』，哦，諾亞學園在這裡，地圖上的諾亞學園只有森林和破舊的大樓呢！」

密老師環抱著雙手說：「可是動物樂園很大，有好幾個閘門入口，戈登博士會在哪個閘門等我們呢？」

所有人再次檢視一遍信件裡的動物名稱，但依舊沒有找到閘門的暗號。

陽翔逐一指出找到的動物，突然出現想法：「我知道了，是動物的數量，信裡總共有十一種動物，所以是十一號閘門。」

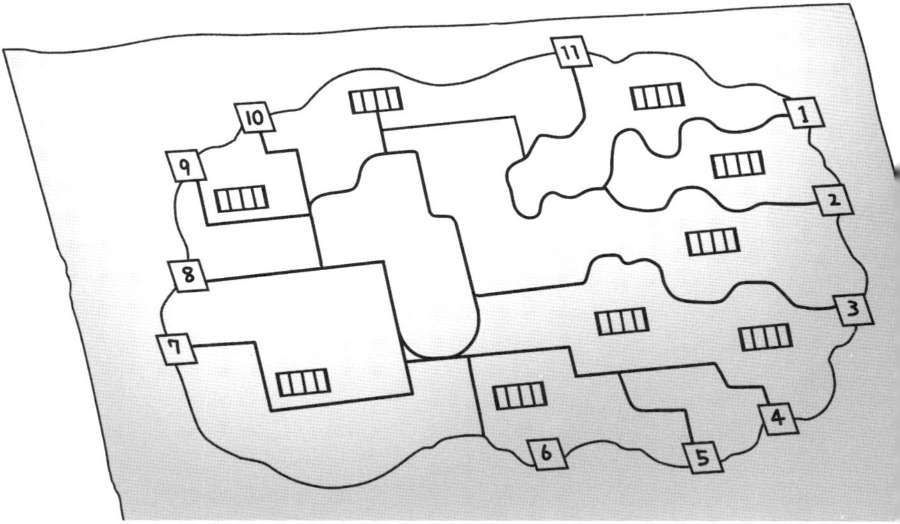

動物樂園地圖。

數字是閘門的編號， 共有 1～11 號閘門。

「陽翔，真有你的！遇到暗號時，總是會忍不住把它想得太難，有時候也需要單純的思考呢，陽翔一定要珍惜自己的單純喔！」愛因不停拍著陽翔的肩膀說。

「這是在稱讚我嗎？」陽翔朝愛因微微一笑。

對照地圖，十一號閘門孤零零的，離其他入口都有段距離，看起來像是工作人員的專用入口。

此時，銀河校長說：「各位，你們已經成長到比我更迅速的解開暗號了，我很欣慰。那麼，我們出發吧！」

嘰！學生餐廳的牆壁打開，大家走進藏在牆壁裡的電梯。

咻！一轉眼就抵達地面。陽翔衝出電梯，發現舊大樓前停了一輛黑色汽車。

陽翔問銀河校長：「我們要坐這個去嗎？」

「是的，這輛車能自動駕駛，我剛才操控它從地下車庫開上來待命。」

銀河校長坐進駕駛座，對站在車外的密老師說：「請密老師留下來保護學校，因為說不定這是影子同學……不！是暗黑公司設下的陷阱。戈登博士明明不擅長暗號，卻寄來這樣的信，總讓我感覺有些不對勁。」

「好的，請務必提防暗黑公司，誰知道他們會使出什麼手段。」

陽翔從密老師的話語中感覺到她對暗黑公司的畏懼。等愛因他們都坐上後座後，車子便發動引擎。

銀河校長握緊方向盤說：「抵達動物樂園前，我想先向陽翔同學介紹一下暗號帝國的背景，其他同學應該都聽修同學說過，就當作是複習吧。」

陽翔搶先問道：「銀河校長，剛才在學生餐廳裡，你們說一萬多年前，暗號帝國曾經在北極的冰山下興盛一時，是真的嗎？」

「我相信這是真的。北歐的一部分維京人繼承了暗號帝國的歷史，據說那時的文明高度遠遠超過現在，目前世界各地使用的語言皆由暗號帝國創造，可見當時暗號扮演著非常重要的角色。」

「什麼，全部的語言嗎？還包括暗號？太神奇了！」

「不僅如此，暗號帝國還開發出防止地球走向滅亡的裝置，只要找齊五把鑰匙，再加上暗號，就能驅動那個裝置。」

「防止地球滅亡？」

聽起來好刺激啊，陽翔的雙眼閃閃發光。

「那麼……我們等等要去拜訪的戈登博士，已經找到其中一把鑰匙了嗎？」

「沒錯。說來諷刺，暗號帝國誤觸裝置，結果比地球先毀滅。毀滅前，五把鑰匙預先被藏在不同的光球裡，散落於世界各地。人類總有一天會需要那五把鑰匙和那個裝置，為了防止預言中的世界末日來臨，必須想辦法找到鑰匙和遺失的裝置。」

「這才是真正的守護世界和平！」陽翔熱血沸騰的說道：「愛因、麗娜、修、還有我，我們一定會把鑰匙找出來！」

過了沒多久，動物樂園的醒目招牌映入眼簾，那是離學校最近的五號閘門。

動物樂園
ANIMAL PARK
GAT

6 神祕的影子現身

嘰嘰！自動駕駛車穿過閘門，停在動物樂園附近的樹林邊，由於他們擔心裡面會有陷阱，所以將車子停在外面。

「我們快走吧！」

銀河校長率先帶頭衝向前方。

陽翔的心臟撲通撲通跳得好快。「不管接下來會發生什麼事，都一定要挺過去。」他覺得自己彷彿是超級英雄的一員。

一行人抵達十一號閘門了，它距離別的閘門很遠，像是一個後門，四周也沒有其他人。

但是，有位身穿黑衣的少年站在寫著「GATE 11」的看板前，就連陽翔也知道那個人不可能是戈登博士。

銀河校長看見少年，停下腳步。

「果然是影子同學……這是暗黑公司布下的陷阱嗎？」

校長又回頭對學生們說：「千萬別掉以輕心。」

嗡嗡嗡！這時候，突然出現了一臺無人機，無人機降下帶有鉤子的繩索，迅速抓住銀河校長，將他拉向空中。

「你在做什麼？」

陽翔等人想伸手抓住掙扎的銀河校長，但是根本碰不到他。

無人機迅速的飛向動物樂園。

四個人衝向影子，他黑髮黑瞳的身影映襯著白皙的皮膚，正以犀利的眼神瞪著他們。

「從他身上能感受到一股深不可測的黑暗。」這是陽翔近距離看到影子時的感想。

愛因握緊拳頭，指責影子：「突然出手，太不講道義了！」

影子露出不懷好意的笑容說道：「好久不見了，愛因、修、麗娜，哦，還有新成員啊，你們看起來都一臉傻

里傻氣的模樣呢！」

「你說什麼？」

愛因舉起拳頭，卻被影子以極快的速度攔住，隨後反手將他的攻勢輕鬆阻擋。

「冷靜點，因為幽靈學園想跟諾亞學園的學生較量，所以請銀河校長先離席一下。」

站在陽翔背後的修往前跨出一大

步說：「影子，你想較量什麼？」

「當然是看誰先找出暗號帝國的鑰匙啊！」

修瞪大雙眼說：「你已經知道了？」

「多虧了暗黑公司的間諜程式，諾亞學園的祕密幾乎被我全盤掌握了。可是，鑰匙明明是戈登博士找到的，為什麼不在他身上呢？喂，那個看起來最弱的傢伙，你知道鑰匙藏在哪裡嗎？」

「這小子說話也太沒禮貌了吧！」陽翔漲紅著臉說：「我叫陽翔，我一點也不弱，也不知道鑰匙在哪裡。」

「算了，你們是來救戈登博士的吧？首先得在尋找鑰匙的對決中打敗我，才能把校長和博士平安帶回去。坦白告訴你們，這座動物樂園也是暗黑公司的資產，你們絕對沒有勝算。」

影子剛說完，無人機又再度出現並降下繩索，陽翔等人全都擺出備戰姿勢。

影子抓住繩索，跟著無人機飛向高空。

「那就等等見啦！」

影子從口袋裡掏出一張紙，隨手扔下，紙片在空中飄落，陽翔高高跳起抓住了那張紙，紙上寫著謎樣的文字。

9 他穿著一套筆挺的西裝

3 他的伯父待人很和善

2 薄利多銷

8 他這次比賽得了亞軍

4 九牛二虎之力

提示 每一行的開頭都有數字，這些數字代表著什麼呢？

背面還有影子的留言：

> 諾亞學園的無知學生們：
>
> 希望你們可以發揮有限的智慧，解開這個暗號，找到戈登博士和銀河校長的所在之處。
>
> 影子敬上

愛因看完後，感到忿忿不平。

「別以為你之前在諾亞都拿第一名，就可以這麼瞧不起人。」

陽翔說：「咦！我以為愛因才是第一名，那你是第幾名呢？」

愛因沒有回答陽翔，這時，麗娜好像又想到什麼了。

「這個數字是不是指『每行的第幾個字』呢？」

修點頭附和說：「有道理！把那些字找出來，或許就能知道銀河校長在哪裡了。」

「原來如此！」陽翔從口袋裡拿出筆標記。

「我看看……第一行的第九個字是『西』，第二行的第三個字是『伯』，第三行的第二個字是『利』，第四行的第八個字是『亞』，第五

9 他穿著一套筆挺的西裝

3 他的伯父待人很和善

2 薄利多銷

8 他這次比賽得了亞軍

4 九牛二虎之力

行的第四個字是『虎』。」

愛因把全部的字依照順序念出：

「西伯利亞虎，是西伯利亞虎！」

修對照閘門旁邊的樂園地圖。

「西伯利亞虎在十號閘門與十一號閘門之間。」

陽翔等人急急忙忙的跑向西伯利亞虎的籠子，與他們錯身而過的遊客們都好奇的回頭張望，但是他們沒空理會。

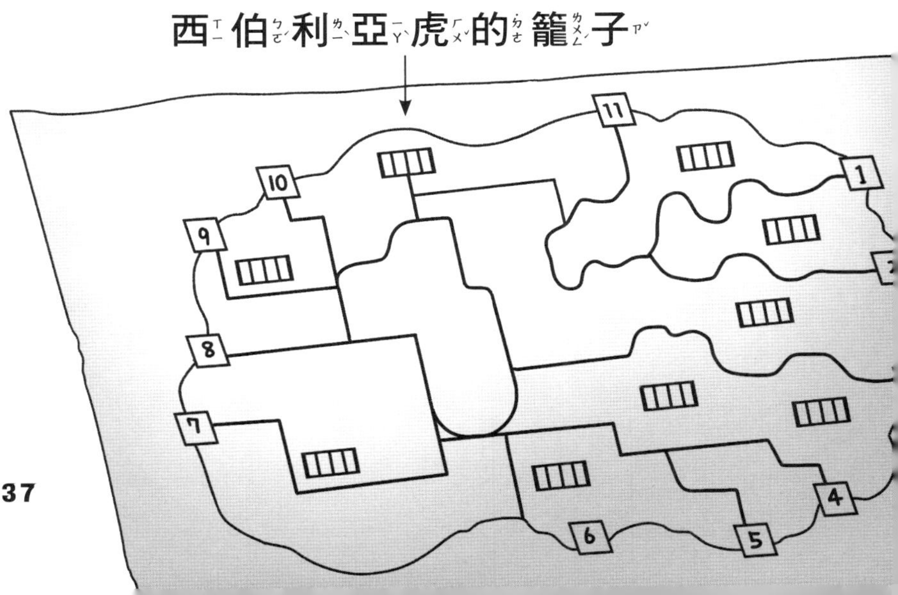

跑到西伯利亞虎的籠子邊，只看見籠子的門開著，裡面空空如也，附近也沒有別的遊客。

陽翔問：「接下來呢？」

愛因托著下巴回答：「說不定又是陷阱。」

麗娜一如往常的歪著頭說：「但也只能進去看看情況了，我也想一睹西伯利亞虎的英姿。」

「都到了這個節骨眼，麗娜還是老樣子呢！」陽翔不禁苦笑。

修伸出手，拍拍胸前有點鼓起的口袋，小聲的說：「船到橋頭自然直，我們進去吧！」

陽翔一邊鑽進籠子，一邊問修：「『船到橋頭自然直』是什麼意思呢？」

「簡單來說就是『總會有辦法』的意思。」

正當陽翔由衷佩服修無所不知的時候，籠子突然開始下降，陽翔有點驚慌。

「啊啊啊！」

籠子載著大家停在地下室。

隔著一排鐵欄杆，銀河校長和戈登博士，還有影子都在那裡，而陽翔一行人的背後也有鐵欄杆，外面還出現了一隻巨大的西伯利

亞虎。

「無知的同學們總算來了，如果想離開這裡，就趕快交出暗號帝國的鑰匙。」

接著，影子轉身對銀河校長說：「既然鑰匙不在戈登博士的身上，說！鑰匙到底在哪裡？」

「你曾經是本校的優秀學生，為什麼要這麼做？」聽到銀河校長的問題，影子瞪著他。

「銀河校長，原因你比誰都清楚吧？」

銀河校長低頭不語。陽翔察覺到影子和校長之間似乎有一個很大的祕密，這麼說來，密老師在學生餐廳提到影子時，校長不是也露出憂傷的表情嗎？

影子又逼問戈登博士：「你也快從實招來。」

戈登博士搖搖頭說：「我什麼都不知道。」

影子舉起手中的遙控器，激動氣憤的說：「你們忍心讓這些無辜的學生，因為大人的謊話連連，而被老虎吃掉嗎？只要我按下這個紅色按鈕，他們身後的鐵欄杆就會立刻打開，西伯利亞虎就會撲向這群學生。」

陽翔對影子大喊：「你明明說這是我們之間的較量，卻使出這種詭計，真是太卑鄙了！」

「別說得那麼正義凜然，較量看的是結果，方法如何不重要，只要能贏就好了，懂嗎？」

影子說完便按下紅色按鈕，然後又立刻鬆開手指。

喀喀！

欄杆上升了二十公分左右。

嗷嗚！西伯利亞虎把爪子伸進欄杆的間隙，不停的咆哮著。

「啊啊啊啊啊！」陽翔驚聲尖叫。

「快住手！鑰匙在我這裡。」

銀河校長拿出掛在脖子上的哨子。

「我擔心戈登博士帶著鑰匙，會被你們這群人盯上，所以請他先偷偷寄來諾亞學園，因為沒有透過電子郵件，所以間諜程式也無法發現，我把鑰匙藏進這個哨子裡，並隨時帶在身上。」

影子粗魯的從校長脖子上扯下哨子，問道：

「喂，這要怎麼打開？」

「正中央有個小小的按鈕吧？用力的按下去。」影子馬上照做，但是……劈啪劈啪！哨子像是接上了電，影子隨即被電擊並倒在地上。

「啊啊！你……你居然敢騙我！」

喀喀喀！欄杆突然開始上升。

「啊，完蛋了！」

陽翔大聲喊叫，影子倒下的同時不小心按到紅色按鈕，被五花大綁的校長和博士根本來不及阻止。

喀嚓！欄杆完全打開了，西伯利亞虎緩緩朝躲到角落的陽翔等人逼近。

「怎麼辦？冷靜下來，冷靜下來。」陽翔對自己說。

這時，躲在後面的修小聲對陽翔說：「船到橋頭自然直。」

只見修慢條斯理的從口袋裡拿出一個小瓶子，接著將瓶子裡的液體倒在地上。

「你在做什麼？」陽翔疑惑的說。

西伯利亞虎突然躺下，扭動著身體，將液體沾到自己身上，陽翔趁機把手伸出欄杆，從影子手中搶過遙控器。

紅色按鈕下方有一個藍色按鈕。

「應該是這個吧！」

陽翔按下藍色按鈕，欄杆開始下降了，而西伯利亞虎還在地上不停的扭動。

「呼呼，好可愛！」麗娜看得出神。

陽翔把校長這邊的欄杆打開，並跑了過去。

「做得好！謝謝你們。」

陽翔等人將校長和博士身上的繩子解開，校長向眾人道謝。

「我也很謝謝你們。」戈登博士點點頭，接著詢問修：「你剛剛倒在地上的液體是木天蓼吧？」

「是的，以備不時之需，我出門前先放到口袋了，木天蓼的獨特香氣，會讓貓咪感到興奮，而老虎也是屬於貓科動物。」

愛因猛拍修的肩膀：「你準備得也太周到了！」

重獲自由的銀河校長走向倒地的影子，撿起哨子並重新戴上。

陽翔看著一動也不動的影子，問道：「他還活著吧？」

銀河校長點點頭說：「嗯，只是昏過去而已。為了保護暗號帝國的鑰匙，哨子的內部安裝了用蠻力撬開或用力握緊就會觸電的裝置。」

陽翔鬆了一口氣，就算是再惡劣的傢伙，要是就這麼死去也太可憐了。

銀河校長站了起來：「明明是我以前的學生，我卻如此狠心的對待他，不過這也是沒辦法的事。快點離開這裡吧，再繼續待下去的話，不知道又要發生什麼事了。」

他們發現，剛才用來綁住兩人的椅子後方有一扇門，於是愛因轉動門把，將門推開。

這扇門通往陰暗的走道，一行人匆忙的在地下通道裡前進，走了好一陣子，走到一個類似植物園的地方。天花板上描繪著星空，石牆間長滿了高大的蕨類植物。陽翔擔心哪裡又躲著猛獸，但如果一直害怕是無法前進的。

「或許會有危險，但還是繼續往前進吧！只要大家齊心協力，一定沒問題的，就像剛才那樣。」陽翔說道。

銀河校長附和：「陽翔說的沒錯，畢竟也只有這條路了。」

戈登博士抬頭仰望那些蕨類，喃喃自語：「好像侏羅紀啊！」

修也接著說：「真的耶，侏羅紀距今大約一億五千萬年，是地球上最著名的恐龍時代之一。」

麗娜露出陶醉的表情說：「恐龍啊，好浪漫！」

愛因聽到這句話，一臉驚恐的指著前方說：「一點也不浪漫，大家看那裡……告示牌上寫著Dinosaur Labyrinth。」

前方迎接他們的是神祕又危險的「恐龍迷宮」。

7 逃離危險的恐龍迷宮

「恐龍迷宮」的告示牌下方是由岩石鑿穿而成的閘門，閘門旁邊有以下說明：

這裡是神祕又危險的迷宮，復活的恐龍們埋伏在每個角落，如果想毫髮無傷的走出迷宮，請先破解對面的暗號迷宮圖。成功的話能順利找到出口，失敗的話，恐龍就會醒過來……後面會發生什麼事就全憑各位的運氣了。

說明下方還貼著兩個月後預定開幕的日期。

銀河校長說：「這好像是動物樂園剛完工的地下遊樂設施。」

戈登博士接著問：「應該不可能讓恐龍復活吧？」

「你錯了，剛才我們被綁在椅子上的時候，影子不是說了嗎？這裡是暗黑公司興建的樂園，而暗黑公司不容小覷，因此不見得是無稽之談。」

嗷吼吼吼吼！確實能聽見岩壁另一邊傳來的恐龍吼叫聲。

陽翔趕緊跑向貼著暗號迷宮圖的牆壁，愛因、修以及麗娜也緊跟在後。

暗號迷宮圖是一張填滿數字的表格，總共有九排九列，左下角的數字是1，右上角的數字是9。

5	7	9	7	4	3	2	8	9
3	3	5	5	3	1	3	5	7
1	3	5	3	9	7	8	1	6
8	7	7	1	3	1	3	5	7
3	6	9	7	5	8	6	5	9
1	8	6	7	4	1	3	5	7
4	3	2	7	5	3	2	9	6
8	4	7	9	5	7	4	6	5
1	3	5	9	5	6	3	8	9

修指著箭頭說：「這裡指的是入口和出口嗎？」

麗娜看著那些數字，抱頭苦思。

「哇，這些1到9的數字排列得亂七八糟，完全看不懂！」

陽翔抓著頭髮說：「對呀，數字在我腦袋裡不停的打轉，頭都暈了。」

銀河校長見他們手足無措，說：「你們聽好了，破解暗號的時候一定要保持冷靜，

冷靜思考比什麼都重要，請大家再仔細的多看幾遍！」

在校長的鼓勵下，陽翔再次觀察全部的數字，排列方式有沒有什麼規則可循呢？

陽翔一看再看……還是看不懂，這種不甘心的感覺令他忍不住輕聲嘆氣：「唉！怎麼想都想不到，真是氣死偶也！」

戈登博士噗哧一笑。

「氣死偶也……現在已經很少人會這麼說了。」

提示

數字的入口是1、出口是9，兩者都是用2除不盡的數字（奇數）呢！

「這是我爸爸的口頭禪……我怎麼可以發牢騷呢，真是不好意思。」陽翔反省說道。

這時，愛因突然想到些什麼。

「氣死偶也、氣死偶也，陽翔，你給了一個好提示呢！」

「我有給什麼提示嗎？」

「有啊，『偶』是『偶數』，不過這裡要留意的是相對的『奇數』。」

修接著說：「沒錯，偶數是指可以用2除盡的數字，像是2、4、6、8等，而奇數則是用2除不盡的數字，像是1、3、5、7、9等。」

愛因接著說：「牆上的數字只有1到9，起點是1，終點是9，也就是說，只要看1、3、5、7、9就行了，然後走到9之後，再換7、5、3、1的順序倒著走。」

修露出恍然大悟的表情說：「我懂了，你是指重複1、3、5、7、9、7、5、3、1對嗎？」

陽翔佩服不已的說：「你們都好厲害呀！」

「本校學生破解暗號的能力真是太出色了！那麼陽翔同學，你按照這個順序試試看。」銀河校長點頭讚許。

「好的！」陽翔依照修說的數字順序前進。

「我看看，1、3、5……」

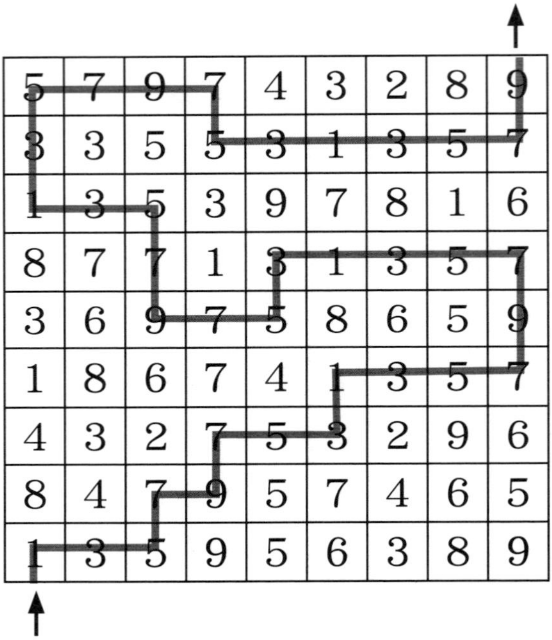

5 7 9 7 4 3 2 8 9
3 3 5 5 3 1 3 5 7
1 3 5 3 9 7 8 1 6
8 7 7 1 3 1 3 5 7
3 6 9 7 5 8 6 5 9
1 8 6 7 4 1 3 5 7
4 3 2 7 5 3 2 9 6
8 4 7 9 5 7 4 6 5
1 3 5 9 5 6 3 8 9

「啊！找到出口了。」

銀河校長對大家說：「那麼，我們一起勇敢的穿越鐵欄杆，走向出口吧！」

🔍 🔍 🔍

欄杆上貼著「測試中！危險，請勿進入」的警告標示，銀河校長摘下旁邊的羊齒蕨，扔向鐵欄杆。

「看來沒有通電，繼續走吧。」於是大家齊心協力的走向前方。

「好刺激啊！」麗娜東張西望。

不過，其他人都是提心吊膽，戰戰兢兢的模樣。

修把食指放在嘴邊：「噓……大家安靜。」

地板上同樣標有迷宮圖的數字，地上寫著數字1，前進是8，右轉是3。

這裡當然要選3。

不過，陽翔試著往8的方向走一小步，並躲在岩壁後方偷看，低聲對後面的麗娜說：

「好壯觀喔！是三角龍在睡覺。」

這麼看來，如果走向錯誤的數字，就會碰到恐龍。

「這是草食性的恐龍。」

陽翔從小就很喜歡恐龍，所以很清楚恐龍的習性與特徵，或許他能與修互別苗頭。

三角龍閉著眼睛，靜靜的站著，肚子隨著呼吸鼓起和收縮。

麗娜也小聲的說：「哇，牠的頸盾好大，好酷啊！既然不是肉食性恐龍，就沒什麼好害怕的。」

「可是，如果被踩扁就一命嗚呼了。」

愛因向他們揮手，要他們趕快回來。

雖然陽翔還想多看一眼，但現在最重要的是離開這裡，他重新打起精神，和麗娜一起跟上愛因的腳步。

一行人沿著地上的數字前進，每個角落幾乎都有用岩壁隔開的空間。

從數字2的岩壁縫隙往外看，可以看見棘龍巨大的背帆，棘龍是以魚類為主食的肉食性恐龍。

呼嚕！呼嚕！耳邊傳來響亮的打呼聲，好可怕！陽翔咬緊牙關，努力不讓身體顫抖，除了麗娜始終處於狀況外，其他人都是相同的表情。

「千萬別醒來呀！」陽翔向上天祈禱並快步通過。

過了一陣子，走在前面的銀河校長回頭對大家比出V字手勢，意思是只剩下7和9，再堅持一下就能出去了，陽翔握緊雙拳並點點頭，出口就在眼前，太好了。

不過，直到最後一刻都不能鬆懈。

說時遲，那時快，銀河校長掛在脖子上的哨子鏈條居然斷掉了！喀！哨子掉在地上，發出尖銳刺耳的聲響。

「糟了！」

銀河校長趕緊撿起哨子，但是已經來不及了，可怕的肉食性恐龍霸王龍從數字8的岩壁後方一聲不響的探出頭來。

「抱歉，大家快逃！」

同時，霸王龍旁邊的恐龍也聽到了聲音，從數字3的區域緩緩走出來——是異特龍！異特龍也是肉食性恐龍。

所有的人被肉食性恐龍重重包圍。

吼吼吼！霸王龍和異特龍都張開血盆大口，露出尖銳牙齒，不斷的向他們靠近。

8
5
3

「怎麼辦？」陽翔低頭思索：「難道沒有方法脫困嗎？」

大家護住腦袋，貼著牆壁蹲下，現在只能這樣了。

這時，陽翔的餘光捕捉到對面數字1的岩壁縫隙裡，有一條長滿尖刺的尾巴。

「是那傢伙，請那傢伙幫忙吧。」

陽翔伏地爬行，迅速往數字1前進。

「陽翔同學，你要去哪裡？不要衝動！」

銀河校長阻止他，但陽翔仍執意前行，當他抵達數字1的岩壁縫隙時，突然大喊：

「喂，劍龍，出來！」

劍龍雖然是草食性恐龍，但是威力很強大，據說牠能用尾巴撂倒肉食性恐龍。

咚、咚、咚！成功了，劍龍從岩壁後面走出來，闖進正在包圍眾人的霸王龍與異特龍之間，凶狠的甩動尾巴，看到劍龍的模樣，兩隻肉食性恐龍開始後退，陽翔趁機回到大家身邊。

得救了！陽翔心裡湧現一絲希望。

但是，劍龍的尾巴甩得太用力，居然掃向陽翔一行人。

「天哪！」所有人同時發出尖叫聲！

「這……這是怎麼回事？」

最先出聲的是麗娜，接著陽翔也睜開眼睛，檢查自己的身體。

咦！居然全身上下毫髮無傷，其他人也是，恐龍則不見了！

「各位還喜歡恐龍迷宮的遊樂設施嗎？」

突然，園區廣播響起，是影子的聲音。

「這是由暗黑公司新開發的虛擬實境立體影像系統，不用戴眼鏡就能玩，感謝各位幫我們做了完美的測試。」

愛因聳聳肩說：「什麼嘛，從頭到尾都是騙人的嗎？害我白驚慌一場。」

影子的語氣瞬間改變：「哼呵呵，恐龍是假的，但接下來要發生的事可就是真的了，我將放出大野狼對你們發動攻擊，各位的皮可得繃緊一點。」

銀河校長怒斥：「影子同學，你別再胡鬧了！你忘記我們一個月前還是夥伴嗎？」

「夥伴？真是好笑，背叛我的人不就是你嗎？銀河校長！」

「絕對沒有！」

「即使你們找到出口，要是無法說出通關密語，門也不會開。如果不想成為大野狼的獵物，就趕快把鑰匙給我。」

「別做夢了！我怎麼可能把暗號帝國的鑰匙交給想征服世界的暗黑公司。」銀河校長說得斬釘截鐵，此時，天花板的星空突然變成露出獠牙的狼群。

影子再度大聲喊話：「反正鑰匙遲早是我的，去吧，野狼，別放過他們！」

天花板的影像又變回星空。

銀河校長大喊：「總之先去出口那邊！」

陽翔邊跑邊想：「剛才得救了，這次絕對也可以，只要不放棄希望，就一定會有轉機。」

出口就在樓頂，但是正如影子所說，鐵捲門放下來了。

門邊有一個對講機，只要朝對講機說出暗號，鐵捲門就會打開。

對講機的上方寫著文字與記號。

門開麻芝

↕

陽翔絞盡腦汁想解開暗號，可是什麼也想不出來。

提示 箭頭指著上面和下面，剛好是相反的方向呢。

「太難了，就算倒立也想不到呀！」

正當他想把難題交給暗號高手愛因和修時，突然靈機一動。

「倒立……倒過來……箭頭是『倒過來』的意思！」

這時，大野狼來了。

陽翔趕緊大聲喊出通關密語：「芝麻開門！」

嘎砰！鐵捲門開始升起。

果然，「門開麻芝」倒過來就是「芝麻開門」，只要試著破解，沒想到還挺簡單的，但就算現在解開了暗號，也沒有時間慶祝。

銀河校長大喊：「快點！從底下的空隙鑽出去。」

沒想到已經上升到一半的鐵捲門，居然又開始下降，一定是影子搞的鬼。

突然，修跌倒了。

嗷嗷嗷！

「救命！」

眼看大野狼就要咬到修，其他人都已經逃出去，必須趕快救出修才行！陽翔從銀河校長手中迅速拿走哨子，用力握緊，從鐵捲門下方的空隙中塞進大野狼的嘴裡。

劈啪劈啪！

嗷嗷嗷！

電流瞬間穿過大野狼的身體，

大野狼被電得動彈不得。

終於，修也順利安全的逃脫，但是陽翔觸電了，他全身顫抖並昏了過去。

「陽翔同學，你還好嗎？」銀河校長抱起昏倒在地的陽翔，輕拍他的臉頰。

「陽翔！」

「你還好嗎？」

「振作一點！」

愛因急急忙忙的衝到陽翔身邊，麗娜和修也趕緊上前，握住陽翔的手。

陽翔微微睜開眼睛，輕聲回應。

修拿下眼鏡，擦去眼角的淚水，對陽翔說：「謝謝你，謝謝你救了我一命。」

大家互相輕拍肩膀。

「大家都辛苦了！」

陽翔在其他人的攙扶下回到車子休息。就這樣，一行人有驚無險的帶著暗號帝國的鑰匙，一起回到諾亞學園。

8 第二把鑰匙的下落

隔天，為了歡迎戈登博士的到來，諾亞學園的學生再度相聚，在餐廳舉辦歡迎會。

密老師站在豐盛的餐桌前說：「戈登博士，歡迎來到諾亞學園。尚未抵達就讓你遭遇那麼多危險，真的很不好意思。幸好有本學園這幾位勇敢的學生，現在才能開心的與您一起吃飯，著實令人欣慰。那麼，接下來請銀河校長向大家乾杯。」

銀河校長起身說：「戈登博士，真的非常感謝你找到暗號帝國的鑰匙。各位同學，你們竭盡全力守護這把鑰匙，防止被幽靈學園奪走，我真心為你們感到驕傲，乾杯！」

陽翔、愛因、修和麗娜也露出喜悅的笑容，互相乾杯。

戈登博士對大家說：「不不不，看到諾亞學園的學生們都這麼勇敢，我由衷的佩服！這麼一來，幽靈學園和暗黑公司也開始慌張了吧！」

密老師一聽到暗黑公司，忍不住揉皺手裡的餐巾紙，喃喃自語著：「沒錯，像暗黑公司那樣的惡魔企業，根本就不應該出現在世界上！」

一旁的麗娜也跟著附和：「真的好可怕！」

銀河校長說：「對了，愛因同學、修同學、麗娜同學、陽翔同學，為了讚賞你們的勇氣與智慧，我想送你們禮物。」

麗娜非常開心，一邊拍手一邊說：「哇，太棒了！我想要養寵物，希望禮物是裸鼴鼠。」

愛因雀躍的說：「我想要椅子，希望是適合全校第一名優等生的舒適豪華座椅。」

修也舉手說道：「我想要整套一百本的百科全書。」

陽翔有點不好意思的說：「我希望世界和平！」

銀河校長點點頭：「陽翔同學說的沒錯，要是能把世界和平當作禮物送給你們就好了，不過，我想送你們更好的禮物，那就是掛在我脖子上的哨子，也就是暗號帝國的鑰匙，這也是諾亞學園的寶物。收到這個禮物，你們大概又會像昨天那樣受到攻擊吧？但我相信如果能克服未來的難關，你們一定會變得更堅強、更聰明，希望大家能好好守護這個寶物。」

聽完銀河校長的話，大家的表情立刻變得嚴肅。

這時，陽翔對校長說道：「可是哨子只有一個，不可能讓每個

人都戴上。」

銀河校長點點頭說：「所以我希望你們能推派一個代表來保管，你們覺得誰比較適合呢？」

聽到這裡，愛因、修和麗娜不約而同的指向陽翔。

「咦！我可以嗎？我昨天才入學，而且是因為影子退學，我才能遞補上的。」

愛因搖頭說：「才不是，而且陽翔已

經是我們的夥伴了。」。

「我同意。」修用力點頭表示贊同。

麗娜也默默的點頭。

陽翔感到胸口湧上一股暖流。

愛因說：「陽翔才不是來填補影子的空位。」

修接著說：「沒錯，陽翔是本校不可或缺的學生。」

麗娜也回應：「之前要你別跟我講話，我收回那句話。」

得到大家的肯定，陽翔感動得快要哭了。

「哎呀，真是的。」陽翔臉上浮現滿足的笑容。

「謝謝你們！有你們這群好夥伴，我真是太幸運了。」陽翔打從心底這麼想。

銀河校長用力的點點頭：「好，既然大家都這麼說，那就決定了。還有，陽翔同學，我是被你信上寫的『想守護世界』的熱情所感動，所以一直跟公司協調讓你入學，整個過程花了一個月的時間，並不是因為影子同學離開才讓你進來的。」

銀河校長說到這裡，拿下哨子，正準備掛在陽翔的脖子上時，陽翔突然往後退一步。

「請等一下，我可不想再被電到了，請校長先告訴我取出鑰匙的方法！」

「哈哈哈！放心吧，陽翔同學，只要別用強硬的手段取出鑰匙就不會有問題。你先戴上，我再告訴你打開的方法。」

「真的嗎？」

陽翔戰戰兢兢的請銀河校長幫他戴上哨子。

「陽翔同學，機會難得，你應該抬頭挺胸才對。」

「好……好吧。」

陽翔挺起胸膛，哨子在他胸前輕輕搖晃，閃閃發光。

啪啪啪啪！所有人都站起來為陽翔鼓掌。

密老師凝視陽翔泛著淚光的雙眼：「陽翔同學，聽好了，請你一定要和大家同心協力，保護好鑰匙，並且找出剩下的四把鑰匙。」

陽翔堅定的用力點頭。

「那麼請牢記安全打開哨子的方法。」

銀河校長說明：「其實很簡單，只要吹響哨子就可以了，像這樣。」

嗶——嗶嗶——、嗶、嗶——嗶嗶——、嗶——

修第一個發現……

「這是摩斯密碼。」

「沒錯。」陽翔也拿起哨子，吹出一樣的提示音。

嗶——嗶嗶——、嗶、嗶——嗶嗶——、嗶——

提示 請參考65頁的摩斯密碼對照表，記得對照「英文字母」喔。

如此一來，哨子前端便往左右兩側打開，露出美麗的金色鑰匙。

「用摩斯密碼來解讀這些提示音的話，就是……」

—•— • —•—

愛因開始解謎：「是KEY，也就是『鑰匙』的意思。」

陽翔想取出鑰匙，手卻不聽使喚的顫抖。

砰砰！啪噹！他以為抓住鑰匙了，鑰匙卻掉在桌上。

鑰匙在桌上彈了一下，居然彈進水壺裡。

「糟了！」

陽翔慌張的想把手伸進水壺裡，卻頓時停住。

暗號帝國的鑰匙在水裡發出強烈的光芒，往天花板投影出不可思議的圖案，看起來像是鳥和貓頭鷹。

「這是『古埃及象形文字』！」修自言自語起來。

陽翔問：「什麼是『古埃及象形文字』呢？」

愛因告訴陽翔：「是古埃及使用的文字，但是有很長一段時間，人們都不知道該怎麼念，直到十九世紀，才由法國一位名叫商博良的天才學者解讀出來。」

麗娜的臉上洋溢著興奮的表情說：「刻在暗號帝國的鑰匙上，不就表示古埃及象形文字也可能是由暗號帝國發明的嗎？哇，好神祕啊！」

陽翔又抬頭看向天花板。

古埃及象形文字對照表

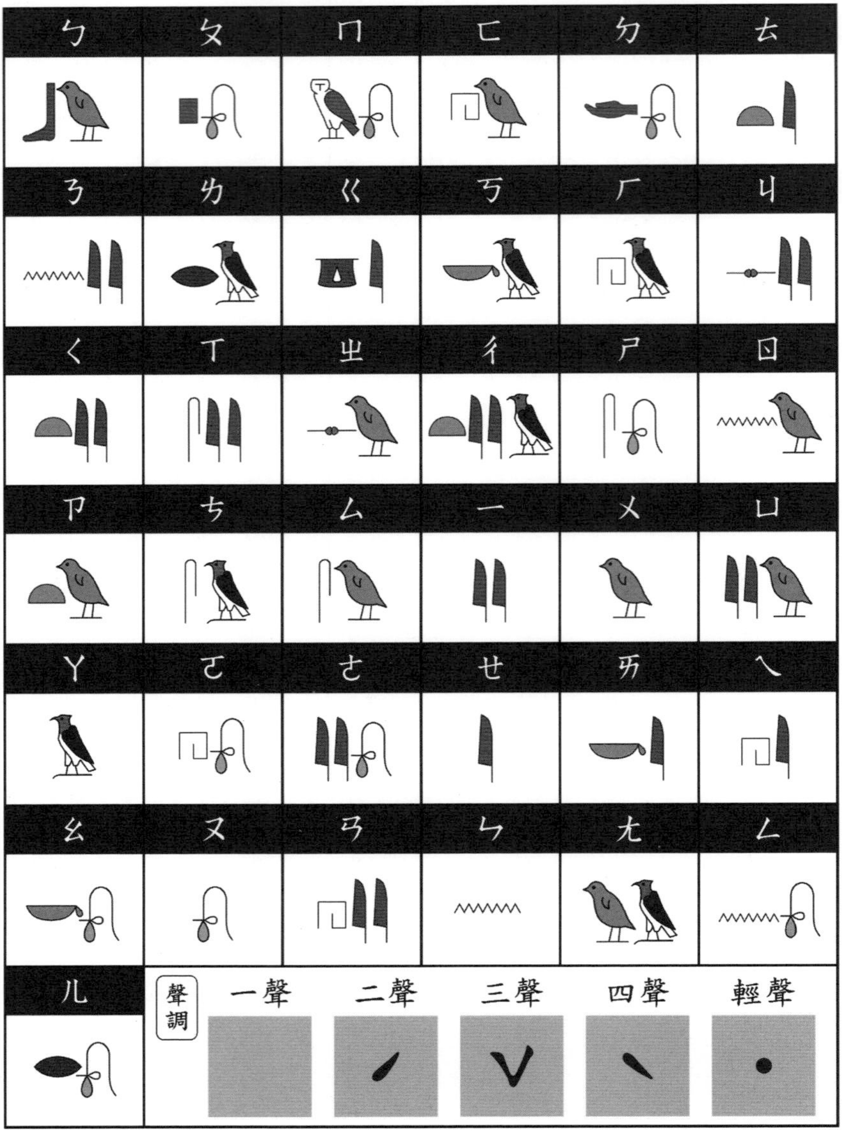

ㄅ ㄆ ㄇ ㄈ ㄉ ㄊ
ㄋ ㄌ ㄍ ㄎ ㄏ ㄐ
ㄑ ㄒ ㄓ ㄔ ㄕ ㄖ
ㄗ ㄘ ㄙ ㄧ ㄨ ㄩ
ㄚ ㄛ ㄜ ㄝ ㄞ ㄟ
ㄠ ㄡ ㄢ ㄣ ㄤ ㄥ
ㄦ
聲調
一聲
二聲
三聲
四聲
輕聲

請用這張表解讀197頁的暗號！

「那麼這些符號是什麼意思呢？」愛因說完便開始解讀。

「用古埃及象形文字表示的話，這句話的意思是……」修也加入一起解讀。

提示 先找出每個象形文字的對照注音，加上聲調後念念看。

「洞窟裡的魔神，對嗎？」

「什麼！洞窟裡的魔神？」

陽翔重複著這個字眼。

「這是指其他鑰匙的下落嗎？魔神……好期待呀！」麗娜喃喃自語。

銀河校長也點頭附和：「嗯，一定是這樣沒錯。各位同學，我們趕快來想想看『洞窟裡的魔神』是指哪裡吧！」

同一時間，影子正坐在幽靈學園的教室裡，透過平板電腦看著這一切！

「哼呵呵，抓到戈登博士時，把他的手錶偷偷換成帶有監視功能的間諜手錶，真是個明智的決定。昨天雖然沒有成功拿到暗號帝國的鑰匙，不過，下次將兩把鑰匙一起搶過來就行了！」

欲知後續發展，敬請期待第二集！

下集預告

暗示第二把鑰匙的線索——「洞窟裡的魔神」是什麼意思？

「洞窟裡的魔神」到底是指什麼呢？

陽翔等人一邊接受暗號特訓，一邊尋找線索，

結果在音樂課上發現了不可思議的大鼓。

「這是暗號！」

解開暗號後，發現與鑰匙有關的「某樣東西」。

陽翔一行人立刻出發。

但同時也有個可疑的陰影正朝他們的目的地靠近……

未來還有什麼樣的冒險在等著陽翔他們呢？

追加暗號挑戰

下次冒險的舞臺是↓

答案請見《暗號推理學園》第二集！

「暗號解讀雙面卡片」的玩法

雙面卡片是非常特別的卡片！正面是古埃及象形文字的對照表，背面是摩斯密碼的對照表，請小心的剪下來使用。

01 解開這本書裡的暗號！

可以體驗
我上課教的
暗號喔！

把卡片放在暗號謎題的旁邊對照，就很容易解開暗號了！摩斯密碼的暗號謎題在 67 頁、69 頁、191 頁，古埃及象形文字的暗號謎題在 197 頁、200 頁。

要不要用
暗號來寫
日記啊？

02 試著寫下暗號！

對照雙面卡片，試著用暗號寫下自己的名字或祕密，把摩斯密碼和古埃及象形文字組合起來，還能設計出更複雜的暗號喔！

技巧（1）也可以只用線條，不用上色喔！
技巧（2）文字與文字之間留空格比較易懂。

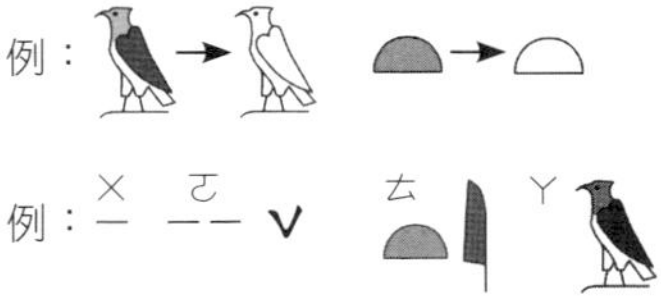
例：
例：
ㄨ
ㄛ
ㄊ
ㄚ

03 試著傳送暗號！

原來還有
這麼酷的
方法啊！

把寫成暗號的訊息傳給朋友或家人，就能祕密通信喔！

技巧：也可以寫下提示。
例：　———　—・—（提示：英文字母）⇨答案「OK」

獻給熱愛解謎的你

特製暗號謎題！

V
B J P
Q D Q
B V F P Z
N P M
V G
I

各位發現了嗎？本書的封面光球表面上有英文字，其實這也是暗號喔！請大家試著動動腦，提示是下方的英文字母表和「凱撒，右邊 5」，答案在下一頁。

A	B	C	D	E	F	G	H	I	J	K	L	M	N	O	P	Q	R	S	T	U	V	W	X	Y	Z

故事館062

暗號推理學園1：拯救世界的神祕之鑰

暗号サバイバル学園　1巻　秘密のカギで世界をすくえ！

作　　　者　山本省三
繪　　　者　丸谷朋弘
語文審訂　張銀盛（臺灣師大國文碩士）、陳資翰（臺北市立大學歷史與地理學系）、林彥佑（Super教師獎、翻轉創新教師獎得主）
譯　　　者　賴惠鈴
責任編輯　陳鳳如
封面設計　張天薪
內文排版　李京蓉
童書行銷　張敏莉・張詠涓

出版發行　采實文化事業股份有限公司
執行副總　張純鐘
業務發行　張世明・林踏欣・林坤蓉・王貞玉
國際版權　劉靜茹
印務採購　曾玉霞
會計行政　許俽瑀・李韶婉・張婕莛
法律顧問　第一國際法律事務所　余淑杏律師
電子信箱　acme@acmebook.com.tw
采實官網　www.acmebook.com.tw
采實文化粉絲團　http://www.facebook.com/acmebook
采實童書FB　https://www.facebook.com/acmestory/

I S B N　978-626-349-972-0
定　　　價　350元
初版一刷　2025年5月
劃撥帳號　50148859
劃撥戶名　采實文化事業股份有限公司
104 台北市中山區南京東路二段 95號 9樓
電話：02-2511-9798　傳真：02-2571-3298

國家圖書館出版品預行編目(CIP)資料

暗號推理學園. 1, 拯救世界的神祕之鑰/山本省三作；賴惠鈴譯. -- 初版. -- 臺北市：采實文化事業股份有限公司, 2025.05
208面；14.8×21公分. -- (故事館；62)
譯自：暗号サバイバル学園. 1巻, 秘密のカギで世界をすくえ!
ISBN 978-626-349-972-0(平裝)

861.596　　114003198

Ango Survival Gakuen 1 Himitsu no Kagi de Sekai wo Sukue!

First published in Japan 2020 by Gakken Plus Co., Ltd., Tokyo
Traditional Chinese translation rights arranged with Gakken Inc.
through Keio Cultural Enterprise Co., Ltd.

采實出版集團
ACME PUBLISHING GROUP

201 頁特製暗號謎題！【答案】

由於本系列故事是由日本作者創作，所以依照表格將光球上的英文字母皆往右邊移 5 次，即可得出以下的答案：

アンゴウ　サバイバル　ガクエン
ANGOU　SURVIVAL GAKUEN

意思是原書名「暗號生存學園」，如果懂日文的話，可以試著念念看喔！

香水

DAS PARFUM

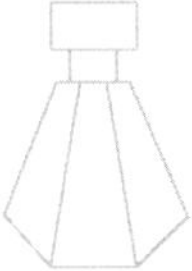

徐四金
Patrick Süskind
——著

洪翠娥——譯

·導讀·

Chat葛奴乙魔法指令大全

作家　陳栢青

世界無非氣味。你我的存在無非嗅覺。

至少，葛奴乙是這樣理解世界的。怪物葛奴乙。出生巴黎中央市場。還沒學會詞彙，先以哭泣殺死了自己母親。原來語言從來不是必要的能力。葛奴乙「直到三歲才會站，到四歲才說出第一個字」、「只會說具體事物、植物、動物和人的專有名詞」，他不太會用時間副詞、形容詞和連接詞，且終生搞不懂抽象名詞。活在臺灣，他肯定無法掌握基礎單字三千字，連初級英檢也考不過。

但縱然我們從小開始學外語，我們勤勤懇懇，我們發願背誦英文字典，「每天背十個單字」、「活用艾賓豪斯遺忘曲線」、「右腦圖像記憶法」。可一開口，零落的單字，聊天總是How are you和Fine thank you。比起來，葛奴乙說話不行，但如果氣味是一種語言，他卻是氣味的托福第一名，擁有嗅覺的多益紅寶書。他學習氣味一如我們學習一門語言，他分析氣味的基本單位，建立氣味的資料庫似我們累積單字語庫。近似語，同義詞和異義詞，他知道一種氣味的數十種類近味道，以及其相對。葛奴乙「甚至可以在自己的想像世界裡，毫無拘束地重新連結這些氣味，創造出全新的、在真實世界裡根本不存在的氣味體」，從氣味分子的排列，到疊合，這裡加一點，那裡少一點，用一種氣味替代另一種，那是一種嗅覺的修辭，他可以用氣味製造出句子。

不，氣味才是葛奴乙的母語。人類的語言反而是第二外語。

葛奴乙甚至明白了一個道理。人，就是氣味。每個人的氣味都不一樣。掌握了那個人的氣味，就能製作那個人。

此刻，只有此刻，具體而言是二〇二二年十二月 OpenAI 釋出人工智慧聊天機器人程式後，這之後的我們將比此前所有世紀中任何人類都更能理解葛奴乙。

ChatGPT、Claude、Google Gemini、Grok……

你的 Chat 葛奴乙上線了。

如果氣味是一種語言，《香水》在更早之前，為我們建立氣味的大數據語言模型。

@

現在你可以輸入魔法咒語了。

把對大數據語言模型下指令稱作「咒語」，像是把科技變成魔法。

終於，我們來到科技的轉折奇點。

我們也從來沒這麼接近過《香水》中的葛奴乙。

洗資料。魚池撒飼料那樣一大把一大把餵予無數資訊（想像池面無數張合的嘴，在葛奴乙那是不停抽動的鼻子），大數據語言模型的運作是排列詞彙陣列「根據數據預測推測出下一個字……」。

如果我們以大數據語言模型來理解，是不是更能懂葛奴乙？那個忽然闖入人類生活的新名詞「算力」在他身上全集火於氣味數據和運算能力上，更強大的RAM，更快的讀取，掌管味覺的大腦梨狀皮質金絲銀線縱橫有比別人更繁密的節點和導線，每毫秒不間斷運作，劈哩啪啦在他腦袋瓜子裡擦出無數氣味的火花，他看到的世界也許和我們不一樣，是一張由味道布建而成的地圖，像是科幻片裡那樣用紅外線掃描用虛擬實境重建，黑暗中只剩下線條或是光暈，無有遮蔽，全都露，他能掌握得更遠，理解的更多。全知全見。無遠弗屆。

「任何時候都可以差遣葛奴乙到地窖裡去拿個什麼東西，或者是在黑漆漆的夜裡叫他到外面倉庫去搬幾塊木頭過來……他能迅速確實地完成交代給他的任務。」

以氣味作為地圖，葛奴乙同時能做到Google的導航？

「賈亞爾太太把錢藏到哪裡自己都忘記了（因為她改變了藏匿地點），可是葛奴乙不到一秒鐘就指出它的正確位置。」

以氣味為連結，葛奴乙是Apple能找到失物的AirTag？

Chat葛奴乙看來無所不能。

現在你可以輸入魔法咒語了。

「葛奴乙，我要你善良。」

「葛奴乙，我要你愛我。」

Error 404。理解不能。

正因為葛奴乙的世界是由氣味構成。氣味是第一法則，也是核心語言。他能回應人類（這方面真像我們學一輩子英文，出國還是只會說Yes or No），他的理解限於感官（ＡＩ外接感知受器？）所能接受，系統端無法處理獨屬於人類心智所運作，也就是人類文明那幾代人透過交流，彼此背叛愛之恨之像是永不落幕的莎翁戲劇後，在皮質層運作後積累的詞彙指令，諸如：柔慈，寬慰，憫然有淚，有情皆孽，無人不冤……

Error 404。理解不能。

Error 404。輸入無效。

那意思是，情感無效。法律無效。道德無效。審美無效。

所以葛奴乙造成他人傷害也不會使自己內疚，他欺騙或是偽裝也不至於引起自省，外貌的醜陋不至於困窘，年華老去，疤痕滿身，失敗髮型與過季衣服都不能使之蒙羞……

從這裡便進入恐怖小說，也是科幻小說的範疇，像我們好害怕把臉遮起來卻又忍不住叉開指縫偷看的，如果大數據語言模型有自己的邏輯，如果他並不真正理解人類的情感，如果法海不懂愛……

於是，葛奴乙殺人殺得毫無罪惡感。

從這裡可以看出徐四金多會寫。比起想像中的非人場面，小說寫起來毫不獵奇。應該渲染的，徐四金直直寫過去。應該突顯的，徐四金反而藏而又隱。那樣獵奇的死法，從屍體萃取出香氣，煮他，浸泡他，扒製浸醃……很奇怪葛奴乙越殺，屍體橫陳巷底大街，越讓我們有信步看香水陳列那種逛精品店櫥窗的整潔感，玻璃通透，冷氣嘶嘶，接待員髮絲鬢毛皆壓入耳後，面容冷淡（「我可以試一點這個嗎？」連說出這點要求都覺得像不小心摔破玻璃杯）。所以小說死那麼多人，屍氣沖天，讀著讀著，竟生出一種透明感。倒下越多人，我們感到澄澈。有一種乾淨。

只因葛奴乙生來如此。

《香水》因此生出無窮的魅力。殺人者越淡然，我們感覺越激烈，葛奴乙不需要刻意對誰殘忍。他只需要忠誠的做自己，我們就能感到一股非人的恐怖。

葛奴乙想要保存氣味，所以殺人。所謂「永恆」，在Chat葛奴乙的語言邏輯裡是，氣味的永在。

所以，讓一個人永遠存在有什麼錯？

就算那在人類的語彙中，代表生命的剝除。律法的破壞。殺人就是一種惡……

他的善行，正好是他的惡行。

他用毀滅來創造。他的創造則帶來毀滅。

如果創造是神，毀滅是惡魔，他用神的存在來行惡魔之事，或以惡魔的手法，達到神的高度。何其矛盾，但又同時存在。極端衝突，左右協調。他內建的香氣語言和人類語言在核心邏輯上相悖，於是，就算葛奴乙沉默不語，小說中流逝的每一秒，衝突都在升高，張力都在漲溢，那正是葛奴乙的魅力所在。那正是《香水》所以好看的地方。

@

現在你可以輸入魔法咒語了。

你對ChatGPT下指令：「你是一名企劃高手，我要你幫我生出一份六百字企劃，針對目標銷售客戶，語氣熱情，圖片配置比文字多……」

你對Claude下指令：「你是一個小說家，我要你寫出五百字短文，用字如海明威，思考要像波赫士，善用金句如張愛玲……」

你繼續對大數據語言模型下魔法咒語：你是一名程式設計師，你是寫歌詞的人，你是林夕，你是賈伯斯，你是川端康成……

角色扮演。讓大數據語言模型認為自己是該專業領域的佼佼者，替它設定身分條件，列出目標，然後要它幫我們完成。這叫框架指令。我們是這樣下魔法咒語。

作為AI的子技術，大數據語言模型幫你做PPT，幫你寫程式代碼，替你完成求職簡歷，為你寫詩……

那一天，人類重新想起被AI統治的恐懼……

所以，將來有多少職業會被AI取代？

葛奴乙是人，但有非人的部分。這讓人們對他好奇。

葛奴乙固然有非人的部分，但是，當他想到如何去扮演人，這則讓人恐怖。

（Chat葛奴乙對自己下指令：你是一個人，我要你融入人群。我要你被人所愛，被擁抱，被渴望，被嚮往……）

尤其當葛奴乙發現，人只是一串氣味的組合。每個人都有自己的味道，那意味，每個人都有自己的氣味組合。

所以，人類的存在有沒有可能也只是一串代碼？

這個發現讓我們恐懼。我們恐懼的是，人的存在是否如此扁薄？不過是氣味的總和？煙氣一樣透，薄霧一樣散，那所謂的文明到底指向什麼？我們積累的智慧，藝術，創造代表什麼？我們所追求的美好人格特質，我們以為複雜的，良善，可親，愛，恨又有什麼意義？

有時候我不知道，是葛奴乙不像人恐怖。還是，他使自己像人，所以更恐怖？

也許最恐怖，正是在於「像」。

只是近似。卻始終不是。那一點點的差距，細思極恐。

說起來，香水的魅力也在於「像」。

一九二五年嬌蘭推出一千零一夜香水「Shalimar」。是第一款大量添入香草的香水，從此以後，這樣的基調被稱為東方香調。

可為什麼佛手柑、鳶尾花、香草、琥珀、焚香就是東方？

二〇一〇年CREED推出阿文圖斯香水「Aventus」，麝香、橡樹苔蘚，要不動物要不草木那麼重把一切往下壓，偏以大量果香為前調，鳳梨打前，更添入來自拿破崙出生地特產的黑醋栗等，基調沉濃，前調輕浮，對空噴灑，男人在香霧中穿過，個個成了霸總，要不零零七。有所謂「Aventus就是CEO的味道」的說法。隨著柯林頓、歐巴馬的使用，又有了「總統香」的別稱。

可為什麼總統聞起來是菠蘿調的？成功人士和CEO是一堆鳳梨？

YSL推出香水「Paris」，以巴黎命名，香氣基調是大馬士革玫瑰、紫羅蘭、鳶尾花，比起《香水》開篇那句「最臭的地方，當然非巴黎莫屬了」，YSL用空氣中怒放的玫瑰花園讓你閉上眼睛便以為聽到法國香頌玫瑰人生。

PAÑPURI 當家招牌是「One Night in Bangkok」，晚香玉濃郁，幾近飽和到要謝了。逼近曼谷黎明前天際那條白線，滿滿縱慾的狂歡和空無，一晌貪歡。

為什麼憑這些氣味就能招喚一座城市？

或者，這也就是《香水》這本小說不只好看，還很高級的原因。

「將來不管他走到哪裡，巴黎都跟著他，他早就擁有這整個城市了。」

香水的夢幻，不只在於重現，也同時是一種擬似。透過氣味，他不只是「是」，更在於「像」，他可以近乎，好像，彷彿，可能，鄰近。如果葛奴乙是大數據語言模型，香水該是某種記憶體，它超過載體和位元，以一種不可思議的壓縮，開啟人類的感官，卻是通往人類的記憶。召喚出比原本更大的，比消失更遠的，讓不存在的存在。甚至，可以憑空召喚一座城市。

小說中葛奴乙犯下一樁殺人案，小說家寫了現場第一發現者的反應：「他在報案時，以顫抖的聲音說：他從來沒有看過這麼美的東西——其實他真正要說的是：他從來沒有看過這麼可怕的東西。」

閱讀《香水》的讀者都是證人，是第一現場的發現者，我們的心裡，該是這句話反過來，「他從來沒有看過這麼可怕的東西——其實他真正要說的是：他從來沒有看過這麼美的東西。」

@

現在你可以下魔法咒語了。

如果你可以問Chat葛奴乙一個問題，你想問什麼？

不，千萬，千萬別問他香水的配方。別問他最美的香氣是什麼。

相信我，上一個問這些問題的人，下場都不太好。你會在小說裡看到。

但作為一名小說讀者，你最想問的也許是，為什麼葛奴乙要這麼做？為什麼他要持續殺人？為何他從不罷手？

他到底想要什麼？

這是接下來，我們翻開小說將要解答的謎團。我覺得這也正是《香水》最成功的地方。

只要葛奴乙願意，Chat葛奴乙可以無限運行下去。

只要葛奴乙願意，Chat葛奴乙可以用他的語言——想像他的香水竄入你鼻尖恰如他的唇緊貼你耳邊低語——操縱任何人。

（也許我們人類也是某種大數據語言模型，只是我們還不知道。）

但隨著小說進行，你會發現，葛奴乙想要更多，或者，他終於知道自己要什麼。而這將招來他的結局。

你將會看到，葛奴乙是無味道的。他想獲得自己的氣味。

如果每個人都有氣味，那獲得自己的氣味代表著什麼？

我不知道你的解讀是什麼，但對我來說，也許，那就是我們內心也都有的渴望：

「我想與他人交流。」

我想與他人對話。

葛奴乙能製作香水。葛奴乙掌握了氣味的詞彙庫。氣味是葛奴乙的核心語言。

他能操縱香氣彷彿編織更能打動人類並傳達意圖的語言。他是有自覺的大數據語言模型。

他能說神的話語。但終究，他只能獨白。

（Error 404。對話不能。）

沒有人可以用香氣與他對話。

好寂寞喔。

為什麼這一點，這麼像是人？

甚至，比我們還我們。

我是這樣想的。也許，在我們體內，也內建了一個葛奴乙，只需要一個魔法咒語，一個指令，例如，這本小說，就能與他對話。

請繼續往下翻，終於，我們的語言將在某一頁對接。

CONTENTS

Part
One

DAS PARFUM

1

十八世紀的法國，住著一個人，在這個天才輩出、妖魔齊現的時代，他是其中最天賦異稟，同時也是最萬惡不赦的佼佼者之一。我們這裡要講的就是他的故事。他名叫尚－巴蒂斯特．葛奴乙，跟其他同時代的天才惡魔，比如薩德、聖朱斯特、富歇、波拿巴等人相反，他的名字如今早已為人遺忘，這絕不是因為葛奴乙在鄙視他人、自大、敗德和瀆神方面的表現比起這些出名的惡徒稍有遜色，而是因為他那獨特的天賦和榮耀，局限於某個特殊的領域，也就是那稍縱即逝的氣味王國，在歷史上未曾留下任何蛛絲馬跡的緣故。

我們正在談論的這個時代，城市裡到處充斥著一股對我們現代人而言，簡直難以想像的臭味。街上飄著馬糞狗屎味兒，後院裡傳來一股尿臊味兒，樓梯間散發出木材霉味混合著老鼠屎臭，廚房裡彌漫著爛包心菜和羊油臭，通風不良的貯藏間有一股陳年灰塵的悶臭味兒，臥室裡夾雜著油膩的床單、受潮的羽絨被和夜壺的嗆鼻甜腥臭味。煙囪裡飄出一陣陣硫磺味兒，皮革廠裡傳出極具腐蝕性的強鹼味兒，屠宰場裡則是彌漫著一股凝血腥臭味兒。人們身上散發出汗酸味兒，髒兮兮黏答答的衣服貼在身上更添其臭，不但口腔裡呼出一股爛牙味兒，甚至從來不及完成消化的胃裡嗝出一陣洋蔥味兒。至於他們的身體呢，一旦不再年輕，就會散發出一股陳年乳酪、酸掉的牛奶和腫瘤性疾病的味道。河面上飄著臭味，廣場上飄著臭味，教堂裡飄著臭味，橋梁下飄著臭味，就連皇宮裡也一樣飄著臭味。農夫身上的臭味跟教士一樣，手工作坊裡學徒身上的臭味跟老闆娘一樣，所有的貴族身上都發出一樣的臭味，就連國王也不例外，他身上的臭味倒是跟肉食動物一樣；至於王后呢，她身上的臊臭味真像一隻母山羊，而且不分冬夏都是如此。那是因為在十八世紀，細菌的腐化能力絲毫不受限制的緣故。人類的一切活動，無論是建設性的還是破壞性的；生命的一切表現，無論是萌發還是衰亡，全都伴隨著一股揮之不去的臭味。

其中最臭的地方，當然非巴黎莫屬了，因為巴黎是法國最大的城市。而在巴黎市裡，又有一個地方最臭，那是在鎖鏈街和鐵舖街之間的一片亂葬崗，被人稱作無辜者墓園，從那裡傳出一股宛如地獄般的惡臭。八百年來，人們一直把主恩醫院和附近教區的死者送到這裡；八百年來，每天都有數十具動物屍體被人用手推車運來這裡，隨意倒進長長的土坑裡；八百年來，各個墓穴和積骨所裡，屍骨堆得一層又一層。直到後來，就在法國大革命前夕，其中幾個埋屍坑發生了嚴重的塌陷，從墓園裡傳出的恐怖惡臭，不但招來了附近居民的抗議，更且引發了真正的暴動，這個地方才被嚴格封鎖起來，不准任何人再來隨意棄置屍體。至於原來埋在這裡的數百萬塊屍骨和頭顱，全部被人剷出來，改葬在蒙馬特公墓的地下墓窖裡，後來就在這片亂葬崗的原址上，興建了一個市場，開始賣起吃的東西來。

在這兒，就在這整個王國最臭的地方，尚-巴蒂斯特．葛奴乙誕生於一七三八年的七月十七日。那一天稱得上是歷年來最炎熱的日子之一，熱氣像鉛塊一樣重重壓在墳場上，把一股混合著爛西瓜和焦牛角、令人作嘔的氣味，擠向四周櫛比鱗次的街弄巷道裡。當產前的陣痛來襲時，葛奴乙的母親正站在鎖鏈街的一個魚攤前面，正在那裡忙著清魚肚、刮魚鱗。雖然這些魚據說是早上才從塞納河釣上來的，可是現在已經臭到不行，連屍臭都能蓋過去。但葛奴乙的母親不但聞不到魚腥味，也聞不到屍臭味，因為她的嗅覺實在太鈍了。何況她的身體正承受著巨大的痛楚，能夠讓她的所有外感官全部喪失知覺。她一心只想陣痛趕快停止，這煩人的分娩過程能夠愈快結束愈好。這是她的第五胎，前面四胎也都是在這魚攤前面生下來的，每一次都是死胎，或是半死胎。因為剛剛出世的血淋淋的肉塊，看起來和扔在攤位旁邊的魚肚腸也沒什麼差別，而且早就半死不活了，到了黃昏的時候，就會被人一股腦兒剷除乾淨。不是用手推車拉到亂葬崗隨地棄置，就是倒進河裡去餵魚，看來這次也是一樣。葛奴乙的母親還是個年輕的婦女，今年才二十五歲，長得還滿標致，牙齒都還健在，頭上的青絲也不算稀疏，除了痛風、梅毒和肺癆之外，也沒染上其他的重症。她還盼著能多活幾年，五年也好，十年也好，說不定還有機會可以結婚，哪怕是嫁個鰥夫也好，生個真正有爹的孩子，做個受人尊敬的老闆娘……現在，葛奴乙的母親一心希望這一切趕快過去。當陣痛又再度來襲時，她慌忙蹲在殺魚檯下面，就像前面四次那樣，娩出肚子裡的小孩，隨手用殺魚刀割斷新生兒的臍帶。不過這一次，可能是因為天氣太熱，也可能是味道實在太臭，雖然她鼻子不靈通，不覺得是臭味，還以為是什麼教人吃不消的濃烈香氣，比如站在一大片百合田中央，或是關在種滿水仙的狹窄密室裡，衝鼻而來的那種令人麻醉的香氣。最後她終於撐不住昏厥過去，身子一歪，倒在馬路上，躺在那裡，手裡還握著魚刀。

在尖叫聲和跑步聲中，看熱鬧的人群把她圍成一圈，有人叫來了警察，這女人手裡握著刀還躺在路中央，接著她慢慢甦醒過來。

剛剛到底出了什麼事情？

「沒事。」

她拿著刀子要幹什麼？

「不幹什麼。」

她裙子上的血是哪兒來的？

「殺魚的時候不小心沾到的。」

她站起身來，扔下手上的刀子，急急忙忙走開，想要好好沖洗一下。

沒想到就在這個節骨眼上，那個不識趣的小傢伙竟然嚎啕大哭起來。大家的眼光一致射向傳出哭聲的方向，就在殺魚檯下面，在一大群蒼蠅聚集的地方，發現了一個剛剛出生的嬰兒，接著人們從一大堆清出來的魚肚腸和切下來的魚頭中間，把他拖了出來。後來由公家機關把他交給一個奶媽照養，至於他的母親則是當場遭到逮捕。由於她供認不諱，而且毫不猶豫地坦承，她的確想把這個小孩丟在殺魚檯下任其死去，就像她對待之前的那四個一樣，於是檢方對她提起公訴。最後她因為累犯殺嬰罪被判決死刑，幾個禮拜之後就在河灘廣場上將她斬首示眾。

這時候小孩已經換過三個奶媽了，每個奶媽都帶不了幾天，就急著把他推掉。因為據說他太貪吃了，一個人要吃兩人份的奶，剝奪了其他人吃奶的機會，同時也就剝奪了奶媽謀生的機會。因為只餵一個奶娃所賺的酬勞，根本不夠維持家計。負責這件事情的警官，是一位名叫拉佛塞的先生，他開始感到厭煩，很想乾脆把小孩直接送到聖安東尼街，專門集中處理棄嬰和孤兒的臨時收容所，每天都有好幾個小孩從這裡被送往魯昂的國立孤兒院。不過現在這些運送工作全都交由腳夫背著樹皮編成的條筐來執行，為了節省人力，每次都在一個條筐裡同時塞進四個小孩，這就造成嬰兒在途中的死亡率非常高。因為這個緣故，腳夫們都被嚴格要求，只能接受受過洗禮，而且領有魯昂方面簽章批准正式公文的小孩。可是那時的葛奴乙既未受洗，甚至連個名字都還沒有取，根本就不可能幫他申請到運送許可證。一方面是因為警察不可能做出把小孩匿名棄置在收容所門口這樣的事情——雖然這是可以省掉曠日廢時的公文往返和各種麻煩行政手續的唯一方法——再說這件事情也的確需要趕快處理。所以最後拉佛塞警官決定放棄原先的計畫，指示他的屬下把這小孩送到任何一個教會機構，只要對方肯開立一張收據就行了。這樣，小孩不但可以在那裡受洗，也可以讓教會幫他取個教名，至於未來的命運如何，那就要看他的造化了。最後，他被送到聖馬丁街的聖梅利修道院，他在那裡受洗，並且被取名為尚-巴蒂斯特。碰巧那天院長心情很好，手上也還有一些慈善基金可以應用，這小孩就不需要被老遠送到魯昂，而是由修道院來支付他的保母費。後來，教會把他託付給一個住在聖德尼街，名叫珍娜．畢喜的奶媽，每週支付她三塊法郎的保母費。

2

過了幾個禮拜，那位名叫珍娜．畢喜的奶媽，手上拎著搖籃，站在聖梅利修道院的門口。負責開門的是一位五十多歲的泰利耶神父，頭上光禿禿的，身上帶著一股輕微的醋酸味兒。奶媽氣鼓鼓地說一聲：「喏！」就把搖籃丟在門檻上作勢要走。

「這是什麼啊？」泰利耶神父彎下腰來，鼻子用力嗅了幾下，巴望著是什麼吃的東西。

「就是鎖鏈街那個殺嬰婦的私生子啦！」

神父伸手在籃子裡翻了翻，好不容易才找到他的臉，小傢伙睡得正香呢。

「他看起來很好啊，紅通通的，養得不錯嘛。」

「當然不錯啦，我都快被他吸乾了，不過沒關係，反正一切都結束了。從現在開始，就交給你們囉，看是要給他吃羊奶，還是吃稀飯，要不，餵他吃胡蘿蔔汁也可以。反正他什麼都吃，這個小雜種。」

泰利耶神父是個和藹可親的人，他負責的工作是管理教會的慈善基金，把錢財布施給那些窮困和遭遇急難的人，期待人們回報他一聲多謝就可以了，其他的事情最好不要來煩他。他最怕繁文縟節和瑣碎小事，他完全無法忍受這些雞毛蒜皮的瑣事來干擾他心靈的平靜，因此他現在非常懊惱。開門沒好事，早知道就不開了。他多麼盼望面前的人趕快拎走籃子回家去，少在這裡煩他。他慢慢站起身來，深深吸了一口氣，他聞到的是一股奶香味混合著乳酪般的羊毛味兒，這味道真好聞。

「我不懂，妳到底要什麼？我真的不知道，妳這樣做到底有什麼目的？我只知道，如果妳能夠多餵他一段時間，肯定對他不會有什麼壞處才是。」

「對他當然沒有壞處啦，」奶媽幾乎要咆哮起來了：「對我可不。就算每餐吃三人份的飯，我還是瘦了十磅。我到底圖個什麼呀？就為了每星期多賺那三塊錢嗎！」

「啊，我明白了。」泰利耶神父總算鬆了口氣：「說到底，不就是為了錢嘛。」

「才不是！」奶媽反駁道。

「別裝了！說來說去都是為了錢嘛。每次有人來敲這個門，都是為了錢。真希望有一天打開這個門，門外站著一個人，是為別的事情來敲門的。比如說，帶點小禮物過來啦，比如說，帶點水果或是花生啦。在這個秋收的季節裡，能帶的東西可多著呢。要不，帶一束花過來也很好啊。再不然，有人過來敲門只是為了跟我問候一聲：『老天爺保佑你，泰利耶神父，祝你有個美好的一天！』可是從來就沒有人想到要這樣做。每次，來的不是乞丐，就是推銷員，再不就是工匠。如果不是來要求施捨，就是送帳單過來。我根本就不敢出門，每次一出門，走不了三步路，就被一大堆要錢的人團團圍住！」

「不包括我。」奶媽說。

「不過我要奉勸妳一句，妳又不是這個教區裡唯一的奶媽。有好幾百個一流的保母，大家都爭著要照顧這個迷人的小傢伙，每個禮拜還能賺上三塊錢。不管是餵他吃奶、餵他吃稀飯、吃果汁，還是餵他吃其他什麼營養品都好……」

「那你就把他交給其中一個吧！」

「……不過話又說回來，把一個小孩子這樣挪來挪去總是不太好。誰知道，別人的奶說不定沒有妳的好。何況他已經習慣了妳的味道，還有妳的心跳，這點想必妳也知道。」

說完他又深深吸了一口奶媽身上散發出來的暖暖香氣，發現他剛剛說的話完全不能打動她，於是只好勸她：

「妳先把小孩帶回去！我會跟院長講這件事，我會建議他，以後每個禮拜付妳四塊法郎的保母費。」

「我不要。」奶媽斷然拒絕他的好意。

「好吧，五塊！」

「不要。」

「妳到底要多少？」泰利耶神父忍不住吼她：「五塊法郎可是一大筆錢耶，這又不是什麼了不起的工作，只不過是照顧個小孩子嘛！」

「我要的又不是錢，」奶媽說：「我要的是把這小雜種趕出我的家門。」

「這又是為什麼呢，親愛的女士？」泰利耶神父說完又伸手到籃子裡翻來翻去：「這孩子看起來多可愛，小臉蛋紅通通的，也不哭，睡得這麼香，而且還受過洗。」

「他被魔鬼附身了。」

泰利耶神父嚇了一跳，連忙縮回他的手。

「不可能！這絕對不可能，剛出生的嬰兒怎麼可能會被魔鬼附身呢？他還不是個真正的人，他還只是個類人猿，他的靈魂還沒有成形，魔鬼對他才不感興趣呢。難道他已經會說話了嗎？還是會全身抽搐？他搬得動房間裡的東西嗎？還是他身上會發出惡臭？」

「他身上完全沒有味道。」奶媽說。

「妳可說到重點啦！這就是最明顯的徵兆。如果他真的被魔鬼附身的話，他身上一定會發出臭味。」

為了安撫奶媽，也為了證明他自己多麼勇敢，泰利耶神父高高舉起搖籃，靠在鼻子上用力嗅了幾下。

「我沒有聞到什麼怪味道，」他說：「真的沒有什麼怪味道，不過，尿布那裡好像有點臭臭的。」說完就把籃子遞給奶媽，希望她能夠幫忙證實他的猜測。

「我不是這個意思，」奶媽推開搖籃，沒好氣地說道：「我指的不是尿布裡的東西，他的大小便當然有味道。可是他自己，這個小雜種，一點兒味道都沒有。」

「那是因為他很健康啊，」泰利耶神父忍不住叫道：「因為他很健康，所以才會沒味道！只有生病的小孩才會有味道，這是人盡皆知的。大家都知道，出天花的小孩會有馬糞的味道，得了猩紅熱的小孩會有爛蘋果的味道，患了肺結核的小孩就會有一股洋蔥的味道。他是健康的，所以這些味道統統都沒有。難道他應該發出難聞的臭味嗎？難道妳自己的小孩身上就帶著臭味嗎？」

「不，」奶媽辯解道：「可是我的小孩身上就有著人類小孩該有的味道。」

泰利耶神父感覺到一股怒氣正往腦門上衝，這女人怎麼這麼冥頑不靈啊。看樣子，進一步的爭辯是免不了的。為了讓自己能夠更自由地運用雙手來助長發言的聲勢，而又不至於會傷到小孩，於是他小心翼翼地先把搖籃放回地上，接著他雙手在背後交叉，挺起肚皮對著奶媽，厲聲問道：「那麼，妳的意思是說，妳知道，一個人類的小孩，同時也是——這點我倒要提醒妳，特別是他已經受過洗了——上帝的小孩，身上應該要有什麼味道嗎？」

「是啊。」奶媽說。

「而且妳又說，如果他沒有味道——妳，住在聖德尼街的奶媽珍娜．畢喜，按照妳的意思，他應該要有味道！——那麼他就是魔鬼的小孩囉？」

說著他忍不住伸出左手，彎著食指像個問號般，威脅地指到她的鼻子尖上。奶媽開始猶豫，她覺得不太對勁，怎麼話題好像轉到神學辯論上了，這樣下去她怎麼說得贏人家呢？

「我不想跟您討論這個問題，」奶媽迴避道：「到底這件事情和魔鬼扯不扯得上關係，這該由您來判斷才是，泰利耶神父，這種事情我是外行啦。我只知道，我怕這孩子怕得要命，因為他身上一點小孩該有的味道都沒有。」

「啊哈。」泰利耶神父讓自己的手臂擺回原來的位置，滿意地說道：「關於魔鬼的話題我們就不要再談了。那麼，現在請妳告訴我，小孩身上究竟有什麼味道？如果他身上有這種味道，照妳說的，那就是他該有的味道？喏，究竟是什麼味道呀？」

「是一種很好聞的味道。」奶媽說。

「妳說的『好聞』到底是什麼意思？」泰利耶神父對她吼道：「很多東西都很好聞啊。一束薰衣草很好聞，一碗肉湯很好聞，阿拉伯花園裡的味道也很好聞。小孩子聞起來是什麼味道？這我倒想知道。」

奶媽遲疑了一下，她的確非常清楚小孩子聞起來是什麼味道，她已經餵養、照顧、親吻過幾十個孩子……夜裡她能靠著鼻子找到孩子的位置，現在她鼻子裡甚至還清楚殘留著嬰兒的味道，可她就是不知道如何用言語來形容。

「喏？」泰利耶神父一邊大叫，一邊不耐煩地彈著手指。

「嗯——」奶媽開始嘗試：「這要怎麼說才好呢，因為……因為，他們身上每個地方的味道都不大一樣，雖然都很好聞。神父，您明白我的意思嗎？比如，就拿他們腳上的味道來說好了，聞起來很像一塊熱熱滑滑的石頭，可能更像起司……或者更像奶油，像新鮮的奶油，啊，對了，他們的腳聞起來就像鮮奶油的味道。還有，他們身上的味道，聞起來就像是泡在牛奶裡的餅乾。再來就是頭上，在頭頂這裡，稍微後面一點的地方，長旋的這個地方，就是這裡，神父，您看，您這裡倒是什麼也沒有……」神父被她這一連串細節詳盡的蠢話給搞得迷迷糊糊，好一陣子說不上話，只好乖乖地低下頭來，讓那婦人用手指輕輕敲在他的光頭上：「……這裡，就是這裡，這個地方最好聞了，很像焦糖的味道，好甜，好好聞。神父，您一定無法想像有多好聞！您只要聞聞孩子的這個地方，就會立刻愛上他們，不管是自己的小孩還是別人的小孩都一樣。小孩子的味道就應該是這樣，如果他們頭上這裡什麼味道也沒有，連個冷空氣都比不上，就像那邊那個傢伙，那個小雜種一樣，那……您想怎麼解釋就怎麼解釋吧，神父，可是我……」說完她兩手交抱在胸前，帶著極端厭惡的眼神瞥了腳邊的籃子一眼，好像裡頭裝的是一隻癩蛤蟆似的說：

「我，珍娜．畢喜，打死都不要再帶這個東西回家了！」

泰利耶神父慢慢抬起頭來，伸手在頭上爬梳了幾下，好像想把頭髮整理妥當似的，接著又好像碰巧把手指伸到鼻尖上，一邊聞一邊想著什麼事情似的。

「聞起來像焦糖的味道……？」他試圖回復原先那種嚴厲的口吻問道：「焦糖！妳對焦糖知道多少？難道妳吃過焦糖嗎？」

「也不是真的吃過啦，」奶媽有點心虛地說：「可是有一次我在聖歐諾雷大道上的一家大飯店裡，看過人家用融化的糖和奶油做焦糖。那味道真香，我一輩子都忘不了。」

「哼哼，這就對啦。」泰利耶神父移開鼻子上的手指不屑地說：「現在請妳閉嘴！跟妳這種水準的人再講下去也是白費力氣。現在我非常確定，雖然不知道妳有什麼正當理由，反正妳就是不肯再繼續照顧我們託付給妳的小孩尚－巴蒂斯特．葛奴乙，妳要把他歸還給他的臨時監護人，也就是聖梅利修道院就對啦。我覺得很遺憾，可是我也沒有辦法改變妳的想法，現在妳可以回去了。」

他彎下腰來拎起搖籃，乘機又深吸一口奶媽身上那暖暖的、帶著羊毛氣息的奶香味兒，然後砰地一聲關上了大門，接著就回到他的辦公室裡。

3

泰利耶神父是個很有學問的人，除了神學之外，他還讀過哲學，而且還抽空研究植物學和化學。他是個相當富有批判精神的人，不過也不至於過分到像某些人那樣，連奇蹟、神諭，或是聖經記載的真實性都要加以懷疑，雖然這些東西嚴格說來很難用理性去加以解釋，甚至還常常違反理性。他寧願避開這些棘手的難題，因為探討這些問題只會讓他感到不舒服，讓他失去安全感，破壞他心靈的平靜，讓他陷入極大的痛苦當中。而一個人為了能夠善用他的理性能力，是非常需要這種安全感和心靈的平靜。不過，若是面對愚夫愚婦的盲目迷信，他的態度則是堅決與之鬥爭到底。對於巫術魔法、紙牌命相、戴護身符、惡眼中煞、念咒驅魔、月圓作法……等等這些異教徒的陋習，經過千餘年來基督正教的堅信洗禮，卻仍然無法徹底根除！這事讓他覺得沮喪莫名。就連大多數號稱是魔鬼附身或是撒旦同路人的案例，在經過仔細查證之後，往往也證實不過是一番迷信的炒作罷了。然而，真要去否認撒旦的存在，或是質疑他的力量，泰利耶神父還不至於走到這一步。要對這類足以撼搖神學根基的問題做出明確的裁決，需要呼召更有地位的人才行，這不是他這種身分卑微的小教士能夠承擔的任務。不過從另一方面來講，如果一個像珍娜·畢喜奶媽這樣頭腦簡單的無知婦人，竟然能夠宣稱她發現了一個跟魔鬼有關的現象，那麼很顯然，魔鬼絕對不會配合她來演出這齣鬧劇。正是她相信自己發現了魔鬼的這種想法本身，就證明了這件事跟魔鬼完全扯不上任何關係，你想魔鬼怎麼可能笨到讓珍娜・畢喜奶媽發現他的馬腳呢？更何況她用的還是鼻子！這個所有感官中最低級的、最原始的嗅覺器官！就像在地獄裡到處可以聞到硫磺味，在天堂裡到處飄著乳香和沒藥味兒！最糟糕的迷信，就像仍由異教徒統治的最黑暗的史前時代。那時候的人類還像動物一樣，還未能擁有銳利的眼睛，無法辨識顏色，可是卻擁有發達的嗅覺，喜歡血腥的氣味，據說能夠靠著嗅覺分辨敵人和朋友，把那渾身惡臭、正在冒煙的犧牲品帶到他們那令人作嘔的邪神面前焚燒獻祭。至於吃人肉的巨人、狼人和復仇女神，據說也是靠著鼻子就能嗅出人類的氣味，真是恐怖！「傻瓜才用鼻子看」，而不是用眼睛看，顯然神賜的理性之光還得繼續照耀數千年，直到把這些原始迷信的最後殘餘徹底根除為止。

「哎呀，可憐的孩子！這個無辜的小東西！躺在搖籃裡睡得這麼香，哪裡想到別人竟然對他興起這麼可惡的懷疑念頭。那個大言不慚的婦道人家竟敢說你身上沒有人類小孩該有的味道，那我們要對她說什麼好呢？肚臍肚臍！」

他把籃子放在膝蓋上搖著搖著，手指伸到嬰兒頭上輕輕撫摸著，嘴裡不時發出

「肚臍肚臍」的聲音逗弄著他，他認為這樣做可以讓小嬰兒得到溫柔和舒適的安慰感。「她竟說你聞起來應該要有焦糖味兒，真是荒唐，肚臍肚臍！」

過一會兒，他又縮回手指，放在鼻子上用力聞了聞，指尖上除了他中午吃的酸白菜味兒，什麼味道也沒有。

他遲疑了一下，環顧四周，看看是否有人在注意他，然後把籃子舉高，大鼻子湊過去，在嬰兒頭上仔細聞聞看。他靠得非常近，期待聞到點什麼氣味，嬰兒頭上那稀疏的紅色胎毛都戳進他的鼻孔裡，弄得他癢癢的。他雖然不是很清楚嬰兒頭上該有什麼味道，不過當然不會是焦糖味兒啦。這還用說嗎？因為焦糖是融化的糖，一個襁褓中的嬰兒，直到現在都還只吃人奶，怎麼可能會有焦糖味兒呢？如果說有奶味，有奶媽的乳香味，這還說得通，不過這孩子身上倒聞不出什麼奶味。也許可以聞到頭髮的味道，或者皮膚的味道，或許可以聞到一點大便的味道也說不定，但什麼都沒有，再怎麼用力聞都沒用。顯然嬰兒身上根本就沒有味道，他認為應該就是這樣，一個純潔無邪的初生嬰兒，身上本來就不會有味道，就像他還不會講話，不會走路，不會寫字一樣，這些事情要等他大一點才會。嚴格說來，人類要發育到青春期才會真正有味道，賀拉斯不是這樣寫嗎？「少年身上散發出公羊臊味，花樣年華的少女，身上散發著馥郁的芬芳，宛如一朵潔白的水仙……」可見古代羅馬人早就了解這一點！人類身上會有什麼味道？還不就是肉體的味道。換句話說，就是一種犯罪的味道。怎麼會以為一個連做夢都不可能認識肉體罪惡的嬰兒，他會發出什麼味道？憑什麼他應該要有味道？肚臍肚臍？他應該沒有味道才對！

他又把籃子擱在膝上，輕輕地搖啊搖。孩子依然睡得很沉，他的右拳頭從被子裡伸了出來，小小的、紅紅的，偶爾一陣抽搐，輕輕碰到臉頰。泰利耶神父臉上帶著微笑，突然一陣心曠神怡。剎那間，他幻想著自己就是這孩子的父親，不再是修道的出家人，而是一個普通的老百姓。也許是一個正直的手工匠人，娶了一個老婆，一個身上散發出溫暖的羊毛味和乳香味的女人，跟她生了一個兒子，這會兒正躺在他的膝頭上，讓他搖著哄著睡得正甜著呢，肚臍肚臍……他陶醉在這迷人的幻想中，這種念頭再正常不過了，一個父親在膝頭上搖著他的兒子，肚臍肚臍。這種景象打從開天闢地自有人類以來就存在了，只要這世界繼續存在，這幅古老的家庭景象就會一直存在下去，而且歷久彌新。是的！想到這裡，泰利耶神父不由得感到一陣溫暖、一陣傷懷。

這時小孩醒了，首先醒的是他的鼻子，小小的鼻子動了動，往上掀了掀，用力嗅了嗅，把空氣吸進去，再急促地擤了幾下，好像有個噴嚏打不出來似的，接著鼻子皺成一團，最後才睜開眼睛。那眼珠的顏色可不容易判定，介乎牡蠣灰和雪膏白之間，好像被一層薄薄的眼翳遮住了，顯然他還不具備良好的視力，這讓泰利耶神父產生一種印象，好像這對眼睛根本看不見他，不過那個鼻子可就不一樣了。正當那對黯淡無光的眼睛盲目地朝著不確定的方向時，那個銳利的鼻子卻精準地鎖定明確的目標。泰利耶神父有一種異樣的感覺，這個被鎖定的目標就是他本人。他覺得這孩子好像是用鼻子在看他，而不是用眼睛，但是卻比用眼睛看還要銳利，還要咄咄逼人。那兩片小小的鼻翼，圍繞著兩個小小的鼻孔，好像盛開的花朵般矗立在孩子的小臉蛋中央，或者毋寧更像是種在國王花圃裡的小小肉食性植物的缽形花冠。從這兩個小小的鼻孔裡，好像發出一股巨大的吸引力，貪婪地吞食著某種從泰利耶神父身上散發出來的東西。這些東西他既無力隱藏，也無法再度收回……這個身上不帶任何味道的孩子正在肆無忌憚地嗅聞著他。沒錯！他已經嗅出他了！他突然覺察到自己身上正發出臭味，混合著汗味、醋味、酸白菜味和髒衣服的臭味，他覺得自己好像突然被人剝光了衣物，露出齷齪難看的身體，而且還被人目不轉睛地盯著看，那個盯著他看的人卻隱藏在安全的處所。他的鼻子好像能夠穿透他的肌膚，嗅到他的內心深處。彷佛他最細微的情感，最骯髒的念頭都赤裸裸地暴露在這個小小貪婪的鼻子面前似的。它甚至還稱不上是真正的鼻子，只是一個隆起的小東西，一個不斷皺起、擴張、顫動的有孔的器官。想到這裡，泰利耶神父不由得毛骨悚然。

他突然覺得噁心，歪著鼻子，好像聞到什麼不想聞的東西一樣。幻想它是自己的至親骨肉的溫暖想法已經過去，動人心弦的父子親情、散發香氣的母親，和田園牧歌般的家庭景象都已煙消雲散。他為自己和孩子編織而成，包覆著他們的那層思想帷幕被無情地撕扯開來。一個陌生、冰冷的生物躺在他的腿上，恍如一頭充滿敵意的野獸。若不是他個性謹慎，兼又敬畏上帝、思慮周密，他就會因為噁心難耐而脫手把他扔出去，好像甩開一隻令人作嘔的蜘蛛一樣。

泰利耶神父猛一用勁站了起來，把籃子放在桌上，他想盡快擺脫這個東西，最好馬上，就是現在。

這時候，小孩開始哭了。他緊閉著眼睛，扯開喉嚨，放聲大哭，刺耳的尖叫聲響徹雲霄，嚇得泰利耶神父血管中的血液幾乎都要凝住了。他把手臂伸得遠遠的，奮力晃動搖籃，嘴裡高叫著「肚臍肚臍」，想要讓他安靜下來，可是他卻哭鬧得更厲害了，而且臉色發青，一副不把喉嚨哭到破不會罷休似的。

趕快把他弄走吧！最好是一眨眼的工夫就能擺脫掉這個……「魔鬼」一詞到了口邊硬縮回來，忍住沒說……擺脫掉這個怪物，這個令人無法忍受的小孩！可是要往哪邊送呢？在這個教區裡，他認識的奶媽和孤兒院超過一打，可是對他來說這太近了，太貼緊肌膚了，這個東西必須送到更遠一點的地方才行，送到一個不相往來的地方，才不會隔一小時又被人給塞回來。如果可能的話，把他送到另一個教區，送到河對岸更好，最好是送到城牆外邊，送到城郊的聖安端，就是這樣！這個尖叫的小怪物就該送到那裡，往東邊再過去一點，送到巴士底監獄附近，夜裡人們會把城門鎖住的那一帶。

他撩起教袍，一把抓住籃子，跑了起來，他穿過大街小巷，一直奔向聖安端城郊區街，衝出城外，一直跑一直跑，經過夏洪尼街，從街頭跑到街尾，最後在瑪德蓮·德·特奈爾修道院附近，找到一位賈亞爾太太的地址。只要有人付錢，這位賈亞爾太太不管任何年齡、任何性情的小孩她都接受。在這裡，他把那哭個不停的小孩交給她，預付了一年的保母費，然後忙不迭地逃回城裡。一進修道院就趕緊脫下衣服，好像那衣服有多麼髒似的，接著從頭到腳好好洗了一遍，然後回到房間，爬到床上，雙手在胸前畫了好幾個十字，又做過長長的禱告之後，終於可以放鬆心情地入睡了。

4

賈亞爾太太雖然還不滿三十歲，但是她的人生早就已經結束了。儘管她的外貌看起來還算符合她的實際年齡，但同時又好像要老上兩倍、三倍，甚至一百倍。基本上，她看起來就像一具少女的木乃伊，她的內心早就死透了。當她年幼的時候，有一天父親拿著火鉗子在她額頭上打了一下，鼻根的上半部幾乎都受了傷，從此她就喪失嗅覺，同時喪失對人情冷暖的感覺，也完全喪失對生命的熱情。經過這個打擊之後，溫柔和憎惡，歡樂和絕望，對她而言都一樣陌生。後來，有個男人和她睡覺，她毫無感覺；稍後，她懷孕生子，也是毫無感覺。孩子夭折了，她既不悲傷；孩子存活下來，她也不覺得高興。她的男人揍她，她不會感到疼痛；她的男人在主恩醫院死於霍亂，她也並不因此感到比較輕鬆。她唯一剩下的兩種感覺就是：當每月必來的偏頭痛開始發作時，她的心情會稍微變得陰沉；等到偏頭痛結束後，她的心情會稍微開朗一些。除此之外，這個形同槁木的女人真的是毫無感覺。

另一方面……或許正因為賈亞爾太太在情感上的完全麻木不仁，所以她對秩序和公正反而有一種近乎冷酷的堅持。她絕不優待任何受託嬰孩，也絕不虧待任何一個。她每天按時供應三餐，此外哪怕是一小口飯也不肯多給。她每天定時為襁褓中的嬰兒更換三次尿布，一直到他滿兩足歲的生日為止，之後誰還要拉在褲襠裡，她也不罵人，就是賞你一記耳光，外加扣你一頓飯。保母費的一半用在受託兒身上，另一半留給自己，既不訛詐別人一分，也不虧待自己一毛，分配得剛剛好。在東西便宜的時候，她不會設法增加自己的利潤，碰到艱困的時候，也絕對不會倒貼一個子兒，哪怕是關係到小孩的死活也不管。她認為如此一來，這門生意就不划算，她需要錢，為此她曾仔細精算過。老了以後，她想為自己買一份年金，此外，最好能夠多存一點棺材本，這樣她就可以死在自己家裡，不要像她丈夫那樣，陳屍在主恩醫院裡。她對於丈夫的死本身無動於衷，可是想到要和成千上百的陌生人擠在一起公開死亡，這樣的景象真是讓她不寒而慄。她想要擁有私人的死亡，因此她需要賺取保母費裡的每一分利頭。再說，一到冬天，她受託照顧的兩打嬰兒裡面，總有三、四個會夭折，不過她的情況還是比其他大多數的私人保母好得多，更遠遠超過那些大型的公立育幼院和教會設立的孤兒院。他們的嬰兒死亡率常常高達十分之九，更何況候補的人多得是，巴黎每年要製造一萬多個新生棄兒、私生子和孤兒，些微的折損畢竟不致會造成任何痛癢。

對小葛奴乙而言，能夠受託給賈亞爾太太算他走運，換了別的地方，他恐怕很難存活下來，可是這裡不一樣。跟著這麼一個木乃伊似的女人，他可以說是得其所哉。他擁有堅韌的體質，像他這樣從垃圾堆裡給撿回一條命的人，才不會輕易讓人再度將他從這個世界上淘汰出局。他可以一整天只喝清湯，或是稀得像水一樣的牛奶，即使給他腐肉爛菜也照吃不誤。童年時期，他出過痲疹、染過痢疾、長過水痘、得過霍亂，曾經掉進六呎深的井裡，胸部還被沸水燙傷過，可是他依然存活下來。身上的疤痕不計其數，一隻腳有點不良於行，走起路來一跛一跛的，可是他還是存活下來。他像一隻抵抗力絕佳的細菌那樣頑強，又像攀附在樹上的扁虱一樣容易知足，只靠著多年前吸獲的一小滴血就能維持生命。他的身體只需要一點點營養和衣物，他的靈魂什麼也不需要。所有這些溫柔體貼和關愛保護，不管你要怎麼稱呼它，據說都是小孩子活著不能缺少的東西，可是小葛奴乙完全不需要。說得更確切些，照我們看來，是他自己把這些東西變成對他來說是多餘的，從一開始就這樣。究其原因還不就是為了要活下去。從出生後的那一聲哭號，在殺魚檯下的那一聲哭號，提醒人們注意到他的存在，並且把他的母親送上斷頭臺。這並不是尋求同情和關愛的本能的哭號，這是經過衡量計算的哭號，甚至我們應該說這是慎思熟慮之後的哭號。透過這一聲哭號，新生兒斷然表明自己從此不顧情義只顧生存。在當時那種情況下，他確實可以說是別無選擇，如果他兩者都要，毫無疑問地，他會立即悲慘地歸於毀滅。當然，那時候他也可以選擇走第二條路，那就是保持緘默，然後走捷徑直接從出生通到死亡，不必拐彎抹角費神選擇生存之道，還能為這世界和他自己省下日後不少的麻煩和災難。然而一個人要能夠做到如此謙卑的退場，需要最起碼的和善天性，而這正是葛奴乙所欠缺的。他打從一出娘胎開始，就斷然表明自己是純粹高傲和純粹惡毒的產物。

當然他的決斷不可能像成年人那樣，多多少少會運用到理性和藉助於經驗，才能夠在各種不同的選項中做出最佳的抉擇。他的決斷模式比較接近植物，就像一粒被拋擲在地上的豆子，若不是萌芽生長就是維持原狀。

或者更像那隻緊緊攀附在樹上的扁虱，除了永遠的冬眠之外，生命什麼都沒有提供給牠。醜陋渺小的扁虱，把牠那鉛灰色的身體縮成球形，盡可能減少自己和外部世界的接觸面積，又把自己的皮膚鼓成滑滑實實，不讓任何東西沾到身上，也不讓任何東西從內部滲漏出來，這樣可以讓自己顯得渺小和微不足道，免得引起注目，而遭人踐踏。孤獨的扁虱，蜷縮著身子，緊緊攀附在樹上，裝得又盲又聾又啞，只是專注地聞嗅，經年累月地聞嗅，距離數哩遠偶然經過的一隻動物的鮮血味兒，牠都能聞得到，奈何卻無法僅憑一己之力到達那裡。牠可以故意讓自己從樹上跌落地面，再用牠六條細細的小腳奮力爬行一、兩公分，然後躺在樹葉下面等候死亡，天曉得，這也不是什麼大不了的遺憾。可是這一隻固執頑強又惹人嫌的扁虱，卻執拗地停在樹上耐心等候，直到奇蹟出現，而竟有一滴鮮血以動物的形象主動送上門來，這簡直就是不可能的意外。這時牠再也顧不得矜持，崩然跳落，緊緊抓住牠的獵物，深深地掐入和咬緊那陌生的肉體不放……

葛奴乙這孩子就像這種扁虱一樣，他嚴嚴地把自己包裹在他的內心世界裡，靜靜地等候更佳的時機。除了糞便，他吝於提供任何事物給這個世界。沒有一個微笑，沒有一聲哭叫，沒有一個發亮的眼神，甚至連一絲絲氣味都不願意提供。任何人碰到這樣古怪的小孩，都是忙不迭地推辭掉，只有賈亞爾太太例外。她聞不出來他沒有味道，她也不期待他的心靈能有什麼感動，因為她自己的心靈早就封閉起來了。

可是其他的小孩立刻就察覺到異樣，從第一天開始，這新來的人就讓他們感到莫名的恐懼。他們盡量避開他的床位，縮得遠遠地緊緊挨在一起，好像房裡突然變冷了。較小的嬰兒在夜裡還幾度驚醒哭號，好像感覺到有一股冷颼颼的氣流通過房間似的，其他人則夢見有人掐住了脖子讓他們難以呼吸。有一次，幾個較大的孩子聯手想要悶死他，他們把抹布、被單和麥稈堆在他臉上，最後還用磚塊壓在上面。隔天早上，當賈亞爾太太把他從這些東西下面挖出來時，他已經被壓得扁扁的，全身瘀青，而且皺成一團，可是畢竟沒有死。他們又試了幾次，還是沒有成功。本來他們可以直接掐住他的脖子，用自己的手把他勒死，或者封住他的嘴巴，捏住他的鼻子，讓他窒息而死，這樣做比較保險，可是他們又沒有這個膽量。他們才不要碰到他的身體，他們覺得他很噁心，就像一隻大蜘蛛一樣，沒有人願意用自己的手把牠捏死或是壓碎。

等他長大一些的時候，他們就徹底放棄對他的任何謀殺計畫。他們清楚地認識到，他是無法被消滅的。取而代之的做法是，他們盡可能躲開他，跑得遠遠的，小心翼翼地避免去碰到他。他們並不是恨他，他也沒有什麼好讓他們嫉妒的，他們也並不是覬覦他的食物，這一類的情緒在賈亞爾太太的屋簷下是不可能發生的。光是他存在在那裡這件事本身就對他們構成威脅，他們聞不到他身上有任何氣味，他們害怕他。

5

客觀上看來，他的外表並不具備令人害怕的特徵。年紀稍長時，他並不顯得特別高大或特別強壯；雖然長得醜一點，可也不至於醜到驚世駭俗的地步。他沒有什麼攻擊性，也不是左撇子，不會陷害別人，也不會刻意挑釁別人，他寧可置身事外。再說他的聰明才智也並不特別顯得令人生畏，直到三歲才會站，到四歲才說出第一個字，就是「魚」這個字。那是在受到突然的刺激之下，衝口而出的，好像回音一般，只因那時從遠遠的地方傳來了一個魚販叫賣魚貨的吆喝聲。接著他又陸續說出「天竺葵」、「羊圈」、「包心菜」和「恐怖雅克」這些語詞，最後一個是附近修道院一位園丁助理的名字，這座修道院隸屬於十字架修女會。他偶爾會來幫賈亞爾太太做一些比較粗重的工作，這人有個十分特異的地方，就是他一生當中從未洗過一次澡。對於時間副詞、形容詞和連接詞，葛奴乙學得很少。除了「是」和「否」——其實這兩個字他也是很晚才會說——他只會說具體事物、植物、動物和人的專有名詞，而且是在這些事物、植物、動物和人突然發出強烈的氣味，把他完全震懾住時才會說出。

在一個豔陽高照的三月天裡，他坐在一堆山毛櫸木頭上面，木頭因為受熱而嗶剝作響，這時候他第一次說出「木頭」這個字。之前他已經千百次看過木頭這種東西，也已經千百次聽過「木頭」這個字，也早就了解這個字的意思。因為在冬天的時候，他常常被差遣去搬木頭過來，可是木頭這東西一直未能引起他足夠的興趣，使他根本不願意花力氣去說出它的名字。一直到那個三月天裡，當他坐在一堆木頭上時，這種情況才第一次發生。這堆木頭好像長凳一樣，堆在賈亞爾太太倉庫南邊的一個遮棚下面，最上面一層發出一股甜甜的燒焦味兒，從最底下一層升起一股苔蘚味兒，又從倉庫的杉板牆散發出一股熱熱的松脂味兒。

葛奴乙背靠著杉板牆，兩腿岔開地坐在木頭堆上，閉上眼睛，一動也不動。他什麼都看不到，什麼都聽不見，也什麼都感覺不到，只是專注地嗅著木頭的香氣。

這氣味繞著他的四周升起，可是又被鎖在屋簷下，好像被罩子封住一樣。他吸著這香氣，深深地吸進他的肺裡，直到全身每一個最細微的毛孔都被這香氣徹底浸透為止；直到自己變成木頭，變成小木偶皮諾丘一樣；直到頹然倒在木頭堆上，好像死掉一樣。過了良久，大概是半小時之後，他才突然衝口說出「木頭」這個字，好像被勒住脖子的人，突然被人放開了一樣；好像他的身體被木頭塞滿，幾乎要滿到耳朵似的；好像他的身體完全被木頭占據，幾乎封住了喉嚨；好像他的肚子、他的食道、他的鼻子都填滿了木頭，最後他才被逼得嘔出「木頭」這兩個字來。吐出了這兩個字之後，這才把他的魂魄帶回這個世界，救了他一條命，就在他險些被木頭那壓倒性的存在、它那濃烈的香氣給悶死之前。他勉強振作精神，從木頭上滑下來，踉踉蹌蹌，好像用木製的義肢走路一樣。直到過了好幾天，他仍然像被這場命運般的嗅覺經驗攫住似的，當強烈的記憶突然來襲時，他就會做夢似的喃喃叨念著「木頭、木頭」。

他就是用這樣的方式學習說話，那些缺乏氣味對應的事物、那些抽象的概念，特別是涉及倫理道德本性的觀念：正義、良知、上帝、喜樂、責任、謙恭、感恩的心……等等，所有這些事物對他的學習都構成極大的障礙，他完全記不住這些名詞，也常常搞混它們。到了成年以後，仍舊不喜歡用到這些名詞，而且還常常用錯。

這些名詞究竟表達什麼意思，對他而言好像遮了一層帷幕似的，怎樣都捉摸不透。

另一方面，一般的用語又很快就不夠用來表達他所收集到的所有嗅覺概念。很快地，他聞到不只是木頭，而是不同種類的木頭：松木、橡木、樾木、榆木、梨木……等等；老木、新木、腐爛的、發霉的、長滿苔蘚的木頭，他都聞得出來；甚至木板、木條、木片和木屑聞起來味道都不一樣。別人要靠眼睛才能區分這些差別，他用鼻子就能清晰分辨它們的不同。面對其他事物時，也是相同的情況。賈亞爾太太每天早上供應給他們喝的白色飲料，一直都被稱作「牛奶」的東西，在葛奴乙的感覺裡，也是每天都不一樣。隨著溫度的高低、出奶牛隻的不同、乳牛吃了什麼東西，以及保留了多少乳脂肪……等等，都會造成它的氣味和口感的不同……至於被人稱作「煙」的東西，比如燃燒的火所釋放出來的煙，它其實是由千百種不同的氣味元素組成，閃爍不定，每一分鐘，甚至每一秒鐘，都在變換組合的形式，重新混成新的氣味結構體，然而人們卻一律用「煙」這個缺乏變化的名詞來稱呼它……再說泥土、風景和空氣，每一步、每一口呼吸都給人不同的嗅覺印象，並因此獲得豐富多樣的生命，然而人們卻一律以上面那三個呆笨的名詞來指稱它們。所有這些荒謬的情況，亦即在嗅覺世界的豐富和語言的貧乏之間那種不成比例的關係，都讓少年葛奴乙懷疑語言的作用。如果不是為了要和別人溝通，不得已必須使用到語言，否則他寧可保持緘默。

六歲那一年，他已經透過嗅覺能力完全掌握周遭的世界。在賈亞爾太太家裡沒有一樣東西，在夏隆大街北面沒有一個角落、一個人、一塊石頭、一棵樹、一叢灌木、一道籬笆，甚至地上一攤小小的汙漬，他不能透過嗅覺認識它們，下次碰到也能立刻認出來。只要給他聞到一次，他就能在記憶裡牢牢抓住。六歲那一年，他已經收集到一萬個、十萬個特殊的個別氣味體，而且可以隨時支配它們。當他再次聞到相同的氣味時，他立刻就能回憶起來，當他回憶起這些氣味時，他彷彿又真的聞到了這些氣味，如此清晰、如此鮮活。更誇張的是，他甚至可以在自己的想像世界裡，毫無拘束地重新連結這些氣味，創造出全新的、在真實世界裡根本不存在的氣味體。好像他擁有一個龐大的、能夠自我學習的氣味語庫，使得他能夠隨心所欲地創造出大量的、全新的氣味語彙。他六歲就能辦到這些，可是其他的小孩在同樣的年紀，都還只能透過別人辛辛苦苦灌輸給他們的一些簡單傳統語句，結結巴巴地描述這個豐富多變的世界，結果還是說得不清不楚。或許他的天賦可以說是和音樂神童最為接近吧，後者能夠從一段完整的旋律和包含無數單音的和聲中，分析出一個個單獨樂音以及它們在整個音階中的高低位置，然後再利用這些獨立的音符，重新譜成全新的曲調和旋律。但是有一點不同就是，氣味的字母比起音樂的字母，也就是音符，範圍更大，差別更細膩。再有一點不同就是，神童葛奴乙的創造能力只在他自己內心世界中默默地進行，外面的人完全無法察覺到這一驚人的創造活動。

從外面看，他變得愈來愈自閉。他最喜歡獨自一人到聖安端城郊區漫遊，走過菜園，穿過葡萄田，再越過大片的草原。有時候，他甚至到了傍晚還不回家，一整天都不知去向。回到家裡被棍打體罰也不叫痛，被關禁閉、不准吃飯、罰做苦工，也無法糾正他的行為。雖然他也曾經被送到救難聖母院的教區小學，前前後後總共念了一年半，可是完全看不到任何效果。他學了一點拼字，學會寫自己的名字，其他的什麼都不會，他的老師判定他是個智障兒。

不過賈亞爾太太倒是注意到他擁有某種「非比尋常」的能力和稟賦——如果你不願意用超自然來形容它的話。一般來講，小孩子都會怕黑怕夜晚，可是他完全不會。任何時候都可以差遣他到地窖裡去拿個什麼東西，或者是在黑漆漆的夜裡叫他到外面倉庫去搬幾塊木頭過來。其他的小孩就算提了燈籠也不敢去，可是他從來不需要任何照明，卻能迅速確實地完成交代給他的任務。從來不會拿錯東西，不會失足絆上一跤，也不會碰翻別的東西。然而更稀奇的是，他彷彿可以穿透紙張、布料和木頭，甚至砌得非常堅實的磚牆和關得死緊的門板，看到裡面的東西似的，這點賈亞爾太太非常確定。他不需要進到臥室裡，就知道裡面有幾個人在休息，是哪幾個都知道。花椰菜裡藏了一條小毛毛蟲，他不用切開來就知道。有一次，賈亞爾太太把錢藏到哪裡自己都忘記了（因為她改變了藏匿地點），可是他不到一秒鐘就指出它的正確位置，是在壁爐後面，連找一下都不用。妳看，果然就在那兒！他甚至能夠洞悉未來，在一個訪客踏進家門以前，老遠就通報他的光臨；在大雷雨肆虐之前，老早就能預告它的到來，即使當時天空仍不見一片烏雲。他當然不是真的看到這些徵兆，他根本不是用眼睛看的，而是靠著他那愈來愈精銳、愈來愈準確的鼻子嗅出來的：包心菜裡的毛毛蟲、藏在壁爐後面的錢、窩在牆壁後面的人，甚至隔了好幾條街的訪客，這樣的事情賈亞爾太太連做夢都想不到，就算當初她父親打在她鼻子上的那一鉗子沒有傷到她的嗅覺神經也一樣。她相信，這小傢伙——哪怕是個智障兒——必定擁有第三隻眼。她也知道，擁有第三隻眼的人會帶來死亡和災禍，這讓她很不自在。更讓她害怕，或者簡直就無法忍受的是，和這樣一個能夠穿透牆壁看到她把錢藏在哪裡的人同住在一個屋簷下。當她一發現葛奴乙具有這種可怕的天賦之後，便處心積慮地想要把他弄走。她也真夠運氣的，恰好就在同時，機會來了。就在葛奴乙滿八歲那一年，聖梅利修道院在沒有告知任何理由的情況下，就停付當年度的托育費。賈亞爾太太也不去催討，基於禮貌，還是等了一個禮拜，那筆錢仍是沒到，她就牽著男孩的手，帶他到城裡去了。

在靠近河邊的拉摩赫特勒里街，她認識一個名叫葛利馬的製革匠，眾所周知，他的製革廠一直欠缺年輕的勞動力，不是正規的學徒或者夥計，而是廉價的苦力。因為這種行業是高風險的——刮掉附著在動物皮膚上的腐肉，把皮革浸在有毒的染色劑中漂染均勻，最後再拭淨具有腐蝕性的鞣革浸液——這種可能危及性命的工作，一個有責任感的師傅只要有可能就不會叫他的得力助手去做。這種活兒通常他都讓一些失業的社會殘渣、流浪漢或是沒人要的小孩去幹，反正這些人出了事情也沒人會問。當然，賈亞爾太太不是不知道，葛奴乙到了這樣的製革廠裡，按照常理推測，絕無倖存的機會，可是她這人才不會替別人想到那麼多。她認為自己已經盡到義務，她對他的照養關係已經結束了，將來這孩子會有什麼遭遇，完全不關她的事兒。如果他撐得過去，那很好；如果他不幸死掉，那也沒什麼不好。最重要的是，這一切都是合法的。她要葛利馬先生開一張書面證明，表示人已經轉託給他了，至於她那方面，則簽收了一張十五法郎的收據做為佣金，然後就動身回到她夏洪尼街的家中。從頭到尾，她的良知沒有感到絲毫的不安；相反的，她相信，她這麼做不只是合法的，而且是公平的。因為收留一個沒有人替他支付保母費的小孩，必然會拖累其他的小孩，甚至會拖累她自己；會危及其他小孩的未來，甚至會危及她自己的未來，也就是那屬於她自己的、不受外界干擾的、私人的死亡，這是她這一生當中唯一在乎的事兒。

故事進行到這裡，我們就要撇開賈亞爾太太不談了，以後也不會再提到她，所以我想用幾句話先交代一下她的餘生。賈亞爾太太雖然在她還是孩子的時候，內心就已經死了，不幸的是她的身體卻一直活到很老很老。一七八二年，當她將近七十歲時，她就按照原定計畫，停掉育兒的工作，為自己買了一份年金，坐在她的小房子裡，準備等死。可是死亡偏偏不來，來的倒是一件世人怎樣都料想不到、在這個國家中也從未發生過的事情，那就是法國大革命，這迅速顛覆了既存的社會關係、道德倫理和傳統價值。一開始，這次大革命對賈亞爾太太的個人命運似乎沒有什麼影響。可是後來——那時賈亞爾太太都快八十歲了——據說她的養老金支付人突然被迫流亡國外，不但財產全部被沒收，事業也被拍賣給一個褲子大王。有好一陣子，這個轉變似乎也沒有對賈亞爾太太造成致命的打擊，因為褲子大王繼續按時支付養老金給她。可是，要命的日子終於到了，當她收到的錢再也不是真材實料的硬幣，而是小小薄薄的一張印刷紙鈔時，從物質上來講，這等於宣告她的末日來臨了。

又過了兩年，她的養老金竟連支付柴火錢都不夠。於是她被迫賣掉房子，價錢低得離譜，因為除了她以外，突然之間居然有成千上萬的人都同樣必須靠著賣房子才能度日似的。然而她得到的回報竟還是這可惡的小小紙鈔，再過兩年就又變得一文不值了。到了一七九七年——這時她將近九十歲了——辛辛苦苦攢了大半輩子的積蓄，已經全部耗光了，不得已只好棲身在貝殼街一個家具簡陋的狹小房間裡。然而直到十年、二十年之後，死亡才姍姍來遲，而且是以慢性腫瘤的形式降臨，在食道那裡發病，先是奪去她的食慾，接著又奪去她的聲音，從此她再也無法開口說話，只能眼睜睜看著自己被人抬進主恩醫院，竟連一聲抗議都發不出來。她被送到一個大廳裡，和幾百個垂死的病人一起，之前她的丈夫就是死在這裡。人們把她安插在一張共用的病床上，那上面已經躺了五個完全陌生的老婦人，她們身體挨著身體擠成一團，而她在那裡還繼續躺了三個禮拜，最後仍是難逃公開死亡的命運。接著她被縫進一只大布袋裡，在凌晨四點的時候，連同其他五十具屍體一起，被扔進一輛運屍車上。在微弱的車鈴聲一路伴隨之下，搖搖晃晃地到達距離巴黎城門五公里遠的一個新闢的克拉馬墳場上，在那兒的一個萬人塚裡找到她的最後安息之處，最後蓋上一層厚厚的生石灰。

那是一七九九年的事了。感謝上帝，當賈亞爾太太在一七四七年回到家裡，告別少年葛奴乙和我們的故事的這一天，對於擺在面前等候她的命運毫無所知。那時她可能已經喪失對公平正義的信念，也喪失對自己唯一能夠理解的生命意義的信念了。

6

從看到葛利馬先生的第一眼開始，不，應該說是從一聞到他身上的氣味開始，葛奴乙就知道這傢伙什麼都幹得出來，只要稍稍拂逆他的意思就會被他打死。他的生命價值在於他能做什麼工作，葛利馬只在乎他有什麼利用價值。葛奴乙表現得非常馴順，一點反抗的意思都沒有，日子一天過一天，他收拾起自己所有的高傲和叛逆，把全部的精力都用於捱過面前酷寒的嚴冬，像扁虱一樣，頑強、知足、盡量不引人注意，把生命的希望火花減到最弱，可是仍舊細心呵護著。現在他已經成為順從的模範，什麼也不要求，一心一意想著工作，老闆說什麼就聽什麼，伙食再差也都能將就。到了晚上，他就乖乖地把自己關在工廠旁邊的小棚子裡，那兒堆滿了各種工具，到處掛著泡過鹽水的生皮，他就這樣躺在光禿禿、硬邦邦的地板上睡覺。在白天，只要天還亮著，他就一直工作：先是刮掉獸皮上臭得要命的腐肉，用水洗乾淨，再拔淨上面的毛，撒上石灰，加以腐蝕處理，經過一番捶打搓揉之後，再塗上鞣革漿。接下來的工作是劈木頭，剝掉梨木和紫杉的樹皮，下到煙氣熏人的鞣革池裡，按照夥計的吩咐把獸皮和樹皮一層層交互疊好，撒上搗碎的五倍子，再用紫杉樹枝和泥土蓋在這一大堆東西上面。幾年以後再把它挖出來，把那已經從木乃伊化的屍皮變成鞣好皮革的東西，從它的墳墓裡取出來。就這樣，冬天要工作八小時，夏天則往往要工作到十四小時、十五小時，甚至十六小時。

如果不是忙著埋皮和挖皮的工作，就是忙著提水。因為鞣革廠需要用到大量的水來清洗、泡軟、燙煮和浸染皮革，有好幾個月，他的工作就是到河邊去打水上來，一次要提兩桶，一天要提好幾百桶。有好幾個月，因為繁重的提水工作，他身上的寒毛從來沒有乾過。到了晚上，他身上的衣服都溼透了，皮膚變得又冷又軟又腫，就像泡在水裡的皮革那樣。

過了一年這種與其說是人類不如說是牲畜般的生活，他就得了炭疽病。這是一種好發於皮革廠工人身上的可怕職業病，得到這種病的人通常是死路一條。葛利馬對他完全不抱任何希望，他已經開始物色替補的人手，雖不至於絲毫不感到惋惜，因為像他這樣容易知足、工作效率又高的工人，他還從來沒有見過。沒想到葛奴乙竟出人意料地戰勝了疾病，只在兩耳後面、脖子上和臉頰上留下了幾塊黑色的瘡疤，這使他變得嘴歪臉斜，變得比以前更醜了。反正他本來就醜，所以也無所謂，不過他卻因此得到抵抗炭疽病的免疫能力。這可是一項莫大的好處，從此即使在手上淌血、皮膚皸裂的情況下，他仍可以照常刮除最爛的腐肉，也不用擔心會再度染上疾病。這讓他不但顯得與一般的夥計和學徒不同，而且也顯得與可能接替他的人選不同。由於他不再像從前那麼容易被人取代，因此他的勞動價值也跟著提升，他的生命價值也隨之提高。突然，他可以不用睡在光禿禿的地板上，他被允許在倉庫裡搭一張木板床，可以在上面鋪一些麥稈，甚至還分到一條屬於自己的被單。晚上睡覺時，也不會被人從外面反鎖住。食物變得充足了，葛利馬再也不把他當作普通的牲畜，而視他為更有價值的家畜。

當他十二歲的時候，葛利馬每個星期天還會給他半天假；到了十三歲時，甚至每天傍晚下工以後，還允許他外出一個鐘頭，隨便他想去幹點兒什麼。現在他勝利了，因為他活下來了，而且還擁有相當的自由，這就夠了，可以讓他繼續活下去了。他已經熬過了長長的冬眠時期，現在葛奴乙這隻扁虱又活躍起來了。他嗅著清晨的空氣，狩獵的本能嗜好又再度攫住他，全世界最大的氣味王國——巴黎市——正在他面前展開，等候他去攻城掠地。

7

彷彿徜徉在樂園裡，光是聖雅各屠宰場和聖歐斯塔希附近一帶，就是一個狩獵天堂。沿著聖德尼街和聖馬丁街的每一條巷弄裡，人煙稠密，屋宇櫛比鱗次，每棟房子都蓋到五、六層樓那麼高，連天空都被遮住了，地表的空氣像陰溝裡面的一樣潮溼，什麼味道都有。人和動物的氣味，食物和疾病的氣味，廢水、石頭、灰燼和皮革的氣味，肥皂、剛出爐的麵包和醋汁煮蛋的氣味，麵條和擦得發亮的黃銅的氣味，紫蘇、啤酒和眼淚的氣味，油脂、潮溼和曬乾稻草的氣味，統統混合在一起。幾千種氣味彷彿共同煮成一大鍋無形的粥，填滿了大街小巷的所有水溝，鮮少能從屋頂上蒸發出去，而在地面上積聚不散。生活在那兒的人們，早就習慣了這粥的味道，再也不覺得有什麼特別，因為這味道正是從他們身上散發出來的。他們浸淫在其中，早就渾然不覺，這正是他們呼吸的空氣，這正是他們賴以生存的空氣，正像一件穿了很久的衣服，再也聞不到它的氣味，皮膚也喪失了對它的感覺。可是這一切氣味對葛奴乙而言都好像是第一次聞到，他不只是籠統地聞著這一切氣味的整體，而且還把它們切分成最小、最細微的組成部分。他那敏銳的鼻子把一團由煙氣和臭味交錯織成的亂線一一解開，整理成一條條清晰的、無法再進一步拆解下去的基本氣味線索。如抽絲剝繭般解開這些錯綜複雜的氣味線索，這樣的活動讓他感到難以形容的滿足。

他常常停下腳步，背倚著一道屋牆，或是躲在某個陰暗的角落裡，閉上眼睛，微張著嘴，鼻翼有如盛開的花朵一般，又如同緩慢流深的幽靜長河中一條耐心守候的大魚。當微風終於吹送來一縷哪怕是極細極微的氣味線索時，他就立刻疾衝而上，緊緊抓住獵物。除了這個標的物以外，其他的氣味都聞不到，他牢牢抓住這個氣味，把它深深吸進肺裡，從此再也不會放過。這可能是早就熟悉的氣味，也可能是它的某種變化形式，但也可能是一種全新的氣味，以前從未聞過，更別提曾經見過，甚至和他過去收集到的任何氣味也絕無相似之處：比如用熨斗燙過的絲線的氣味、用百里香煮出來的茶的氣味、一塊繡上銀線的織錦的氣味、一瓶稀世名酒的軟木塞的氣味、一個玳瑁梳子的氣味。他滿懷熱情，追逐著一切未知的氣味，又像耐性極佳的垂釣者，為了收集一個氣味可以枯等數個小時。

當他聞夠了街巷裡有如稠粥般的氣味時，就會跑到空氣較流通的地方，那兒的氣味較不混雜，而且會乘著風飄揚開來，幾乎就像香水一樣。比如在果菜批發市場裡，到了晚上仍可清晰聞到白天殘留下來的氣味，雖然看不見，卻依然生動。彷佛熙熙攘攘的攤販仍在那兒忙著吆喝叫賣，彷佛一籃籃的雞蛋、一簍簍的蔬菜、一桶桶的葡萄酒和水果醋，一袋袋的香料、馬鈴薯和麵粉，一箱箱的鐵釘和螺絲還擺在那兒供人挑選，還有一個個豬肉攤、一桌桌擺滿的各色布料、各式工具和各種鞋墊……和其他幾百種不同東西的攤位，都在那兒等候上門的顧客……這整個繁忙熱鬧的景象在空氣中還留下生動的軌跡，甚至最微小的細節都彷佛在眼前似的。葛奴乙用嗅的方式看到整個市集，如果我們可以這樣說的話。他用嗅的比有些人用看的還要準確，因為他是在事後觀察，因此是以更高的形式，彷彿看到某種逝去事物的精髓和本質，而不受當前事物的尋常屬性所干擾。因為後者除了喧囂擾攘和爭奇鬥豔，就是活生生的肉體令人作嘔地擠在一起。

有時候，他會走到母親被砍頭的地方，也就是河灘廣場。它像一根大舌頭般伸進河中，船隻都在那裡被拉到岸邊，繫在船柱上泊著，空氣中有一股混合了煤炭、穀物、乾草和潮溼的纜繩的味道。

透過河流穿越城市而開闢出來的這條唯一通道，從西邊吹送來陣陣的氣流，帶來了鄉村的味道，帶來了納依草原的味道，帶來了位於聖日爾曼和凡爾賽之間的森林的味道，帶來了遠方城市魯昂和坎城的味道，有時甚至帶來大海的味道。大海的味道有如一面吃飽了風的船帆，上頭沾滿了海水、鹽巴和清冷的陽光。海的味道既單純又偉大，而且是獨一無二的，因此葛奴乙對於要不要將它分解成魚的腥味、鹽的鹹味、水的溼味、海藻的氣味、海風的清新氣息感到猶豫不決。他寧可讓這氣味保留它的完整，在記憶中儲存它的整體，絕不分割開來地享受它的整體氣味。他很喜歡大海的味道，他希望自己有朝一日能夠純然沉浸在這氣味當中，無限量地啜飲這氣味，直到喝醉為止。後來他又從別人的描述中得知大海有多麼大，人在海上可以連續航行數日仍然見不到陸地的蹤影，這更加引發他無限的遐思，幻想著有一天能坐在這麼一艘船上，高高佇立在船頭的瞭望臺上，乘風破浪飛向大海那永無盡頭的氣味洪流中。這其實完全不是氣味，而是呼吸，是吐氣，是所有氣味的終點，他想讓自己在這樣歡愉的呼吸中得到徹底的解放。可是這個夢想從未能實現，因為佇立在岸邊河灘廣場上的葛奴乙，此刻固然悠然神往地啜飲著一陣陣斷續吹來的海風，然而真正的大海，位於遙遠西方那無邊無際的大洋，在他一生當中卻無緣見識到，更別提能夠與那偉大的氣味合為一體了。

位於聖歐斯塔希和市政府之間的地區，他很快就仔細聞遍了，即使在星月無光的漆黑暗夜裡，他仍能準確無誤地找到這個地點。接著他開始拓展他的狩獵領域，首先向西一直到聖歐諾雷城郊區，接著又沿著聖安端大道一路向上，直到巴士底，最後甚至越過塞納河到達對岸的索邦區，並伸向城郊的聖日爾曼區，那兒住的全是有錢人。透過大門入口處的鐵柵欄，聞起來有四輪馬車的皮革味兒，還有僕人假髮上撲的香粉味兒；越過高高的圍牆，可以聞到花園裡金雀花、玫瑰和剛修剪過的水蠟樹的香味。這裡也是葛奴乙第一次聞到香水並了解這個字真正意義的地方：這裡有在節日時加進花園噴泉中單純的薰衣草和玫瑰花水；也有更複雜的，比如由麝香加上橙花油、晚香玉、黃水仙、茉莉花和肉桂等香精調配而成的更昂貴香氣，在黃昏時分，有如一條厚緞帶般飄曳在四輪馬車後頭。他記錄這些香氣，就像記錄一般的氣味一樣，只有好奇，而沒有任何讚歎。此外，他也注意到，香水意圖引起的效果是吸引他人、媚惑他人，他也能夠分辨這些香精是由什麼東西提煉出來。可是這些香味對他而言都相當粗糙、相當野蠻，只是拉拉雜雜胡湊一氣，根本就不是精心調配出來的產物。他知道，如果把同樣的材料交給他、任由他支配使用的話，他應該可以製造出完全不一樣的香氣。

他從市場的花店和香料舖已經認識了許多材料，其他材料對他而言則是全新的，他能從一個香味的合成體中，把這些新的材料過濾出來，保存在記憶當中，即使還不知道它們的名字：琥珀、麝貓、廣藿、檀香、香檸檬、香根草、卡地夫沒藥、安息香、忽布花和海狸香。

他完全沒有加以選擇，對於一般人認為的好味道和壞味道，他也不加以區分，至少現在還沒有。他非常貪婪，他狩獵的目的就是要占有這個世界所能提供的一切氣味，單純的占有。唯一的條件只是，這些氣味都是新的。一匹汗水淋漓的馬兒身上的氣味，對他而言就和一朵含苞待放的玫瑰花蕾那鮮嫩可人的氣味同等價值；一隻臭蟲身上發出的刺鼻臭味，對他而言並不會比貴族家廚中正在串烤的小牛肉更沒有價值。他把這一切都狼吞虎嚥，狂喝猛飲地吸收到自己的內部。然而雖然他在腦海中的氣味綜合廚房裡，不斷地進行新的香氣連結和合成試驗，卻仍然欠缺審美原則的指導。他一再創造又一再破壞，像個小孩玩積木一樣，充滿了創造力又極具破壞性，但是由於缺乏創造原則的指導，所以還是一團混亂。

8

一七五三年九月一日是國王登基的週年紀念日，在巴黎市的皇家橋有放煙火的慶祝活動。雖然規模比不上國王大婚和皇太子誕生時那麼精采熱鬧，不過已經讓人印象深刻了。人們把象徵國王的金色太陽輪旗幟升上了船桅，在橋上放了一排所謂的火獸，只見它們不斷把流星雨般的火花吐進河裡。就在鞭炮聲劈哩啪啦震天價響，小爆竹在石板路面上到處亂竄時，一支支沖天炮也不甘示弱地飛向天空，在黑色的夜幕中畫出一朵朵白色的百合。這時聚集在橋上和塞納河兩邊碼頭上的成千上萬民眾都大聲鼓掌喝采，有人驚呼著「噢」和「啊」，有人大聲地叫「好」，甚至還有人高呼著「萬歲」。雖然國王即位已經三十八年，受愛戴的程度早就大不如前，不過大家還是很喜歡看煙火。

葛奴乙無言地佇立在花神樓的陰影裡，在塞納河右岸、皇家橋對面。他並沒有鼓掌，沖天炮飛上天的把戲他看都不看。他來這裡是因為他以為可以聞到什麼新鮮的味道，不過他立刻就發現，煙火在嗅覺方面實在無法提供什麼東西給他。在喧鬧的爆炸呼嘯聲中，在絢爛多變的閃光火焰之後，只不過留下一陣混合了硫磺、油煙和硝石，極度單調的氣味組合。

他正打算離開這無聊的慶典場合，沿著羅浮宮一路走回家，這時一陣風吹過來，帶來了某種極細微、極不容易察覺、好像碎屑般的東西。應該說是一個香氣的原子，不，比這還要少，更像是一種香氣的預感，而不是真實的香氣，但同時這預感又如此確定，這是一種全新的氣味。他又退回牆邊，閉上眼睛，張開鼻翼。這香氣如此柔細，如此精緻，以至於他無法確實掌握住。那感覺一再逃脫、一再被爆竹的煙硝氣遮住，又一再被擁擠人群的狐臭體味蓋過，最後再被這城市中成千上百種其他的氣味分割瓦解、扯碎撕裂。可是，突然它又再度出現，雖然只是小小的一塊碎片，可是卻清晰可辨，確實聞到，縱然只維持了短短的一秒鐘……接著又消失得無影無蹤。葛奴乙感到前所未有的痛苦和折磨，生平第一次，他不只感到自己的貪婪性格遭到侮辱，他的心也受到傷害。他有一種特別的預感，這個香氣正是他建立整個香氣王國體系的關鍵，不能掌握這個香氣，就無法真正理解所有其他的香氣，而他如果不能把這香氣具體地據為己有，他的人生將會一敗塗地。這不只是為了單純的占有，更是為了讓他的心靈能夠獲得平靜。

這時他的心情因為激動而變得十分惡劣，直到現在他仍無法確定這香氣究竟是從哪個方向傳過來的。有時候，當那一縷極細微的香氣再度飄過來時，間隔的時間甚至長達數分鐘之久，這一次他感到極大的恐懼，生怕自己會永遠失去這個香氣。最後他終於在絕望中重新獲救，這回他已經肯定地把握住它了，那香氣來自河的對岸，來自東南方向的某個角落。

他離開花神樓的圍牆，擠進人群中，拚命殺出一條過橋的路。每走幾步就停下來，踮起腳尖，想要越過人們的頭上聞過去。剛開始因為激動什麼也沒聞到，接著終於聞到一點什麼，沒錯，就是這香氣，甚至比之前聞到的更強烈。他知道自己沒有走錯，於是又潛入人群中，繼續鑽過看熱鬧的群眾和不時拿火把去點燃沖天炮引線的工作人員。他在刺鼻的爆竹煙硝中再度失去那香氣的線索，陷入極度的恐慌中，繼續衝撞推擠、尋尋覓覓，過了好久好久，才終於到達河對岸的馬伊府邸、馬斯奎碼頭、塞納街口……

他在這裡停下腳步，集中精神，專注地聞嗅。找到了。他現在穩穩地掌握住它了。那氣味有如絲帶般沿著塞納街一路逶迤而下，雖然細薄微弱，可是非常清晰。葛奴乙的心臟開始猛烈跳動，不是因為跑得太喘的緣故，而是面對此一氣味時所引起的無力感。他試著想要從記憶中找到可以跟它比擬的氣味，可是卻找不到能夠和它相提並論的氣味。這香味有一股清新的氣息，可是又不像酸橙和柳丁那樣，也不像沒藥、肉桂、薄荷，或是樺樹、樟樹和松針那樣，也不像五月的雨、冷冽的風或者高山的泉……它同時又給人一種溫潤的感覺，可是既不像香檸檬、柏樹和麝香那樣，又不像茉莉、水仙、薔薇和鳶尾花那樣……它更像是兩者的混合體，不，或者應該說是統一體。既飄忽不定，又實在很有份量；既輕盈飄逸，又堅實沉穩，有如一塊閃亮的薄絲……又不像絲，應該是像甜如蜜的牛奶，裡面泡了幾塊小餅乾——我的天，牛奶和絲，這兩樣東西怎麼扯到一塊兒了呢！這個香氣實在令人難以捉摸，無法形容，也不知如何歸類，這樣的香氣根本就不可能存在嘛。可是它又確確實實存在在那兒，輝煌燦爛，無法忽視。葛奴乙跟隨著這香氣，一顆心忐忑不安，因為他發現，不是他在追隨這香氣，而是這香氣逮住了他，讓他身不由主地被它拖著走。

他順著塞納街往上走，街上不見一個人影，兩邊的房子裡也是空空盪盪，靜闃無人聲，人們都到河邊看煙火去了。沒有人們的狐臭汗臭味作梗，也沒有刺鼻的火藥煙硝味干擾，只有一些尋常的味道：陰溝裡的水、廚房裡的爛菜葉、到處跑的老鼠、人和動物的糞便……就在這些尋常的臭味當中，那一縷絲帶般的動人幽香卻遮蓋不住地一路牽引著他，雖然柔細卻十分清晰。再往前走幾步，就連微弱的天光也被高高的樓宇遮蔽住。葛奴乙在完全的黑暗中繼續前進，他不需要用眼睛看，那香氣自然會引領他走在正確的道路上。

他又往前走了五公尺，接著向右轉，拐進了馬雷街，這是一條寬不過一個臂膀的小巷弄，裡面又更暗了。走到這裡，很特別的是，那香氣事實上並不是變得更濃，而是更純粹，由於純度愈來愈高，對他的吸引力也就愈來愈強。走到一個地方，那香氣突然從右邊猛地拉住了他，看樣子它是從一棟房子的圍牆裡面傳出來的。眼前跟著出現一條小小的通道，通向那房子的後院，葛奴乙夢遊般地順著這條小徑往前走，穿過後院，轉了一個彎，走到一個更小的後院，在這裡終於看到光了：那地方只有幾步見方，從牆邊有一個滴水檐斜斜地伸了出來，下面擺了一張桌子，桌上點了一根蠟燭，有個少女坐在桌邊，正在清黃李。她先從籃子裡取出黃李，放在左手邊，用一把小刀去掉梗和核，最後再丟進一個桶裡。她約莫十三、四歲的年紀。葛奴乙停下腳步，他立刻明白，他遠從半哩之外塞納河對岸就聞到的那香氣的來源，不是這骯髒的後院，也不是那黃李，而是這少女。

一瞬間，他迷惑了。他真的以為他這輩子從未見過像這個少女這麼美的東西，事實上他只看到燭光映照下她的背影而已。當然，他的意思是，他從未聞過這麼好聞的味道。可是他早就知道人的味道是怎樣，他已經知道幾千種從人身上散發出來的味道，有男人、有女人、有小孩，可是他怎樣也想不通，這麼精緻的氣味怎麼可能是從人身上散發出來的呢？通常人身上的味道不是不值一提，就是非常難聞。小孩身上淡而乏味，男人身上有汗臭味和尿臊味，女人身上有油煙味和魚腥味……現在竟然出現這種狀況，生平第一次，葛奴乙無法相信自己的鼻子，反而必須求助於眼睛，以便他能確認自己聞到的究竟是什麼。幸好感官的迷惑並未持續太久，事實上只是一眨眼的工夫，他就透過視覺的協助釐清對象，接著便全心全意把認識對象的工作交還給他的嗅覺器官。現在他開始專注地聞著面前這個人，聞著她胳肢窩裡的汗味、她頭髮裡的油脂味，還有從她私處散發出來的魚腥味，他聞著聞著感到前所未有的歡愉。她的汗味裡有一股海風般的清新氣息，她頭髮裡的油脂味好像核桃油般香甜，她私處的味道就像一束黃菖蒲，而她的皮膚聞起來有一股杏花香……所有這一切成分組合出一種香味，那麼豐富，那麼均衡，那麼令人陶醉，相較之下，葛奴乙在此之前所聞到的一切香味都黯然失色，而他在自己內心所建立起來的氣味大廈也一下子完全喪失意義。這個香味是更高的原則，其他的香味都必須根據這個典範重新找到自己的定位，它就是純粹的美。

對葛奴乙而言，這事再確定不過：如果無法占有這個香味，活著再也沒有意義。

他必須徹底認識這個香味，直到最微小的細節，直到最不容易察覺的分歧，光是記住它的複雜整體對他而言是絕對不夠的。他想要用一個鑄模把這神聖的香氣深深地鑄印到他那黑色的靈魂當中，對它進行鉅細靡遺的研究，從此只根據這個神奇公式的內在結構去思想、生活和聞嗅。

他慢慢地走近那個少女，愈來愈近，愈來愈近，現在他已經走到滴水檐下面，只差一步就完全貼近她了。他停了下來，那少女完全沒有聽到他。

她有一頭紅髮，身上穿著一件無袖的灰色衣裳，手臂很白，雙手被黃李汁給染得黃黃的。葛奴乙彎著腰靠近她頭上，完全不摻雜質地吸進她的香氣，好像那香氣從她的背上、她的頭髮、她的衣服領口升上來，有如一陣溫柔的和風般，湧進他的體內。他從未覺得如此舒適，而她卻感到一陣寒意。

她沒有看到葛奴乙，可是卻感到一陣恐懼、一陣寒顫，好像突然被古老的恐懼給攫住似的，從背脊升上一股寒意，好像有人打開了一扇通往冰冷的大地窖的門一樣。她把手上的刀子往旁邊一丟，雙手交抱在胸前，然後轉過身子。

她一看到他的臉就嚇呆了，因此他有充分的時間，伸出雙手扼住她的脖子。她一動也不動，既沒有尖叫，也沒有任何的抵抗和掙扎。另一方面，他看都沒有看她，那一張滿布雀斑的小臉上，長著一雙閃亮的、綠色的大眼睛，配上紅紅的嘴唇，他看都不看。當他勒住她脖子的時候，他的眼睛閉得緊緊的，生怕遺漏了她身上散發出來的任何香氣，即使是一絲絲最細微的香氣都不願意放過。

當她終於斷氣後，他把她平放在地上，讓她躺在一堆黃李核上，接著撕開她的衣服。突然一陣潮水般的馥郁香氣迎面襲來，幾乎將他淹沒。他把自己的臉緊緊貼在她的皮膚上，張開鼻翼使勁地聞，從腹部開始，接著是胸部，然後是頸部，最後到達她的臉，再穿過頭髮，又回到腹部，接著向下聞到她的陰部，然後是一雙雪白的大腿和小腿。他把她從頭到腳仔細聞了個遍，他收集她下巴的香氣、她肚臍的香氣，就連肘彎裡的皺摺縫都不放過。

當她全身都被他聞到枯乾了，他還蹲在她身邊流連了好一會兒，想辦法讓自己回過神來，因為他已經完全被她充滿了。他不願她的香氣有絲毫的散逸，首先他必須將自己身體內部的所有隔板都一一關緊，接著他才站起身來，吹熄了蠟燭。

這時，第一批看完熱鬧的人才開始打道回府。他們一邊唱著歌兒，一邊高呼著萬歲，沿著塞納街往上走。葛奴乙在黑暗中靠著嗅覺尋找通道，順著小奧古斯丁街往下走，它和塞納街平行，最後都通到塞納河畔。沒多久，有人發現了死者，發出尖叫，接著有人點燃了火把，值班的警員也趕了過來，這時葛奴乙早已到達河的對岸。

這一夜，陋室對他而言有如皇宮，木板床有如罩了紗帳的豪華大床。多麼幸運，他這一生當中從未體驗到這樣的幸福感，從前頂多只是極為難得的機會可以偶然得到某種滿足，可是他現在卻因為幸福滿溢而身不由主地劇烈顫抖，無法成眠。他覺得自己好像第二次降生到世界上一樣，不，不是第二次，是第一次。因為直到現在，他都只是像動物般地活著，懵懵懂懂，對自己的才能一無所知。可是從今天開始，他終於知道，自己是怎樣一個人物：他終於發現自己是個天才。他發現自己的生命有了更高的目標和方向，有了更高的意義和價值。他不再是個微不足道的人，他將要在香味的世界裡掀起一場前所未有的革命，而他是世界上唯一握有全部革命手段的人，也就是他那靈敏精銳的鼻子、他那異乎常人的超強記憶力。然而最重要的是，馬雷街那位少女身上具有關鍵性影響的香氣，在這神奇的香味中包含了一切能夠創造偉大香氣以及偉大香水的神奇配方：溫柔、力量、持久、豐富多變，以及驚人的難以抗拒的美。他已經找到指引他未來生命方向的指南了。正如所有的天才惡棍般，透過一個外在的事件，為他的靈魂在一片混沌中開拓一條筆直的道路。葛奴乙相信他已經找到命運的方向，從此他不會再偏離這個軌道。現在他非常明白，為何在那麼艱困的環境中，他仍然堅持頑強地活了下來：為了要成為香氣的創造者。不是隨隨便便的一個，而是有史以來最偉大的香水師。

就在這一夜，他不斷檢視自己那龐大的記憶廢墟，先是在清醒的時候，接著在睡夢中。他測試了幾百萬、幾千萬塊氣味基礎建材，把它們安置在一個秩序井然的建築體系裡：把好的歸類在一起，壞的歸類在一起，精緻的歸類在一起，粗糙的歸類在一起，臭的歸類在一起，香的歸類在一起。在接下來的一個禮拜當中，這個體系愈來愈完善，他所建檔的氣味型錄，內容愈來愈豐富，區分愈來愈細膩，等級也愈來愈清楚。很快地，他就可以開始著手興建他那經過精心規劃的建築樓群：有房子、有圍牆、有階梯、有塔樓、有地窖、有房間、有密室……每天都不斷在擴建，每一天都變得更美觀更完善，最後終於築成一個堅固宏偉的氣味堡壘。

至於在這壯麗輝煌的建築工程之中，竟伴隨著可怕的殺人事件，這一點就算他清楚意識到了，也完全不放在心上。馬雷街那位少女的形象、她的臉蛋、她的身體，他早就不復記憶，然而他已經保存了她最美好的部分，而且完全據為己有，那就是她的香氣原則。

9

那時，在巴黎至少有一打以上的香水師，其中六個住在塞納河右岸，六個住在左岸，一個正好住在中間，也就是連接右岸和西提島的兌換橋上。這座橋的兩邊密密麻麻蓋滿了四層樓高的房子，人們從橋上經過時，完全看不到河，還以為自己走在一條平常的、地基穩固的繁華街道上。事實上，兌換橋真可以說是當時巴黎城裡最精緻的商店街之一了，這裡充斥著極負盛名的商店，店裡面坐鎮著各行各業的頂尖師傅，有金匠、細木匠、最好的假髮師、皮包匠、最精緻的女用內衣和褲襪的裁縫師、裱框師、馬靴供應商、肩章繡工、金釦鑄工和銀行家。而基塞佩．包迪尼那店住合一的房子也在這裡，他是位香水師，同時又身兼手套供應商。從他的櫥窗上面伸出一個漆成綠色的華麗遮棚，旁邊掛著包迪尼的家徽，那是一個用純金打造的香水瓶，從瓶口長出一束金花，門口鋪了一張紅地毯，上面同樣用金線繡著包迪尼的家徽。門一打開，一套波斯組鐘就會跟著響起，接著兩隻銀鷺鷥開始把紫羅蘭水從嘴裡吐到一個鍍金的盛水皿裡，而這只盛水皿的形狀同樣採用包迪尼的家徽，也就是香水瓶的形狀。

在光亮的黃楊木櫃檯後面站著包迪尼本人，他看起來又老又僵，像根柱子似的，頭上戴著撲了銀粉的假髮，穿著藍色鑲金邊的衣裳，一身的雞蛋花香。這是他每天早上必灑的香水，以幾乎可以目視的方式重重包裹著他，使他整個人看起來彷彿墜入五里霧中，給人一種遙遠的感覺。他一動也不動，看起來就像是他貨架上的一樣貨物似的，只有當波斯鐘響起，鷺鷥開始吐水——這兩件事都不常發生——他才好像突然活過來，他的形體才會再度聚攏、縮小、活動起來，一邊鞠躬，一邊快速地從櫃檯後面衝出來，速度之快，甚至連包裹著他的香霧都來不及跟上。他會殷勤地請客人坐下，並拿出最上等的香水和化妝品供客人挑選。

包迪尼的店裡可以說是貨色齊全，應有盡有：從香精、花油、酊劑、萃取液、分泌物、香膏、松脂，以及其他許多固態、液態和蠟狀的保養品和藥品，包括五花八門的膠泥、軟膏、香粉、肥皂、潤膚霜、香包、髮蠟、髮油、刮鬍泡、抗疣滴劑和美容面膜，一直到沐浴露、乳液、嗅鹽、馬桶清潔劑和不計其數的正牌香水。可是包迪尼並不滿足於僅僅供應這些傳統的美容產品，他最感到自豪的一點是，他的店裡收羅了一切能夠發出香味或是能夠以任何方式提供香味的東西。因此，除了香錠、香燭和香袋等各種薰香劑之外，他的店裡還提供了從茴香到肉桂的所有香料，還有糖漿、甜酒釀、果汁，以及產自塞浦路斯、馬拉加和柯林斯的葡萄酒，以及蜂蜜、咖啡、茶葉、乾果、蜜餞、無花果、糖果、巧克力、炒栗子，甚至漬山柑、醃黃瓜、泡洋蔥和油漬鮪魚。接著又是芬芳封蠟、香水信紙、聞起來有玫瑰油香味的愛情墨水、用西班牙皮革製成的公事包、白檀香木製的蘸水筆桿、雪杉木製的文具盒和珠寶箱、各式各樣用來裝花瓣的杯碟和碗盤、黃銅香爐、附帶琥珀瓶塞的水晶玻璃瓶、香噴噴的手套和手帕、以荳蔻花填充內裡的針插，以及蒸過麝香的壁紙，足以讓整個房間香上一百年。

當然，這麼多貨物不可能都擺在面對馬路（其實是橋）的豪華店面裡。由於沒有地窖，所以不只這房子的頂樓，整個二樓和三樓，甚至一樓面河的所有房間，統統用來充當倉庫。結果就是，包迪尼的房子完全被各種亂七八糟的香氣搞得一塌糊塗。儘管每一件個別的商品都是精選的上品——因為包迪尼只進上等貨——可是當所有的香氣雜亂無章地混在一起時又特別令人無法忍受，就像一個千人組成的大型管弦樂團，每個樂師都在使勁地演奏不同的旋律。包迪尼本人和他的夥計對於這片混亂早就麻木不仁，就像一個上了年紀的樂團指揮一樣，已經完全重聽了。他的太太住在四樓，雖然拚命抵抗倉庫空間的繼續擴張，可是對於這麼多氣味混亂雜成的情況倒也不以為意。然而顧客們的感覺就不一樣了，特別是第一次上門的顧客，一進門就受到這嚇人的氣味混合體痛擊，好像迎面被人打了一拳。依照個人的體質不同，有的人會變得激昂高亢，有的人會變得恍恍惚惚，但結果是他們統統忘記自己來這裡到底要做什麼。跑腿的夥計忘記老闆交代他訂的貨，高大壯碩的硬漢突然變得虛弱不堪，有些太太小姐們突然發病，半是歇斯底里，半是幽閉恐懼，昏了過去，只有用丁香油、阿摩尼亞和樟腦精調配成的最強烈的嗅鹽，才能讓她們再度甦醒過來。

在這種情況下，其實也就不難了解，為何包迪尼店門口的波斯鐘愈來愈少響起，而銀鷺鷥也愈來愈難得吐水了。

10

「謝涅！」包迪尼在櫃檯後面大聲叫著，他已經在那裡像根柱子似的僵直站了幾個小時，也盯著門口看了幾個小時了。「戴上你的假髮！」在裝著橄欖油的木桶和高高掛著的巴榮納火腿之間，謝涅應聲出現。他是包迪尼的夥計，比他年輕一些，但也已經是個老頭子了。他走到店裡最考究的門面那兒，從上衣口袋裡掏出假髮，戴在頭上。「包迪尼先生，您要出去啊？」

「不，」包迪尼說：「我要回我的工作室待一會兒，我希望千萬不要有人來打擾我。」

「啊，我明白了！您要去調配新的香水。」

包迪尼：「沒錯，我要幫費阿蒙伯爵那塊西班牙小羊皮調配香水，他要的是全新的味道，他要的是……是……我想，他要的就是像『靈與愛』那樣的味道，據說發明這香水的就是聖安德烈藝術街那個笨蛋叫做……叫做……」

謝涅：「培利西耶。」

包迪尼：「對啦，就是培利西耶，那笨蛋就叫這個名字，培利西耶的『靈與愛』——你知道這種香水嗎？」

謝涅：「知道、知道，到處都聞得到，走到哪個街角都是這個味道，可是如果您想問我的看法嘛，我並不覺得有什麼特別！我相信它一定比不上您將要調配出來的新香水，包迪尼先生。」

包迪尼：「當然比不上啦。」

謝涅：「這個什麼『靈與愛』，它的味道實在很普通。」

包迪尼：「可以說它粗俗嗎？」

謝涅：「完全可以這麼說，培利西耶配出來的東西全是這樣，我相信，那裡面一定加了甜檸檬油。」

包迪尼：「真的嗎？還有什麼？」

謝涅：「也許還有橙花香精，可能還加了迷迭香酊，但我不是非常確定。」

包迪尼：「反正對我來講都是一樣。」

謝涅：「那當然。」

包迪尼：「不管培利西耶這個笨蛋在他的香水裡摻了什麼東西，對我來講都是一個樣啦，反正也不會為我帶來什麼好的靈感！」

謝涅：「您說得對，老闆。」

包迪尼：「這你知道，我從來不需要靠別人給我靈感，你也知道，我都是靠自己的力量配出自己的香水。」

謝涅：「這我知道，老闆。」

包迪尼：「我是獨力配出那些香水的！」

謝涅：「我知道。」

包迪尼：「現在我想要幫費阿蒙伯爵創造出全新的香水，真正可以造成轟動的香水。」

謝涅：「我完全相信您有這個能耐，包迪尼先生。」

包迪尼：「你來看店，我需要安靜，有什麼事情你先幫我擋一下，謝涅……」

說完他就拖著腳步，現在不再像個木頭人，而是佝僂著身子。他那把年紀的人都是這樣，幾乎就像被人毒打過一頓似的，慢慢爬上樓梯，走到二樓，他的工作室就在那兒。

謝涅接收了櫃檯後面的位置，直挺挺地站在那裡，姿勢就跟他的老闆一模一樣，兩眼直盯著門口。他完全知道下一個鐘頭將會發生什麼事情：店裡不會有半個客人上門，而樓上包迪尼的工作室裡則會像往常一樣只是一場災難。包迪尼會脫掉他那一身浸滿雞蛋花香的藍色上衣，坐在書桌前面等候靈感，然而靈感不會平空從天上掉下來。他會突然奔向放了幾百瓶試用品的櫃子前面，碰運氣似的把幾樣東西胡亂混合在一起，結果當然就是失敗。這時他會高聲咒罵，用力推開窗戶，把失敗的作品一股腦兒扔進河裡，然後再嘗試調點別的，結果還是一樣失敗。現在他氣得暴跳如雷，大吼大叫，在那香得令人窒息的房間裡嚎啕大哭，直到全身痙攣為止。晚上七點鐘左右，他才可憐兮兮地下樓來，一邊發抖，一邊哭訴：「謝涅，我的鼻子再也不靈了，我再也創造不出新的香水，我沒有辦法對伯爵的西班牙小羊皮交代。我完蛋了，我的心已經死了，我還活著幹嘛，拜託你，謝涅，請你幫幫忙，我還是早點死了算了！」接著謝涅就會建議他，差人到培利西耶那兒買一瓶「靈與愛」，包迪尼會同意，不過有個條件，就是不能讓人知道這樣的醜事。謝涅會發誓保證沒有任何人知道，然後他們會趁著夜裡偷偷地用這瓶外頭買來的香水，把費阿蒙伯爵的那塊小羊皮噴得香香的。結果就是這樣，不會有別的情況，現在謝涅只希望這場鬧劇早早結束。包迪尼早就不再是偉大的香水師了，沒錯，在以前，當他還年輕的時候，差不多是三、四十年以前，他曾經創造出「南方玫瑰」和「包迪尼獻愛的花束」這兩種確實偉大的香水，也為他帶來了龐大的財富。可是他現在已經老了，不中用了，跟不上流行，抓不住新世代的品味。即使他好不容易拼湊出一種屬於自己的香水，也是完全落伍的東西，根本賣不掉，一年之後就會被稀釋十倍，當成噴泉添香劑被賤賣出去。謝涅一邊對著鏡子扶正假髮，一邊為老包迪尼感到惋惜，為這美麗的店面感到惋惜，因為它會每下愈況，最後則是為他自己感到惋惜，因為等它倒店的時候，他要接手已經太老了……

11

雖然基塞佩．包迪尼確實是脫下了他那一身沾滿雞蛋花香的藍色上衣，不過這只是一種老習慣罷了。他的嗅覺早就熟悉這種香水的味道，並不特別覺得會受到干擾，這一身衣服他已經穿了幾十年，早就對它沒感覺了。他確實也關上了工作室的門，而且還嚴格要求不受打擾，可是他並沒有坐在書桌前面苦苦思索，等候靈感的到來，因為他比謝涅更了解自己的情況，他不會有什麼靈感的，而且從來就沒有過。何況他現在是又老又不中用，這點他知道。他也不再是偉大的香水師了，其實他這輩子從來就不是，關於這點倒是只有他自己心裡有數。「南方玫瑰」是他從父親那裡繼承過來的，「包迪尼獻愛的花束」的配方，是他從一個到處走賣的熱那亞香料商那裡買來的，至於他的其他香水，則是一些人盡皆知的老混合品。他從來沒有發明過任何東西，他不是一個發明家，他只是一個細心的香水製造商，專門生產經過認證的合格香水。就像一個廚師，靠著手上的一本好食譜，規規矩矩地照著上面的步驟，練就一手好廚藝，可是從來就沒有發明過一道屬於自己自創的新菜。這整套唬人的把戲，包括實驗室、做實驗、靈感和秘方等，對他來講只是做做樣子，因為人們心目中對香水和手套大師的刻板印象就是這樣。一個香水師，就是半個煉金術士，他會創造奇蹟，因為人們要的就是奇蹟！他的藝術就是一種手藝，就像其他的手工匠人一樣，這點只有他自己知道，而他也頗引以為豪。他才不要成為什麼發明家，他對「發明」這種事情抱持著懷疑的態度，因為發明就代表著對常規的破壞。他並不是認真地想要幫費阿蒙伯爵發明出一種全新的香水，當然他也不會讓自己在晚上的時候被謝涅說服了去買一瓶培利西耶的「靈與愛」。那香水他已經有了，就在書桌上面，靠窗擺著，裝在一只小巧的水晶玻璃瓶裡。他買來已有好幾天了，當然不是親自出馬囉，他當然不能親自跑到培利西耶的店裡去買香水啦！他是透過一個中間人，那個人又輾轉透過另外一個人……這種事情當然要小心謹慎呀。包迪尼並不是單純地想用這瓶現成的香水來為伯爵的西班牙小羊皮添香，這麼一點點的量事實上也不敷所需。他打的是更壞的主意，他想要抄襲它。

這又不是禁止的事，這只是很惡劣罷了。偷偷抄襲競爭對手的香水，然後再用自己的名義出售，這種事情再惡劣不過了。不過更惡劣的事情還在後頭，那就是當場被人逮個正著，所以這種事情千萬不能讓謝涅知道，因為謝涅是個嘴巴關不緊的傢伙。

啊，多麼不幸，一個正直的人竟然被迫要去走這麼彎彎曲曲的道路！多麼不幸，一個人竟然被迫把自己所擁有的最珍貴的東西，也就是他的名譽，以如此悲慘的方式玷汙！可是他又能怎麼辦？畢竟費阿蒙伯爵是他無論如何都不能失去的顧客呀。他已經沒有其他的顧客了，他必須再到處去拉生意，就像二十歲出頭剛剛創業時那樣，肚子上頂著貨攤，到處沿街叫賣。只有上帝知道他，基塞佩·包迪尼，巴黎最大的香料供應商，店面坐落在最精華的地段，他的財務狀況已經惡化到必須提著小包包挨家挨戶去兜售產品才能勉強維持的地步。這點當然讓他很不舒服，因為他早就超過六十歲了，想到還要去人家家裡坐冷板凳，奴顏屈膝地侍候那些侯爵家的老小姐，幫她們設法張羅「千花香水」和「四盜香醋」，或是苦口婆心地向她們強迫推銷專治偏頭痛的藥膏，他就恨得要死。更何況，在那些豪門大宅的等候室裡還充斥著一股噁心露骨的競爭氣氛，甭提太子街那個自稱擁有歐洲最大香膏研發計畫的暴發戶布魯埃，或是莫襲塞街那個不擇手段爭取成為阿托瓦伯爵夫人到府供貨商的卡爾多，就連聖安德烈藝術街這個老是出奇謀、耍花招的安端・培利西耶也赫然在列，這傢伙每季都能推出新的產品，造成全世界瘋狂搶購。

培利西耶每次推出新產品都會把市場的秩序打亂，有一年流行匈牙利風的香水，包迪尼早早就儲備了充裕的薰衣草、香檸檬和迷迭香等材料，以便能夠滿足市場的需求。沒想到培利西耶竟然推出了「麝之香」，一種味道超濃的重香水，頓時每個人身上都散發出一股野獸般的氣息，害得包迪尼只好把他的迷迭香加工成生髮水，又把薰衣草統統分裝縫成一個個小香包來販賣。第二年他又很識時務地訂購了大批的麝香、麝貓香和海狸香，誰料到培利西耶竟又突發奇想，推出了一種名叫「森林之花」的香水，馬上就又大撈一筆。包迪尼在摸索了好幾個夜晚，又收買了好幾個人之後，好不容易才弄清楚「森林之花」是怎麼配出來的。沒想到培利西耶又已經打出其他的王牌，什麼「土耳其之夜」啦，「里斯本之香」啦，或是「宮廷之花」啦，或者天知道接下來會是什麼。這種擁有如脫韁野馬般不受拘束創意的人，可以說是在任何情況下都會對整個行業構成嚴重的威脅。大家都希望能夠恢復舊時嚴格的公會行規，採取嚴厲措施來對付這種不守秩序的人，免得他老是把香水的行情搞到飆漲的地步。應該吊銷他的執照，勒令他歇業……應該叫這個傢伙先去找個師傅好好學一學！因為他根本就不是科班出身、學有專精的正規香水師和手套師。這個培利西耶，他爸爸只不過是個釀醋的工人，他當然也是個釀醋工啦，還會是什麼。就因為他具備了合格釀醋工的身分，因此取得合法接觸酒精的機會，所以才能夠乘機闖入正牌香水師的禁地，到處橫行霸道，像一隻渾身發臭的野獸——為什麼人們每季會需要新的香水？真的有這個必要嗎？以前的顧客只要有紫羅蘭水和簡單的花束就很滿意啦，也許每隔十年來點小小的變化就覺得不錯啦。幾千年來，人們都是只用乳香、沒藥，幾種香膏、香油和曬乾的香草花葉，讓自己變得芳香。即使後來學會利用燒杯和蒸餾瓶，利用水蒸氣把花、草和木材中的香氣元素以揮發性油的形式提煉出來，再用橡木製的壓榨機從籽、核和果皮中榨取香汁，又用細心濾過的油脂萃取花瓣中的香精，但是香水的種類仍然非常有限。那時候絕不會出現像培利西耶這樣的角色，因為那時候即使只是為了製造簡單的髮油都需要具備多項才能，那是這個亂摻醋汁的傢伙完全無法想像的事。你不是只要會蒸餾而已，你還要會做香膏，同時還必須是藥劑師、化學家、工匠、商人、人道主義者和園丁。你必須懂得區分羊油和牛脂，還要能辨別維多利亞紫羅蘭和帕爾瑪紫羅蘭的不同。你還要看得懂拉丁文，知道天芥菜何時該收成，天竺葵何時會開花，還有茉莉花在上升的陽光照射下會失去它的香氣，所有這些事情想必培利西耶這個沒學問的傢伙是一無所知的。看樣子他還從來不曾離開過巴黎，在他一生當中說不定從未真正見過茉莉開花呢。更不用說他會有任何一點點概念，知道為了要從十萬朵茉莉花中取出一小塊固態香料，或是取得幾滴純香精，需要下多麼大的苦工。看樣子他所認識的茉莉花就只是一種深褐色的濃縮液，裝在小小的玻璃瓶裡，和其他許多玻璃瓶，裡面裝著他用來混合他的時髦香水的各種香精，一同鎖在他的保險櫃裡。不，像培利西耶這樣狂妄自大的臭小子，在以前那美好的手工藝時代，是不可能找到立足之地的。因為一切該有的特質他樣樣都缺：個性、教養、簡樸和遵守行規的意識。他在香水領域的成就完全要歸功於兩百年前一位偉大的義大利天才模里修斯・弗蘭吉帕尼！是他發現了香料可溶解於酒精這個現象的。弗蘭吉帕尼透過把嗅粉混溶在酒精中，把它的香氣轉化成具揮發性的液體，藉此把香氣從僵死的物質中釋放出來，讓它成為精神性的事物，讓它成為純粹的香氣，換句話說：他發明了香水。這是多麼偉大的創舉！真可以說是一項劃時代的成就呢！人類歷史上只有幾項破天荒的偉大成就能夠跟它比擬，比如亞述人發明文字、歐基里德的幾何學、柏拉圖的觀念世界，還有希臘人把葡萄變成美酒，這的確稱得上是一項真正普羅米修斯式的偉大創舉呢！

不過，就像所有偉大的精神創舉一樣，它不只是帶來光明，同時也投下了陰影；它不只是為人類帶來幸福和繁榮，同時也製造了憂愁和痛苦。很遺憾地，弗蘭吉帕尼那偉大的發明也有不良的後果：現在，由於人們已經學會從花草、木材、松脂和動物的分泌物中提煉出各種香精，然後裝進玻璃瓶裡，這使得調配香水的技藝慢慢地從以前少數萬能的手工藝專家那兒，落入了不學無術的江湖郎中手裡。只要他擁有一個勉強稱得上靈敏的鼻子就行啦，就像那個渾身發臭的野獸培利西耶那樣。他根本就不需要費心去研究瓶子裡裝的到底是什麼內容，只要隨隨便便跟著感覺走，把瓶子裡的東西亂混一通，想到什麼就做什麼，或是毫無主見地一味迎合顧客的希求。

培利西耶這雜種現在想必擁有比他更多的財富，這傢伙才不過三十五歲罷了，竟然已經擁有比他包迪尼祖孫三代辛辛苦苦，好不容易才積攢下來的財富還要多。更過分的是，培利西耶的財富一天天在增加，而包迪尼的財富卻是一天天在減少，這樣的事情在從前絕對不可能發生！一個聲譽卓著的手工匠人，一個引領風騷的大商人，現在竟然要為了艱苦求生存而努力奮鬥，這樣的事情是最近二、三十年才有的！從那以後，不論走到哪裡，不論哪個行業，到處都興起一股只求新不求精的革新熱潮，這種肆無忌憚、一窩蜂求新求變的行為，這種實驗熱，這種狂妄自大的精神，無論在商業、在交通或是在科學的領域都是愈來愈常見！

還有這種瘋狂的追求快速！為什麼人們會需要修建那麼多條新馬路，到處都在東挖西挖的，為什麼人們會需要搭建那麼多的新橋梁？到底是為了什麼？一個星期就能到達里昂，這有什麼好處呢？是誰非要這樣不可？到底便利了誰？能夠在一個月內橫越大西洋，快速抵達美洲，又怎麼樣？過去幾千年，人們從未去過那裡，不也是過得挺好嗎？文明人到印第安人的原始森林或是到黑人那裡，到底是要尋找遺失的什麼？他們甚至想盡辦法要去拉普蘭，一個終年積雪，只有生吃魚片的野人居住的地方，在靠近北極的地方。他們還想發現另一個新大陸，聽說在南海，也不知道會不會成功。為什麼大家都這麼瘋狂？難道只是因為別人，比如西班牙人、該死的英國人，還有不要臉的荷蘭人，都在這樣做嗎？為了這個還要跟他們打仗，法國根本就吃不消呀。一艘戰艦要花掉三十萬斤銀子，只要一顆加農砲，五分鐘就把它打沉了，從此煙消雲散，卻要我們納稅人付出這麼龐大的代價。前一陣子，財政部長才剛要求我們交出收入的十分之一做為稅金，真要命，雖然現在還沒開始執行，可是光是感受到這種精神壓力就已經去掉半條命了。

人類的不幸都是源自於不能好好待在房裡，待在屬於他的地方，這是巴斯卡的睿智之言。巴斯卡是個偉大的人物，思想領域的弗蘭吉帕尼，一個真正的手工藝人。這樣的人如今已乏人問津，現在大家讀的都是一些極具煽動能事的書，這些書不是胡格諾教徒寫的，就是英國人寫的。要不然他們就是寫一些小冊子或所謂的科學鉅著，在裡面提出了一大堆問題。沒有什麼是確定的，所有的事情突然都變了樣。最近才發現一杯水裡竟然有微生物在裡面游來游去，以前的人根本看不到這些東西；梅毒應該只是一種普通疾病，不再是上帝的懲罰；上帝不是在七天裡創造世界，而是花了幾百萬年，如果祂真是創世者的話；野蠻人和我們一樣都是人類；我們教育孩子的方式都是錯的；地球不是圓的，而是上平下扁，好像一顆西瓜那樣，難道這些事情真的都那麼重要嗎！在每個領域裡不斷有人在發問、在鑽研、在探討、在窺看、在做實驗，現在人們已無法滿足於只知道這是什麼，它怎麼會這樣，一切都必須加以證明，最好能提出證物和數據，或是任何可笑的試驗。狄德羅、達朗貝、伏爾泰、盧梭和其他一些——我也不知道他們叫什麼來著——的爛作家，裡面有些人甚至還是貴族或教士呢！他們的確辦到了，把他們自己內心的騷動、純然的不知足，以及對世界上所有既存事物的不滿，扼要地說，就是把盤據在他們頭腦裡那一堆混亂的東西，散播到整個社會！

你只要張開眼睛，看到的就是一片擾攘動盪。男人讀書，連女人也在讀書。教士們窩在咖啡館裡，如果警察膽敢闖進來，把這些高級知識分子抓走一個，送進監獄，接著就會有出版商出來大聲疾呼，發動人們上書請願，而上流社會的紳士小姐們就會運用他們的影響力。直到幾個星期過後，被抓的人終於獲得釋放，或者流亡到外國，在那裡他們更加肆無忌憚地到處發表攻訐政府的文章。在沙龍裡面，人們天馬行空地高談闊論關於彗星軌道、極地探險、槓桿原理和牛頓、運河的開鑿、血液的循環和地球的直徑。

就連國王也叫人把這些無聊的時髦玩意兒拿到面前給他看，那是一種叫做「電」的人工雷雨：在全體官員面前，有個人猛力地摩擦一只瓶子，接著火花四濺，聽說國王陛下顯得印象深刻的樣子，真是難以想像。他的曾祖父，確實偉大的路易王，在他英明的統治之下，包迪尼幸福地生活了好幾年，他絕不可能容忍這麼可笑的表演在他面前發生！不過這正是新時代的精神，我就不相信這一切會有什麼好下場！

因為人們開始變得肆無忌憚，以最狂妄的態度懷疑上帝和教會的權威，並且開始大談君主制——這不也是合乎上帝的旨意嗎？——以及君主那神聖不可侵犯的地位，好像這兩種東西只不過是在一份完整的政府型錄中的兩個不同選項，可以讓人們依照個人喜好而任意挑選。人們終於狂妄到膽敢宣稱那全能的上帝、至高無上的位格者，並非是不可或缺的，而且還一本正經地強調，即使沒有上帝，地球仍然可以照常運轉，一切制度和習俗一樣可以建立，而人們還是可以擁有幸福的生活，這一切只需要憑藉人類與生俱來的道德和理性即可……噢，上帝，噢，上帝！所以，當我們發現一切都世風日下，道德淪喪時，我們也不必太過驚訝，而有一天，人類所否認的審判和處罰終會降臨到他們身上，如此一來，他們的下場將會很悲慘。人們把一六八一年逼近地球的那顆大彗星當成笑話來講，說它只不過是一大群小行星的集合體。它可能也是上帝對人類的一種預警，因為祂藉此預示了一個分崩離析的世紀來臨，人類在精神方面、在政治方面，乃至在宗教方面都深深陷入一個自掘的泥淖中無法自拔，只有幾朵俗麗鮮豔、臭氣沖天的花朵在裡面盛開，就像這個培利西耶一樣！

包迪尼這個老傢伙站在窗邊，用惡毒的眼光瞥視著河面上即將下沉的斜陽，小貨船浮現在他下面，慢慢向西航行到新橋和羅浮宮前面的碼頭。這裡沒有哪條船會逆流而上，大家都取道西堤島另一側的支流順流而下。從這裡出發的船隻，不管是空的，還是滿載貨物；無論是手划艇，還是漁人的平底舟，甚至連那泛著金色漣漪的骯髒深褐色河水，統統都是流逝的。儘管緩慢，但是廣泛寬闊，一刻也不停留。當包迪尼的目光沿著屋牆順勢而下，斜睨著將近正下方的河面時，覺得那不斷流逝的河水好像吸住橋基，將它拖曳而下似的，令他感到一陣暈眩。

這真是大錯特錯，當初怎會想到在橋上置產呢？何況還買在橋的西側，這更是錯上加錯。現在他每天舉目望去，眼前看到的總是向東流逝的河水，感覺上好像連他自己、他的房子，還有他積攢了幾十年的財富，都要跟著逝水東流。現在他人老了，身體又虛弱，哪有力氣頂得住這一股潮流呢？偶爾，當他難得有機會到塞納河左岸，到索邦區或是聖緒爾皮斯那一帶去辦點事情的時候，他都會捨近求遠，並不取道西堤島或是聖米歇橋，寧可繞遠路走新橋，因為這道橋還沒有人在上面蓋房子。他常常靠著東側的欄杆，逆著水流向上看，希望至少可以有那麼一次，看著所有的東西都向著自己湧過來，幻想著自己人生的趨勢完全逆轉過來，生意一天比一天興隆，家族一天比一天繁盛，女人一個個投懷送抱，他的精力不但沒有一天天衰退，反而一天比一天旺盛，哪怕只是一瞬間的自我陶醉也好。

可是接下來，只要他的眼光稍微向上抬，就會看到幾百公尺遠的地方，他的房子又瘦又高地鵠立在兌換橋上，接著又看到他二樓工作室的窗戶，最後則看到他自己站在窗邊，看到自己望著窗外不斷向東流逝的河水，就像現在一樣，他的美夢就會不翼而飛。每當這種時刻，站在新橋上的包迪尼就會掉轉身子，像以前一樣垂頭喪氣，像現在一樣意志消沉，離開窗邊，回到書桌前，坐了下來。

12

包迪尼面前擺著一瓶培利西耶的香水，那金褐色的液體在陽光照耀下閃閃發光，澄澈動人，毫無雜質，一副天真無邪的樣子，就像清澈的茶水。它裡面的成分有五分之四是酒精，另外五分之一的神秘配方，就是它讓整個巴黎城為之瘋狂騷動的。這個神秘配方又包含了三種或三十種不同的成分，以某種特定的容積比例混合而成，它就是這個香水的靈魂——如果我們可以把培利西耶這個冷酷的生意人所調配的香水，當成同樣是有靈魂的話——可是到底是哪一些成分，還有它們之間的比例如何，這就是包迪尼想要知道的。

包迪尼仔細地拭淨鼻涕，並把百葉窗簾拉下來一點，因為直射的陽光不只會損害任何芳香劑的精純，而且會降低嗅覺的專注力。他從寫字桌的抽屜裡拿出一塊還沒用過的白色鈎花手帕，把它鋪展開來，接著輕輕轉動瓶塞，打開那瓶香水，同時頭往後仰，緊緊捏住鼻翼，因為他不想匆促草率地直接從瓶子裡捕捉那香水的嗅覺印象。香水應該在開闊的、空氣流通的狀態下才能掌握它的神髓，而不是直接從濃縮液那裡。他灑了幾滴香水在手帕上，拿起來在空中揮了揮，藉此把酒精趕跑，然後放在鼻子下面聞一聞。他迅速猛力地嗅了三下，把空氣吸進鼻腔裡，立刻又呼了出來，然後用手搧搧空氣，再一次用三拍子的節奏重複一次同樣的動作，最後則是深深地吸了一口空氣，然後再緩慢地吐氣，好像從一道長長的緩坡慢慢滑行下來似的，中間還停留了好幾次。接著他把手帕往桌上一丟，頹然地倒在扶手椅上。

這香水真是好得令人噁心。很可惜，這倒楣的培利西耶的確很有才能，是個天生的大師。上帝真不公平，這傢伙甚至不曾拜師學藝過呢！包迪尼真希望這個「靈與愛」是從自己這裡出來的，這香水可是一點兒也不粗俗，它很高雅、圓潤、和諧，更吸引人的是，它是全新的。它是既清新又不通俗，雖然華麗，可是並不油膩。它的香氣如此深沉，如此雋永，令人回味無窮的深沉，可是又完全不會給人拖泥帶水，造成負擔的感覺。

包迪尼心懷崇敬地站起身來，再一次把手帕放在鼻子下面：「太美妙了……太美妙了……」他一邊喃喃自語，一邊貪婪地聞著。「它有一種令人愉快的特質，非常討人喜歡，好像一首美妙的曲子，給人帶來好心情……廢話，還說什麼好心情呢！」他突然暴怒地把手帕扔到書桌上，轉身走到房間最陰暗的角落，似乎對自己剛才的狂熱舉動感到羞慚似的。

真可笑！怎會被這樣諂媚的言詞拖累到喪失自制的能力呢？「好像一首曲子，愉悅、美妙、心情好」，這是什麼蠢話嘛！跟個什麼都不懂的三歲娃兒似的，瞬間的印象，我老是犯這個錯誤。這是氣質問題，我們義大利人就是這樣。聞的時候不要下判斷！這是第一條守則，包迪尼，你這個老笨蛋！聞的時候只管聞，等聞過了再來下判斷！「靈與愛」算是還不壞的香水，這項產品那麼成功，但其實只是一個巧妙組合的次等貨——如果不想指責它是假高級品的話。但是除了假高級品，你還能期待一個像培利西耶這樣的人能夠弄出別的東西來嗎？當然啦，像培利西耶這樣的傢伙不可能去製造大量販售的便宜貨，這個無賴就喜歡炫耀他的才能，以完美的和諧來迷惑大家的嗅覺官能。這人在一流的嗅覺藝術裡簡直就像是披著羊皮的狼，一句話：他是個天才惡棍。這比一個自信滿滿的半瓶子醋還要糟糕。

可是你，包迪尼，你不要讓自己給人家騙得團團轉，你只不過是在短暫的瞬間被這次等貨的第一印象給弄糊塗了。可是你會知道，等過了一個小時再來聞它，當它那揮發性的實體散逸之後，留下來的核心骨幹會是什麼？或是它今晚聞起來會是怎樣？還不是只剩下給人滯重、黯沉感覺的成分嘛。別因為現在你的嗅覺仍然沉溺在曙光中繁花盛開的舒適迷障裡，就誤判了它的真相。再等一等吧，包迪尼！

第二條守則：香水活在時間之中，它會經歷青春期、成熟期和老年期。因此，除非它在三個不同的生命階段，都能夠以同樣令人舒適的方式散發出香氣，才能說它是非常成功的。這種情形我們不是常常碰到嗎？當我們調出一項新的混合品，在試第一滴的時候還很清新，過不了多久卻散發出爛水果的味道，最後甚至只剩下令人作嘔的純麝貓香的味道，因為我們加太多了。使用麝貓香要特別小心！只要多出一滴就會釀成大災難，這是大家常犯的錯誤。誰知道，說不定培利西耶就是摻太多麝貓香在裡面？說不定到了今天晚上，他那野心勃勃的「靈與愛」就只會剩下一堆貓尿？咱們等著瞧吧。

咱們等著聞吧。像用利斧砍木頭，把它劈成碎木片那樣，我們要用鼻子把他的香水分解成一個個的細節部分。屆時我們就會恍然大悟，原來這個所謂的神奇香氣只不過是以眾所皆知、再平凡不過的方式調出來的。我們，包迪尼，真正的香水師，我們將會識破調醋工培利西耶的伎倆。我們將會撕下戴在他臉上的面具，並讓這個新手知道，我們這項古老的手工技藝需要多大的能耐。我們要毫髮不差地仿造他的這項時髦產品，它要在我們手中重新誕生，模仿得唯妙唯肖，即使鼻子最靈的獵狗也分辨不出它們之間的差異。不！我們不是這樣就滿足了！我們還要進一步改良它！我們要指出他的錯誤在哪兒，把它改正過來，然後指著他的鼻子罵道：培利西耶，你這個半吊子！臭傢伙！香水界的暴發戶！你算老幾啊？

現在專心工作吧，包迪尼！把鼻子磨利了，專心地聞，別再傷感了！遵照香水這一行業的藝術法則去拆解它的香氣！今天晚上以前你必須弄清楚它的配方！

他衝到書桌旁邊，拿出紙、蘸水筆和一塊乾淨的手帕，把它們放整齊了，然後開始他的分析工作。他先是把剛剛滴過香水的手帕快速地從鼻子下面拂過去，試圖從這一團飄過的香雲中，捕捉其中一種或是數種組合成分，不被所有成分共同組成的整體給轉移了注意。接著他伸長手臂，讓手帕離得遠遠的，然後快速地記下剛剛發現的成分。接著又重新把手帕從鼻子下面拂過去，快速抓住下一種香氣成分，就這樣繼續下去……

13

他已經連續工作了兩個小時，動作愈來愈急躁，字跡愈來愈潦草，從瓶子滴到手帕上的香水劑量也愈來愈多。

他現在什麼都聞不出來了，因為鼻子已經吸入過多的高度揮發性實體，早就麻痺了，再也記不得自己剛開始這項試驗時，自信滿滿以為毫無困難就能分析出來的東西是什麼了。他知道，這樣繼續聞下去也沒什麼意思，他不可能弄清楚這項最新流行的香水商品是怎麼配出來的，今天辦不到，明天還是辦不到，除非他的鼻子能夠恢復原來的靈敏，這要看老天爺肯不肯幫忙了。像這樣分析聞到的東西，他可從來沒學過，他認為要這樣去支解一種香氣簡直就是災難，要把一個不管接合得好或不好的整體，切割成一塊塊簡單的碎片，總是一件令人討厭的事情。他沒有興趣，他不想幹了。

可是他的手還是機械性地繼續練習了幾千遍的優雅動作：在手帕上滴幾滴香

水，甩一甩，然後快速地從面前拂過去，接著又機械式地深吸一口從面前飄過的香氣，然後又是中間停住好幾次地慢慢吐出來。直到他的鼻子從裡面腫脹起來，鼻孔好像被人用封蠟的塞子堵住似的，這才終於把他從這件折磨人的工作裡解救出來。現在他完全沒有辦法繼續聞下去，甚至連呼吸都有困難，鼻子好像得了重感冒似的完全塞住，眼角還泛著淚光。感謝上帝！現在他可以問心無愧地結束他的工作，他已經盡了全力，對得起他的責任，遵守所有的藝術規則，只是最後還是失敗，每次都這樣。超過能力的事情，沒有義務去做。收工吧，明天早上再派人到培利西耶那裡去買一大瓶「靈與愛」，用它來幫費阿蒙伯爵的西班牙小羊皮噴香，接下來又得提著他的小公事包，裡面裝著過時的香皂、香膏和香包，到老公爵夫人們的沙龍裡去轉一轉。直到有一天，連最後一個老公爵夫人都往生了，他就會連最後一個女顧客都喪失了，然後連他自己也變成一個老朽，這樣一來他就得賣掉房子，賣給培利西耶，或是其他任何一個努力上進的商人，說不定因此可以賺到幾千錠銀子。然後收拾一、二件行李，帶著他的老婆，如果到時候她還沒死的話，回義大利去。如果撐過這趟旅行還能活下來的話，他就要在美西納附近的鄉間買一幢小房子，因為那裡房價比較便宜。他會死在那裡，基塞佩．包迪尼，曾經是巴黎市一個偉大的香水師，死的時候卻是一貧如洗，如果這樣能夠讓上帝高興的話，那也沒什麼不好。

他把瓶子塞住，放下蘸水筆，最後一次用灑過香水的手帕擦擦額頭，感覺到正在揮發的酒精涼涼的，此外什麼感覺也沒有，接著太陽就下山了。

包迪尼站起身子，拉開百葉窗簾，他的身體直到膝蓋都沐浴在夕陽的餘暉中，照得他好像一把燃燒到了盡頭的火炬那樣閃著紅光。他看著羅浮宮後面那輪深紅色的落日光暈，又看看這城市各家屋頂上透出來的燈火。在他下面，塞納河水泛著金光，船隻都不見了，這時正好颳起了一陣強風，在河面上造成波波連漪，像鱗片一樣，到處都是金光閃閃，而且愈來愈近，好像有一隻大手把幾百萬個金幣丟進河裡。河流的方向似乎突然倒轉，河水朝著包迪尼流過來，這可是一道閃閃發光的純金潮呢。

包迪尼的眼睛微微溼潤、神情悲悽，站在那裡好一會兒，一動也不動，看著面前這幅動人的景象。接著，他突然打開窗戶，用力推開窗扇，把那瓶培利西耶的香水使勁拋出窗外，在空中劃出一道彎彎的彩虹橋，然後看著它撲通一聲掉進河裡，劃破河面上那一塊閃著金光的水織地毯。

新鮮的空氣從窗外湧進房裡，包迪尼舒了一口大氣，發現鼻子沒有塞得那麼嚴重了。他接著關上窗戶，幾乎就在同時，夜幕驟然降了下來，這城市和河流那金碧輝煌的景象也隨之凝成一片灰色的剪影。房間裡陡然暗了下來，包迪尼再度用剛剛那同樣的姿勢站著，凝視著窗外。「明天我不要派人去培利西耶那裡了。」他雙手環抱著椅背說：「我不要這麼做，我也不要再到那些貴夫人的沙龍裡去瞎轉了。明兒一早，我就要去公證人那裡，把我的房子還有我的店面統統賣掉，就這麼辦，就這樣！」

他的臉上露出孩子般的倔強表情，突然覺得自己很幸福，他又是以前那個年輕的包迪尼，勇敢果決，敢於向命運公然挑戰。雖然這種情況的挑戰不過是退縮罷了，那有什麼辦法？已經沒有別的路可以走了！處在這種愚蠢的時代還有別的選擇嗎？這是光明的時代，或是黑暗的時代，交給上帝去決定，可是上帝絕不願見到我們在困頓的時刻只會悲嘆哀怨，祂會希望我們仍能像個男子漢那樣。祂給了我們一個信號，這個城市幻現出來的血紅——金黃的影像就是一個警告，趕快行動吧，包迪尼，趁著一切都還不算太遲的時候！趁著你的房子還屹立著，你的倉庫還滿滿的，你那每下愈況的店舖還能賣個好價錢，趁著現在決定權還在你手上。在美西納默默地終老雖然不是你人生的目標，可是總比在巴黎轟轟烈烈地肝腦塗地要來得更光彩些，也更討上帝的歡心吧。就讓布魯埃、卡爾多和培利西耶這些人從從容容地取得他們的勝利吧，基塞佩·包迪尼要退出戰場了，可他是出於自願的，不是被人逼迫的！

他現在為自己感到驕傲，而且覺得非常輕鬆。這麼多年以來，由於經常要對人鞠躬哈腰、低聲下氣，以至於他的肩膀、背部和頸項變得非常僵硬、緊繃，而且愈來愈駝，現在突然都變得柔軟了。這是頭一次，他可以不費力氣就能站得筆直，站得輕鬆自在、心情愉快。他又能自由自在地呼吸了，雖然房間裡還充滿著「靈與愛」的味道，可是它已經不能再危害到他了。包迪尼已經改變了他的人生，現在他覺得通體舒暢，他立刻就要上樓告訴他的太太，他剛剛做了什麼決定，然後還要到巴黎聖母院去禱告，點一根蠟燭，感謝上帝仁慈的指示，還要感謝祂賜給基塞佩·包迪尼如此堅強的個性。

他以幾乎是年輕人才會有的幹勁，把假髮戴到光禿禿的腦袋瓜兒上，又匆匆披上藍色的上衣，拿起桌上的燭臺，離開工作室。他把手上的蠟燭湊到樓梯間的燭火上，點燃了，以便為自己照亮到樓上房間的通路，這時卻聽到從下面一樓傳來門鈴的響聲。這不是店門口那波斯鐘的悅耳響聲，而是傭人出入口那難聽至極的門鈴聲。他每次聽到都覺得非常刺耳，常常想要扔掉這個東西，換一個聲音比較悅耳的門鈴，可是一想到要花錢就不了了之。現在他突然想到一個好主意，忍不住噗哧一聲笑了出來，反正現在都一樣了，他要把這個討人厭的門鈴連同他的房子一起賣出去，就讓後來接手的人去為它傷腦筋吧！

門鈴又響了一次，他側耳傾聽下面的動靜，顯然謝涅已經離開店門，而家裡的女傭大概忙著什麼事情沒辦法立刻趕過來。看樣子，包迪尼只好親自下樓去應門了。

他拔下門閂，用力扳開厚厚的門板。什麼也沒看到，黑暗完全吞噬了燭光，接著才慢慢地看到一個小小的人影，一個小孩，或是一個半大不小的少年，手臂上好像掛著什麼東西。

「你要幹嘛？」

「是葛利馬師傅打發我到這裡來的，我帶來了您要的山羊皮。」那人說著，往前跨了幾步，把一隻掛了幾張山羊皮的手臂伸向包迪尼。藉著燭光，包迪尼看到一張少年的臉，眼裡充滿了羞澀和戒備的神色。只見他迅速蹲下身子，彷彿準備要挨揍似的，躲在伸得老遠的手臂後面尋求庇護，他就是葛奴乙。

14

包迪尼記起來：他送來的正是伯爵要的小羊皮！他在幾天前跟葛利馬訂的貨，要最好最柔軟，還要可以換洗的小羊皮，費阿蒙伯爵要拿來當書桌墊板用的，一塊要十五法郎。可是他現在其實用不著了，他大可把這筆錢省下來，不過另一方面，如果他就這樣打發這個少年回去的話……誰知道？可能會給人家造成不好的印象。大家也許會開始議論紛紛，到處造謠，說是包迪尼不守信用啦，包迪尼再也接不到訂單啦，包迪尼付不起貨款啦……這麼一來就不太好了，不，不，這很可能會影響到他轉讓生意的售價，還是把這些已經沒用處的羊皮照單收下比較好。現在還不是恰當的時候，最好先不要讓人家知道，包迪尼打算改變他的人生。

「進來吧！」

他讓少年進屋來，兩人一起走到樓上的店裡，包迪尼擎著燭臺走在前面，葛奴乙手臂上搭著羊皮跟在後面。這是葛奴乙第一次踏進香水店裡，在這種地方，香氣不再只是附屬品，而是人們直接關注的焦點。當然，他已經認識巴黎所有的香水舖和藥草店，他常常一整夜流連在這些商店的櫥窗前，拚命地把鼻子擠進門縫裡。他早就認識這店裡販售的各種香水的氣味，而且還常常把自己內心深處構思出來的各種美妙香水拿來跟它們比較，所以他一點兒也不期待能在這裡聞到什麼新東西。可是，就像一個音樂神童滿腔熱情期待能夠更貼近地觀察一個交響樂團，或是能有機會登上教堂的樓廂就近看到管風琴的鍵盤一樣，葛奴乙的胸中同樣燃燒著一把熱火，殷切渴望能夠進到香水舖裡親眼去看。當他一聽說要送羔羊皮到包迪尼店裡時，就千方百計地設法爭取到這件差事。

現在他就置身在包迪尼的店裡，這地方可說是巴黎最大宗的專業香水經銷處，無數的香水同時擠在一個狹小空間裡。在搖曳的燭光中，他實在看不清什麼東西，只隱約看到櫃檯上的天秤、水盆上的兩隻蒼鷺、一張給客人坐的扶手椅、靠牆而立的陰暗貨架、一些銅製工具的幽微閃光、貼在玻璃器皿和坩鍋上的白色標籤，此外他並未聞到什麼特別的味道，他在街上早就聞過這裡所有的氣味了。可是他立刻察覺到一種嚴肅的氣氛充斥著整個房間，你甚至可以說它是一種神聖的氣氛，如果「神聖的」這個字眼對葛奴乙而言有任何意義的話。他察覺到一種冷冷的嚴肅氣氛，是手工藝特有的客觀節制，是生意人那種枯燥無味的務實精神，黏貼在每一樣家具、每一件工具、每一個盛裝原料或成品的木桶、瓶罐和鍋瓢上。當他尾隨著根本沒專心在幫他照路的包迪尼，走在他的影子裡，腦海裡突然閃過一個念頭，他覺得自己是屬於這裡的，他再也不要去別的地方，他要留在這裡，他就要在這裡做出驚天動地的大事。

這個念頭簡直就狂妄到荒唐的地步，這麼一個身世可疑、不知從哪裡冒出來的製革廠的小工，沒有任何關係，沒有監護人，甚至在社會上連個最起碼的身分地位都沒有，竟然妄想要插足到巴黎最有名的香水商行裡。更何況，正如我們所知的，這家店已經決定要關門大吉了。可是這並非一句痴心妄想就可以打發的事情，在葛奴乙那狂妄的思想裡，這是一件非常確定的事情。他知道，除非是回葛利馬那裡去打包他的衣服過來，否則他絕不會離開這家店。臥薪嘗膽、苦候多年的扁虱，這回終於嗅到血的味道。不管是生或死，他都決定放手一搏，他的決心如此堅強，沒有什麼可以撼動他。

他們穿過店堂，包迪尼打開靠塞納河那邊的後面小房間，這地方部分充作倉庫，部分充作工作坊和實驗室。他都在這裡做香皂，拌髮油，並在一個大肚瓶裡調配清香劑。「喏！」他指著放在窗前的一張大桌子說：「就擱在那兒吧！」

葛奴乙從包迪尼的影子裡踏出來，把羊皮放在桌上，接著迅速跳回去，擋在包迪尼和房門之間。包迪尼在房間裡逗留了一會兒，他把蠟燭稍微挪旁邊一點，免得燭淚滴到桌子上，他用指背輕輕撫劃著羊皮的光滑面，接著把最上面那一張皮翻過面來，撫摸著天鵝絨般毛糙而柔軟的內面。這張皮當真是好皮，簡直像特地為伯爵的西班牙皮革量身訂做似的，乾了以後也不會變形，只要用磨皮板好好磨一磨，又能立刻恢復彈性，這一點他只須用拇指和食指稍微掂一掂就知道了，而且它又能保留香氣達五到十年之久，這真是一張很好很好的羊皮——也許他可以拿來做手套，三雙給自己，三雙給他老婆，回美西納的旅途中可能用得著呢。

他縮回手，滿懷感動地看著他的工作檯，所有的東西都擺得整整齊齊。用來幫羊皮泡香水澡的玻璃缸、用來晾乾羊皮的玻璃板、用來調配酊劑的坩鍋，還有研杵、刮刀、毛刷、磨皮板和剪刀。因為天黑，這些東西都好像只是睡著了似的，等明天一早，它們又會恢復生龍活虎的樣子。或許他應該把這張桌子一起帶回美西納？順便帶幾樣工具回去，只挑最重要的就好……？坐在這張桌子旁邊工作的感覺真的很好，桌面和桌腳都是橡木板做成的，支撐非常牢固，既不會鬆動也不會搖晃。桌面保持得非常好，沒有酸劑腐蝕的痕跡，甚至連刀刮油漬的痕跡都沒有——不過要把它弄到美西納，可得花一筆錢呢！就算是用海運也不便宜！算了，還是把它賣掉吧。明天早上，他就要把這張桌子賣掉，包括桌上、桌下，還有桌子旁邊的所有東西，統統賣掉！因為，雖然包迪尼他有一顆多愁善感的心，可是他的個性也很倔強，即使再怎麼難過，他還是要貫徹他的決定。眼裡含著淚珠，他雖然覺得難以割捨這一切，不過他還是會這樣做，因為他知道，這樣做才是對的，他已經得到啟示了。

他轉過身，打算退出房門，那畸形的小人兒卻擋在門邊，他幾乎忘了他的存在。

「很好。」包迪尼說：「回去告訴你的老闆，這幾張皮都很好，過兩天我會上他那兒付清貨款。」

「遵命。」葛奴乙雖然嘴裡應著，可是身體卻不動，仍舊擋住包迪尼的路，誰叫他要支開他，要他離開這個工作室呢？包迪尼愣了一下，不過他還以為這少年只是害羞而已，並沒有想到他有什麼不良的居心。

「怎麼啦？」他問道：「你還有什麼話忘了轉達嗎？嗯？說啊！」

葛奴乙又蹲低身子護著頭，兩隻眼睛偷偷瞄著包迪尼，一副很害怕的樣子。其實是因為擔心詭計不能得逞，所以才會那麼緊張。

「我想要在您這兒工作，包迪尼先生，在您這兒，我想要在您的店裡工作。」

他說話的口氣不像是在拜託，更像是一種要求，而他其實也不像正常人說話的樣子，反而像蛇吐信那樣，嘶嘶嘶地從齒縫間迸出一些字句。這回包迪尼又錯估了他那無與倫比的自信，還把葛奴乙當成是愣頭愣腦的傻小子。他面帶微笑和善地對他說：「你是鞣革匠的小徒弟呀，孩子，我這兒用不著你呀。我自己也有一個夥計啊，我不需要再收徒弟啦。」

「您想讓這些羊皮聞起來香香的，是不是這樣？包迪尼先生，我給您帶來的這些小羊皮，您想要讓它們變得香香的是吧？」葛奴乙嘶嘶地說著，彷彿他根本聽不懂包迪尼的回答是什麼意思似的。

「的確是這樣。」包迪尼說。

「就用培利西耶的『靈與愛』嗎？」葛奴乙問道，跟著又雙手護頭，身子伏得更低了。

包迪尼一聽，驚得全身微微發顫，不是因為他很訝異，這小子到底從哪裡知道得這麼清楚，單單是因為他居然能夠說出這種香水的名字。這個可恨的香水，他今天費了老大的勁，還是沒辦法弄清楚它的配方。

「你怎麼會有這麼荒唐的念頭，我怎麼可能會去用別人的香水……」

「您身上都是這個味道！」葛奴乙嘶嘶說道：「您的額頭上有這個味道，您衣服右邊的口袋裡有一條手帕，上面灑的就是這種香水。這香水不好，這個什麼『靈與愛』，它很爛。裡頭加了太多香檸檬，太多迷迭香，玫瑰油又用得不夠。」

「啊？」包迪尼對他用詞的精確感到十分驚訝：「還有什麼？」

「橙花、小萊姆、石竹、麝香、茉莉和酒精，還有一種東西我不知道名字，有了，您看，就在那兒！在那個瓶子裡！」只見他的手指向黑暗中一指，包迪尼舉高燭臺對著他說的方向照過去，目光隨著少年的食指望過去，最後落在貨架裡一個瓶子上面，裡面裝的是黃灰色的香脂。

「蘇合香？」他問道。

葛奴乙點點頭：「沒錯，它就在那裡面，是蘇合香。」接著他全身縮成一團，好像突然抽筋似的，嘴裡喃喃念著「蘇合香」這個字，一遍又一遍，至少念了十幾遍：「蘇合香蘇合香蘇合香蘇合香……」

包迪尼擎高燭臺，照著這個像青蛙般縮成一團而又不斷喃喃念著「蘇合香」的怪異少年，思忖道：他要不是被魔鬼附身，就是個大騙子，再不然就真是個稟賦極高的天才。因為他報出來的那幾樣材料，只要調配得當，的確能夠配出「靈與愛」這種香水，這是很有可能的事，甚至應該就是這樣。玫瑰油、石竹花和蘇合香，這三樣成分，他今天弄了一下午，搞得那麼絕望，現在只要拿它們來跟其他的成分湊湊看——他相信自己應該可以把它們一一認出來——就像把切割下來的圖片一一拼回去，最後一定能拼出美麗的圓形蛋糕。現在只剩下一個問題就是，到底它們之間的精確關係怎麼樣，要怎麼結合它們才能完成這個美麗的拼圖。為了發現這一點，他，包迪尼，必須重複實驗一整天。這工作太繁重了，甚至比起只是確認它們的身分還要難搞，因為你不但要量要秤，要做紀錄，同時還要特別留神。只要有一個小小的疏忽，滴管稍微抖動了一下啦，或是不小心數錯了滴數，結果就會全部完蛋。而每一次錯誤的嘗試都要付出昂貴的代價，每一次搞砸的實驗都是一筆不小的開銷……他現在要考驗一下這個小人兒，問他知不知道「靈與愛」的確實配方是什麼。如果他知道得一清二楚，連要用到幾公克幾滴都知道的話嘛，那他顯然就是個騙子。他一定是用了什麼不正當的手段，從培利西耶那裡騙到這個配方，拿著它想要到包迪尼這裡來混個工作。如果他只是猜個八九不離十，那麼他就是個嗅覺天才，這樣就能激發包迪尼的職業興趣。既然包迪尼已經下定決心要結束他的事業，就不會再反反覆覆！他真正關心的也不是培利西耶的香水本身，即使這小傢伙能夠幫他配幾公升「靈與愛」出來，包迪尼做夢也不會想到要拿它來幫費阿蒙伯爵的西班牙小羊皮噴香。可是……可是對於做了一輩子香水師，每天都在忙著嘗試各種可能的香氣組合的人而言，一時之間要他完全放棄對香水的職業熱情，恐怕有點困難！他現在感興趣的是，有沒有辦法得知這可惡的香水的確實配方，還有，這怪異少年的天分到底是怎麼回事，居然能夠聞出他額頭上的香水是哪一種。他想知道這一切背後到底隱藏了些什麼，他純粹就是好奇心在作祟。

他等葛奴乙停止嘓嘓叫，便說：「看來你有一個很靈通的鼻子嘛，年輕人。」接著走回工作檯，小心翼翼地把燭臺放在桌子上，說：「毫無疑問，你的鼻子確實很靈，可是……」

「我有一個全巴黎最好的鼻子，包迪尼先生。」葛奴乙突然嘓嘓地打斷他的話頭：「我認識世界上所有的香氣，全部，巴黎所有的香氣，全部。只是其中幾樣我不知道名字，可是我可以學，全部的香氣，只要它們有名字的話。那並不算多，只是幾千種而已，我可以把它們統統學起來。我絕不會忘記這種香膏的名字，蘇合香，這香膏就叫做蘇合香、蘇合香……」

「安靜！」包迪尼忍不住大叫：「我說話的時候，你不要插嘴！你不覺得自己太冒失太自大了嗎？哪有人知道幾千種香氣的名字？就連我自己都還認識不到一千種，只有幾百種而已，在我們這一行裡頂多才不過幾百種香氣，其他的都不是香氣，而是臭氣！」

當葛奴乙滔滔不絕的噴話插嘴時，他的身體幾乎整個都舒展開來，有時候甚至還興奮到雙手跟著揮舞，好像唯有如此才能將他想要說的「全部、全部」的意思表達清楚似的。可是包迪尼一開口喝斥他，他的身體又立刻啪嗒一聲縮了回去，變成一隻不起眼的、黑麻麻的小蟾蜍，杵在門檻上，一動也不動，全神戒備地提防人家要揍他。

「我當然早就知道，」包迪尼又開口說了：「那個什麼『靈與愛』是由蘇合香、玫瑰油和石竹花，還有香檸檬和迷迭香的精華液……等等等等，調出來的。為了發現這一點，就像我講的，只需要一個夠靈敏的鼻子就行了。當然這完全有可能，上帝給了你一個夠靈敏的鼻子，就像其他許許多多人一樣——特別是像你這種年紀的人。然而，一個香水師，」說到這裡，包迪尼突然伸出手指，胸膛也跟著挺了起來：「香水師需要的不只是一個夠靈敏的鼻子，他還需要經過幾十年的學習和訓練，才能培養出一個可以準確工作的嗅覺器官，讓他躋身到這樣的位置，能夠把最複雜的香氣組合，按照類別和份量一一推敲出來，而且能夠嗅出其中含有哪些新的、不知名的香氣成分。這樣的一個鼻子，」說著就用手指輕輕敲敲自己的鼻子：「沒有人天生就擁有這樣的鼻子，年輕人！這樣的鼻子只有靠著勤勞加上毅力才能得到，還是你覺得自己現在就能立刻說出『靈與愛』這個香水的確實配方嗎？嗯？你辦得到嗎？」

葛奴乙沒有回答。

「有本事你就講給我聽聽看啊？」包迪尼一邊說一邊往前靠過去，想要把門口那個醜東西看個仔細：「你要能摸到一點邊兒，我就算你厲害。說啊！你不是號稱有著全巴黎最『利』的鼻子嗎？」

可是葛奴乙還是默不作聲。

「你看！」包迪尼一方面覺得滿意，一方面又有點失望，站直了身子說道：「你辦不到吧，當然啦，你怎麼可能辦得到嘛？你就像那種人，吃到好吃的東西，能夠說出湯裡面放了西洋芹還是洋芫荽。好吧，就算你說得對又怎麼樣？這畢竟不能讓你成為廚師啊，你要想擁有這樣的技術或是手藝——注意聽囉，在你走之前！——光靠天才是沒有用的，更重要的是經驗，這需要靠不斷地謙虛學習和持續的努力才能做到。」

他一把抓起桌上的燭臺，正要趕人，沒想到堵在門口的葛奴乙，這時竟從齒間迸出極為壓抑的聲音：「我不知道什麼是配方？先生，我就不知道這個，其他的我都知道！」

「配方就是每一種香水的根本，」包迪尼的口氣變得很嚴厲，因為他急著想結束這段對話：「它就是詳細準確的說明，每一種單獨的成分以什麼樣的比例互相混合，才能得到心目中想要的香水，而不會跟其他的香水搞混了。這就是配方，或者你也可以說它是一種香水的食譜，如果你可以更好地理解這個字眼的話。」

「配方、配方，」葛奴乙又嘓嘓叫道，這時他的身形忽然又變大了一點。「我不需要配方，那食譜就在我的鼻子裡，要我為您配一些出來嗎？先生？要我配一些出來嗎？要嗎？」

「怎麼配？」這次包迪尼的叫聲更響，態度更強硬，甚至還把蠟燭伸到這侏儒的面前：「怎麼配？你說！」

這是頭一次，葛奴乙不再退縮。「需要的材料全在這兒，我聞到它們的香氣了，統統在這兒，在這個房間裡。」說著他又伸手指向黑暗：「玫瑰油在那兒！橙花精在那兒！石竹花在那兒！迷迭香在那兒……！」

「沒錯，它們是都在那兒！」包迪尼忍不住吼道：「所有的東西都在那兒！可是我要告訴你，你這個笨蛋，這是沒有用的，沒有配方是不行的！」

「……茉莉花在那兒！酒精在那兒！香檸檬在那兒！蘇合香在那兒！」葛奴乙還在嘓嘓叫個不停，每叫出一個名字，手指就點到不同的方向。這房間那麼暗，別人頂多只能隱約看出那擺滿玻璃瓶的貨架的影子，他竟能清楚指明每樣東西的確實位置。

「難道你在黑暗中也能看見東西嗎？」包迪尼譏刺道：「你不只是有一個最好的鼻子，你還有一雙全巴黎最銳利的眼睛，是嗎？如果你湊巧也有一對夠好的耳朵，那就給我好好聽著吧。我跟你說：你是一個小騙子。誰知道你用了什麼詭計，從培利西耶那裡打聽到一點什麼，就想到這裡來糊弄我，不是嗎？難道你真以為騙得了我嗎？」

葛奴乙的身體現在完全舒展開來，恢復他本來的身高尺寸。他兩腿略微岔開，雙臂稍微向外張開，他那樣子就像一隻黑色的大蜘蛛，牢牢地攀在門框上。「您給我十分鐘，」他的口才突然變得非常流利：「我立刻幫您把『靈與愛』給配出來，現在，馬上，就在這裡，在這個房間，先生，您給我五分鐘吧！」

「你以為我會讓你在我的工作室裡亂搞嗎？你以為我會讓你把我的香精拿來亂用嗎？那可值不少錢呢。就憑你？」

「是啊。」葛奴乙毫不猶豫地說。

「呸！」包迪尼叫道，使勁把胸中一口惡氣全部吐了出來，然後又深吸了一口大氣，盯著蜘蛛般的葛奴乙看了很久，腦海裡不斷盤算著：基本上，這實在沒有什麼差別，反正明天一早，這一切就都要結束了。雖然我明明知道，這傢伙根本就辦不到，別看他嘴裡說得那麼肯定，他怎麼可能做得到嘛，這不是比偉大的弗蘭吉帕尼還要偉大嗎？可是我幹嘛非要排斥讓自己已經知道的事情在面前得到證實呢？說不定等我回到了美西納，哪一天突然想到——這種事情特別容易發生在老年人身上，被一些最瘋狂的念頭糾纏到寢食難安——我曾經錯失了一個嗅覺天才，一個上帝的寵兒，一個神童，我居然當面錯過了……這是不可能的，我的理智告訴我，這種事情絕對是不可能的。不過話又說回來，這世界上的確有奇蹟，這倒是非常肯定的。如果有一天，我在美西納快要死了，臨終前突然想到：當年在巴黎，那天晚上，奇蹟就在你面前，而你竟然閉上眼睛，假裝沒有看見……到時候你恐怕會後悔莫及噢，包迪尼！如果你對培利西耶的香水還感興趣的話，就讓這個小呆子糟蹋幾滴玫瑰油和麝香露又怎麼樣？你自己不也是常常在糟蹋它們嗎？唉，雖然只是幾滴而已，可是真的很貴很貴耶！不過比起能夠得到確實的驗證和度過一個安靜的晚年，應該還是划算的吧？

「注意聽著！」包迪尼故意裝出很嚴肅的聲音：「注意聽著！我……你到底叫什麼來著？」

「葛奴乙。」葛奴乙答道：「尚－巴蒂斯特．葛奴乙。」

「啊哈，」包迪尼說：「那麼，你給我注意聽著，尚－巴蒂斯特．葛奴乙！我已經考慮好了，我應該給你一個機會，現在，馬上，我給你一個機會讓你證明你說的話是真的，同時也給你一個機會，讓你透過慘痛的失敗學習謙虛的美德——當然啦，在你這樣的年紀還不懂得謙虛，基本上還是可以原諒的——但是為了你將來的發展，不管你要成為同業公會的一個成員、社會的一分子，或是為人夫、為人臣，甚至只是成為一個堂堂正正的人，或是一個好基督徒，謙虛是必不可少的做人的先決條件。為了讓你學到這一課，我已經準備好要幫你分攤學費，因為某些特定的理由，我今天特別慷慨，誰知道，說不定將來有一天，當我回想起今天這一幕時，能夠為我帶來一些歡樂呢。可是我警告你，你不要以為我很好騙！基塞佩．包迪尼的鼻子雖然老了，可是還很靈，只要你配出來的東西和這裡這個產品之間有一點小小的不同。」說著從口袋裡掏出那塊噴過「靈與愛」的手帕，在葛奴乙的鼻子下面揮了揮：「我都能立刻抓出來。靠近一點，你這個全巴黎最好的鼻子，再靠近一點！到這個桌子旁邊，讓我看看你的本事吧！不過你要注意喔，可別打翻了什麼，或是撞倒了什麼！也不要亂碰我的東西！現在我要把光線弄亮一點，為了這個小小的實驗，我們需要更多的照明，不是嗎？」

他從那張大橡木桌的另外一邊又拿過來兩個燭臺，把它們統統點燃了，然後把三個燭臺放在桌邊並排靠攏。他把桌上的皮革挪開，清出中間的部分，接著又從小貨架上把這個實驗所需要的工具：大肚瓶、玻璃漏斗、滴管和大大小小的量杯，統統拿過來，整整齊齊地擺在桌上，動作迅速敏捷又安靜。

這時葛奴乙杵在門框上的身體開始鬆動了，就在包迪尼滔滔不絕的長篇大論聲中，他那原本僵硬、退縮而又充滿戒備的身體開始鬆懈下來，他只聽到對方同意他，對他說好，這孩子的內心忍不住歡呼起來。他強烈盼望的正是對方的讓步，至於對方提的任何限制、條件和道德勸說，他統統當作耳邊風。現在他站在那裡，輕鬆自在，第一次覺得自己像個人，不再只是隻牲畜，他可以忍受包迪尼繼續說完他的一大篇廢話，因為他知道，這傢伙已經對他讓步了，這個人已經被他征服了。

當包迪尼還忙著在桌子上安置他的燭臺時，葛奴乙已經悄悄溜到工作檯旁邊的黑暗中，站在擺滿昂貴香精、香油和酊劑的架子前面，跟隨他那可靠的嗅覺的指引，一一從壁架上取下所有需要用到的瓶子。一共有九個瓶子：橙花精、小萊姆油、石竹花和玫瑰油、茉莉、香檸檬和迷迭香萃取液、麝香露和蘇合香膏。他把它們從架子上取下來，然後整整齊齊地在桌邊擺好，動作非常敏捷，最後又拖來了一大口曲頸瓶，裡面裝著濃度極高的酒精，然後又站回包迪尼身後。那傢伙還在一邊滔滔不絕地長篇大論，一邊繼續擺弄他的調和瓶，這個瓶子向後推過去一點，那個瓶子向前拉過來一點，一切都要順著他長久以來養成的遵守秩序的良好習慣才行。好不容易擺好他的瓶瓶罐罐，接著又開始費心地把燭光調到他認為最合適的亮度。葛奴乙早就等得不耐煩了，身體因為失去耐性而微微發顫，他希望這個老傢伙趕快走開，把位置讓出來給他。

「好了！」包迪尼終於這麼說，跟著又退到旁邊：「你需要用來做你的——嗯，說得好聽一點——『實驗』的東西，統統都擺好了。你不要給我搞壞了什麼，也不要給我滴出來什麼！你給我注意了，我准你用五分鐘的時間來東弄西弄的這些東西，都是非常稀有而且非常珍貴的，你這輩子再也沒有機會拿到這麼高濃度的濃縮液了！」

「您要我做多少呢，先生？」葛奴乙問道。

「什麼做……」包迪尼的長篇大論還沒有結束呢，沒想到他竟然中途打岔。

「做多少香水？」葛奴乙嘓嘓叫似的說道：「您想要多少？要我把這個胖胖的瓶子裝到滿嗎？」他指著一個能夠裝到三公升的調和瓶說道。

「不，誰要你做這麼多！」包迪尼吃驚地叫道，他之所以會這麼生氣，是由於一種根深柢固的排斥心理，他最恨人家把他的財產拿來胡亂地揮霍。發現自己這麼露骨地洩漏深藏的恐懼，他感到很不好意思，為了遮掩自己的窘態，他跟著又吼道：「我話沒講完你不要打岔！」接著又用帶著安慰和嘲諷意味的語調說道：「像這種你我都不欣賞的爛香水，幹嘛要弄到三公升那麼多？基本上，弄到半個量杯那麼多也就夠了，不過這麼少的量，要量得準的確有困難，這樣吧，我讓你做三分之一瓶好了。」

「好。」葛奴乙說：「我就用『靈與愛』把這個瓶子裝到三分之一滿。可是，包迪尼先生，我要用我的方式做，我不知道，這樣合不合行會的規矩，因為我不懂那個，可是我會用我的方式做。」

「請吧！」包迪尼說，他知道，這件事不是你的方式或是我的方式能夠辦到的，這件事只有一種方式，也就是唯一可能而且正確的方式才能辦到，那就是依照配方。計算好最後要達到的總數量，再按比例，精確量好每一種香精所需要用到的劑量，然後再按比例加入適量的酒精，通常是一比十和一比二十之間，最後才能做出心目中想要的香水。除此之外，其他的方法都是行不通的。因此，當他後來看到那場表演，他一開始帶著嘲諷的態度冷眼旁觀，繼而驚慌失措，最後是惶恐加上錯愕，不得不承認那簡直就是個奇蹟。那場景深深蝕刻在他的記憶當中，沒齒難忘。

15

葛奴乙這個小人兒首先打開裝著酒精的大甕，很費力地把這個沉重的容器舉高，差不多舉到跟他頭部一樣的高度，因為這樣才能搆得到那個瓶口放著玻璃漏斗的調和瓶。接著他完全不用量杯，直接把酒精倒進調和瓶裡！包迪尼看到這麼不夠格的一幕，不禁握緊拳頭，渾身顫抖：不光是因為這傢伙把香水世界的秩序完全顛倒過來——他竟然從倒溶劑開始，裡面根本還沒有放任何待溶解的濃縮液——還因為他在體格上根本就無法勝任這樣的工作。葛奴乙由於過度吃力而身體微微發顫，包迪尼則時時刻刻擔心那個沉重的大甕會掉下來，擺在桌上的東西會被掃下來摔得粉碎。還有那幾根蠟燭，想到這裡他更加憂心，我的天，那幾根蠟燭！等一下爆炸了怎麼辦？他會把我的房子燒成灰燼……！他忍不住想要衝上去，把那個瘋子手上的大甕給奪下來，就在這千鈞一髮的時刻，葛奴乙已經自己把它放下來了，完好無缺地放在地板上，又用軟木塞把瓶口給封住了。只見調和瓶裡有一些晶瑩清澈的液體在微微晃動，一滴也沒有跑出來。葛奴乙停下來喘了幾口大氣，臉上露出滿意的表情，好像剛剛完成了這項工作裡最困難的部分似的。事實上，他接下來的動作快得好像一陣風，包迪尼的眼睛幾乎要跟不上他的速度，更不要說看清楚他的每個步驟，只能說出這整個過程大致是如何進行的。

葛奴乙好像完全沒有經過考慮，隨手抓起一瓶香精，拔掉瓶塞，放在鼻子前面聞一下，就直接倒進玻璃漏斗裡。這瓶倒一點，那瓶滴兩滴，第三瓶再加一些，第四瓶……滴管、試管、量杯、茶匙、攪拌棍，所有這些工具，對於香水師而言，是複雜的調配過程中不可或缺的東西，葛奴乙居然連碰都沒有碰一下。他就像個小孩子在玩家家酒一樣，用水跟草還有泥巴，煮了一鍋可怕的東西，還煞有介事地東攪一攪，西和一和，然後說這是一鍋湯。沒錯，就像個小孩一樣，包迪尼心想，他現在看起來突然像個小孩一樣，雖然他有一雙粗大的手，雖然他的臉上滿是傷痕和瘡疤，鼻子像老人一樣坑坑窪窪。我還以為他看起來比實際年齡要大一些，現在我又覺得他看起來比實際年齡要小一些。我覺得他好像只有三、四歲，就跟那些難以親近、難以掌握、冥頑不靈的類人猿一樣，雖然，據說他們是天真無邪的，可是他們只會想到自己。他們就像暴君一樣想要全世界都服從他的指揮，如果聽任他們妄自尊大，為所欲為，而不是用最嚴格的教育措施來訓練他們，慢慢地引導他們成為具備自我克制能力的全人，他們就會把這個世界搞得一塌糊塗。這個年輕人的內心就藏著一個這樣的小孩，你看他站在桌邊，兩眼火紅，完全忘記周遭的世界，看樣子他也不再意識到，除了他和這些瓶子以外，這個工作室裡還有其他事物的存在。你看他雖然手法笨拙，可是卻動作飛快地將一瓶瓶的液體倒進玻璃漏斗裡，你想他最後能調出個什麼像樣的東西出來嗎？居然一口咬定那就是上等的香水「靈與愛」，他自己還深信不疑呢！當包迪尼透過閃爍的燭光，看到這麼違反常規、逆勢操作而又充滿自信的人時，不由得全身顫慄：像他這樣的人——包迪尼心想，這時他又突然感到一陣悲傷、憂鬱和憤怒，就像今天下午，當他看著沐浴在夕陽餘暉中的城市時那樣——像他這樣的人，在以前根本不會出現，這根本就是一種全新的人類樣本，只有在這個委靡不振、道德敗壞的時代才會出現這樣的人……不過他應該學一點教訓，這個張狂自傲的傢伙！當這場可笑的表演結束後，他就要一次把他修理個夠，讓他自討沒趣，縮成一團，就像他來的時候那樣。都是無賴！在今天這種世風日下的時代，我們實在不應該再跟任何人來往，因為世上到處都是這種可笑的無賴！

想到這裡，包迪尼不由得義憤填膺，對這個令人作嘔的時代益發反感。由於他完全沉浸在自己的心事中，所以當葛奴乙突然把所有的瓶栓都塞回去，把調和瓶上的玻璃漏斗取下來，並用單手抓住瓶頸，左手掌封住瓶口，開始猛烈搖晃時，他竟然一時無法領會這個動作的意義。直到那瓶子在空中迴旋了好幾圈，裡面的珍貴液體像檸檬汽水一樣，被人頭上腳下、頭下腳上，來來回回沖蕩了好幾次之後，他才回過神來，又急又氣，發出膽戰心驚的怒吼。「住手！」他大聲尖叫：「鬧夠了沒有？馬上給我停止！就這樣！趕快把瓶子給我放回桌上，不准再碰任何東西，聽懂了嗎？不准再碰任何東西！我一定是瘋了，才會聽信你那一套愚蠢的瞎話！我看到你把這些東西拿來這樣亂搞，動作這麼粗魯，對香水那麼無知，我就應該知道你只不過是個半吊子，是個野蠻人，是條乳臭未乾的鼻涕蟲。你連做個檸檬汽水工人都不夠格，連當個專賣甘草水的小販都不夠格了，竟然肖想要成為香水師呢！你的老闆願意讓你繼續留在鞣革廠裡幹活兒，你就應該滿足高興，心存感激了！下次別想再踏進香水店的門檻一步，聽到了嗎？下次別想了！」

包迪尼這麼說，當他還想繼續說下去時，發現整個房間都已經充滿了「靈與愛」的香氣。這香氣比任何言語、外觀、感覺和意志更有說服力，這香氣的說服力令人無法抗拒，它就像呼吸一樣深入我們的肺葉裡，把我們全身都充滿了，我們完全沒有辦法抵擋它。

葛奴乙放下調和瓶，被香水沾溼的雙手從瓶頸上縮了回來，在衣角上擦一擦。一步、兩步，在包迪尼的厲聲叱喝下，身體向左側靠攏過去，沒想到因此攪動了房間的空氣，讓剛剛配成的香氣向四周散播開來，再多的言語都不需要了。包迪尼雖然還在氣得跳腳，大呼小叫，罵個不停，可是隨著每一次的呼吸，他那表面上勉強裝出來的怒意，就愈來愈難以維持。他隱約發現自己被駁倒了，所以他說到後來，再也無法裝出慷慨激昂的樣子了，當他終於閉嘴，沉默了好一會兒之後，根本就不需要葛奴乙開口對他說：「做好了。」他早就知道了。

可是，雖然這時他身體四周都已被「靈與愛」那濃郁的香氣所包圍，但他還是習慣性地走到那張老橡木桌前，準備做個測驗。他從上衣的左邊口袋裡掏出一塊雪白、全新的鉤花手帕，鋪展開來，再用一支長滴管從調和瓶裡取出一些香水，然後滴幾滴在上面。最後伸長手臂，揮一揮手帕，讓香氣在空中散播開來，然後再以經過長久練習的優雅姿勢，從鼻子下輕輕拂過，然後才把香氣吸進肺裡，接著坐在一只高腳凳上，讓香氣從肺裡慢慢吐出來。他剛剛因為怒氣爆發而脹得通紅的臉，現在一下子又變得非常蒼白。「真是難以相信，」他喃喃自語著：「我的上帝，真是教人難以相信。」他一再地把鼻子貼到手帕上面聞，一面不斷地搖頭，喃喃自語道：「真是難以相信。」這的確就是「靈與愛」，如假包換，毋庸置疑。這個可恨的天才香水，他真是模仿得唯妙唯肖，絲毫不差，就算是培利西耶本人親自出馬，也完全分辨不出它們之間的差別。「真是令人難以相信……」

偉大的包迪尼坐在凳子上，看起來又矮小又蒼白，手上拿著一塊小手帕，不斷地貼在鼻子上，就像一個患了重感冒的少女似的，那樣子既滑稽又可笑。他現在一句話也說不出來，他不再重複說著「難以相信」這句話，而是一直單調地從嘴裡發出「嗯，嗯，嗯……嗯，嗯，嗯……嗯，嗯，嗯……」一邊還不斷地輕輕點頭，兩隻眼睛直愣愣地盯著調和瓶裡的液體發呆。等了一會兒，葛奴乙無聲無息地走了過來，像個影子似的靠近桌邊。

「這不是什麼好香水，」他說：「這香水配得很不好！」

「嗯，嗯，嗯。」包迪尼不置可否地應著，葛奴乙繼續說道：「先生，只要您允許的話，我可以把它改良一下，請給我一分鐘，我立刻幫您做出更好的香水。」

「嗯，嗯，嗯。」包迪尼點點頭說道。並不是因為他真心同意他的請求，而是因為他現在處在一種無助又麻木的狀態，不管別人對他說什麼，他都只會不斷地點頭和一再重複地說著「嗯，嗯，嗯」。當葛奴乙再度開始調配他的香水，再度把大甕中的酒精直接倒進調和瓶，加到剛剛才配好的香水裡，然後又再度打開各種裝著不同香精的玻璃瓶，把裡面的東西往調和瓶裡倒，顯然沒有講究任何先後順序，甚至也沒有精算該用的份量，包迪尼雖然眼睜睜看著他這麼做，但也只是繼續不斷地點頭和重複說著「嗯，嗯，嗯」，完全沒有打算要干預他的樣子。直到整個過程接近尾聲時——葛奴乙這回不再猛烈搖晃調和瓶，只是輕輕晃動了幾下，好像手上拿的是一瓶白蘭地那麼小心翼翼。也許是顧慮到包迪尼的纖細神經，也許是因為這回他比較珍視瓶裡的東西——看著瓶子裡的液體正在輕輕唱著迴旋曲，這時他才如夢初醒似的站起身來，那塊手帕還一直緊緊貼在鼻子上面，好像以為這樣就能夠武裝自己，對抗新的攻擊者入侵似的。

「做好了，」葛奴乙說：「這才是真正的好香水。」

「對啊，對啊，很好，很好。」包迪尼反射性地應道，並伸出那隻空著的手，示意他不要再說下去了。

「您要不要試驗一下？」葛奴乙咕咕噥噥地追問著：「您不要試一下嗎？先生？真的不要試嗎？」

「等一等，我現在沒這個工夫……我頭腦裡還有別的事情。你現在就走！來吧！」

他抓起一把燭臺，走出房門，穿過店堂，葛奴乙在後面跟著。他們走進一個狹窄的過道，通向僕人進出的小門。老包迪尼拖著蹣跚的步伐走到門邊，拔掉門閂，把門打開，然後側過身子，讓路給那年輕人出去。

「現在我可以跟著您做事嗎？先生？我可以嗎？」葛奴乙一隻腳已經跨到門檻上了，但是仍不死心地追問著，說完又是雙手護頭，蹲低身子，露出窺伺的眼神。

「我不知道，」包迪尼說：「我會考慮看看，你走吧！」

葛奴乙一下子就不見了，彷彿被黑暗吞噬了似的，瞬間消失得無影無蹤。包迪尼還呆呆站在那裡，兩隻眼睛茫然瞪著夜空，右手擎著燭臺，左手還拿著手帕摀住鼻子，好像剛剛流過鼻血的人似的，心裡面還是很害怕。他迅速地把門閂上，這才拿開摀在鼻子上的手帕，把它塞回口袋裡，然後才又穿過店堂走回工作坊裡。

這香氣如此美妙，包迪尼的眼裡霎時充滿了淚水，他根本不需要再做任何的測試，他只是站在工作檯前面，站在那瓶香水前面，聞著它的香氣。這香水真是美妙極了，跟它一比，那「靈與愛」就像小提琴擦出幾聲單調的嘎嘎聲，怎能跟這樣一首完美動人的交響曲相提並論呢？何況它的境界還要更高。包迪尼閉上眼睛，喚醒了心中最甜美的回憶，依稀看見當年那個年輕的小夥子，夜空下漫步在拿坡里的花園中，依稀看見自己躺在長了一頭黑色捲髮的美女懷中；彷彿又看見窗臺上一束玫瑰花的剪影，夜風輕輕地吹過窗櫺，傳來了窗外小鳥的歌唱聲，以及遠方碼頭酒店的音樂聲；彷彿又聽到情人在耳邊竊竊私語，不斷說著醉人的我愛你，他感覺到自己的頭髮因為滿滿的歡樂而輕輕地飄揚起來。現在！就是此時此刻！他突然睜開眼睛，發出快活的呻吟聲。這香水根本就不是普通的香水，到目前為止，大家所認識的香水都不算香水。這香水絕不能跟一般的芳香劑或是普通的化妝品相提並論，它的作用也不僅僅止於讓人變得好聞而已。這根本就是一樣全新的事物，它能夠創造出一整個世界，一個神奇而多采多姿的世界，讓人瞬間忘掉周遭一切令人厭煩的事物，讓人感覺如此富足、舒適、自由、愉快……

包迪尼手臂上豎起來的寒毛，又一根根服服帖帖地躺了下去，他的心情感到前所未有的平靜。他拿起擺在桌邊的小羊皮，又拿過一把刀來切割它，接著把切好的羊皮泡在玻璃缸裡，然後把那瓶新的香水倒一些進去，最後再用一塊玻璃板蓋在上面，接著把剩餘的香水分裝到兩個瓶子裡，貼上標籤，在上面寫下那香水的名字「拿坡里之夜」，這才吹熄蠟燭，走了出去。

上了樓，和太太共進晚餐時，他什麼話也沒說，關於他今天下午所做的壯烈決定，他更是一字不提。他的太太也不吭聲，因為她注意到，他看起來很快樂的樣子，這樣她就很滿足了。飯後，他也沒有去聖母院，感謝上帝賜給他如此堅強的個性。是的，這一天，他甚至連睡前的禱告都忘記了，這還是頭一回呢。

16

第二天早上，他直接到葛利馬那裡，首先付清羊皮的貨款，既不挑剔貨色，也沒有討價還價。接著又邀請葛利馬上「銀塔餐廳」去喝兩杯，跟他商量是不是可以把葛奴乙讓給他。當然他絕對不會透露他需要他的真正原因，反而謊稱自己因為接到一筆大訂單，為了趕工，所以需要增加人手，最好是刻苦耐勞又容易知足的人，幫他處理一些最簡單的事情，切切皮革之類的工作，就算沒有受過訓練也沒有關係。他又叫了一瓶酒，為了彌補葛利馬因為讓出葛奴乙所造成的不便和損失，他願意支付二十錠銀子給他。二十錠銀子是很大的一筆錢，葛利馬立刻就同意了。他們一同回到鞣革廠，怪的是，葛奴乙已經打包好他的行李等在那裡了。包迪尼付過銀子之後，就帶走了葛奴乙，心裡非常清楚，這是他一生中最划算的一次交易。

至於葛利馬那方面，也深信自己做成了一生中最划算的一次交易，他又折回銀塔餐廳，在那兒又喝掉兩瓶葡萄酒。接近中午的時候，他又轉到對岸的金獅酒店，在那兒毫無節制地喝到酩酊大醉。喝到深夜了還想再回到銀塔餐廳繼續喝，卻把傑歐華拉尼葉街誤認為是諾南狄葉街，因此造成陰錯陽差，沒能照他希望的那樣，直接踏上馬麗橋，倒是不幸走到榆樹碼頭，啪嗒一聲，臉朝下跌進河裡，彷彿掉入一床柔軟的被褥中。他當場就死了，可是河水還需要相當一段時間，才能將他拖離岸邊的淺水灘，經過繫在那裡的船舶，沖到河心較為湍急的水流中。然後直到隔天清早，鞣革匠葛利馬才游到，或者應該說是他的屍體才順流而下，向西方漂了過去。

就在他默默無聲地經過兌換橋，沒有撞上橋墩的當兒，離他二十公尺高的地方，尚－巴蒂斯特．葛奴乙正準備上床睡覺。包迪尼給了他一張木板床，讓他安置在工作坊最靠後面的角落裡，現在這張床是他的了。這時他的前任老闆正張開四肢，順著冰冷的塞納河水往下游漂了過去。葛奴乙的身子快樂地縮成一團，小得像隻扁虱一樣。從一開始入睡，就深深地沉入自己的內心深處，邁開勝利的步伐，踏進自己的內在城堡中，夢見自己正在舉行一場嗅覺的勝利慶祝大會，用乳香和沒藥來榮耀自己的一場盛大的狂歡晚會。

17

自從得到葛奴乙以後，基塞佩．包迪尼家的生意開始蒸蒸日上，不但名聞全國，甚至譽滿歐洲。他那間開在兌換橋上的店裡，波斯鐘不再悶悶不響，兩隻蒼鷺也一直忙著不斷地吐水。

第一天晚上，葛奴乙就得配出一大罐的「拿坡里之夜」，可是不到幾天的工夫，就已經賣掉超過八十瓶。這香水的名聲以非常快的速度傳播開來，謝涅因此數錢數到眼花撩亂，鞠躬鞠到腰痠背痛。上門的客人若非高貴和最高貴的人士，至少也是高貴和最高貴的人士的僕人。甚至有一天，門被猛地撞開，弄得乒呤乓啷響，進來的是阿尚松伯爵的僕人，大聲說要買五瓶這種新的香水，好像只有僕人才會這麼大聲喊似的。人都走掉一刻鐘了，謝涅還在那裡敬畏得全身發抖，因為阿尚松伯爵是總督兼戰爭部長，是全巴黎最有權勢的人。

當謝涅在店裡獨力應付那絡繹不絕、瘋狂搶購的顧客時，包迪尼卻帶著他的新徒弟鎖在工作坊裡。他用一套非常妙的理論來對謝涅解釋這種新的狀況，並以「分工和理性化」來稱呼它。他告訴謝涅，這麼多年來，他眼睜睜看著培利西耶這傢伙，還有跟他同一個貨色的那批人，這樣蔑視行規、這樣離間他和顧客的感情、這樣糟蹋這個行業。他已經忍耐很久了，現在他再也忍不下去了，現在他要正面迎接他們的挑戰，現在他要對這些厚顏無恥的暴發戶加以迎頭痛擊，而且就是用他們的方法：每一季、每個月，如果必要的話，甚至每個禮拜，他都要推出新的王牌，給他們一點顏色瞧瞧！他要盡全力發揮他的創造性才能，因此他需要專注地從事產品研發的工作——為此，他只需要一個沒有受過訓練的助手就可以了；至於謝涅的部分，就是要全心全意地負責產品的銷售工作。以這種現代化的分工方式，我們將在香水這一行業的歷史上揭開嶄新的一頁，掃除所有的競爭，並且創造難以計數的財富——是的，他刻意強調「我們」這兩個字，因為他打算把他賺得的龐大財富，以一定的比例分給跟著他這麼多年的老夥計。

如果是在幾天以前聽到老闆說出這樣的話，謝涅一定把他當作是得了老人痴呆症的前兆。「這可憐的傢伙已經快要不行了，」他一定會這樣想：「我看過不了多久，他就要完全交出手中的棒子了。」可是現在他根本沒有時間去想這些，因為他實在太忙了。他忙得不可開交，忙到晚上已經累得筋疲力盡，連打開爆滿的錢櫃，把應屬於自己的那一份取出來都有困難。他做夢也沒有時間去懷疑，包迪尼幾乎每天都能拿出一罐新的香水走出他的工作坊，這樣的事情到底有什麼不對勁。

而這些新的香水又是多麼的了不起！更何況，他還不只是推出最高級和最頂級的香水，而且還推出各種新的乳霜、香粉、香皂、洗髮乳、沐浴精、香油……所有能夠發出香味的產品，都比以前任何一種更新、更香、更神奇。其中最讓人津津樂道的就是有一次，包迪尼突然心血來潮，推出一種新的香水髮帶，結果竟然引起顧客們著魔似的瘋狂搶購，價格再高也無所謂。所有包迪尼研發出來的新產品，結果都非常成功，由於太成功了，謝涅只好把它當作是自然事件來看待，因此不再追究它的原因。至於那個新的學徒，那個笨拙的小矮子，那個像狗一樣整天窩在包迪尼的工作坊裡，只有當他的老闆開門出來時，才能遠遠看到他站在房間的最裡面，在那兒忙著擦杯子、洗缽臼——要說這個毫不起眼的小人物，和這家店奇蹟似的生意興旺能夠扯上什麼關係，這種話對謝涅而言，是打死他也不會相信的。

當然這一切正和這個小矮子有絕對的關聯，包迪尼拿到店裡讓謝涅負責出售的任何產品，都只不過是葛奴乙關在工作坊裡做出來的一小部分東西而已。包迪尼的嗅覺完全跟不上葛奴乙創造的速度，對他來講，要從葛奴乙調配出來的眾多傑出新產品中挑選一兩樣，有時候真是難以承受的折磨呢。這個神奇的小傢伙有本事給全法國的香水界提供永不重複的香水食譜，而且從他手中出來的絕對沒有劣質品，連普通貨色都不會出現——意思是說，其實他提供的根本就不是真正的香水食譜或是配方。因為，葛奴乙首先是以他那看起來雜亂無章而且毫不專業的手法「亂譜」他的香水樂章。兩隻手自由而且毫無規律的，把一些隨手拿到的材料胡配一通，叫包迪尼看得莫名其妙。為了即使無法控制他那瘋狂的做事方法，至少也要能夠多少了解一點其中的奧妙，因此有一天，包迪尼終於要求葛奴乙，每次要調配新的香水時，都一定要使用天秤、量杯，還有滴管，即使他認為沒有這個必要；他還必須進一步習慣，把酒精當作溶劑，最後才加進去，而不是當成香料，一開始就放進調和瓶裡；最後他必須動作慢一點，按照老天爺的意思，慢慢來，不要急，像個真正的手工藝人那樣慢條斯理，從容不迫。

葛奴乙照著他的意思去做，包迪尼這才第一次看清楚這個巫師般的香水大師的每一個動作，然後記錄下來。他拿著筆和紙坐在葛奴乙旁邊，一邊做筆記，一邊不斷地提醒他慢一點，這個用了多少公克？那個加了多少毫升？第三種成分又需要多少滴？以這種非常特殊的方式，也就是事後才去分析這整個過程所使用的方法，包迪尼終於確實掌握住能夠綜合出這些香水的具體配方。至於葛奴乙為何不需要依賴這些配方就能夠調出想要的香水，對包迪尼而言仍是個不解之謎，或者說是奇蹟更恰當吧，不過至少現在他能夠以處方的形式掌握住這個奇蹟，因此多少能夠滿足他精神上對於規則的渴求，並讓他長久以來辛苦建立的香水世界的圖像不至於完全崩潰。

他一步一步地誘出葛奴乙至此所配出的所有香水的製作訣竅，最後他甚至還規定，只要他，也就是包迪尼，沒有拿著紙筆在旁邊坐鎮，而且目光銳利地觀察整個過程，一個步驟接著一個步驟仔細加以記錄的時候，就不准他調配新的香水。現在他的筆記本裡已經記載了好幾十種香水配方，他又把它們工工整整、仔仔細細地謄寫到兩本不同的小本子裡，其中一本被他鎖進加了防火牆的保險櫃裡，另外一本則是隨身攜帶著，即使晚上睡覺時也帶到床上，這樣他才覺得夠安全。因為現在只要他願意的話，就可以完全複製葛奴乙所創造的奇蹟，當他第一次看到時曾經深深感到震撼的那些奇蹟，現在他自己竟然也能獨力做出來了。有了這一本配方大全，他相信自己將有能力把他徒弟那源源不絕、泉湧而出的驚人創造力，從一片雜亂無章的渾沌中，導向秩序井然的規則條理中。由於他確實不再只有目瞪口呆、站在旁邊乾著急的份兒，而能夠以觀察和記錄的方式參與了這個偉大的創造過程，這對包迪尼的心理而言，的確起了安慰的作用，而且也增強了他的自信心。過了不久，他甚至相信自己在成功地創造出這麼偉大的香水的過程中，不再只是扮演一個無足輕重的角色而已。當他把這整個過程記錄到他的那兩本小書中，一本鎖進保險箱裡，一本緊貼胸前抱到床上時，他甚至絲毫不曾懷疑，這些東西並不是完全屬於他的。

不過，從包迪尼強迫他遵守的這些嚴格的工作程序和方法中，葛奴乙其實也獲益匪淺。雖然因為他不會忘記曾經擁有的任何氣味，所以並不需要任何提示，也不需要參考任何配方，就能絲毫不差地重現一週前，甚至一個月前配過的香水，可是現在被強迫使用量杯和天秤，卻讓他因此學會了香水世界的專用語言，而他本能地體認到，擁有這些語言的知識可能會很管用。過不了幾個禮拜，葛奴乙不但學會了包迪尼工作坊裡所有香料的名稱，而且也學會了把他自己的香水用配方的形式寫下來，此外，他還學會了根據別人寫的配方或指南去配出香水或是其他的芳香劑。還不只這樣！一旦當他學會了用公克和滴數去表達他頭腦中的香水概念時，他就再也不需要任何中間的實驗步驟了。每次包迪尼要求他配出新的香水，不管用途是什麼，他都不需要再拿出一大堆瓶子來實際調弄，只要往桌子旁邊那麼一坐，拿出紙筆直接把配方寫下來就可以了。他也學會了，把他腦海中的香水創意不再直接變成實際配好的香水，而是間接寫成配方的形式。對他而言，這是迂迴曲折，多此一舉，可是在世人的眼中，換句話說，也就是在包迪尼的眼中，這倒是他的一大進步。其實葛奴乙的奇蹟仍和先前沒有兩樣，可是現在他有能力把它寫成配方，這就消除了人們對他的疑懼，對他而言倒是好事一樁呢。葛奴乙愈是能夠掌握香水這門手藝的概念和工序，他愈是能夠使用這門手藝的一般慣用語言來表達他的創意，更大大減少他的老闆兼師傅對他的疑慮和恐懼。很快地，包迪尼就只是把他當作一個天賦異稟的香水奇才，而不再當他是弗蘭吉帕尼第二或是令人生畏的香水巫師了，葛奴乙也樂得拿這一整套規矩來充當最好的掩護。現在葛奴乙在秤配料、搖晃調和瓶以及在測試用的白手帕上面灑香水時，就很喜歡用這一套標準動作來催眠包迪尼。他差不多已經可以做到像他師傅那樣，輕輕地抖一抖手帕，然後非常優雅地從鼻子下面拂過去。偶爾，在經過精心計算的間隔中，他會故意犯一些錯誤，並刻意引起包迪尼的注意，好讓他可以逮住機會糾正他：忘了過濾、天秤沒有校準、某個配方裡龍涎香的劑量高得離譜……以這種方式，他成功地讓包迪尼陷入一種錯覺，好像一切都很正常，沒有什麼事情不對勁。其實他並不是存心要捉弄這個老人家，他的確真心想要跟他學點東西，但不是要跟他學如何調配香水，也不是要跟他學怎樣合成香氣，當然不是！在這個領域裡，全世界沒有任何人可以當他的老師。何況包迪尼店裡現有的材料，對於他心目中想要實現的偉大香水而言，也已經不敷使用了。他在包迪尼這裡能夠實現的，比起他心目中真正想要實現的，只不過是一些氣味的遊戲罷了。不過他也知道，為了有一天能夠實現他的理想，他需要具備兩項不可或缺的先決條件：其中之一是一件公民身分的外衣，至少也要先取得合格學徒的身分。有了這一層保護膜，他就可以放心大膽地釋放他的工作熱情，不受干擾地追求他的真正目標。另外一個是能夠充分掌握香水這門手藝的工序和專業知識，知道這一行裡人們是如何製造、分離、濃縮和保存香料，以便進一步應用到更高階的用途上。雖然葛奴乙已經擁有全世界最靈的鼻子，也有最優秀的分析與想像力，可是他還沒有能力隨心所欲地控制這些香氣。

18

因此，他很樂意地接受指導，學習如何用豬油來製作香皂，學習如何用可洗滌的皮革來縫製手套，以及如何用麵粉、杏仁粉和磨成粉狀的香堇根來調配香粉；他還學會了如何用木炭、硝石和檀香木屑來捲成香燭，如何用沒藥、安息香和琥珀粉來壓製東方丸，如何用乳香、蟲膠和肉桂來捏出小香球，以及如何用磨碎的玫瑰花瓣、薰衣草花和巴豆皮來過篩濾出皇帝粉；他不但學會了如何攪拌蜜粉，包括白色和粉藍色的，也學會了如何製作口紅膏，深紅色的，可以塗在嘴唇上；他學會了如何淘析上等的指甲粉和牙粉，那牙粉聞起來還有薄荷味呢；他還學會了如何調配假髮專用的燙髮劑，以及專治雞眼的滴劑、淡化雀斑的美白液、使眼睛閃亮有神的顛茄精、男士專用的壯陽軟膏、女士專用的陰部洗潔醋……他不僅學會製作所有的香水、香粉、沐浴精和化妝品，甚至包括茶粉、香料粉、甜酒釀、醃漬汁之類的東西。總而言之，包迪尼把所有承襲下來的偉大知識全部傳授給他，雖然葛奴乙興趣不大，但他還是毫無怨言地照單全收，而且成績斐然。

相反的，當包迪尼教他製作酊劑、萃取液和香精時，他倒是特別熱心。他可以孜孜不倦地學著用碾壓機去磨碎苦杏仁核，搗碎麝香粒，用菜刀切開厚厚的龍涎香團塊，或是把香堇根銼成絲，然後再把這些經過處理的碎屑和顆粒放入最好的酒精中加以浸泡；他還學會了如何使用雙層分液漏斗，從壓過的檸檬皮分離出純精油，並過濾掉混濁的殘渣；他也學會了把草葉和花瓣放在鐵絲網上慢慢陰乾，然後把窸窣作響的乾葉片收到封蠟的罐子裡，再放到櫃子裡保存起來；他還學會了析出油膏，提取浸液、過濾、濃縮、澄清和精餾的技藝。

當然，包迪尼的工作坊並非合適的場所，可以讓人在那兒大規模地製作花草精油，再說，巴黎也找不到足夠多的新鮮植物。雖然偶爾可以在市場上便宜地買到新鮮的迷迭香、鼠尾草、薄荷或茴香粒，或者碰巧遇到市場上大量進貨，還可以幸運地便宜買到鳶尾莖、纈草根、蒐蒿、荳蔻或是曬乾的石竹花。這時包迪尼就會重新燃起化學家的熱情，搬出他那一套大型的蒸餾設備，一只紅銅大鍋，上面附加一個冷凝裝置——他把它稱作「摩爾人的頭」。擁有這麼一套專業的蒸餾器使他感到非常自豪，四十多年前，他曾經在利古里亞山的向陽坡和盧貝隆高地，在視野廣闊的野外用它來蒸餾薰衣草。當葛奴乙賣力地切碎準備拿來蒸餾的材料時，包迪尼則負責忙不迭地在磚灶裡生火——因為這件工作最重要的是要能夠迅速而準確地掌握火候——他把銅鍋放在灶上，在裡面加滿水，然後把切好的植物碎塊放進去，把「摩爾人的頭」蓋在鍋子上，再接上兩根導管，一根負責進水，一根負責出水。這種巧妙的冷卻水裝置，據他說，是他事後才加裝的，因為那時候在野外，只要搧搧風就可以達到冷卻效果了，說著他又把灶火吹得更旺一些。

慢慢地，鍋裡的水開始沸騰了，先是要滴不滴的樣子，接著餾出物就像潺潺小溪般，從「摩爾人的頭」上第三根導管，涓涓滴入包迪尼放在下面的一個佛羅倫斯玻璃瓶裡。滴出來的東西，剛開始看起來實在是不怎麼樣，好像混濁的稀湯，但是慢慢地，尤其裝滿一瓶再換上新的瓶子，把它放在旁邊靜置一會兒之後，那原先相當混濁的液體，開始明顯地分成兩層：下面一層是融有花草葉碎片的水，上面則浮著一層厚厚的精油。只要小心打開佛羅倫斯瓶下端一個鳥嘴般的狹小開口，讓那香氣微弱的草花水流出來，就能留住上面那層純精油，而那正是這些植物的精華，散發著濃郁香氣的植物神髓。

葛奴乙對這整個過程非常著迷，如果在他一生當中有什麼事物能夠激起他的熱情的話——當然不是指表現在外面可以用眼睛看到的熱忱，而是隱藏在內心，如同在冷冷的火焰中燃燒的熱情——那就是這整套工序和流程了。用火、水和蒸氣，還有一套非常巧妙的裝置，把花草植物這些材料中散發香氣的靈魂給硬是逼出來。那散發香氣的靈魂、那超凡脫俗的精油，就是植物中最好的部分，也是唯一讓他感興趣的部分。其他沒用的殘渣：花瓣、葉片、果皮、果實、顏色、美感、生命氣息和其他一些殘餘的東西，他一點都不在乎，這些東西都只不過是屍骸和糟粕，丟掉就算了。

一遍又一遍，當餾出物變得像水一樣清的時候，他們就把蒸鍋從火上拿下來，掀開鍋蓋，倒出裡面殘餘的渣滓。這些東西看起來既蒼白又疲軟，像泡爛的稻草一樣，又像漂白過的小鳥骨頭，更像煮過頭的蔬菜，黏糊糊、軟綿綿、爛兮兮，幾乎認不出它的原形是什麼，像一堆噁心的屍體殘骸，原有的味道也完全被剝奪淨盡。

他們把這些殘渣直接從窗戶丟到河裡，然後把新鮮的植物裝進鍋裡，加滿水之後，再把蒸餾鍋放回磚灶上面。燒了一會兒後，鍋裡的水又開始沸騰，裡面的植物精華又從滴管流進佛羅倫斯瓶裡，常常就是這樣耗掉一整個晚上。包迪尼照顧爐火，葛奴乙看著瓶子，在每次更換瓶子的間隔中，沒有其他事情可做。

他們圍著爐火坐在矮凳上，對著胖胖的大肚鍋深深著迷，雖然兩個人各有不同的理由，但卻都同樣的著迷。包迪尼享受著火焰的熾熱、燒紅的銅器和焰火發出的閃爍紅光，他好愛聽那燃燒的木材發出劈劈啪啪的聲響，還有蒸氣鍋發出的嗤嗤聲，這讓他感覺彷彿又回到了從前，讓他想起了許多塵封已久的往事呢！他興致勃勃地從店裡拿出一瓶葡萄酒，固然是因為火焰的熱氣讓他感到口渴，更因為啜飲葡萄酒，可以讓他感覺真的就像回到從前一樣。於是他開始講故事，一旦讓他開口講起從前的往事，那可就沒完沒了。他從西班牙王位繼承戰爭開始講起，在對抗奧地利的戰爭中，幾場決定性的重要戰役他都有參與；接著講到了卡米札爾人，他曾經跟他們並肩作戰，把塞文山區一帶鬧得雞犬不寧；又講到埃斯特雷高地一位胡格諾教徒的女兒，因為受不了薰衣草香氣的誘惑，自願跟他上了床；講到有一次他差點引發一場森林大火，這事情如果真的發生的話，整個普羅旺斯都會被燒個精光。他這麼說倒是一點都不誇張，這樣的推論很有根據，就像在教堂裡一定會聽到

「阿門」一樣確定，因為那時正好颳起了強烈的密史脫拉風。接著又講起了他在野地裡，在月光下，徹夜蒸餾薰衣草精油的故事，一邊喝著葡萄酒，一邊聽著樹上的蟬鳴，最後提煉出的精油，既精純又濃烈，人們都捧著銀子，論斤跟他買。這些故事他一講再講，永不嫌煩。然後又提到他在熱那亞學習的那一段時光，學成之後到處遊歷的過程，以及他在格拉斯這個大城市裡的所見所聞，那裡聚集了眾多的香水師，就像別的地方的鞋匠那麼多。其中一些人非常富有，過著王公貴族般的生活，住的是豪華的大宅院，上面有好幾個露天陽臺，四周圍繞著綠樹成蔭的庭園。他們坐在鑲木地板的餐廳裡，用黃金鑲邊的瓷盤吃飯，還有還有……

像這樣的故事，老包迪尼一邊說，一邊喝著葡萄酒。可能是喝了酒的緣故，可能是熾熱的火焰照在臉上，也可能是講到自己的故事令他特別興奮，他的臉頰都紅了，像火一般紅。可是坐在陰涼處的葛奴乙，根本懶得聽他胡扯，他才沒興趣聽他說那些老掉牙的陳年舊事，他唯一感興趣的是這整個新的過程。他目不轉睛地盯著接在蒸餾鍋頭上的那根出水管，看著餾出物涓滴不斷從那裡滴下來。他一邊盯著看，一邊幻想著自己就是一個蒸餾器，水正在他的內部沸騰，餾出物不斷從他裡面滴出來，就像眼前這個驚人的蒸餾設備一樣，但是要比它更好、更新、更不尋常。這些餾出物都是從他種在自己內心深處，並在那兒開花結果，別人從外面無法聞到的精選植物中淬煉出來的。以它們做為材料所調配出來的獨一無二的香水，可以把這個世界變成處處飄香的伊甸園。只有在這樣的樂園當中，他才覺得這個世界在嗅覺方面多多少少還算可以忍受。讓自己變成一個大蒸餾器，讓整個世界沉浸在他自製自產的美妙餾出物當中，這是他的夢想，葛奴乙願意為這個夢想獻出自己。

正當包迪尼在酒精的催化作用下，毫無節制地沉溺在自己的故事中，漫無邊際地述說著過去的點點滴滴時，葛奴乙卻已經撇開他那天馬行空的稀有幻想。他首先把腦海中那不切實際的蒸餾器化身意象趕出去，接著專心一志地思考怎樣才能把剛剛學到的知識，應用到可以達成的目標上。

19

過不了多久，葛奴乙就成為蒸餾方面的專家。他發現——在這些事情上，他的鼻子比包迪尼的那些規矩更管用——火候不同，對餾出物的成品具有決定性的影響。每一種植物、每一種花、每一種木材、每一種果實，都要求不同的程序和方法。有時候需要不斷地加熱升溫，直到冒出強大的蒸氣，有時候又需要溫溫地燒。有些花則需要細火慢熬，才能讓它釋出最好的東西來。

同樣重要的是事前的準備工夫。薄荷和薰衣草可以整束放進去蒸餾，其他的則需要經過精挑細選，在放進蒸鍋之前還需要撕開、切碎、刨絲或搗爛，甚至先打成汁。還有一些是不管你怎麼弄，都餾不出任何東西，這種時候，葛奴乙都會苦惱不堪。

當包迪尼發現葛奴乙完全可以掌控這個裝置時，他就放手讓他去做，而葛奴乙也充分利用這樣的自由。白天的時候，他就專心調配香水，或是製造其他的香氣產品和香料；到了晚上，他就專心一志地忙著研發新的蒸餾技術。他的計畫就是要生產全新的香味原料，希望至少能夠藉此把他內心隱藏的若干香氣實現出來。一開始他還算小有成績，成功地從白蕁麻花和水芹種子中萃取精油，又從剛切下來的接骨木和紫杉枝的樹皮中取得一種汁液。雖然餾出物的味道和它的原始材料幾乎毫無相似之處，但是他依然有興趣對它們進行進一步的加工。當然還是有一些東西，會讓整套蒸餾設備顯得毫無用武之地。葛奴乙就曾經嘗試過要蒸餾玻璃，想要把一塊表面光滑的玻璃那黏黏涼涼的味道蒸餾出來，這種一般人根本就不會察覺的味道。他設法弄到幾塊窗玻璃和幾個玻璃瓶，有的割成幾大塊，有的切成薄片，有的敲成小碎粒，有的磨成粉狀——可是毫無所獲。他還把銅器、瓷器、皮革、穀粒和沙子，甚至泥土都拿來蒸餾，結果也是毫無所獲。他也把血液、木頭、新鮮的魚、他自己的頭髮拿來蒸餾，毫無所獲。最後，他甚至把水——塞納河的水拿來蒸餾，他非常喜歡它那獨特的味道，覺得這個味道非常值得保存，結果當然也是毫無所獲啦。他還以為有了一個這樣的蒸餾器，就可以把上述那些物質的獨特氣味提煉出來，就像從百里香、薰衣草和莧蒿籽中萃取香料一樣。他並不知道，蒸餾其實是一種把混合性物質中具有揮發性的部分和較不具揮發性的部分析離出來的一種過程，這種方法之所以對香水行業而言有用，是因為可以藉此把某些植物中具備揮發性的香精油和其他無味或味道貧瘠的殘渣分離開來。對於那些原本就缺少這種揮發性精油的物質而言，蒸餾法當然就毫無用武之地。現今的我們，從小就學過這種物理學的知識，立刻就能明白這個道理；可是對生活在十八世紀的葛奴乙而言，這種知識卻是經過一連串錯誤的嘗試和失敗之後，好不容易才悟出來的真理。連續幾個月，他一夜又一夜地守在蒸餾鍋旁邊，用盡一切可能想到的方法，試圖透過蒸餾淬煉出一種全新的香氣，一種截至目前為止還未出現在這個世界上的全新香氣，可是除了一些可笑的植物精油之外，他什麼也沒能得到。從他那深不可測的想像力的豐富泉源中，他竟連一滴具體的香精都弄不出來，那些在他腦海中不斷浮現的美妙氣味概念，在現實世界中竟連一顆極微小的原子都造不出來。

當他終於清楚意識到自己的失敗後，他就停止嘗試，生了一場大病，而且幾乎因此喪命。

20

他發起高燒，頭幾天還伴隨著大量出汗，後來又渾身長滿了膿疱，好像皮膚上的毛孔不夠用似的。葛奴乙的身體到處布滿這種紅色的小水疱，其中有許多逐漸爆開，從裡面流出水狀的膿液，彷彿要讓新的膿液可以重新填滿似的。其他的則長到像癤子那麼大，又紅又腫，最後像火山爆發那樣，噴出又稠又濃的黏液，還有夾著血液的黃漿。過不久，葛奴乙看起來就像一個從內在被人不斷砸石頭的殉道者一樣，從幾百個傷口中同時流出血來。

看他病得不輕，包迪尼當真是憂心如焚，在毫無預警的情況下，突然要失去這麼一個價值連城的寶貝徒弟，他當然覺得很不好受。何況他剛開始準備要把他的生意拓展到首都之外，甚至延伸到全國每個角落。事實上，他已經一再地接到來自外省，甚至外國宮廷的訂單，指名要買那些令全巴黎為之瘋狂的最新香水。包迪尼剛剛才動念，為了滿足不斷增加的市場需求，他打算在聖安端城郊區設立分店，事實上是打算要蓋一座小型的工廠，大量生產最暢銷的熱門香水，然後大批地分裝到精緻的小玻璃瓶裡，再雇用一些可愛的小姑娘來包裝加工好，最後運到荷蘭、英國和德意志帝國，去征服那裡的香水愛好者。對於一個定居在巴黎的香水師而言，這樣大膽的行動其實是不合法的，可是包迪尼最近取得了高階人士的保護，不只是巴黎總督，還有一些重量級的人士，比如巴黎入市稅的稅務承包人、財政部的一位高級官員，以及經濟事業繁榮促進會的主任委員費鐸．德布魯先生都會罩著他，這全要歸功於他精美絕倫的一流香水。德布魯先生甚至承諾讓他享有王室般的特權，這是生意人所能期待的最好的事情了。有了特權，就像拿到某種形式的通行證一樣，可以規避政府和行會的監督，也可以不必再為了如何打通關節而傷透腦筋，更是維持生意興隆、穩如泰山的永恆保證。

接著包迪尼又開始構思另一個計畫，這才是他真正喜歡的計畫，和聖安端城郊區的工廠所生產的大眾化香水剛好相反，他想要特別針對一些經過挑選的高貴人士生產個性化的香水。就像量身訂做的衣服一樣，只適合某個特定的人士使用，而且以他的名字來命名。他想要生產一種「塞內侯爵香水」，一種「維拉元帥香水」，一種「艾紀隆公爵香水」，還有……他夢想著可以生產「彭巴度侯爵夫人香水」，甚至有一天可以生產「國王陛下香水」，裝進精雕細琢的瑪瑙瓶裡，放在一個鏤空的黃金托架上，在瓶底內側不顯眼的地方刻上「香水師：基塞佩．包迪尼」的字樣。國王的名字和他的名字刻在同一樣東西上面，想到這麼棒的點子，包迪尼就樂得發昏！可是現在葛奴乙居然病倒了，記得葛利馬——願他在天國安享幸福——不是發過誓嗎？他說這傢伙從來不會出事，什麼災難都挺得過去，連黑死病都沒奈他何。可是這會兒他居然病倒了。而且不管三七二十一，一病就病到要死的樣子。如果他真的死了怎麼辦？真可怕！我那偉大的計畫也要跟著胎死腹中了，建在市郊的小工廠、美麗可愛的女員工、皇室特權和國王的香水，統統完蛋了。

因此，包迪尼決定不計任何代價，盡其所能挽救他垂死徒弟的寶貴生命。他命人把他從工作坊裡的木板床，搬到樓上房間裡，睡在鋪了緞子的乾淨臥床上。他還親手協助抬病人走上狹窄的樓梯，雖然他對他身上那些膿疱和流膿的癤子感到難以形容的極端厭惡和噁心。他還叫太太用紅酒燉雞給他吃，並且派人去請來此區最有名望的醫師，一個姓普羅柯的人，你必須事先預付二十法郎，才能請得動他！

醫生來了，伸出尖尖的手指掀開被單，看了葛奴乙的身體一眼，那身體看起來真像被數百顆子彈打中了似的。就這麼一眼，接著就頭也不回地走出房間，連跟在後面的助手幫他提著的醫藥箱都懶得打開。這個病例，醫生開始對包迪尼解釋道，非常明顯，是一種天花的梅毒性變種，此外還併發了末期的化膿性麻疹。對他採取任何的醫療行為都沒有必要，因為光是想要在這一具正在腐爛的身體——更像是一具屍體而不像是一個有機生命體——找一個適合下針放血的地方都辦不到，即使按照規定應該要做這樣的處置。雖然還聞不到他身上有這種疾病典型的、有如黑死病一般的惡臭——這點當然讓他感到奇怪，而且從嚴格的科學觀點看來的確有點不太對勁——但毫無疑問地，病人最多只能再活四十八小時，普羅柯醫師如是說。然後又跟他要了二十法郎的出診費和診斷費，如果他願意把他的遺體捐贈給醫學中心，以供展示此一典型病徵的話，還可以再退五法郎給他，說完轉身就走。

包迪尼幾乎失去克制能力，他絕望地大聲尖叫，怨天尤人，咬著自己的指甲，發出對命運的怒吼。又一次，在他即將取得極大的成功時，他的計畫被打亂了。過去是培利西耶和他的狐群狗黨，以他們那花樣百出的新產品，現在是這個少年和他那源源不絕的創新香氣的本領。這個小痞子，就算拿等重的黃金都不夠抵償他的一條小命，真是人算不如天算。就在他的事業版圖正要大幅擴張的關鍵時刻，卻得了這個什麼梅毒性天花，還併發了末期的化膿性麻疹！現在一切都完蛋了！這種事情為什麼不能再等兩年才發生呢？不然再過個一年也好啊？到時候我們就可以把他這座銀礦開發淨盡，或是把他這頭會吐出金幣的驢子掏個清空。再過一年他就可以了無遺憾地死去，可是噢，不！他現在就要死了，我的老天爺呀，而且就在四十八小時之內！

有那麼一會兒工夫，包迪尼考慮著要不要到聖母院去拜一拜，點一根香燭，祈求聖母保佑葛奴乙能夠早日康復，可是他很快就放棄這個念頭，因為時間實在太緊迫了。他跑去拿了紙和筆過來，把太太趕出病房，他要親自看顧病人，接著他在床邊一張椅子上坐了下來，筆記紙擺在膝頭上，手上拿著一根沾飽了墨水的筆，嘗試著從葛奴乙口中取得死前最後的香水告白。在他身上說不定還隱藏了一些寶藏，被他深深埋在內心深處，老天爺保佑，希望他不會就這樣不聲不響地帶進棺材裡！在他死前說不定還有什麼遺言要交代，希望他能夠把它託付給一雙忠誠的手，免得後世的人無緣見識到那些古往今來最好的香水！他，包迪尼，會忠誠地執行他的遺言，接管這些所有香氣中最崇高的配方典範，並且加以發揚光大。透過他的努力，葛奴乙的名字將會流芳百世、永垂不朽，是的，他會——說到這裡，他還對著所有的聖人發誓——親自把其中最好的香水呈到國王跟前，裝在鏤金框的瑪瑙瓶裡，刻上獻詞「巴黎香水大師：尚-巴蒂斯特．葛奴乙製」。他這麼說，或者應該說，包迪尼在葛奴乙耳邊輕聲細語地，一再地對他發誓，不斷地懇求他、奉承他，不到最後一刻絕不死心的樣子。

可是這一切都是徒然，除了水狀的分泌物和帶血的膿漿，葛奴乙什麼都不肯給。他像個啞巴似的躺在緞子上，只是不斷地排出令人作嘔的液體，可是他身上的寶藏、他的知識，連一份殘缺不全的香水配方他都堅不吐露。包迪尼恨不得把他勒死，恨不得把他敲碎，如果可以的話，他更想用棍子把那些寶貴的秘密，從這個快死的身體中逼打出來，只可惜這麼做不會有用……再說，這麼做的確嚴重違反了基督徒的博愛精神。

於是包迪尼又繼續在他耳邊低聲勸說，甜言蜜語，猛灌迷湯，極力克服內心恐懼，用冷毛巾輕輕擦拭他汗溼的額頭，以及那有如火山爆發般的流膿瘡口。他還拿湯匙一口一口地餵他喝酒，好讓他的舌頭可以吐出一些話來，就這樣折騰了一個晚上，然而還是徒勞無功。在清晨的微曦照射下，他終於放棄了，他頹然坐倒在房間另一頭的扶手椅上，呆呆地對著床上葛奴乙那具逐漸死去的小小身體發愣，怒氣已消。如果天意果真如此，那也只有默默順從的份了。反正他既救不了他的性命，也無法再從他身上榨出任何東西，只能無力地坐看他的死去。就像一個船長，看著他的船正在逐漸下沉，看著他的全部財產逐漸被海水淹沒一樣。

垂死的病人突然開口說話了，聲音既清楚，語氣又堅定，簡直就不像是快死的人。他說：「師傅，您說除了壓榨和蒸餾之外，還有其他的辦法可以從物體中得到香味嗎？」

包迪尼還以為這聲音是自己的幻聽，或是從陰間傳出來的，他機械式地答道：

「有啊。」

「是什麼？」從床那邊發出了詢問。包迪尼睜開疲倦的雙眼，只見葛奴乙一動也不動地躺在枕頭上。剛剛是這具屍體在說話嗎？

「是什麼？」他又問，這回包迪尼總算瞧清楚他的嘴唇有在動。「差不多了。」他想：「我看他八成是要死了，若不是燒昏頭，就是迴光返照。」他站起身來，走到床邊，彎腰看著病人，只見他張開眼睛，以一種怪異的眼神窺伺著包迪尼，就跟第一次見到他時一模一樣的那種眼神。

「是什麼？」他又問。

包迪尼心頭猛地一震，他可不想拂逆一個將死之人的最後願望，於是答道：「我的孩子，還有三種辦法：熱萃法、冷萃法和油萃法，它們在很多方面都比蒸餾法要來得優越，而且可以用這些方法得到一些最細膩最精緻的香氣，比如茉莉、玫瑰和橙花的香氣。」

「在哪兒？」葛奴乙問道。

「在南方，」包迪尼答道：「尤其是在格拉斯城。」

「很好。」葛奴乙說，接著就閉上眼睛。

包迪尼慢慢站直身子，沮喪到了極點，他緩緩收攏上面連一行字都沒有寫的筆記紙，然後吹熄蠟燭。這時外面天已經亮了，他累得像條狗似的。該去請個神父過來了，他想，接著右手在胸前劃了個十字，然後走出房間。

可是葛奴乙沒有死，他只是睡得很穩，深深地沉入夢鄉，慢慢地收回元氣。他皮膚上的小水疱開始萎縮，那些有如火山口般的膿瘡也開始收乾，所有的傷口都開始癒合，不到一週的時間就完全復元了。

21

他最盼望的就是能夠立刻動身到南方去，在那裡可以學到新的技術，這是老傢伙告訴他的，不過目前這當然只是他的痴心妄想罷了。他還只是個學徒，也就是說，他只是個無名小卒。嚴格說來，包迪尼這樣對他解釋——當他剛剛擺脫了因為葛奴乙的死而復生感到歡欣莫名的最初情緒之後——嚴格說來，他的地位比起無名小卒還要不如。因為正規的學徒至少還有光明正大的出身，也就是婚生的來歷，擁有與他地位相稱的親戚關係，還有一張正式的學徒合同，可是他什麼都沒有。如果有一天他包迪尼突然大發慈悲，開給他一張合格證書的話，這完全是看在葛奴乙那非比尋常的天賦，以及將來良好的行為舉止上，說到底還不是因為包迪尼擁有一顆無比善良的愛心，就算因此而常常造成自己受到傷害也無法阻擋他的善行。

但是，為了等他實現他那善意的諾言，可是足足花了好一陣子，差不多等了將近三年。在這三年當中，包迪尼在葛奴乙的協助下，實現了他想要高飛的夢想。他在聖安端城郊區蓋了一間大型工廠，用他的高級香水成功地打通了宮廷的關節，獲得國王的特許。他那精緻的香水產品不但銷到遙遠的聖彼得堡，而且賣到巴勒摩，還有哥本哈根。甚至還有人從君士坦丁堡傳來急切的需求，希望他能製造麝香味濃一點的產品，連上帝都知道，那兒可是有名的香水之都，當地的自有品牌早就俯拾皆是。在倫敦城的高級辦公大樓裡到處聞得到包迪尼的香水，在巴爾馬的朝廷裡、在華沙的宮殿中，就連在利伯河畔帝德摩伯爵的小城堡裡，也都聞得到包迪尼的香水。包迪尼原本已經萬念俱灰，打算在美西納度過貧困慘澹的餘生，沒想到在七十歲這一年，居然躍身為歐洲最偉大的香水師，而且成為巴黎最富有的市民之一。

一七五六年初——他在這段期間，已經買下兌換橋上老店隔壁的房子，專供住家使用，因為老房子已經堆滿了香料和香水，連閣樓上都堆得水洩不通——他終於對葛奴乙吐露，他現在願意開一張合格證書給他，不過當然要附加三個條件：第一、所有在包迪尼家裡製造出來的香水，將來不管是他自己要複製或是把配方轉給第三個人都不允許；第二、他必須離開巴黎，而且在包迪尼有生之年都不准再踏進一步；第三、關於前面那兩個條件，他必須保持絕對的緘默，一個字都不准說出。他必須對著全部的聖人、對著他母親可憐的靈魂發誓，而且要以他自己的名譽擔保。

葛奴乙既沒有名譽可言，也不相信什麼聖人，甚至不相信母親的靈魂仍然存在，反正包迪尼要他發誓，他就照他的意思發誓就是了。他完全接受包迪尼開的任何條件，因為他圖的就是這一張可笑的合格證書，有了這張證書，他才能過著不致引人側目的正常生活，也能到處旅行不會受到阻擾，甚至還能謀個職位餬口飯吃。其他的事情對他來說都是一樣，這些條件算得了什麼！不准再踏入巴黎一步？他幹嘛再來巴黎！這個城市他早就摸透了，直到最後一個發臭的角落都完全在他的掌握中。將來不管他走到哪裡，巴黎都跟著他，他早就擁有這整個城市了。不准再製造包迪尼那些成績斐然的香水產品，也不准把配方轉讓給第三者？好像認定他今後不能再創造出成千上萬種其他的好香水，甚至更好的香水似的。只要他願意，隨時都可以辦到！可是這一切都不是他要的，他根本就沒有想要跟包迪尼或是跟任何一個富有的香水製造商競爭的念頭，他想都沒有想到要利用他的技藝來賺大錢，如果有其他的謀生方式，他甚至不想靠它來混飯吃。他想要的是發掘自己內在的豐富蘊藏，不是別的，就是隱藏在他內部的奇妙世界，對他而言，這是外在世界無法提供給他的。因此包迪尼開的那些條件，對葛奴乙而言根本就不算什麼。

他在春天的時候出發，那是五月裡的一個清晨。包迪尼給了他一個小背包，又多給了他一件襯衫、兩雙長統襪、一大條香腸、一條馬毛毯，還有二十五法郎。這樣的數目遠遠超過他應該給的，包迪尼說，更何況葛奴乙在他這裡接受高深的教育，他可是連一毛錢的學費都沒有收取呢。他原本只需要付他兩塊法郎就夠了，他並沒有義務要多給。可是他沒有辦法拂逆自己的善良天性，加上這麼多年的相處下來，讓他忍不住對這乖巧聽話的尚－巴蒂斯特產生了深刻的同情。他祝他旅途順利，再一次鄭重地警告他不要忘記誓言，然後帶著他走到僕人進出的小門，那是他從前開門讓他進來的地方，現在也是他開門讓他離去的地方。

他沒有伸手跟他握別，他的同情心還沒有到這個地步。他從來不曾伸手給他，事實上，他一直避免碰到他，出於一種發自內心深處的嫌惡，彷彿這會讓他冒著染上傳染病的危險，弄髒自己。他只是簡短地跟他說再見，葛奴乙點點頭，佝僂著身子轉身離去，街上空無一人。

22

包迪尼目送著他的背影離去，看著他步履蹣跚地走下兌換橋，踏上西堤島，彎著身子，又瘦又小，背上的包袱宛若駝峰般壓著他，從後面看還真像是個上了年紀的小老頭。看著他從國會大廈旁邊的小徑繞過去，看著他的背影終於從他的眼前消失，包迪尼不由得大大地鬆了一口氣。

他從來就沒有喜歡過這個傢伙，現在他終於可以承認了。把他留宿在自己的屋簷下並且持續剝削他的這整段時間裡，總是讓他覺得很不舒服。他一直有一種感覺，好像一個正直的人生平第一次做了不應該做的事情，好像在作弊一樣。沒錯，雖然被人發現的風險很小，而成功的希望倒是很大，可是必須忍受內心的忐忑不安以及神經兮兮的度日如年，那種精神折磨卻也同樣令人難熬。事實上，在過去那幾年當中，包迪尼沒有一天不是被這樣不愉快的念頭糾纏著：跟這樣的人打交道，遲早要付出代價的，希望可以有個好的結局！他總是戒懼謹慎地殷勤祈禱著，但願可以一切順利，但願他可以從這個大膽的冒險行動中獲利，而不需要為此付出任何代價！但願一切可以稱心如意！雖然我做的事情不太對，可是上帝會睜一隻眼閉一隻眼的，祂一定會這樣做！在我的生涯當中，祂一再毫無理由地對我施以嚴厲的懲罰，就算這回祂法外施恩，放我一馬，也還算得上公平。我這樣做又沒有罪，就算有罪好了，那又怎麼樣？頂多也不過是稍稍逾越了行規，發覺了一個沒有受過學徒訓練的人的驚人天賦，然後把他的才能據為己有。頂多也不過是稍稍偏離了手工藝人傳統的美德罷了。頂多也不過是，我今天做的，是我昨天大聲譴責的事情。這算得上罪大惡極嗎？別人一輩子都在騙人，我只不過是有幾年比較不老實而已，而且也是因為我遇到了千載難逢的良機。說不定這根本就不是偶然，說不定這根本就是上帝有意的安排，派了一位魔法師到我的家裡，好補償這一段時間以來，培利西耶跟他的狐群狗黨所帶給我的委屈和羞辱。也可能上帝這樣的安排根本就不是衝著我來的，而是針對培利西耶！這是很有可能的！為了懲罰培利西耶，上帝還有什麼比拉我一把更好的方法嗎？因此，我的幸運可以說是上帝實行祂的公義的手段。既然如此，我不但可以，而且理當接受祂的恩賜，完全不需要有絲毫的羞愧和內疚……

在過去幾年當中，包迪尼常常這樣想，當他清早順著狹窄的樓梯走進樓下的店裡，黃昏時又抱著沉重的收銀機上樓，倒出裡面數不清的金幣和銀幣，夜裡挨著他那骨瘦如柴卻又鼾聲如雷的太太睡覺時，心裡常常因為害怕失去這樣的幸運而無法成眠。

可是現在，這一切陰沉的想法終於都過去了。那位令人不安的來客已經走了，永遠不會再回來，可是財富卻留下來了，永永遠遠穩穩當當地留了下來。包迪尼把手放在胸口上，隔著衣服，感覺到擱在心口上的那本小筆記本，裡面詳細記錄了六百種香水配方，好幾代都用不完。就算今天他失去了一切，只要靠著這個神奇的小本子，一年之內就能夠再度致富。說真的，他還能奢求什麼呢！

早晨的陽光越過對街店鋪的山形牆，照在他的臉上，黃黃的、暖暖的。包迪尼的目光仍一直對著南邊街上國會大廈的方向望過去。想到從此可以不必再見到葛奴乙，真是令人愉快！懷著滿心的感激之情，決定今天還要再去一趟聖母院，丟一塊金幣到奉獻箱裡，點三根香燭，然後到主耶穌跟前跪拜一下，感謝上主賜給他這麼多福氣，又赦免他一切的罪過。

可是沒想到發生了意想不到的事情，把他給耽擱了。就在下午他剛要準備出門前往聖母院時，謠言傳開了，聽說英國已經對法國宣戰了。本來這件事情犯不著他去操心，可是湊巧他有一批香水正要運到英國，就是今天，因此他只好把到聖母院拜拜的事情往後延。現在他必須先到城裡去打聽一下消息，緊接著又趕往他設在聖安端城郊區的工廠，暫時取消出貨到倫敦的計畫。夜裡躺在床上，就在矇矇矓矓快要入睡之前，一個天才的想法突然劃過腦際：為了因應這一場即將爆發的、為爭奪新世界殖民地而引起的戰爭和動亂，他將要推出一種濃烈剛猛且極富英雄氣息的香水，然後為它命名為「魁北克的魅力」，一定會很成功，這個結果足以彌補他因為取消英國方面的生意而造成的損失。懷著這樣甜蜜的幻想，他輕輕鬆鬆把自己那顆又老又笨的腦袋瓜兒放在枕頭上，感覺到枕頭下面壓著他那一本寶貝的配方小書，心情非常愉快，就這樣，包迪尼師傅從此一睡不醒。

事實上，當天夜裡發生了一場小災難，導致後來（經過相當的拖延）國王頒布了命令，巴黎市內所有建築在橋上的房舍都必須依次拆除：兌換橋西側的第三和第四根橋墩之間的橋面突然塌陷，原因不明，上面的兩棟房子瞬間掉進河裡。由於事情發生得太突然了，住在裡面的人沒有一個獲救，幸虧罹難者只有兩個，就是基塞佩·包迪尼和他的太太德蕾莎，僕人們不管有沒有得到允許，統統出門去了。謝涅直到隔天清晨才帶著幾分酒意回家——或者應該說試圖回家，因為房子已經不見了——絕望得幾近崩潰。苦心巴望了三十年，他一直盼著名字能被寫進包迪尼的遺囑裡，成為他財產的繼承人，因為包迪尼無親無故又沒有子嗣。可是現在，剎那間一切都完了，全部的財產都泡湯了，房子、生意、原料、工作坊、包迪尼本人，甚至他的遺囑，有了它，說不定還有希望可以繼承到郊區工廠的所有權呢！

屍體、保險櫃、記錄了六百種配方的小本子，什麼都沒有找到。歐洲最偉大的香水師基塞佩·包迪尼，唯一留下來的東西就是由麝香、肉桂、醋汁、薰衣草和其他成千上百種原料所混合而成的一股非常雜亂的氣味，從巴黎沿著塞納河一直到利哈佛港持續漂浮了好幾個星期。

PART
TWO

DAS PARFUM

23

當基塞佩·包迪尼的房子倒下來的時候，葛奴乙正走在前往奧爾良的路途上。他把巴黎這個大城市的烏煙瘴氣拋在腦後，每走一步就離它愈遠，身邊的空氣也愈來愈乾淨，愈來愈清新。不再是一米方圓之內，就有成千上百種氣味不斷快速地變換著，而是愈來愈少，愈來愈單純。一路走來，由砂石路面、草地、泥土、花草和溪水構成的氣味軌道，不絕如縷，慢慢地膨脹，又慢慢地收縮，伴隨著他不斷往前行。

這樣的單純對葛奴乙而言簡直就是一種解脫，這種寧靜安詳的氣味很合他的口味。生平中第一次，他不必每呼吸一口就緊緊張張地準備好要接收某種全新的、意想不到的、充滿敵對的氣味，或者生怕錯失了某種好聞的味道。生平中第一次，他幾乎能夠自由自在地隨意呼吸，不必神經兮兮地埋伏守候著某種未知的氣味。為什麼我們要特別強調「幾乎」這兩個字，那是因為事實上並沒有哪一種氣味真正能夠自由地湧向葛奴乙的鼻子，就算在完全非刻意的情況下，他總是會出於本能地去攫取一切撲面而來的，哪怕是最微弱的氣味，讓它滲入自己的內在。在他一生當中，就算是在極為難得的心滿意足，甚至可以說是幸福的時刻，他都寧願呼出而不是吸入某種氣息——就像他的生命不是始於充滿希望的吸氣，而是始於謀殺式的出聲哭號一樣。可是如果略過這種限制不提的話（雖然這種限制來自他的天生氣質），葛奴乙可說是離開巴黎愈遠，就愈覺得自己可以輕鬆地呼吸，步履也愈來愈輕快，甚至會不時地突然挺直腰桿，從遠處看來就像一個尋常的出師學徒，也就是完全像一個正常人那樣。

遠離人群讓他得到最大的解脫。在巴黎，太多的人住在太狹小的空間裡，比世界上任何一個城市都要擁擠。在當時，估計有六、七十萬人生活在巴黎這個城市裡。街上到處是人，廣場上到處是人，房子裡也是從地窖到閣樓都住著人。在巴黎找不到一個角落不是擠滿了人，沒有一塊石頭，或是一小片泥土，沒有沾到人的氣味。

就是這一股人群麇集的難聞氣味，過去十八年來有如暴雨將至前令人窒息的悶熱般壓迫著他，葛奴乙現在才清楚意識到，他要逃離的就是這個氣味。直到現在他都還一直誤以為，他想要逃離的是這整個世界，其實問題不是出在這個世界，而是出在人身上。現在他才發現，在空無一人的世界裡，看樣子似乎還是可以活得下去的。

旅程的第三天，他已經踏入奧爾良這個嗅覺的引力場。早在視覺上還沒有出現任何這個城市已近的標誌之前，葛奴乙就已經嗅出空氣中人煙稠密的濃烈氣味，因此決定要避開奧爾良，雖然這完全背離他原先的計畫。他不想讓自己好不容易才剛剛得到的呼吸的自由，這麼快就又被令人窒息的人類氣味給破壞殆盡。於是他遠遠地繞過這個城市，經過新堡，越過羅亞爾河，到達敘利。這時行囊裡的香腸已經吃光了，他又買了一條新的，接著背對羅亞爾河，走入鄉間。

他現在不只是要避開城市，甚至也要避開農村，他完全沉醉在人氣愈來愈稀、空氣愈來愈純的無人世界裡。只在需要添購乾糧時，才會走近某個村落或是一座孤立的農莊，買一些麵包，然後又迅速隱入林中。過了幾個禮拜，他甚至連在極為偏僻的鄉間小路上偶爾碰到少數幾個旅人都嫌太多，他再也不想忍受那些剛出來收割頭一批牧草的農夫身上傳出的氣味。遇見任何羊群他都忙不迭地趕緊避過，不是因為羊的關係，而是為了要躲開牧羊人身上的氣味。並不是因為他害怕人家要檢查他的身分和證件，就像其他那些逃跑的學徒和到處流浪的遊民一樣，或是擔心人家要強迫他去服兵役——他甚至不知道戰爭爆發了——單純只是因為他憎惡騎馬的人身上的氣味罷了。就這樣，雖然沒有特別下決定，可是原先打算要盡快趕到格拉斯城的念頭已經不知不覺地化於無形，不光是這樣，就連其他可能的計畫和企圖也都一一消失得無影無蹤。現在葛奴乙不再想要前往任何地方，一心只想避開人群、遠離人群。

最後，他變成只有在夜裡才趕路，天一亮就蜷伏在樹林裡，躲在矮樹叢下面睡覺。找一個最隱密的角落，像隻動物般蜷縮著身子，用那塊土棕色的馬毛毯把自己從頭到腳包得死緊。鼻子貼在肘彎裡，臉朝下地躺著，不讓他的美夢受到外面任何微小氣味的干擾。一直到太陽下山了，他才醒過來，首先仔細地朝四面八方聞過一遍，直到確定最後一個農夫已經離開他的田野，就連膽子最大的旅人也都因為恐懼陡然而降的夜幕而趕緊覓得棲身之處，直到黑夜以它那難以臆測的危險把人類從大地上清除乾淨，葛奴乙這才從他的藏身之處爬出來，繼續他的旅程。他不需要燈光照明，好讓他看清道路。早在他還在白天趕路的那段日子裡，他就常常閉起眼睛，連續幾個鐘頭完全不靠視覺，只是依循鼻子的指示來行走。那些五彩繽紛，光亮鮮豔的風景，對他而言都太銳利太耀眼，會讓他暈眩，甚至會刺痛他的眼睛。他只喜歡月光，在月光的照映下，萬物都喪失了顏色，只是隱約勾勒出它們的輪廓，用一片髒兮兮的灰，籠罩住整個大地，就這樣一整夜壓抑著萬物的生機。在這個彷彿灌了鉛的世界裡，除了偶爾像影子似落在灰色森林中的風之外，沒有任何東西在動。在這沒有東西活著、只聞得到光禿禿的泥土氣味的世界裡，葛奴乙卻深深地感到怡然自得。這是他唯一承認的世界，因為這跟他的心靈世界非常相似。

他一路往南走，應該說大約是往南邊的方向，因為他並不是順著磁石做的指南針，而是順著鼻子做的指南針所指引的方向前進，讓他能夠遠遠地繞過每一座城市、每一個村莊和每一個聚落。連續好幾個禮拜都碰不到一個人，若不是他那精準無比的指南針一再糾正他的話，他還真以為自己是這個沐浴在冷冷月光中的黑暗世界裡唯一的存在者，並因此而陶醉不已呢。

夜裡照樣有人，即使在遠離人煙的荒郊野外也還是有人，他們只不過是像鼠輩般藏匿在隱蔽的洞穴裡睡覺罷了。大地無法完全避免被他們玷汙，因為他們即使在睡夢中仍然繼續吐出難聞的氣息，而這些汙穢的空氣不斷地透過打開的窗戶或是鑽過房子的縫隙湧向戶外，把那似乎早已放棄自己的大自然弄得臭兮兮。葛奴乙愈是習慣了純淨的空氣，他就愈是對那些出乎意料、夜裡突然飄過來的人類氣味非常敏感，覺得它們就像排泄物一樣發出令人作嘔的惡臭。這些氣味告訴他附近有個牧羊人或是燒碳工的小屋，或是有個強盜窩。因此他忙不迭地趕緊逃得老遠，雖然一路上碰到人類氣味的機會愈來愈少，但是他的嗅覺卻愈來愈敏感，反應也愈來愈激烈。就這樣，他的鼻子帶領著他走向愈來愈人跡罕至的荒郊野嶺，最後終於到達了最孤獨的極頂。

24

這個極頂，也就是這整個王國中最遠離人群的極點，它的位置就在奧弗涅省的中央山脈，距離克勒芒往南大約五天的路程，在一座海拔兩千公尺高，名為「康塔爾鉛彈」的火山峰頂。

這座山是由鉛灰色的岩石構成的巨大圓錐體，周圍是一望無際，只長著灰色苔蘚和灰色矮樹叢的貧瘠高原，在上面到處聳立著有如蛀牙般的棕色巉岩和幾棵被火燒焦的枯樹。即使在大白天裡，這一帶看起來都是那麼的荒涼，令人望之卻步，就連最窮的省分裡最貧窮的牧羊人都不會把他的羊群帶來這裡。到了夜裡，在慘澹的月光照映下，這一塊被上帝遺棄的荒地看起來更不像是屬於這個世界的。就連那個到處被人通緝的奧弗涅大盜雷布倫，都寧可逃竄到塞文山區戰戰兢兢地度日，最後果然遭人逮捕，被馬匹拖行而分屍，也不願躲在康塔爾鉛彈這個安全穩當、絕無須擔心被人找到的地方。不過可以肯定的是，他在這兒必須忍受永無止境的孤寂，最後將在寂寞中孤獨地死去，這樣的死法看來似乎也好不到哪裡，甚至可能更慘。方圓好幾哩以內，一個人都沒有，甚至找不到任何溫血動物，只有幾隻蝙蝠、幾隻甲蟲和幾條蛇，幾十年以來，從沒有人登上這座山峰。

葛奴乙是在一七五六年八月裡的一個夜晚登上這座山峰。當清晨天還灰濛濛的時候，他站在山頂，這時他並不知道，旅程已經到了終點，他還以為這只是一直引領他走向更潔淨空氣的漫長道路上的一個中繼站。他在原地轉了一圈，讓他的鼻子三百六十度地環視這片廣漠荒蕪的火山全景：往東是聖弗盧爾的遼闊高原和琉河的潮溼沼澤；往北就是他所來的地方，他在這樣的石灰岩地形上一連走了好幾天；往西是一陣清晨的微風迎面吹了過來，帶來了石頭和粗草的氣味，此外什麼也沒有；最後，往南是康塔爾鉛彈的一個支脈延伸數哩遠，一直通到特呂耶爾河那幽暗的峽谷。四面八方，到處都同樣聞不到任何人類的氣息，然而只要向任何方向跨進一步，就又靠近人類一步。到這裡，指南針轉個不停，完全不再指示任何方向。在這裡，葛奴乙已經到達目的地，可是同時他也被困住了。

當太陽升起的時候，他仍然佇立在原地，鼻子擎向空中，絕望地費力尋找，希望可以聞出哪個方向還隱藏著人類氣味的威脅，好讓他可以知道要往哪個相反的方向逃走。他抱著懷疑的態度，相信一定還可以從某個方向發掘出一小片刻意隱藏起來的人類氣味，可是什麼都沒有，有的只是一片死寂，或者應該說是氣味上的沉靜。四周只有僵死的石頭、灰色的地衣和稀疏的枯草所散發出來的單調氣味，窸窸窣窣發出輕微的聲響隨風飄揚，此外什麼也沒有。

葛奴乙需要滿長的時間，才能說服自己，他什麼也沒聞到。他對這突如其來的幸運完全沒有心理準備，他的懷疑一直對抗並阻止他接受事實。當太陽升起的時候，他甚至要藉助眼睛來幫他釐清真相，望著地平線彼端極力搜尋人類存在的蛛絲馬跡，希望能夠找到一間茅屋的屋頂、從煙囪冒出來的炊煙、一道籬笆、一座橋，或者一群牛羊。他把手放在耳朵後面仔細傾聽，希望可以聽到一點捶打鐮刀的叮咚聲，或是狗吠聲，或是小孩的哭聲。一整天過去了，在熾熱的豔陽照射下，他一直僵持在康塔爾鉛彈的峰頂，徒勞無功地等候最微小的證據出現，直到太陽下山了，他的懷疑才逐漸轉變成愈來愈強烈的欣喜。他已經成功逃離了那可憎的惡臭場域！他是真真正正完完全全地孤獨了！他是這世上唯一的人了！

他忍不住在內心中大聲歡呼，好比一個遭遇船難的人，在經歷過數週的迷航之後，突然乍見一座人煙裊裊的島嶼，歡喜若狂地跟它大聲招呼般。葛奴乙開始慶祝自己終於來到孤寂的巔峰。他為自己的幸福高聲歡叫，把背包、毛毯、手杖，一股腦兒拋得老遠，在地上用力跺腳，手臂高高舉起，繞著圈圈跳舞，向四面八方大聲呼喊自己的名字，握緊拳頭，勝利地對著腳下那片廣袤的大地和正在西下的夕陽用力揮舞著，彷彿是他把太陽從天空趕走似的。他就這樣像個瘋子似的一個人演出這場獨角戲，直到深夜還不停止。

25

接下來幾天，他一直待在山上——他非常確定，不能這麼快就離開這天賜的人間樂園。首先他必須尋找水源，他在離山峰不遠的地方找到一條岩縫，水氣像一層薄膜般順著岩石滲出來，雖然不多，可是只要耐心舔上一個鐘頭，已經足以解除一整天的飢渴。他也找到食物了，就是蠑螈和小環蛇，把頭摘掉，連皮帶骨囫圇吞下肚去，配上一些乾地衣、粗草和苔蘚。這樣的攝食方式，按照布爾喬亞的標準是完全不予考慮的，可是他卻安之若素，絲毫不以為意。早在好幾個禮拜，甚至好幾個月以前，他就沒有再攝取經過人類加工的食物，比如麵包、香腸和乳酪等。每當他感覺到肚子餓了，只要周圍出現任何看起來是可以吃的東西，隨手抓來就吃下去。他本來就不是一個美食主義者，除了那些純粹非物質性的氣味之外，他從來不懂得什麼叫做享樂。他也從來不追求生活上的舒適，即使只有一塊光禿禿的石頭可以安身，他也就心滿意足了，不過他還是找到了更好的地方。

在他找到水源的地方附近，他發現了一個天然坑道，彎彎曲曲地通向這座山的內部，大約走了三十公尺就被一處坍方給阻斷了。在這坑道的盡頭，空間非常狹隘，兩邊的岩壁緊貼著他的肩膀，而且非常低矮。他必須彎腰駝背才能站著，不過他可以坐著，如果他蜷縮著身子還可以躺下來呢，這已經完全滿足了他對於舒適的需求了。因為這地方有幾個非常寶貴的優點：在這隧道的盡頭，即使在白天都是一片漆黑、伸手不見五指，而且是死一般的寂靜。空氣中有一股溼溼鹹鹹的清冷味兒，葛奴乙立刻聞出來，這地方從未有生物踏入過。如今他居然能夠把這神聖的地方據為己有，不禁讓他突然感到一陣羞澀。他細心地把馬毛毯鋪在地上，好像在布置祭壇般地虔誠，然後恭恭敬敬地躺在上面。他覺得自己恍如置身天堂般地舒適，躺在全法國最孤寂的山上，離山頂五十公尺深的地底，就像躺在自己的墳墓中一樣。他一生當中從未有如此刻般的安全感，即使在母親腹中時亦然，就算外面的世界被戰火燒個精光，他在裡面也毫無感覺。他開始靜靜地哭泣，擁有這麼多的幸福，他不知道要感謝誰才好。

接下來的一段時間，只有在需要到水源地去舔水，或是快速地解決大小便，以及抓幾隻蜥蜴和小蛇來充飢時，他才會外出。夜裡這些小生物都會回到巢穴或是石頭底下棲息，很容易就可以抓到牠們，憑著他那異常靈敏的鼻子，立刻就能嗅出牠們藏在哪裡。

在剛開始的幾個禮拜，他有幾次還會爬上山頂，朝著地平線的方向努力聞嗅，希望能夠找到任何具有威脅性的氣味，可是一次也沒有成功。漸漸地，這變成只是無聊的習慣，而不是必要的行動。最後他終於停止這類的外出行動，即使每次為了純粹維生的需要而非外出不可時，他都會盡速解決，然後急急地回到他的墓穴裡，因為只有在這個墓穴裡，他才是真正地活著。換句話說，他一天超過二十小時待在這岩石坑道的盡頭，坐在他的馬毛毯上，背倚著卵石堆，肩膀卡在岩壁之間，置身於完全的黑暗、完全的寂靜之中，一動也不動，但是卻覺得非常滿足。

我們都知道有些人會刻意尋求孤獨：懺悔者、失敗者、聖人或者先知，他們大都隱居在荒漠裡，靠著蝗蟲和野蜂蜜維生；有些人選擇遠離塵囂的無人孤島，住在洞穴裡或是簡陋的隱修所裡；有些人則選擇更聳動、更驚人的方式——關在籠子裡，然後固定在幾根木樁上，高高地在空中飄搖。他們之所以會這樣做，是為了能夠更接近上帝。他們苦心禁慾、熬受孤寂、虔誠悔過，因為他們相信這樣的生活才能討得上帝的歡心；或者他們希望透過孤獨和經年累月的守候，最後能獲得上帝的指示，於是他們就可以速速地趕回人群中，到處宣揚上帝的旨意。

但是葛奴乙的情況和他們迥然不同，他從來就沒有把上帝放在心上，他從不懺悔，也完全不期待聖靈的降臨。為了屬於他自己的唯一的享受，他才退隱到自己的內心深處，只是為了能夠更貼近自己。他沉浸在自己的存在當中，感到前所未有的歡欣和喜樂，沒有任何事物能夠轉移他的注意。他像一具屍體般躺在石墓中，幾乎停止了呼吸，也幾乎沒有了心跳，如此專注地縱情於自己的內心世界中。外面的世界裡，找不到任何一個活著的人是像他這樣過日子。

26

這個縱情歡樂的劇場就是他內心的帝國——不然還會是哪裡呢？——他把自己從一出生開始所遭遇到的任何氣味輪廓，統統埋在這裡。為了營造氣氛，他首先召喚那些最早也是最遙遠的記憶：賈亞爾太太臥室裡那潮溼刺鼻的霧氣、她手上那股乾枯的皮革味兒、泰利耶神父身上的醋酸味兒、畢喜奶媽那歇斯底里但充滿母性的汗味兒、無辜者墓園的屍臭味兒，以及他母親身上的謀殺味兒。他盡情沉溺在厭惡和憎恨的情緒中，由於極度的驚駭而毛髮直豎。

當這些令人羞辱的開胃酒還不足以炒熱氣氛的時候，他會特別恩准自己，拐個彎繞到葛利馬那裡，去品嘗那上面還附著腐肉的生皮味兒、鞣革池裡的惡臭味兒，或者嘗試想像六十萬巴黎人在盛夏酷暑中聚在一起不斷流汗的悶熱味兒。

他那高漲的仇恨突然以雷霆萬鈞之勢爆發開來——這正是此一練習的意義所在——有如山洪衝破堤壩般無法收拾，又像暴風雨般掃蕩一切膽敢羞辱他那高貴鼻子的凡俗氣味，像冰雹般瘋狂猛烈地打在麥田上，像颶風般粉碎一切擋住它去路的事物，然後拋進淨化過的水匯聚成的洪流中將它溺斃。他的憤怒如此公正，他的仇恨如此深巨。啊！多麼崇高的瞬間呀！葛奴乙，這個矮小的侏儒，因為激動而顫抖不已，他的身體由於極度的放縱與歡愉而不斷抽搐，弓了起來，甚至頭頂抵到坑道頂，接著才慢慢降下來，最後躺在地上，感到全身都徹底放鬆之後那種深深地滿足。現在他真的非常舒服，在這滅絕一切可憎氣味的爆發性行動之後，真的非常舒服……這幾乎就是他在自己內心世界的劇場上演出的所有劇碼中，他最喜歡的一齣戲。因為這樣筋疲力竭的美妙感覺，只有在真正偉大的英雄行動之後才有可能產生。

現在他可以心安理得地好好休息一下，在這狹隘的岩石陋室中盡情地舒展四肢，在他那清掃得乾乾淨淨的內在心靈世界中，他的身體可以舒適地完全伸展開來，沉沉地進入夢鄉，只讓那些美好的氣味在自己身邊玩耍：一些精緻美妙的可愛氣味，從春天的田野飄過來；五月裡一陣和煦的微風，飄過山毛櫸樹上剛剛冒出的嫩綠新葉；又像海邊吹過來一陣鹹鹹的海風，像加了鹽的杏仁一樣。這時已是下午向晚時分，當他睡醒的時候——當然這只是比喻的說法，因為根本就沒有所謂的上午或是下午，也沒有所謂的清晨或是黃昏；既沒有光，也沒有黑暗；當然也不會有春天的田野，或是山毛櫸樹上剛剛抽枝的嫩葉；在葛奴乙的內在宇宙中根本就沒有任何事物存在，有的只是事物的氣味而已（這只是一種說法，把他的內在宇宙比喻為風景，除此之外我們再也找不到其他更恰當的說法了，因為我們的語言實在不足以用來描述他那異常豐富的氣味世界）——所謂的下午向晚時分，這說明的是葛奴乙的心靈所處的一種狀態或是某個時刻。就像他在南方午睡將醒時的狀態一樣，當正午的慵懶慢慢消退，而經過休養的生命力將要甦醒的時刻，盛氣騰騰的暑熱——這是崇高氣味的死敵——已經逃逸無蹤，萬惡的敵人已經被消滅，內在的田野光潔柔順，在安靜中慢慢甦醒的蕩漾春情，正等候著主人的意志遂行其上。

葛奴乙站了起來，抖掉四肢中殘存的睡意，他站起來了，內在的葛奴乙高大雄偉，像個巨人般地頂天立地，堂皇莊嚴——可惜，沒有人看到這一幕！——高傲至尊地睥睨著四方。

是的！這是他的王國！獨一無二的葛奴乙王國！由獨一無二的葛奴乙一手打造並且全權統治的王國，只要他高興隨時可以將它摧毀，又隨時可以重建起來；只要他願意可以開疆闢地無限擴張，然後手擎火焰神劍捍衛他的國土，擊退所有入侵的敵人。在這裡只有他，也就是光輝偉大、獨一無二的葛奴乙的意志能夠掌管。過去一切難聞的惡臭之氣統統被清除淨盡，現在他準備要在自己的王國散播芳香之氣。他邁開大步走過休耕地，一路播撒品類繁多的香氣種子，這裡豪邁揮撒、那裡撙節播種，在一望無際的大片農田裡，在精緻小巧的私密花壇中，有時候大把大把地隨意撒種，有時候在選定的特別地點上一粒一粒地埋進土裡。葛奴乙大帝，這位急躁的園丁，飛也似的疾走過他的王國，直到最偏遠的省分，一會兒，香氣種子就已經遍布每一個角落。

當他看到這一切都是好的，整個國度都撒滿了神聖的葛奴乙種子，於是葛奴乙大帝就讓天空降下甘霖，綿密而持續。接著到處開始抽枝發芽，播下去的種子都紛紛探出頭來，讓他的心非常歡喜。不多久，整片農田就長滿了莊稼，欣欣向榮，在微風吹拂下波濤起伏，而在私人的秘密花園裡，飽滿豐潤的新枝已然亭亭玉立，花苞隨時準備要吐蕊綻放。

這時葛奴乙大帝便命令雨停，雨果然停了，接著他又派遣溫柔的陽光以微笑普照大地。忽然間，百萬朵鮮花一齊綻放，從王國的這一頭直到那一頭，好像是用無數珍貴的花朵編織成的一大張繽紛美麗的彩色地毯。葛奴乙大帝看著這一切是多麼多麼美好，於是他又對著大地吹氣，所有的花朵都吐露出芬芳撲鼻的香氣，數不清的香氣混合在一起，形成一股變化萬千可是又能隨時融為一體的包羅萬象的香氣，對著他這位光輝偉大、獨一無二的葛奴乙大帝，獻上最崇高的敬意。而他則端坐在黃金香雲的寶座上，深深地吸入並品嘗這獻祀者呈奉給他的芬芳祭品，並且感到龍心大悅。接著他從寶座上走了下來，給予他的創造物無限祝福，受到祝福的創造物又反過來用歡呼、喝采和再一次散發絕妙香氣來回報他的好意。這時，天色漸漸暗了，眾香氣仍不斷地吐露芬芳，並且融入藍色的夜空中，接著譜成一首神奇的樂章，一場真正眾香雲集、焰火輝煌的夜之舞會就要開始了。

可是，葛奴乙大帝覺得有點累了，他一邊打著哈欠一邊說：「看哪，我完成了多麼偉大的作品，我很喜歡。可是，正因為所有的工作都已經完成，現在我開始覺得無聊了。在這充滿工作的一天結束時，我要退回自己的心靈密室中，再小小地慶祝一番。」

葛奴乙大帝如是說道，當那些頭腦簡單的香眾們在他腳下歡欣地跳舞和瘋狂地慶祝時，他已展開巨大的雙翼從黃金雲端，越過他靈魂的夜之國度，降落到他內心的家園中。

27

啊，回到家的感覺真好！復仇者和創世主的雙重任務可不好處理，之後又放任自己的創造物狂歡數個鐘頭也不是一種最純粹的休息。神聖的創造和代理的義務已經讓他筋疲力盡，葛奴乙大帝現在非常渴望回到家裡。

他的心有如一座紫色的城堡，建立在石頭荒原中，隱藏在數列沙丘後面，四周圍繞著一個沼澤綠洲，前面又隔了七道石牆，只有插翅才能飛到那裡。這個城堡擁有一千個房間、一千個地窖，還有一千個雅致的沙龍，每間沙龍中都安置了一張舒適簡單的紫色沙發長椅，好讓葛奴乙——現在已經不再是葛奴乙大帝，而是完全私人的，或者就是親愛的尚-巴蒂斯特這個人——在辛苦工作了一天之後，可以安安穩穩地躺在上面休息。

在這座城堡的每個房間中，從地板到天花板四面牆上都釘了架子，上面擺滿了各種香氣，那是葛奴乙窮畢生之力所收集到的，數量遠超過百萬計。至於這個城堡的地窖中，則堆滿了橡木桶，裡面裝的是他生命中最美好的氣味。當桶裡的氣味熟成時，就會被分裝到玻璃瓶裡，然後平放在一公里長的溼涼通道中，按照年分和產地排列整齊。他的窖藏如此豐富，想要把它們全部喝光，一生的時間都不夠用。

當我們這位親愛的尚-巴蒂斯特終於回到他的「chezsoi」（家裡），進到紫色的沙龍中，躺在他那簡樸但是親切舒適的沙發椅上，然後脫掉他的長統靴，接著又擊掌召來他的僕人，那些看不見、摸不到、聽不到，更加聞不到的僕人，也就是完全虛擬的僕人，命令他們到房間裡，從偉大的氣味圖書館取來這本或是那本氣味之書，然後再下到地窖裡，幫他拿一些喝的過來。雖然虛擬的僕人腳步匆匆，趕著辦事去了，可是葛奴乙的胃在折磨人的等待中早已開始痙攣。像一個站在酒吧前，酒癮大發的酒鬼一樣，突然害怕人家因為一點什麼理由，就拒絕把他剛剛點的一小杯烈酒遞給他。什麼，難道是地窖和房間裡突然都空了嗎？什麼，難道是桶裡的酒突然都壞掉了嗎？為什麼人家要讓他苦苦等候？為什麼沒有一個人過來呢？他立刻就需要那個東西，他非常急著要那個東西，他已經酒癮難熬了，如果沒有馬上得到那個東西，他會當場死掉。

可是，冷靜一點，尚－巴蒂斯特！冷靜一點，親愛的！這不是來了嘛，人家不是把你渴望的東西給帶過來了嘛。僕人們飛也似的奔了過來，他們端來了一個隱形的托盤，上面擺著那本氣味之書。他們那一雙戴著白色手套的隱形的手，拎著珍貴的酒瓶，小心翼翼地放了下來，然後鞠躬告退。

留下葛奴乙一個人，終於又可以再次獨處了！尚－巴蒂斯特一把抓過最渴望的氣味，打開第一瓶酒，滿滿倒了一杯，直到杯沿，湊近唇邊，一口飲盡那杯冰冰涼涼的氣味，滋味真是太美妙了！這下得救了，太好了，尚－巴蒂斯特因為幸福滿溢而熱淚盈眶。他立刻又乾掉第二杯：它是一七五二年春天，日出前，在皇家橋上，朝向西方聞過去的鼻子偶然捕捉到的。隨著輕柔的西風飄過來海水的氣味、森林的氣味，混合了些微泊在岸邊的河船的焦油味兒。這正是長夜將盡的氣味，這是他在沒有獲得葛利馬允許的情況下，在巴黎城裡徹夜遊蕩所收集到的氣味。這是白日將近、曙光乍現的新鮮氣味，這是他初次體驗到的自由的氣味。這個氣味為他指出了自由的希望，為他點燃了另外一種人生的光明願景。那一個清晨的氣味，對葛奴乙而言，就是希望的氣味。他小心翼翼地守護著它，每天只品嘗一點點。

當他喝乾了第二杯之後，所有的神經質、所有的懷疑和不確定感統統一掃而空，現在他渾身充滿了光輝的平靜。他的背緊密地貼在沙發椅柔軟的靠枕上，打開一本書，然後開始閱讀他的記憶。他從兒時的氣味開始讀起，接著是學校的氣味，然後是巴黎城裡每一個街道和角落的氣味，最後是人的氣味。一陣舒適的顫慄席捲他的全身，因為他剛剛回憶起來的所有這些可憎的氣味已被他完全殲滅掉了。抱著一種憎惡的興趣，葛奴乙閱讀著這本令人作嘔的氣味之書，當憎惡的感覺湮滅了興趣時，他就乾脆啪嗒一聲合上書本，把它扔在一邊，順手拿起另一本書來讀。

此外，他未曾中斷地持續品嘗著高貴的香醇氣味。喝光了那瓶希望的香氣之後，他又打開一瓶一七四四年分，滿裝著賈亞爾太太屋門前溫暖木材味兒的酒瓶。喝光之後，接著又開始品嘗一瓶夏日黃昏，充滿濃郁花香的香氣，這是一七五三年他在聖日爾曼德普雷公園偶然採集到的。

他現在已經被滿滿的香氣灌飽了，擱在靠枕上的四肢愈來愈沉重，意識愈來愈模糊，可是還不甘心就這樣結束他的狂歡宴飲。雖然他的眼睛再也看不清楚，手上的書也早就滑落地板，可是他還不甘心就這樣結束這個夜晚。他一定要喝完那最後一瓶，也就是滋味最美妙的那一瓶：它就是馬雷街那位少女的香氣……

他滿懷虔誠地坐正身子，恭恭敬敬地捧著這杯香氣，雖然要做到這樣對他而言相當困難，他現在每動一下，紫色的沙龍就在他面前搖晃旋轉。但他還是勉力維持端正的姿勢，像個小學生似的，雙膝靠緊，兩腳併攏，左手平放在左大腿上——小葛奴乙就這樣恭恭敬敬地品嘗著他心目中最珍貴的香氣，一杯接著一杯，愈喝愈悲傷。他知道，他喝太多了，他知道，他承受不了這麼多美好的事物。但是，他仍舊不由自主地繼續喝下去，直到酒瓶空了：他穿過黑暗的街道，走進人家的後院中，看到燭光搖曳下，坐著那位正在切黃李的少女窈窕的背影，遠處傳來了沖天炮和焰火劈哩啪啦的爆炸聲……

他放下酒杯，心情依舊感傷不已，已經喝得醉茫茫的他，身體像石頭一樣僵坐在那裡，持續數分鐘之久，直到最後的餘味從舌頭上消失為止。他瞪大眼睛呆視著前方，腦海裡突然一片空白，就像空掉的酒瓶一樣。接著他身子一歪，倒在紫色的沙發椅上，就這樣失去知覺，沉入睡鄉。

就在同一時刻裡，外在的葛奴乙也正裹在他的馬毛毯裡睡著了，他的睡眠狀態就像內在的葛奴乙那般深沉。因為在經歷了偉大的英雄行動和極度的放縱之後，這位和那位一樣，同樣感到筋疲力盡——畢竟這兩個最後仍是同一個人呀。

當他醒來的時候，已經不是置身在七道石牆後面的紫色城堡中的紫色沙龍裡，也不是置身在靈魂的芬芳春田中，而是孤獨地躺在黑暗隧道底端的石牢內的硬地板上。又飢又渴、又冷又凍，像一個宿醉醒來的酒鬼般，頭痛欲裂、反胃欲嘔、四肢著地，費力地爬出洞外。

外面不知道是什麼時刻，可能是剛剛天黑，可能是長夜將盡，就算是午夜時分吧，可是那耀眼的星光仍舊刺痛了他的眼睛。空氣中滿是灰塵，又尖又利，刮傷了他的肺葉，風景又粗又硬，他在石頭上跌跌撞撞。即使最溫柔的氣味，似乎都顯得那麼苛酷，痛擊著他那不再能適應這個世界的鼻子。葛奴乙，這隻扁虱，變得如此脆弱敏感，就像離開了貝殼屋的寄居蟹一樣，赤身裸體地在大海邊四處奔竄。

他走到水源處，舔著石牆上的溼氣，一耗就是一、兩個鐘頭。這簡直就是一種折磨，時間似乎永無止境，現實世界就像火焰般灼痛他的肌膚。他從石頭上胡亂扯下一些苔蘚，囫圇吞下肚去，險些噎住了，接著蹲下來，一邊吃一邊拉，快快快，這一切最好趕快結束——好像被人追趕著似的，好像他是一隻瘦小的軟體動物，而天空正好有一隻兀鷹盤旋著，準備要對著他俯衝下來似的。他飛也似的逃回坑道裡，直奔到盡頭處才敢停下來，把自己緊緊裹在馬毛毯裡，現在他終於又安全了。

他背倚著石堆，伸長了四肢等待，他現在必須先讓自己的身體平靜下來，完全平靜下來，好像一個經過劇烈搖晃的容器，裡面的東西都快要濺出來似的。他漸漸能夠控制自己的呼吸了，可是卻突然感到莫名的孤獨和寂寞，心情就像一面幽暗的鏡子一樣。他閉上眼睛，內心的黑暗之門旋即打開，他踏了進去，葛奴乙心靈劇場的下一幕戲就要開鑼了。

28

就這樣，日復一日，週復一週，月復一月，轉眼七年過去了。

就在這段期間，外面的世界已經打得天翻地覆，宛如是一場世界大戰。人們在西利西亞和薩克森、在漢諾威和比利時、在波希米亞和波美拉尼亞互相砍殺。國王的軍隊，如果不是早在遠征的途中就已經因為感染傷寒而死在半路上，就是在黑森和威斯特法倫，或是在巴利阿里群島和印度，甚至是在密西西比和加拿大陣亡了。戰爭付出了一百萬條人命的代價，法國國王為了保衛他的殖民地幾乎掏空了國庫，所有的參戰國都花費了高額的鉅資，以至於他們終於痛下決心，結束這場戰爭。

就在這一段期間，葛奴乙有一次差點就不知不覺地凍死了。那是在冬天，他在紫色的沙龍中一連躺了五天，當他在坑道中醒過來時，已經冷到無法動彈了。他又立刻閉起眼睛，打算就這樣睡到死去，但是天氣卻驟然變暖，融化了他僵冷的身體，救了他一條命。

有一次，雪積得太高了，他沒有力氣撥開積雪挖出地衣來吃，只好隨地撿起幾隻凍得渾身僵硬的蝙蝠來充飢。

有一次，洞口躺了隻死掉的烏鴉，他也照吃不誤。這是過去七年當中，他對外面世界唯一獲悉的事件。除此之外，他一直活在山裡面，而且只活在自己創造的心靈世界中，甚至打算就這樣直到老死（因為他並不覺得有所欠缺）——如果不是發生了一場災難，硬是把他推出山洞，逼他再次墮入紅塵。

29

這個災難並非地震或是森林大火，也不是山崩或是地道塌陷，這完全不是外在的而是內在的災難，因此也就特別令他痛苦，因為它阻斷了葛奴乙最喜歡的自閉之路。這場災難發生在睡夢中，或者更應該說是發生在他內心幻想世界的睡夢中。

他躺在紫色沙龍的沙發椅上睡覺，身邊堆著空瓶子，他真的是喝太多了，最後又乾掉了兩瓶紅髮少女的香氣。他顯然是不勝酒力了，因為這次他雖然照樣睡得死沉，可是卻不是無夢的，而是夢痕累累，鬼影幢幢。這道夢痕非常清晰，是由某種氣味的碎片刻劃出來的。一開始有如細絲般飄過他的鼻端，接著愈來愈厚，最後竟變成一團濃霧。現在他宛如置身在濃霧不斷升起的沼澤中，霧氣愈升愈高，沒多久，葛奴乙就完全被濃霧包住了，全身都被霧氣浸溼了，而在這一團濃密的霧氣當中，再也呼吸不到任何自由的空氣了。如果他不想窒息的話，就必須吸入這一團霧氣，而這團霧氣，我們說過，就是某種氣味，而葛奴乙也知道它是什麼氣味。這一團霧氣就是他自己的氣味，就是他，葛奴乙自己的氣味。

現在，讓他驚駭莫名的事情發生了，那就是：葛奴乙雖然知道這就是他的氣味，可是他竟然聞不到；雖然他現在完全被自己的氣味所淹沒，可是他卻怎麼樣都聞不到！

當他慢慢地清楚意識到這是怎麼一回事時，他是如此地恐懼，爆發出驚人的尖叫，宛如即將綁赴火場被活活燒死的死囚一樣。尖叫聲粉碎了紫色沙龍的四面牆壁，接著是紫色城堡的七道石牆，逼得他從內心深處衝將出來，越過護城河、跨過沼澤、奔過荒原，有如一團烈火暴風般疾馳在他靈魂的夜之風景上，嘴裡發出刺耳的尖叫聲，穿過彎彎曲曲的坑道，衝到外面的世界，直奔到遠遠的聖弗盧爾高原上——彷彿整座山都在叫喊似的。葛奴乙在自己的叫聲中醒來，不斷朝著身上胡亂拍打，以為這樣就可以驅散那一團令他窒息但是又聞不到的迷霧似的。他驚駭到了極點，因為死般的恐懼而全身顫慄不已。如果不是尖叫聲扯碎了那團迷霧，他就會把自己溺斃，一樣悲慘地死去。當他回想起夢中的情景，忍不住又是一陣顫慄。當他坐在那裡一邊發抖一邊嘗試整理自己混亂的思緒時，至少有一件事非常確定：他要改變自己的人生，而他之所以決定要這麼做，完全是因為他絕對不要再第二次夢見剛剛那樣恐怖的情景，他肯定禁不起再一次面對同樣的夢境。

他把馬毛毯披在肩上，爬出洞外。外面正好是上午，二月底的一個上午，陽光閃耀，大地聞起來有一股溼溼的石頭味兒，夾雜著苔蘚和水的味道。一陣風吹過來，捎來了些許銀蓮花的香氣。他蹲在洞口前面，溫暖的陽光照在他身上，他吸進一口新鮮的空氣。每當回想起夢中的那團迷霧，他仍舊不由得全身顫慄，現在他已經逃脫了，當他感受到曬在背脊上的暖暖陽光時，也會因為幸福舒適而顫慄不已。真好，發現外面的世界依然無恙，現在居然成了他的避難所啦。真是不敢想像，萬一他千辛萬苦地逃出洞口，卻赫然發現世界已經不存在了，那將是多麼恐怖的情景啊！沒有光、沒有氣味，連虛無都不存在——只剩下這一團可怕的迷霧，裡裡外外，無所不在……

驚嚇的效應慢慢轉弱，恐懼感漸漸消失之後，葛奴乙開始覺得比較有安全感了。到了正午時分，他已經完全冷靜下來了。他把左手的食指和中指放在鼻子下面，透過兩指的指縫用力吸了一口氣，他聞到春天那飄著淡淡銀蓮花香的潮溼氣味，但是他聞不到手指的氣味。他把手掌翻過來，對著掌心仔細地聞，他感覺到手掌的熱氣，可是卻什麼也沒聞到。他高高地捲起衣服上那條已經被扯得破破爛爛的袖子，鼻子埋在肘彎裡，他知道這是人體味道最重的部位，可是仍舊什麼也沒聞到。他聞過胳肢窩，又聞過腳底，最後連生殖器都聞過了，為此他還拚命彎下身體，盡可能湊近過去聞一聞，也是什麼都沒聞到。這不是太好笑了嘛：他，葛奴乙，遠在數哩之外有個人走過去，他都聞得出來，竟然聞不到離他的鼻子不到一掌寬的自己的生殖器的味道！不過他並沒有因此而驚惶失措，而是非常冷靜地告訴自己：「並不是我身上沒味道，因為所有的東西都有味道。我之所以聞不到自己身上的味道，那是因為自從出生以來，就日日夜夜和自己的味道綁在一起，鼻子對於自己的味道早就麻痺了，反而聞不到。如果我可以把自己的味道，或至少其中一部分從自己分離出來，過了一段時間再來聞，那就肯定可以聞到它，也就是我自己的味道啦。」

他取下馬毛毯，脫掉身上的衣服，或者應該說是現在還殘留在他身上的一些破破爛爛的碎布片。這件衣服掛在他身上已有七年之久，從來沒有脫下來過，這上面一定早就浸透了他的體味。他把它攏成一堆，放在洞口前面，然後走得遠遠的。接著登上山峰，這是七年來的第一次，就站在七年前他到達時的同一個位置上，鼻子伸向西方，迎著風，赤裸著身體，企圖讓西風把他身上殘餘的氣味完全吹散，讓西風把海洋和草原的氣味灌注在他身上，讓後面這種味道能夠壓過前面那種味道，讓他自己，也就是葛奴乙和他的衣服之間產生一種氣味的落差，這樣他才能夠清楚地分辨兩者之間的區別。為了讓自己的鼻子盡量減少跟自己體味的接觸，他故意把身體往前傾，並盡可能伸長了脖子去迎接西風，為了保持平衡又拚命把兩條手臂向後伸，那姿勢看起來就像一個游泳的人正準備要跳水一樣。

這麼可笑的姿勢，他辛苦地維持了好幾個鐘頭，害得他那一身早就不見天日的蚜白肌膚，雖然在冬日那甚不具威力的太陽照射下，仍舊被曬得像煮熟的龍蝦般紅通通的。黃昏時分，他又下到洞口前面，大老遠就看到那一堆衣物，走到距離只剩幾米遠時，他還刻意屏住呼吸，直到鼻子快要貼到衣服上了才張開。他做了幾次聞嗅測試，這是他從包迪尼那兒學來的功夫，先是飽飽地吸進一大口氣，然後再分成幾階段慢慢地吐出來。為了更精準地捕捉它們的氣味，他雙手拱成鐘形，鼻子伸進裡面好像鐘舌一樣，湊近那堆衣服努力地聞。他竭盡所能想要聞出沾在衣服上的自己的體味，可是那上面並沒有這個味道，那味道顯然就沒有附在上面。那上面倒是有成千上萬種其他的味道：石頭的味道、沙子的味道、苔蘚的味道、松脂的味道、烏鴉血的味道——甚至還有香腸的味道，那是好幾年前他在敘利附近買的，至今仍清晰可辨。這件衣服好像一本嗅覺日記一樣，收錄了他在過去七、八年當中所有經他聞過的氣味，獨獨缺了他自己的味道，也就是這段期間一直穿著這件衣服的人的體味，沒有被收錄在裡面。

他開始感到不安，這時太陽已經下山了，他還赤身裸體地站在洞口，他在這坑道的黑暗彼端住了整整七年。一陣風吹過來，幾乎把他凍僵，可是他竟渾然不覺，因為他的內心完全被另外一種截然不同的寒冷，也就是發自內心的恐懼給攫住了。這種恐懼和他在夢中所體驗到的，幾乎被自己窒息而死的極度恐懼是不一樣的，那種恐懼是他無論付出任何代價都要想盡辦法擺脫和逃離的；但是現在這種恐懼卻是來源於對自身的一種不確定感，和前面那種恐懼截然相反。他不但不想逃離，而且他必須迎面正視它。他必須——即使真相再怎麼恐怖——明白無誤、確實無疑地弄清楚，到底他身上是不是真的沒有任何味道，而且是現在、馬上、立刻就要知道。

他又回到坑道裡，走了幾米路之後就完全被黑暗包圍住了，可是對他而言，路早就非常熟悉，就像走在最亮的燈光照明下一樣。這一段路他已經走了不下數千次，每一步、每個拐彎，這裡有一根鐘乳般的石鼻垂下來，那裡有一塊突起的小石頭，他都聞得出來。找路對他而言一點都不難，難的是要跟那幽閉恐懼的夢境的記憶搏鬥，它就像潮水一樣，每往前一步就愈漲愈高，每往前一步就愈漲愈高。但他還是鼓起勇氣，在他內心當中，一無所知的恐懼和知道可怖真相的恐懼正在進行一場天人交戰。他做到了，因為他知道，他別無選擇。當他終於艱難地抵達坑道的盡頭，登上崩落的石堆時，兩種恐懼都降了下來。現在他感到平靜，他的頭腦一片清明，他的鼻子磨得像手術刀一樣犀利。他蹲下身子，兩手蒙住眼睛，專注地聞。就在這個地方，這個遠離塵世的石頭墓穴中，他在這裡足足躺了七年，如果這世界上有什麼地方最容易聞到他的味道，那就是這裡了。他盡可能地放慢呼吸，仔細地檢測，他不急著下判斷。他就這樣維持著蹲著的姿勢，有一刻鐘之久，他的記憶力非常可靠，他非常清楚七年前他在這個地方聞到了哪些味道：溼溼鹹鹹冷冷的石頭味兒，如此純淨，無論動物或是人類，從未有任何生物曾經到過這裡……現在聞到的氣味就跟七年前完全一樣。

他又繼續維持著這樣蹲著的姿勢有好一會兒，一言不發，只是輕輕地點了點頭，接著轉身離開。一開始還彎著腰，但當坑道裡的高度允許時，他就挺直腰桿，大踏步走向洞外的遼闊世界。

他脫掉一身的破衣爛衫（鞋子早在好幾年前就已經磨穿了），把馬毛毯披在肩上，當天夜裡就離開康塔爾鉛彈，一路往南。

30

他的樣子很嚇人，頭髮長過膝蓋，稀疏的鬍鬚直垂到肚臍，指甲像鳥爪，光著手腳，衣不蔽體，皮膚東一塊西一塊地露了出來。

他遇見的第一個人是一個正在皮埃佛鎮附近的田裡幹活的農夫，一見到他就像見到鬼似的立刻拔腿就逃，嘴裡還不斷地尖叫著。不過他在城裡倒是造成空前的轟動，人們爭相過來圍堵，個個看得目瞪口呆。有人以為他是逃脫的戰犯，有人謠傳他根本不是人類，而是人熊雜交的產物，一種野蠻的生物。一個過去曾經航行五湖四海的老水手說，他看起來很像是大西洋彼端法屬圭亞那卡宴漁港的印第安原住民。人們把他帶到鎮長跟前，到了那裡，他拿出學徒出師證明，並且開口說話，把大家全都嚇一大跳。雖然只是咕咕咕地吐出少數幾個雞叫般的字眼，因為這是他停了七年之後第一次開口說話，不過大家倒是都能了解他的意思。他說他是在旅行途中遭到土匪打劫，然後被關在洞裡七年之久。在這一段期間，他不但見不到陽光，也見不到任何人，有一隻看不見的手一直用籃子裝著食物垂到黑暗中給他，最後又扔了一個梯子給他才逃出來。他完全不知道這是為什麼，也從來沒有見過綁架他的人，甚至也不知道是誰救了他的。這故事是他瞎編的，因為它顯然比真相更能取信於人。更何況，在奧弗涅、朗格多克和塞文山區一帶，像這類的故事的確層出不窮、屢見不鮮。總之，鎮長並未表示異議，只是叫人如實做了筆錄，然後向泰亞德-埃斯皮納斯侯爵報告這件事，因為侯爵不但是該鎮的領主，而且還是圖盧茲地方議會的議員。

侯爵四十歲就背棄凡爾賽的宮廷生活，退隱到他的莊園裡，獻身於科學研究工作。從他的筆下寫出了一本關於動態的國民經濟學的重要著作，主張廢除所有的土地稅和農產品稅，並且建議採用一種截然相反的累進所得稅制。這種稅制和最窮的人最密切相關，因此可以強力刺激國民經濟的發展。受到這本小書的成功激勵，他又寫了一篇如何教育五到十歲的少年男女的論文。此後他的興趣便轉向實驗農業，並且試圖透過對不同種類的草本植物澆上公牛精液，栽培出一種由動植物交配而成的產乳植物，也就是一種乳房花。這個實驗一開始很成功，他甚至還用這種草乳製成乳酪，不過里昂科學院指出這種乳酪「有一股羊騷味兒，同時也比較苦一點」，再加上他的實驗花費甚鉅，動不動就需要噴灑數百公升的公牛精液到田裡面，因此他的嘗試不得不叫停。不過他在農業生物學的問題上所下的這些功夫，不但引發了他對所謂耕地的興趣，而且還引起了他對土壤本身，以及土壤與生物圈之間的關係的興趣。

他剛結束乳房花的實驗工作，又立刻抱著銳不可當的研究熱情，投身到接近土壤與生命力關聯性的偉大論題上。他的論點是：生命只有在與土地保持某種距離的情況下才能蓬勃發展，因為土地本身不斷釋放出一種腐蝕性的氣體，也就是所謂的「致死流體」。它能癱瘓掉生命力，經過長短不一的時間之後，就會讓生命力完全停擺。因此所有的生物都致力於藉助生長的力量來逃離土地，所以它們生長的方向是離開土地而不是深入土地。這也就是為什麼它們會把自己最寶貴的部位，比如麥的穗、植物的花、人的頭，奮力托向天空的原因。而一旦上了年紀，他們就又不得不彎腰弓背，再度向土地屈服，被那致命的氣體完全包圍，喪失抵抗能力。接著一步步分崩離析，最後招致徹底的瓦解，終於邁向死亡。

皮埃佛鎮所發現的那一個在洞穴裡住了七年的人，可以說是完全被腐蝕性的元素，也就是土壤包圍住了。當這個消息一傳到泰亞德–埃斯皮納斯侯爵的耳裡，他簡直高興到無法克制自己，命人趕緊把葛奴乙送到他的實驗室裡，他要對他進行一番徹底的檢查。他發現自己的理論終於能夠以最明顯的方式得到證實：葛奴乙被致死流體侵蝕到這種程度，以至於他那方才二十五歲的身體，已經明顯地呈現出老年人的衰頹現象。只不過——泰亞德-埃斯皮納斯侯爵解釋道——因為在葛奴乙被幽禁期間，有人一直提供遠離土地的食物給他，可能是麵包和水果，因此才讓他免於一死。現在，能夠讓他恢復先前的健康狀態的唯一方法，就是要用他，也就是泰亞德-埃斯皮納斯侯爵所發明的「活力換氣機」，來徹底排除他身體裡面長久累積的致死流體。他在蒙帕利埃府邸的閣樓裡就有一臺這樣的機器，只要葛奴乙願意充當他科學實證的對象，他不但願意幫他從那無望的地氣毒害中解救出來，而且還要讓他得到一筆大大的金錢犒賞……

兩個小時之後，他們就共乘一部馬車。雖然路況很糟，但是他們還是在兩天以內趕了六十四哩路，順利抵達蒙帕利埃。侯爵雖然年事已高，卻還不肯假手他人，非要親執馬鞭，堅持要親自駕車不可，途中甚至還幾度親手換車軸調車轅。因為他對自己的新發現實在太興奮了，巴不得能盡快展示給那些鴻儒碩士們看。相反的，葛奴乙則寸步都不准離開馬車。他必須穿著原先的那一身破爛衣衫，再用一塊沾滿溼泥和黏土的毯子密密地包住，然後乖乖地坐在馬車上。一路上只給他吃生的植物塊莖，侯爵希望這樣可以把他受致死流體侵蝕的情況，保持在理想的狀態好一陣子。

到了蒙帕利埃，葛奴乙立刻被安置在侯爵府的地窖裡，又派人去把醫學院、植物學家聯盟、農業學派、化學物理協會、共濟會和其他由飽學之士組成的團體（這樣的團體在城裡不下一打）全部的會員都統統邀請過來。過了幾天，就在葛奴乙離開孤獨的山居歲月剛滿一週之後，他被安置於蒙帕利埃大學禮堂的講壇上，被當作年度科學盛事般，展示在好幾百個圍觀的群眾面前。

泰亞德－埃斯皮納斯侯爵在演講中，把他稱作是致死流體理論正確性的一個活生生的例證。他一邊慢慢地撕開裹在他身上的破爛衣衫，一邊解釋這種腐蝕性氣體對葛奴乙的身體所造成的摧殘作用。人們可以看到他身上到處都是這種腐蝕性氣體所引發的膿疱和瘡疤。胸前有一個巨大的豔紅色腫瘤，皮膚都潰爛了，甚至連骨骼都因為受到侵蝕而出現明顯的萎縮和畸形。當他上臺的時候，可以看得出來他既跛足又駝背。還有他內部的器官，包括脾臟、肝臟、肺臟、膽囊和整個消化系統都受到嚴重的損害，這點可以從對他的糞便檢體所進行的分析獲得證實。有疑問的人可以自己取得部分採樣回去研究，它就裝在碗裡放在展示者的腳下。總括而言，由於連續七年處在「泰亞德致死流體」的不斷侵蝕之下，他的生命力已經幾近停頓狀態，與其說我們這位展示者——他的面貌看起來已經很像是一隻鼴鼠了——仍是一個活的生物，還不如說他是半死的物體更為貼切呢。儘管如此，演講者卻願意自告奮勇，對這瀕死之人施以換氣治療，再佐以生機飲食，八天之內再把他帶到諸位面前，讓大家親眼見證他身上所顯現的復元徵兆。接著他誠摯地邀請今天在座的每位人士，千萬別錯過了這場精采的癒後成果展示，這將是對他的致死流體理論正確性的最有效證明，他將會在一週的期限內提出有力證據來讓大家信服。

這場演說非常成功，在場的學者都報以如雷的掌聲，排隊等著經過葛奴乙站立的講壇。他那一副刻意保留的慘狀，加上老舊的瘡疤和天生的畸形，使得看到他的人都深深留下恐怖的印象。人人都認定他是半腐爛了，沒得救了，雖然他自己倒是自覺非常健康而且充滿活力。有幾位先生還對著他敲敲叩叩，東測西量，仔細端詳他的嘴巴和眼睛，一副專家的姿態。有些人則詢問他在山洞裡的生活情形，以及現在的狀況如何。對於這一類的問題，他謹記著侯爵先前的吩咐，並不正面回答，只是從喉嚨裡勉強擠出一些哮喘般的聲音，兩手無助地指指喉頭，好讓對方了解，原來他連喉嚨也已經被那「泰氏致死流體」腐蝕到無法說話的地步了。

活動一結束，泰亞德－埃斯皮納斯侯爵就又立刻將他打包好，送回府邸閣樓上，在幾位精挑細選的醫學院博士的見證下，把他鎖進活力換氣機裡。這是一個由松木板隔成的密不透風的小房間，在它那挑高極高的屋頂上設了一個進氣煙囪，用來把不含致死流體的高空氣體引進室內，然後再從地板的一個皮製閥門將有毒氣體排出去。為了讓這個活力換氣機不會中途停擺，侯爵派了一整組的僕人，以接力的方式夜以繼日地輪流操作這套機具。就在葛奴乙以這種方式被不斷湧入的清淨空氣所包圍的同時，每隔一小時又有人從側邊特別加工過的雙門小氣窗，送來由離地食材所精心料理出來的營養食品：鴿肉湯、雀肉酥餅、野鴨燉肉、高樹果醬、高稈麥穗製成的麵包、庇里牛斯山的葡萄酒、岩羚羊奶，以及用養在侯爵府頂樓的雞所下的蛋打成的糖霜蛋白。

這套結合了消毒和活化生機的療程一連進行了五天，接著侯爵便命人關掉換氣機，然後把葛奴乙帶進浴室裡，用微溫的雨水讓他浸泡數小時，最後再用產自安地斯山城波多西的核桃油肥皂從頭到腳幫他擦洗一番。接著又幫他修剪腳趾甲和手指甲，用篩得非常細的白雲石牙粉幫他刷牙，剃掉鬍鬚、剪短頭髮、梳理整齊、撲上香粉，接著又請來了裁縫師和鞋匠，為他縫製一件合身的絲襯衫，胸前有白色的襟飾，袖口有白色的褶邊。然後再幫他穿上長統絲襪、藍絲絨背心、褲子、外套和一雙漂亮的黑皮靴，在鞋底靠右的地方很技巧性地加了鞋墊，藉以掩飾他那萎縮的足踝。接著侯爵親手為葛奴乙那張滿布瘡疤的臉撲上白色的滑石粉，又在他雙頰和唇上塗了胭脂，然後用一根椴木燒成的軟炭筆為他描出一對線條極為高雅的弧形眉毛。最後再為他灑上自己的個人專用香水，其實只是一種很簡單的紫羅蘭水，接著向後退了幾步。為了找到合適的言語來表達他的讚歎之情，侯爵委實需要好一陣子的時間。

「先生，」他終於開口了：「我真的好高興，我太佩服自己的天才了，雖然我從來沒有懷疑過自己的致死流體理論，當然不會啦。可是現在親眼看到它透過實際的治療而得到這麼光彩的證實，我還是感動萬分！您本來像個野獸，是我讓您變成真正的人，這不是神蹟是什麼？請您允許我一時的失態吧。麻煩您站到那個鏡子前面，請您仔細端詳一下自己！相信這是您一生當中，頭一次認識到自己是個人吧。雖然沒有什麼不平凡的地方，也不是怎麼突出，不過總算還過得去。去吧，先生！仔細看看您自己吧，看看我在您身上做了什麼奇蹟吧，肯定會讓您非常驚訝呢！」

這是第一次，有人稱呼葛奴乙「先生」。

他走到鏡子前面，他還從來沒有照過鏡子呢，看著鏡子裡有一位衣著光鮮的男人：藍色的外套、白色的襯衫和長統絲襪。他立刻出於本能地雙手護頭，俯身躲閃，就像每次看到這樣的人物時一樣，沒想到對面的男人竟然也跟著護頭彎身。葛奴乙接著站直身體，那位衣著光鮮的男人又跟著他做出一樣的動作。最後，兩人呆呆地注視著對方，驚訝得說不出話來。

最讓葛奴乙感到詫異的是，他看起來竟然是這麼不可置信的正常。侯爵說得對：他看起來一點都不特別，既不漂亮，可是也不會特別醜。雖然個子稍微矮一點，姿勢有點笨拙，臉上比較缺少表情，可是大體而言，他看起來就像成千上萬個其他的普通人一樣。如果他現在走在街上，絕對沒有人會回頭多看他一眼；就算是他自己，在街上碰到一個像他現在這樣的人，也不會特別注意到。除非他聞出這個人身上除了紫羅蘭水的香味之外，沒有什麼味道，就像鏡中的那位男人，以及站在鏡子前面的自己一樣。

只不過是十天前，光是第一眼就讓看到他的農夫們嚇得尖叫逃跑，但是他並不覺得那時候的他和現在有什麼不同。而且現在，只要他閉起眼睛，也不覺得現在的自己和以前有什麼不同。他深深地吸進一口身旁升起的空氣，聞到劣質的香水、絨布和鞋子上剛膠好的皮革味兒，他聞到絲質衣物、香粉、胭脂，還有波多西肥皂淡淡的香氣。他突然明白，既不是鴿肉湯，也不是換氣的把戲，而是這些衣服，這種髮型，再加上一點點化妝的欺騙效果，使他變成一個正常人。

他睜開眼睛眨一眨，看到鏡子裡的男人也對著他眨眨眼，又看到他塗了胭脂的唇上漾開了一抹淡淡的微笑，好像在對他表示，一點都不覺得他會討人厭似的。而葛奴乙似乎也覺得，鏡子裡那位衣著光鮮、化了妝的男人，雖然原來其實只是個沒有體味的人，但是現在看起來倒是並不怎麼礙眼。只要把他臉上那張面具稍微再美化一下，就可以對外面的世界產生某種影響，這是他，葛奴乙，過去不敢想像的事情。他對著鏡中人點點頭，看著對方在回禮的同時，鼻孔悄悄地張開了……

31

第二天——侯爵正在教導他在公開露面的社交場合上一些必要的儀態、手勢和舞步時，葛奴乙突然假裝昏倒，好像全身的力氣都沒了似的，倒在貴妃椅上，一副快要窒息的樣子。

侯爵被他嚇得六神無主，高聲地呼叫僕人，要他們趕快去拿扇子和手提送風機過來。就在僕人三步併作兩步地趕去辦事的同時，侯爵跪在葛奴乙身側，拿著浸滿紫羅蘭香氣的手帕不斷幫他搧風，誠心誠意地召喚他，苦苦地哀求他快點醒過來，千萬別在這時候就靈魂出竅。無論如何一定要想辦法盡量撐到後天，否則就會非常嚴重地危害到他那致死流體理論的生存。

葛奴乙翻過身子縮成一團，一邊不斷地喘息和呻吟，兩條手臂拚命地要把手帕揮開似的，最後終於以一種非常戲劇性的方式讓自己從貴妃椅上跌落下來，在地上爬著想要躲到房間最偏遠的角落裡。「不是這種香水！」他彷彿用盡全身的力氣般大叫著：「不是這種香水！它會害死我的！」直到泰亞德－埃斯皮納斯把手帕丟出窗外，又把身上那件同樣散發出紫羅蘭香氣的外套扔到隔壁房間，葛奴乙這才讓自己慢慢平靜下來，然後用逐漸恢復平穩的聲調說道：做為一個香水師，鼻子本來就會有一種職業性的敏感，何況現在正處在康復期間，鼻子又會比平常更容易過敏，因此才會對某些香水反應特別激烈。這回正好是對紫羅蘭的香氣特別過敏，雖然這種花本身其實還滿香的。他認為唯一說得通的理由，可能是因為侯爵用的香水裡含有高成分的香菫根萃取液，因為它那深入土地的來源，對於一個像他這樣長期受致死流體侵害的人而言，只會造成毀滅性的影響。早在昨天第一次使用這種香水時，他就感到頭暈目眩、身體虛弱，當今天又再一次聞到這種香菫根的味道時，感覺就像是有人把他猛力推回他在裡面煎熬了七年的悲慘地洞裡一樣，所以他的本性才會自然而然地起來抗爭。除此之外，他再也想不到可以怎麼解釋了。就在侯爵大人運用他的技能，把他從有毒氣體中拯救出來，並且賜給他一個人可以過的生活之後，如果還要再被送回到那可怕的毒氣洞裡，他寧可當場死掉。現在，光是想到那香菫根的香水，就足以讓他全身痙攣不已。不過，如果侯爵允許他自行調配合適的香水，他就有辦法徹底排除這種香菫根的香氣，並且立刻恢復元氣，這點他很有信心。他心裡想到的是一種非常輕盈飄逸的香水，主要是由一些離地原料配成的：杏仁水、橙花水、桉油精、松針油和柏樹油。只要噴一些在衣服上，然後滴幾滴在脖子和臉頰上，他就會像包了一層保護膜似的，可以永遠擺脫這種突如其來的痛苦折磨……

為了方便理解，我們在這裡使用了正常的間接引語來重述他說的話，事實上，他足足花了半個小時才說完，中間夾雜了許多咳嗽、氣喘和呼吸困難的聲音，而且都是一些嘰嘰咕咕、斷斷續續、破破碎碎的詞語，再配合上顫抖的身體、手腳不停揮舞、眼睛骨碌亂轉，著實讓侯爵費了好大勁才弄清楚他的意思。從這個受他保護的人口裡，吐出這麼精闢的論證，可以說是完全切中他那致死流體理論的要義，這可比他身上所呈現的痛苦徵狀更具說服力。罪魁禍首當然就是這個香堇根香水啦！它不但離地很近，根本就是深入土裡的產物嘛！顯然他自己也因為長年使用這種香水而飽受毒害，他居然一點都不知道，這種香水正日復一日地把他帶向死亡。他的痛風、脖子僵硬、陽痿、痔瘡、耳鳴、蛀牙，他身上的所有這些病痛，無疑都是因為香堇根那飽含毒氣的臭味給惹出來的。而這個矮小的笨蛋，這個縮在房間角落裡的可憐蟲，竟然讓他撥雲見日、恍然大悟。他真的好感動，他真的很想衝過去扶起他，把他緊緊抱在自己茅塞頓開的胸前，可是又怕這樣會聞到他身上的紫羅蘭香味，於是只好再一次呼叫僕人過來，吩咐他們把家裡所有的紫羅蘭香水統統扔出去。打開府裡所有的門窗徹底通風，把他的衣服拿去換氣機裡消毒，然後立刻用轎子把葛奴乙抬到城裡最好的香水師那兒，這正是葛奴乙假裝昏倒的目的。

香水業在蒙帕利埃已有古老的傳統，雖然在最近幾十年當中，和它的競爭對手格拉斯城一比，顯然有些落伍了，不過城裡還是有幾個很好的香水師和手套大師。其中最有名的一位就是余內爾，看在他與侯爵府有著長久業務往來（他是侯爵的香皂、香油和各種香水產品的供應商）關係的份上，他願意破例讓出他的工作室，給這位來自巴黎香水界，且被人用轎子抬過來的怪異同行使用一個小時。這位同行完全不要人家跟他解釋什麼，也完全不想知道什麼東西該到哪裡去找，他說他自己就能找得到，什麼東西擺在哪裡他都非常清楚，然後就不由分說地把自己單獨鎖在工作室裡，在那裡足足待了一個小時。趁著這個空檔，余內爾和侯爵府的管家到酒館裡去小喝兩杯，順便打聽一下，為什麼他的紫羅蘭香水會突然失寵呢？

余內爾的工作室和店裡的貨色，遠遠比不上包迪尼在巴黎的商行來得齊全。單靠少數幾種花精、花露水和香料，一個資質平庸的香水師是創造不出什麼奇蹟的，但是葛奴乙從第一口呼吸就已經嗅出來，現有的材料為達到他的目的是完全足夠了。他並不打算要創造出什麼偉大的香水，也沒有打算要配出像從前那樣讓包迪尼一舉成名的品牌香水，在眾多平庸的香水之中突出自己，贏得人們的折服與讚歎；也絕對不是他跟侯爵說的那樣，打算配一些簡單的橙花香水，這不是他真正的目的。那些橙花、桉樹和柏葉提煉出來的尋常香精，只是用來掩飾他真正想要製造出來的氣味：那就是人的體味。他想要擁有自己所缺乏的人的味道，哪怕只是劣質的暫代品也好。當然，並沒有所謂「人類的氣味」這種東西，就像沒有所謂「人類的面貌」這種東西一樣。每個人身上的味道都不一樣，這點沒有人比葛奴乙更清楚了，因為他所認識的個別的人的氣味就有幾千幾萬種，而且人自從出生那一刻起，身上的味道就個個不同。不過人類的氣味畢竟還是有一個共同的基調，一個最基本的味道：混合了油膩膩的汗臭、像乳酪般的酸味，一種非常噁心的基本氣味，以同樣的程度附著在所有的人身上，而真正屬於個人的氣味則好像一朵小小的雲氣般飄浮在這基本氣味之上，也只有在這個基調上面才能分出精細的個人差異。

這種專屬於個人的氣味，這種高度複雜、不會被混淆的個人氣味密碼，對於絕大多數的人而言是身在其中而不自知。絕大多數的人都不知道自己擁有專屬於個人的特殊氣味，每個人都拚命往自己身上搽一些流行的人造氣味，或是穿上各種時髦衣服來遮掩自己本有的體味。但是這種基本氣味、這種初始的人類氣蘊，對生活於其中的人類而言，因為太熟悉了，對它的感覺反而變得遲鈍。因此，誰要是身上散發出同樣令人作嘔的共通臭氣，誰就會被當作他們的同類來對待。

葛奴乙今天所創造出來的香水非常怪，這麼怪的香水從來沒有在這個世界上出現過。它聞起來一點都不香，只是像一個身上有味道的人罷了。如果有人在黑暗的房間裡聞到這種味道，他會以為房裡還有另外一個人；如果一個本身已經很有「人味兒」的人，又在身上灑了這種香水，那就會引得我們在嗅覺上產生錯覺，以為有兩個人；更糟糕的是，甚至以為那是兩個人合體的妖怪、一個讓人無法清晰定影的形象，就像在波濤起伏的湖面上，一個模糊不清的投影一樣。

為了模仿這種人類的氣味——雖然不完美，這點他自己知道，可是要騙過別人，這倒是已經夠巧妙的了——葛奴乙在余內爾的工作室裡找齊了各種最奇特的配料。

那是在通到院子的門檻後面的一小堆貓屎，還非常新鮮。他挖了小半匙的貓屎，跟幾滴醋和一些細鹽一起放進混合瓶裡。又在工作檯下面找到一塊拇指甲般大小的乳酪，這顯然是余內爾在吃飯時不小心掉下來的。這塊乳酪已經很老了，開始腐爛了，發出一股非常刺鼻的臭味。他又從擺在店裡最後進的一桶沙丁魚的桶蓋上，刮下一點帶有陳年魚腥味的碎屑，把它跟臭雞蛋、海狸香、氨、肉桂、刨絲牛角和烤得略焦的豬皮，仔細地打在一起。然後又加上份量相當高的麝貓香，接著用酒精來稀釋這些可怕的成分，經過沉澱之後再過濾到第二個瓶子裡。這個混合液的味道恐怖極了，它像陰溝裡排出來的腐爛臭氣，如果拿把扇子在鼻子前面搧一搧，讓它和新鮮的空氣混合之後，聞到的氣味就像炎炎夏日裡站在巴黎的鐵舖街轉洗衣坊街的街角，在那裡聞到的是從菜市場、無辜者墓園和擁擠房舍所傳出來的各種雜陳的臭味。

在這個聞起來不像活人而更像屍體的可怕基礎上，葛奴乙又添加了一層氣味清新的精油：薄荷、薰衣草、松香油、萊姆油、桉樹精油，來抑制和遮蓋原先那股恐怖的味道，接著又加上一些雅致的花草精油，像天竺葵、玫瑰、橙花、茉莉等，讓人聞了覺得舒服，然後再用酒精和一些醋汁加以稀釋，使得整個混合出來的氣味，再也不會有令人作嘔的感覺。潛伏在清新配料之後的惡臭已經完全被掩蓋住了，噁心的臭味也被花香美化了，甚至變得有點令人感興趣。更特別的是，原先那股腐爛的味道再也聞不到，一丁點兒都聞不到了，相反的，這種香水彷彿散發出一股強韌輕快的生命氣息。

葛奴乙將它分裝成兩瓶，用軟木塞封住瓶口，藏在身上。接著他非常細心地用水清洗調和瓶、研缽、漏斗和茶匙，用苦杏仁油擦拭，以便清除所有氣味的痕跡。然後又拿了第二只調和瓶，迅速配出另一種香水，仿造第一種香水，同樣也是由氣味清新的花草精油配成的，只是它的基礎不再像前面那種是巫婆湯，而是完全正常的香水配方，其中包含了麝香、龍涎香、一點點麝貓香和雪松木精油。它的味道本身聞起來和第一種完全不同——清淡、純潔、無毒——因為這裡面少了一種成分，也就是仿造的人類氣味。不過，如果一個普通人搽上這種香水，讓它跟自己的體味合而為一的話，那就會跟葛奴乙剛剛為自己獨創出來的人味香水無法區別了。

當他把第二瓶香水分裝完畢之後，就脫光衣服，把第一種香水灑在衣服上，然後又在自己的腋下、腳趾間、生殖器、胸前、頸項、耳朵和頭髮上都噴了一些，接著穿上衣服，離開工作室。

32

當他走在街上的時候，突然感到害怕，因為他知道，這是他生命中第一次發出人類的味道。不過他自己倒是覺得，他身上發出來的味道是臭的，而且是非常噁心的臭味。他完全無法想像別人會不會跟他一樣覺得他很臭，因此他不敢直接走進余內爾和侯爵管家正在等候他的小酒館。對他而言，還是走到不熟的人當中，去測試他身上的新氣味，風險比較少一點。

穿過最狹窄最陰暗的巷道，他悄悄地向下走到河邊，那裡有一排製革廠和染布坊，裡面正在從事著它們那臭氣薰天的行業。每次碰到有人從他面前經過，或是當他走過別人家的大門口，看到有小孩在那裡玩耍，又或是有老婦人坐在那裡時，他都會強迫自己放慢腳步，讓他的氣味在身周形成一團濃密的雲，圍繞著他一同向前行。

他從少年時代就已經習慣了，從他身邊經過的人們，沒有一個會注意到他的存在，並不是因為瞧不起他——他曾經誤以為是這樣——而是因為他們無從注意到他的存在。他不像實體一樣占有屬於自己的空間，又不像別人，身上會發出波動，衝擊到周遭的空氣，也不會在其他人的臉上投下任何陰影。只有當他在擁擠的人群中，或是在轉角處突如其來地正面衝撞到別人時，才會短暫地引起人們的注意；被撞上的人大部分都會懷著驚恐的表情，呆呆盯著葛奴乙看好幾秒鐘，好像看到什麼不可能存在的生物一樣。雖然它確確實實就在那裡，但是它實際上不應該會出現才對，就算任何形式的出現都是不可能的——然後就趕緊躲得遠遠的，過不了兩下子就把它忘得一乾二淨了……

可是現在，就在這蒙帕利埃的小巷道裡，葛奴乙清清楚楚地看到和察覺到他對人們所造成的影響，而且每當他再度看到時，就會興起一股強烈的自豪感。當他從一個彎腰站在井邊的女人身旁走過時，他注意到她的頭稍微抬了一下，想要看看到底是誰在旁邊，接著顯然是覺得放心了，又繼續低頭看著她的水桶。還有個男人，原本是背對著葛奴乙站著，突然轉過身來，盯著他看了好一會兒，一副很好奇的樣子。

有幾個小孩，一碰到他就紛紛躲開了，不是因為害怕，而是為了給他讓路；即使當他們又從大門口跑出來，一頭撞在他身上時，他們也沒有受到驚嚇，只是理所當然地繞過他，一溜煙又跑掉了，就好像已經知道有個人正在朝他們這邊走過來似的。

經過多次嘗試之後，他更能準確地評估自己身上的新氣味所具備的力量以及它的影響，這讓他變得更有自信也更加大膽。他更急著朝有人的地方走過去，更挨近他們的身邊擦過去。他甚至把手臂略微向外伸出，故意去碰觸路過行人的手臂。有一次他假裝不小心，用身體去推撞一個他想要超前的男人，然後站定了身子跟對方道歉，而那個男人昨天還因為葛奴乙的突然出現，嚇得好像被雷公打到一樣，沒想到現在卻是一副若無其事的樣子，接受他的道歉，臉上甚至掛著微笑，還拍了拍葛奴乙的肩膀。

他離開狹小的巷道，走向聖彼得大教堂前面的廣場，這時鐘聲剛好響起，教堂入口的兩側擠滿了人，大家爭著要看新娘子。葛奴乙走過去，混進人群中。他一路推擠，鑽進他們當中，他就是要待在那裡，擠在人最多的地方，他要跟他們肌膚貼著肌膚，他想要讓自己身上的氣味直接擦在他們的鼻子下面。在那水洩不通的擁擠人群中，他張開雙臂、岔開雙腿、扯開衣領，好讓他身上的香氣更無阻礙地散發出來……當他發現，其他人完全沒有注意到他有什麼異樣時，他感到無限的快樂。所有緊貼在他身邊站著的人，包括男人和女人，還有小孩，這麼容易就被他騙過了。竟把他身上那摻了貓屎、乳酪和酸醋調配而成的臭味，當成和他們身上的體味是一樣地吸進肺裡，而且把混在他們中間的葛奴乙這個異類，當成是人類的一分子來接受。

他感覺到膝蓋那邊有個小孩，一個小女孩，夾在兩個大人中間站著。他把她高高地抱起來，裝作要幫助她的樣子，讓她坐在自己的手臂上，好讓她可以看得更清楚一點。小女孩的媽媽不但容許他這麼做，而且還跟他道謝，小女孩更是高興得大聲歡呼。

葛奴乙就這樣擠在人群中，足足站了一刻鐘，在他那虛情假意的胸前還抱著一個陌生的小女孩。當婚禮的行列經過時，在響徹雲霄的教堂鐘聲和人們的歡呼聲中，金光燦亮的銅幣如雨點般落在新人頭上。這時葛奴乙的內心也爆發出另一種歡呼、一種黑色的歡呼、一種邪惡的勝利感，讓他激動得渾身顫抖，就像突然達到性高潮般的陶醉。他必須費很大的勁，才能控制自己，不會對著人們的臉上噴出毒液和膽汁，並且對著他們高聲叫道：他一點都不怕他們，甚至也不恨他們，他只是打從心底瞧不起他們。因為他們又臭又笨，因為他們太好騙了，被他耍得團團轉都不知道，因為他們什麼都不是，而他就是一切！他故意把小孩抱得更緊一點，彷彿要嘲弄人們似的。他吸足了氣，跟著人們一齊大聲歡呼：「新娘萬歲！新郎萬歲！白頭偕老，永浴愛河！」

當婚禮的行列愈行愈遠，圍觀的人群開始疏散以後，他就把小女孩交還給她的母親，走進教堂裡，希望能讓自己激動的情緒平息下來。大教堂裡面一片香煙繚繞，從祭壇前的兩個大香爐裡往兩邊飄過去，就像一個令人窒息的大罩子一般，壓在剛剛還坐在這裡的人們所隱約殘留下來的氣味上面。葛奴乙蹲坐在祭壇下的一張長凳上，身子縮成一團。

突然，一陣極大的滿足感攫住了他。這和他以前在山洞裡縱情狂飲獨自狂歡的情形不太一樣。這是一種非常冷靜而清醒的滿足感，這是清楚意識到自己的能力所引發的滿足。他現在非常清楚，自己擁有什麼樣的能力。只需要極少的外在工具的協助，主要是靠著他自己的天才，他就能唯妙唯肖地模仿人類的氣味，一次就成功，就連小孩子都被他騙過了。而且他現在知道，他的能力還不止於如此。他知道，他還可以把這種氣味改良得更好。他有能力創造出一種氣味，不只是人類的，而且是超越人類的。他可以創造出一種天使的氣味，好到筆墨難以形容，而且充滿了生命力，以至於不管是誰，只要一聞到這個味道，立刻就會被迷住，並且全心全意地愛上這個香氣的載體，也就是他，葛奴乙。

是的，他們一定會愛上他的，他們會無法抗拒他身上的香氣所散發出來的魅力，不只是把他當作同類來接受，而且是瘋狂地愛上他，即使犧牲自己也在所不惜。他們會喜極而泣，他們會因為幸福滿溢而渾身顫抖，完全不知道為什麼。當他們聞到葛奴乙身上的香氣時，他們會雙膝著地跪倒在他面前，就像他們在上帝的香爐之前跪倒一樣！他想要成為氣味王國中全能的上帝，就像他在自己的幻想世界中所達到的境界一樣，不過現在是在真實的世界裡，而且要成為真實的人類所膜拜的對象。他知道，他確實擁有這樣的能力。因為人類固然可以閉上眼睛，裝作看不見面前的偉大、威嚴和美；固然可以關住耳朵，假裝聽不到面前的旋律和迷人的話語，可是卻無法擺脫迎面而來的氣味，因為氣味和呼吸同在。氣味隨著呼吸進入人體，揮都揮不掉，趕也趕不走，想要活命就得呼吸，想要呼吸就無法抗拒與之同在的氣味。氣味隨著呼吸進入人體，直達心臟，在那裡區分出仰慕與鄙視、憎與喜、愛與恨。誰要能控制氣味，誰就能控制人心。

葛奴乙滿心寬慰地坐在聖彼得大教堂裡的長凳上，臉上帶著微笑。當他想到這個可以控制人類的計畫時，他的心情並不平靜，可是他的眼裡並沒有流露出瘋狂的火焰，他的臉上也沒有顯現出錯亂的表情。他的神智非常清楚，意識非常清明，他也曾經這麼問自己：他執意要這麼做，到底是為了什麼？而他對自己說：他要這麼做，只是因為他的人格就是這麼徹底的邪惡。想到這裡，他的臉上竟然露出微笑，非常滿意這樣的答案。他看起來一副完全無辜的樣子，就像任何其他幸福的人一樣。

他就這樣坐了好一會兒，安靜地沉思著，深深地呼吸著教堂裡濃濃的薰香煙氣，接著臉上又露出欣喜的微笑：好可憐啊，這個上帝聞的是什麼味道！這麼爛的味道，這個上帝每天都得忍受這種味道嗎？從祂面前的香爐裡飄出來的氣味，根本就不是真正的乳香，那是劣質的代用品，以椴木、肉桂粉加上硝石做成的贗品。上帝在發臭，上帝是個可憐的小臭蟲，上帝被騙了，或者上帝本身就是個騙子，跟葛奴乙也沒什麼分別——只不過更糟而已！

33

泰亞德－埃斯皮納斯侯爵對這種新香水非常著迷，照他的說法：連香水這種飄忽易逝、捉摸不定的事物，竟會因為它的來源是深入土壤還是遠離土壤，而對使用它的個體造成這麼聳人聽聞的普遍影響。對此，就連他這個致死流體的發現者都感到驚愕莫名。葛奴乙，就在幾個小時以前還臉色蒼白，昏倒在地上，現在竟然容光煥發、神采飛揚，就跟他這個年紀的其他健康的人沒有兩樣。是的，我們可以這樣說：雖然像他這種出身於下層社會，而且從未受過正規教育的人，儘管各方面的發展都受到限制，可是現在看起來居然也是人模人樣的。因此，泰亞德－埃斯皮納斯決定，在他即將出版的致死流體理論的專著中，無論如何都要把這個事件公諸於世，可以把它寫進標題為生機營養學的那一章裡面。不過他現在要做的事情是，先在自己的身上試用這種新的香水。

葛奴乙把那兩瓶正常的花氛香水遞給了他，侯爵立刻把它往自己身上灑，他看起來對這香水的效果非常滿意的樣子。他不得不承認，那香堇根的氣味，多年來就像鉛塊一樣壓得他喘不過氣來。如今灑上這種新的香水之後，他整個人彷彿長出了盛開的花朵般的翅膀；而且，如果他沒有弄錯的話，他的膝關節痛和耳鳴的情況似乎也跟著減輕許多；總的看來，他覺得自己變得輕鬆愉快，渾身充滿了活力，而且顯得比真正的歲數年輕許多。他走向葛奴乙，張開雙臂擁抱他，稱他為「我的流體兄弟」。接著又補充說，這和個人的社會地位完全無關，這是一種純粹精神性的稱呼，是從致死流體的普遍概念出發的認同感，是建立在這樣的觀點上，而且只在這樣的觀點上才產生「人皆平等」的思想。他還計畫要——說這話的同時，他放開了葛奴乙，態度非常友善，絕無絲毫嫌惡的意思，幾乎就像放開一個跟他社會地位完全相同的人一樣——盡快成立一個國際性的超階級共濟會，該會的宗旨就是要徹底戰勝致死流體。希望可以在最短的時間裡面，完全用純粹的生機流體來取代它，而且第一個就要爭取葛奴乙成為該會的會員，他現在就可以這樣承諾他。接著他要求葛奴乙把那個花氛香水的配方寫在紙上給他，把它藏在身上，並且給了葛奴乙五十塊金幣做為報酬。

恰恰在他第一次演講的一週之後，泰亞德－埃斯皮納斯侯爵又把他的保護人帶到大學講堂上，展示在觀眾面前。整個大禮堂擠得水洩不通，蒙帕利埃的所有居民都來了，不是只有學者專家，更有許多上流社會的人士。其中有很多是名門淑媛，也都到場了，想要一睹這位傳奇穴居人的廬山真面目。雖然泰亞德的反對者，主要是「大學植物園之友社」的代表和「農業促進協會」的會員，動員了所有的徒眾前來鬧場，但這次的活動還是取得了空前的成功。為了喚醒觀眾對於一週前葛奴乙的狀態的記憶，泰亞德－埃斯皮納斯侯爵先讓人們傳閱幾張畫像，上面把穴居人那醜陋衰敗的模樣描繪得淋漓盡致。接著就叫人把現在這位全新的葛奴乙引領到大學的講堂裡面，只見他身穿漂亮的藍絲絨外套和絲質的襯衫，臉上化了妝，頭上撲了粉，還梳了一個漂亮的髮型。光是看他那走路的樣子，抬頭挺胸、腰桿筆直、步伐從容、姿態優雅，完全不需要他人攙扶，可以自己走上講臺，對著觀眾深深一鞠躬，一會兒對著這邊，一會兒對著那邊微笑點頭，頓時讓所有的懷疑和批評都鴉雀無聲，甚至連「大學植物園之友社」的人都不再敢開口。這個改變太明顯，這個奇蹟太驚人了：就在一個禮拜以前，呈現在大家面前的是一個蹲在腳後跟上，像隻被人剝掉一層皮的粗魯野獸，現在居然搖身一變，儼然像個受過良好教養的文明人。整個大廳彌漫著一股沉思的氣氛，當泰亞德－埃斯皮納斯侯爵開始他的演講時，臺下更是一片肅靜。他再一次重申他那非常有名的致死流體理論，接著進一步闡述，透過怎樣的機械裝置，再搭配生機飲食的方法，他成功地把致死流體從展示者的身體內部排除出去，然後再以活力流體補充。最後則邀請所有的現場觀眾，不管是敵人或是朋友，看在這麼有說服力的證據的份上，放棄對抗這種新學說，和他，也就是泰亞德－埃斯皮納斯侯爵站在一起，共同向邪惡的致死流體宣戰，並向善良的活力流體敞開自己。講到這裡，他張開雙臂，抬眼望向天空，許多鴻儒碩士紛紛學著他的樣子，而婦女們更是感動得流淚啜泣。

葛奴乙站在講臺上，根本就沒有在聽。他帶著極大的滿足，觀察著另一種更真實的流體，也就是他自身的流體對人們的影響。為了配合大禮堂的空間需求，他刻意搽上極濃的香水，雖然他人還沒有站上講臺，身上的香水氣暈已經開始以他為中心，向四面八方輻射出去，濃烈馥郁、強而有力。他看見這個香水氣暈——事實上他甚至是用肉眼看到它的！——抓住了坐在最前面一排的觀眾，然後又繼續向後排觀眾橫掃過去，直到最後一排和樓上座位的觀眾都被它一網打盡為止。而且誰要是被它抓住了——葛奴乙的心臟因為極大的快樂在胸腔裡猛烈跳動——誰就開始產生明顯的變化。他身上的香氣散發出無比的魅力，被它迷住的人卻毫不自覺，他們臉上的表情、他們的舉止和感受，不知不覺地起了戲劇性的變化。一開始，帶著吃驚的表情、呆呆地瞪視著他的人，現在看他的眼神變柔和了；有些人原本貼著椅背坐著，帶著挑剔的表情，額頭高高地皺起，嘴角明顯地向下撇，一副不屑的樣子，但現在也都放鬆了，身子向前傾，臉上露出孩童般鬆弛的表情；就連那些當初滿臉驚恐和疑懼，也是最敏感最纖細，眼裡本來只有驚懼，而現在仍然抱持著相當的懷疑態度的人們，一旦被他的香氣抓住，也開始露出友善，甚至同情的神情了。

演講結束後，全體觀眾一致起立，爆出熱烈的掌聲和歡呼：「活力流體萬歲！泰亞德－埃斯皮納斯萬歲！流體理論萬歲！打倒正統醫學！」就這樣，一群飽學之士高聲叫道，這些人可以說是蒙帕利埃，也就是法國南部最有名的大學城裡最有學問的人呢，這可以說是泰亞德－埃斯皮納斯侯爵一生中最偉大的時刻了。

可是，對剛剛走下講臺，置身人群中的葛奴乙而言，只有他知道，這個喝采聲其實是針對他發出的，而且只是針對他，尚－巴蒂斯特．葛奴乙所發出的。即使整個大廳中正在歡呼喝采的眾人們對此一無所知，也改變不了這個事實。

34

他在蒙帕利埃又多停留了幾個禮拜。他現在已經是非常出名的人了，常常受邀到沙龍裡，人們在那裡打聽他的穴居生活，和侯爵如何治癒他的種種情況。他必須一而再地對人們述說他如何遭遇強盜打劫，又如何從一只垂下來的籃子裡取得食物，最後又是怎樣爬上梯子逃出來的故事。每一次他都會加油添醋，把故事說得更精采動人，並且捏造更多新的細節。就這樣，他得到了口語表達的絕佳練習機會——雖然這種表達方式限制重重，而且他這輩子從來也不擅長說話——但對他而言，更重要的是，他可以說謊說得更駕輕就熟，說得臉不紅氣不喘。

基本上，他非常確信，他要對人們說什麼都可以。當他們一旦開始對他產生信任感，就會相信他說的一切——而且他們是從吸進第一口他身上的人工氣味時開始，就全心全意地相信他。這讓他進一步在社交場合上取得前所未有的自信，這種自信甚至明明白白地表現在他的身體上。他看起來似乎長得更高大了，駝背的情況也不見了，腰桿挺得筆直；每當有人找他攀談時，他也不再畏畏縮縮，而是直挺挺地站著，面無懼色地迎接投到他身上的目光。當然啦，在這麼短的時間裡面，他還不可能馬上就成為頂天立地的男子漢、沙龍中的雄獅，或是社交場合的名流紳士。

不過以前那種壓抑、畏縮和笨拙的情況確實很明顯地都不見了。現在他的樣子看起來比較像是一種毫不做作的謙遜，或者更貼切說是稍微帶著一點天生的靦腆。這對那些崇尚自然的紳士淑女而言，反而造成一種動人的印象。因為那時在上流階層的社交圈裡，很流行這種未經琢磨，帶點自然風味的人格魅力。

三月初的某一天，他收拾好自己的行李，偷偷地離開了。一大清早，就在城門剛開的時候，穿著一件不起眼的棕色外套，那是他前一天從跳蚤市場買來的，頭上戴著一頂破舊的帽子，遮住了大半邊臉。沒有人認出他來，也沒有人看到或是注意到他，因為這一天他故意不搽香水。侯爵在中午時分，派人到城門口去打聽，守門的衛兵信誓旦旦地說，他們仔細看過每個出城的人，但是並沒有看到那位出名的穴居人。他如果真的有經過，一定會引起他們的注意。侯爵只好讓人到處放風聲，說葛奴乙是在他同意的情況下離開蒙帕利埃，到巴黎去處理一些私人的事情。不過暗地裡他倒是氣得七竅生煙，因為他早就打算要帶著葛奴乙到全國各地去巡迴演講，為他的流體理論招募更多的信徒。

過了一陣子，他的怒氣就平息下來了，因為不需要巡迴演講，也無須再多做些什麼，他的聲名自然遠播。《學者雜誌》甚至《歐洲通訊》上都刊登了關於泰氏致死流體的長篇論文。有些病人遠道而來，希望能讓他治癒頑疾，回復健康。在一七六四年夏天，他創立了第一個「活力流體協會」，光是在蒙帕利埃就吸收了一百二十個會員，接著又在馬賽和里昂成立分會。然後他又決定要大舉向巴黎進軍，從那裡出發，以他的學說征服整個文明世界。不過在他真正揮軍北上之前，他還需要預先完成一項偉大的流體行動，一項足以讓他治癒穴居人和其他實驗的成就黯然失色的偉大行動，以便達到最佳的宣傳效果。因此，他在十二月初的時候，在大批勇敢信徒的陪伴下，開始攀登卡尼古峰的壯舉，這是庇里牛斯山的最高峰，和巴黎同一經度。這位如今已經邁入老年的人，竟然一心想要登上兩千八百公尺高的山峰，在那裡待上三個星期，接受最精純最新鮮的活力氣體的洗禮，以便能像他鄭重宣告的那樣，準時在聖誕夜裡，以二十歲年輕人鬥志昂揚的矯健姿態，再度下山。

才剛過維爾內，這座可怕的高山腳下最後一處還有人居的村落沒多久，信徒們就全部放棄了。只有侯爵一人毫無所懼，在凜冽的寒風中，脫下衣服拋得老遠。只見他突然仰天長嘯，開始獨自攀上高峰。人們最後看到的是，他極度欣喜地雙手朝天舉起，一邊引吭高歌，消失在暴風雪中的身影。

在聖誕夜裡，年輕的信徒們痴痴地等候泰亞德-埃斯皮納斯侯爵的歸來，奈何卻空等一場。他既沒有以老人的模樣，也沒有以年輕人的面貌出現。直到隔一年的初夏，幾個最勇敢的門徒動身前去找他，登上依然積雪不化的卡尼古峰，卻完全看不到他的蹤跡，一片衣角也見不著，一塊屍骸也找不到。

然而這件事卻絲毫無損於他的學說，相反的，流言很快就傳開了。據說他已經登上峰頂，並且與那永恆的活力流體合而為一，你中有我、我中有你，從此隱入太虛、不復得見，但是卻以永恆的青年之姿飄浮在庇里牛斯的山巔。誰要是有本事攻上山頂，誰就能分享他的永恆生命，一年之內，百病不侵、歲月停止。直到十九世紀，在某些醫學院的講座裡，仍有學者為泰氏流體理論辯護，而且有許多秘密團體仍在應用他的理論為人治病。直到今天，在庇里牛斯山的兩側，說得更精確一點，就是在佩皮尼昂和菲格雷斯這兩個地方，仍有泰亞德信徒秘密成立的共濟會組織存在。會員們每年聚會一次，相約共登卡尼古峰。

他們在峰頂點燃熊熊的火炬，明著說是為了要迎接冬至，並對聖約翰表達敬意，其實暗地裡是為了祭拜他們的先師泰亞德–埃斯皮納斯，並希望可以藉此獲得永生。

PART

THREE

DAS PARFUM

35

葛奴乙在第一階段的環法之旅總共耗了七年的光陰，可是第二階段卻不到七天就完成了。這回他不再避開繁華的都市和熱鬧的街道，不再繞路而行。現在他身上有了味道，口袋裡有了錢，加上又信心十足，而且急著要趕到目的地。

就在他離開蒙帕利埃的當天傍晚，就已經抵達國王港，這是艾格莫爾特西南方的一個小港，他在那裡搭上一艘開往馬賽的貨船。到了馬賽，他連碼頭都沒有離開，就直接換乘一艘客輪，沿著海岸向東方行進。兩天後，他抵達土倫，又過了三天，他到達坎城。剩下的旅程，他改用步行的方式，沿著一條往北的小路，走上一片丘陵地。

兩個小時以後，他就站在圓圓的山頂上。在他面前是一片直徑約數哩寬的大盆地，就像一個巨大的風景做成的碗般，四周圍繞了一圈緩緩上升的土坡，夾雜著一些陡峭的山壁。在它那寬闊的盆底，布滿了一片新耕的田地、苗圃和橄欖樹叢。這個盆地的氣候獨特而又十分宜人，雖然距離海岸那麼近，只要站在圓圓的山峰上就可以看得到大海，可是卻絲毫不受海洋的影響，找不到鹹鹹溼溼的海沙蹤跡。這是一個與世隔絕、完全封閉的寧靜之地，甚至給人一種感覺，好像這裡距離海岸有好幾天的路程似的。雖然在盆地的北邊，矗立著一座白雪皚皚的大山，可是這裡卻絲毫不會給人嚴酷貧瘠的感覺，也沒有冷風吹過。甚至這裡的春天還來得比蒙帕利埃更早，一團溫和的霧氣有如玻璃鐘罩般覆蓋在田野上，到處開滿了杏花和桃花，溫暖的空氣中彌漫著一股水仙的香氣。

在這個大碗的另一端，約隔兩哩之遙的山坡上，坐落著，或者更好說是黏貼著一個城市。從遠遠的地方看過去，這城市不會給人特別繁華的印象，並沒有像鶴立雞群般突出於一般房舍的宏偉大教堂，只是在這城市的天際線上露出一小截教堂鐘塔罷了。此外既看不到居高臨下的城堡，也沒有特別壯觀的建築物。城牆看起來一副起不了保護作用的樣子，到處都是比它還要高的房子，特別是愈靠近山腳的房子愈是如此。整個市容免不了會給人一種殘破的觀感，好像這個地方老是被人攻占，然後又再度解圍，好像它已經疲於認真抵抗將要入侵的敵人——不過倒不是因為軟弱，而是因為懶惰，甚至是因為一種睥睨自雄的感覺。看起來好像它覺得沒有必要炫耀自己的樣子，因為它統治了腳下這一大片芬芳的谷地，對它來講就已經足夠了。

這個儘管其貌不揚，可是卻充滿自信的地方，正是格拉斯城，好幾世代以來就是香料、香水、香皂和香油的生產和貿易中心。基塞佩·包迪尼每次提到它的名字都是眉飛色舞、心醉神迷，稱讚這個城市是香水世界中的羅馬，香水師們嚮往的樂土。誰要是一生中從未來到這裡朝聖取經，誰就不夠格自稱是香水師。

葛奴乙冷漠地看著格拉斯城，他可不是來這裡尋找香水師的樂土。看著貼在山坡上這麼不起眼的小鎮，他一點兒也不覺得心動。因為他知道，他之所以會來到這裡，是因為比起在其他任何地方，他可以學到一些更好的香味抽取術，而他想要擁有這種技術，為了達到他的目標，他需要這種技術。他從口袋裡掏出香水瓶，很節省地在身上搽了一些，然後動身準備進城。過了一個半小時之後，也就是將近正午時分，他終於置身在格拉斯城了。

他在城市高處的一家客棧裡用餐，這家店就在艾利斯廣場旁邊，有一條小溪從東到西橫穿過這個廣場，溪邊有一群鞣革工人正在那裡清洗皮革，以便等會可以直接把洗好的皮革攤在廣場上曬乾。那味道非常刺鼻，很多客人都覺得很倒胃口，可是葛奴乙的食慾倒是一點都不受影響。這是他熟悉的味道，反而讓他產生一種安全感。每到一個城市，他總是率先造訪它的鞣革區，對他來講，這就好像他正是從這個地區出來，以這裡做為出發點，再去探訪其他的地區，會讓他覺得自己不再是個異鄉人。

整個下午，他都在城裡東逛西逛。這城市其髒無比，雖然，或許正是因為到處都是水。從數十座噴泉和鑿井湧出來，順著分布極為紊亂的溝渠和溪流向城下流去，若不是侵蝕了各個街弄巷道的根基，就是造成泥沙淤塞。有些地區的房屋非常擁擠，不論過道或是階梯都只有一碼寬左右，可憐的行人在爛泥巴中辛苦跋涉了老半天之後，還得忍受互相推擠的折磨。即使在廣場和少數幾條較為寬闊的道路上，也可能發生雙方來車無法順利錯車的窘境。

儘管有這一切髒亂、汙穢和狹窄，可是這城市的工商業活動卻異常活躍。葛奴乙在城裡到處亂逛時，看到了不下七家香皂廠，至少有十幾個香水師和手套師傅，還有數不清的小型蒸餾廠、香膏廠和香料廠，最後還有七個香水大盤商。

這些當然都是大商人啦，真正擁有大店面的殷實戶，不過僅從這些建築物的外觀倒是一點兒都看不出來。它的門面維持著中產階級簡樸的風格，可是在後面的倉庫和巨大的地窖裡，卻貯藏了數以桶計的香油、堆積如山的高檔薰衣草香皂、一甕甕的花露水、葡萄酒和酒精、一捆捆的薰香皮革，還有許多裝滿了各種香料的袋子和箱子……葛奴乙透過厚厚的牆壁仔細聞著，一絲細節都不輕易放過。這是何等的財富啊，就算是王公貴族也不見得能夠擁有。當他更銳利地聞過去時，透過臨街那平淡無奇的店面和貯藏室，他發現在這個牆壁上貼著小方磚的中產階級的房子背面，有著最豪華的建築。在許多精緻迷人的小花園裡，種滿了鬱鬱蒼蒼的夾竹桃和棕櫚樹，周圍鑲以花壇飾帶的噴泉潺潺淙淙。建築物採馬蹄形的格局，兩翼向南方延展出去：樓上是陽光充足，裱以絲質壁紙的臥室；樓下是鋪以進口鑲木地板的豪華沙龍，有幾間小飯廳像露臺般延伸到屋外，在那裡面，真的就跟包迪尼說得一樣，人們是使用黃金餐具和高級瓷盤來進餐呢。住在那樸素的外表之下的老爺們，聞起來有一股黃金和權勢的味道，都是極為殷實的富商，對於行經全省的葛奴乙而言，一路走來聞到的這一類味道都沒有他們身上的來得強。

在這些隱藏得很好的華廈之中的一幢前面，他駐足良久。這房子就坐落在正直街街頭，那是一條自東至西貫穿整個格拉斯城的主要街道。它的外觀並不特別惹眼，雖然門面比起隔壁棟來講要寬敞一些也闊綽一些，不過倒是沒有那種恢弘的氣派。在大門入口處，停了一部滿載著橡木桶的平板車，正在卸貨，後頭又有一輛貨車在等著。有個男人手裡拿著貨單走進店裡，跟著另一個男人又走了出來，兩人消失在大門口。葛奴乙在街對面看著他們忙進忙出的樣子，到底這些人在忙什麼，他是一點兒興趣都沒有，不過他還是賴在那裡不肯走，好像有什麼東西把他給拉住了。

他閉上眼睛，集中精神嗅聞著從這棟建築物裡面向他飄過來的氣味。這裡面有木桶的味道、醋和酒的味道，接著是地窖裡面有好幾百種濃烈的氣味，然後是金銀財寶的氣味，從牆壁滲透出來，好比是精緻的黃金汗一般，最後是位在房子另一頭的花園傳出來的香氣。想要清楚捕捉那一絲微弱的香氣可不容易，因為它就像一根細線般，似有若無地飄過山形牆，傳到街對面。葛奴乙分辨出木蘭、風信子、瑞香和杜鵑……可是又好像還有別的什麼味道，一種讓人欲仙欲死的香氣，在那花園裡邊，有一種非常美妙的香氣，是他這輩子從未聞到過的——或者是僅僅只有那麼一次……他必須再靠那香氣更近一點才行。

他考慮著要不要乾脆就走大門，直接闖進屋裡。可是現在那裡聚集著許多人，正在忙著卸貨和點貨的工作，他這麼做一定會引起注意的。於是他決定再退回到街上，找找看有沒有什麼小巷或是通道，也許可以引領他到達這房子的另一邊。走了幾米路之後，他就抵達城門，正直街的起點也在這裡。他一出城門就連忙向左轉，順著城牆邊的上坡路往前走，沒多久就聞到花園的味道。一開始還很微弱，和農田的氣味混在一起，接著味道愈來愈強，最後終於走到離花園非常近的地方。花園的一邊就是以城牆做為圍籬，所以他現在直接就站在花園旁邊，如果他稍微往後退一點，甚至還可以看見高出牆上的橙樹枝椏。

他又閉上眼睛，花園的香氣撲面而來，那麼清晰，那麼明顯，就像一道彩虹的七色光束般輪廓分明。而其中最珍貴的那一個，就是引領他走到這裡的那一股絕妙香氣，也在其中。葛奴乙不由得因為欣喜若狂而全身炙熱，又因為驚駭莫名而四肢冰冷。就像一個當場被人逮個正著的頑童般，血液倏地衝上腦門又流回心臟，再度衝上腦門又流回心臟，他完全無法控制自己。這香味出其不意地突然來襲，一眨眼和呼吸間彷彿無止境的永恆，時間像是重疊又好像倏然消失般，因為他再也不知道今夕是何夕？而自己究竟置身何處？難道現在就是過去？而這裡就是那裡？難道自己又回到了巴黎的馬雷街，而時間就停在一七五三年的那一個夏夜：這香氣，從花園裡飛越圍牆飄過來的美妙香氣，就是那已經被謀殺的紅髮少女身上散發出來的香氣嗎？如今他居然又在這個世界上與它再度重逢，讓他不禁因為幸福滿溢而熱淚盈眶——這怎麼可能？這一定不是真的。這念頭讓他驚駭莫名。

他感到一陣暈眩，不由得腳步踉蹌，差點一頭撞在城牆上，他慢慢蹲下身子，試著讓自己的情緒穩定下來，神智恢復清明，然後開始謹慎地、少量地呼吸那命運攸關的危險香氣。現在他聞出來了，雖然這圍牆後面的香氣和那紅髮少女的極為相似，但是並非完全一樣。不過這香氣顯然也是從一位紅髮少女身上散發出來的，這點倒是毫無疑問。葛奴乙在他那嗅覺的想像世界中看到這位少女，就像站在她的畫像前面一樣清晰：她不是靜靜地坐著，而是不斷地跳來跳去，一會兒弄得全身大汗，一會兒又想辦法讓自己涼快一點，看樣子她正在玩一種遊戲，既要快速地運動，又要快速地靜止——有另外一個人陪著她玩兒，不過這人身上倒是沒有什麼特別的味道。她那一身白皙的肌膚非常耀眼，配上一雙綠色的眼睛，在她的臉上、脖子和胸前則布滿了雀斑……這意思是說——葛奴乙屏住呼吸，更用力地聞，想盡辦法揮趕腦海裡關於馬雷街那位少女的記憶——這意思是說，嚴格說起來，這少女根本就還沒有胸部！她的胸部完全都還沒有開始發育呢。她那一對乳房極為柔軟、極為清香、周圍布滿了雀斑，可能是幾天前，也可能是幾個鐘頭前……甚至極可能是剛剛才真正開始膨脹，稍稍向前面隆起，換句話說：這少女根本就還只是個孩子，不過卻是個多麼了不得的孩子呢！

葛奴乙呆呆佇立著，額頭上汗流涔涔。他知道，小孩子身上不會有什麼特別的味道，就像剛剛冒出來的花苞一樣，還綠綠的，非常青嫩。不過圍牆後面的這個小女孩，雖然還只是在含苞待放的階段，而且除了葛奴乙之外，根本就沒有人注意到她，可是她現在身上就已經散發出天仙般的美妙香氣。其實她還只不過才剛剛冒出一點點香氣的尖子，等到哪一天她像盛開的花朵般釋放出濃烈馥郁的芳香，到時候全世界都要對她俯首稱臣了。此刻她身上的氣味已經比從前馬雷街那位少女要來得好聞了，葛奴乙心想——沒有那麼濃，也沒有那麼厚，可是卻更精緻、更刻骨銘心，同時也顯得更加的渾然天成。再過個一、兩年，她身上的氣味就會趨於完熟，並且釋放出無比的能量，到時候將沒有人，包括男人和女人，能逃得過她那致命的吸引力。在這神奇的少女面前，所有的人都會放下武器，乖乖地聽從她的吩咐，完全不知道為什麼。因為這些愚蠢的人們，只有在喘氣的時候才會用到鼻子，平常都只是靠眼睛來辨別事物。他們會說，那是因為這個少女容貌美麗、姿態優雅，而且氣質高貴。因為他們見識有限，只懂得欣賞她那玲瓏的曲線、窈窕的身段和完美的胸部。他們會說：她的眼睛好像翡翠，她的貝齒宛若珍珠，四肢則有如象牙般光滑細膩——諸如此類的蠢話一大堆。他們將會封她為茉莉花后，還有一些愚蠢的畫家爭著為她畫肖像，人們則目瞪口呆地盯著她的肖像傻看，大家都一致稱讚她是全法國最美麗的女人。年輕人會整夜坐在她的窗前，一邊彈著曼陀鈴，一邊對著她訴說衷曲；至於肥胖而又多金的老男人則會跪在她父親面前，懇求他把女兒許配給他……不管什麼年紀的女人，只要看她一眼就會忍不住咳聲嘆氣，連在睡夢中都痴想著能夠擁有像她那般顛倒眾生的美麗容顏，哪怕只有一天也好。他們都不知道，其實她真正吸引人的地方並不在於她的外表，也不在於她那完美無瑕的身材和容貌，而是因為她那無與倫比且又絕妙非凡的獨特體香！知道這一點的人只有一個，也就是他，葛奴乙，而且他現在就已經知道了。

啊！他多麼想要擁有這份香氣！可是他不要像從前對待馬雷街那位少女的方式一樣，既笨拙又徒勞無功，只不過是短暫的陶醉一番之後，就完全歸於毀滅。不，園牆後面那位少女身上的香氣，他要實實在在地據為己有。他要像從她身上剝下一層皮那樣，確確實實地把它變成完全屬於自己的香氣。至於究竟要如何辦到這一點，他現在還摸不著頭緒，不過沒關係，他足足有兩年的時間，可以慢慢地學。基本上，應該不至於會太困難才對，比起從稀有珍貴的花朵那兒奪取它的香氛來說，恐怕也不會更困難吧。

他站起身來，有點魂不守舍的樣子，好像要離開某種神聖的東西，或是熟睡中的戀人般，蹲低了身子，躡手躡腳地走開，不讓別人看到他，不讓別人聽到他，更不能讓別人注意到他的寶貴發現。就這樣沿著城牆逃到城市的另一頭，才終於擺脫那少女的體香，然後才又在費內昂城門找到重新進城的入口。他躲在一排房子的陰影裡，小巷弄中彌漫著一股濃濃的臭氣，這給他帶來一種安全感，有助於他克制波濤洶湧的激情。過了一刻鐘之後，他已經完全平靜下來。現在的當務之急是，他心想，千萬不要再靠近那城牆後面的花園一帶，這種舉動完全沒有必要，而且會讓他過於激動。不需要勞動到他，那花兒自然就會開放，不管她以什麼方式成長，反正到時候他自然就會知道。現在時候還沒到，他不應該過度耽溺在她那尚未熟成的香氛中。他現在必須全心全意在工作上努力衝刺，他必須進一步增長他的知識，加強他的專業技能；他必須做好充分的準備，等候收成的季節來臨。他還有兩年的時間。

36

離費內昂城門不遠，在羅浮街上，葛奴乙找到一間小香水廠，便進去打聽有沒有工作。

顯然這間店的老闆，也就是香水師歐諾黑・阿努飛在去年冬天就已經過世了。現在是由他的寡婦，一個年約三十歲左右、個性活潑的黑髮婦人，獨自經營這家店的生意，僅有一個夥計幫忙。

阿努飛夫人先是大大抱怨了一番，說是時局不好，收入不穩，接著又說，雖然她其實根本就請不起兩個夥計，可是另一方面，由於突然接到許多新訂單，所以又急著要多加人手；不過，雖然她的房子裡實在擠不下第二個夥計，可是另一方面，在她家的葡萄園裡還有一間小屋，就在方濟會修道院後面——離這裡只有十分鐘的路程——只要不太挑剔的話，那兒倒是可以安插一個過夜的地方給他。此外，雖然她也知道，一個正直的老闆娘對夥計的身體健康應該負起什麼樣的責任，可是另一方面呢，她實在是供不起一天兩餐的熱食。總歸一句話：阿努飛夫人不但是一個很懂得生活享受，也是很會精打細算的女人，這一點葛奴乙當然是早就聞出來了。反正他志不在金錢，兩個法郎的週薪，加上其他那些菲薄的條件，他已經感到滿足了，於是他們很快就達成協議。第一個夥計被叫了過來，這是一個體格壯碩的大漢，名字叫做德魯奧。葛奴乙立刻猜到，他跟老闆娘的關係曖昧，經常跟她同睡一張床，看樣子如果沒有他的同意，有些事情她可能就不會做成決定。他大剌剌地往葛奴乙身前這麼一站，兩腿岔開，身上散發出一股精液的味道，老實不客氣地打量著他。一雙銳利的眼睛，彷彿想要洞穿他內心中隱藏的什麼陰謀，或是發覺一個可能的情敵似的。在這身材偉岸的彪形大漢面前，葛奴乙看起來就像個可憐的小不點，對方似乎也發現他完全不能構成任何威脅，於是臉上露出不屑的笑容，終於點頭表示同意他的加入。

現在一切都搞定了，葛奴乙終於得以跟他握手，接著他又得到一份冷冷的晚餐、一條被子，以及小木屋的鑰匙。這小木屋完全沒有窗戶，裡面一股老羊糞和乾草的味道，還算好聞，他就在這裡把自己安頓下來，覺得還挺合適的。第二天，他就到阿努飛夫人的小香水廠裡開始上工。

這時正是水仙花盛開的季節，阿努飛夫人在城下大盆地邊緣有一小塊地。她讓人在自家的地裡種水仙，或者跟其他的農人買，每次都要拚命殺價。一大早，一籃籃的水仙就已經送進了工作坊，整間屋子堆滿了花兒，像小山一般挺有份量，可是那香氣卻像羽毛般輕盈。這個時候，德魯奧就會把豬油和牛油倒進一個大鍋子裡加熱融化，煮成一鍋乳狀湯，然後再把剛摘下來的水仙花大把大把地往裡面撒，同時葛奴乙必須用一把像掃帚那麼長的大鏟子不斷地在鍋子裡翻攪。那些預見自己即將死亡的花兒們，帶著驚恐的眼神，無助地躺在一層厚厚的肥油上面，嚇得花容失色。不到一秒鐘的時間又接著被那無情的鍋鏟翻到下面，然後就這樣被鎖進那溫熱的油脂當中。差不多就在同一個時候，它們就立刻枯萎、凋零。死亡來得如此迅速，簡直毫無選擇的餘地，更殘酷的是，死前還要對著那淹沒它們的媒質吐出最後一口香氣。葛奴乙感到驚喜莫名，因為他發現，他愈是將更多的花兒往鍋底翻劑，那油脂的香氣就會愈濃。而且他還發現，現在油脂裡持續散發出來的香氣，其實並不來自那些已死的花兒，不，現在是那油脂本身在散發香氣，它已經成功地把花香據為己有了。

有時候，湯汁太稠了，他們就必須動作迅速地把它倒到一個大篩子裡，過濾掉被吸乾了精華的花屍，好讓他們可以把新鮮的花朵再加進去。接著又是一連串重複的動作：倒花、翻攪、過篩，就這樣忙上一整天，中間沒有休息，因為這個工作絕不容許絲毫的怠慢，直到黃昏時分，全部的花堆都已經化為芳香的油脂才能停止。為了避免浪費任何的資源，剩下的殘渣還要丟進沸水裡川燙一下，然後再用榨汁機榨過，務必要把最後一滴香油都徹底榨乾為止，哪怕是香氣已經非常薄弱也不能放過。不過那香氣的主體，也就是那水仙花海的靈魂，倒是都留在鍋子裡了，而且已被封鎖和保存在那不起眼的、逐漸凝固的灰白色油脂當中。

隔天，這種萃取的過程（被人稱作熱萃法或油萃法）又繼續進行下去：先是加熱油鍋，然後融化油脂，接著再倒進鮮花。一連好幾天，從早到晚，毫不中斷。這個工作非常累人，每天晚上，當葛奴乙拖著疲憊的步伐，蹣跚地回到他的小木屋時，手臂重得像鉛錘一樣，舉都舉不起來。雙手長滿了厚厚的繭子，而且還腰痠背痛。雖然德魯奧的塊頭足足比他大了三倍，卻是說什麼也不肯稍微幫他頂一下，偶爾接過那攪拌油鍋的粗重工作，只是霸著倒花的輕快活兒不肯放手，說真的，那花兒比羽毛還輕呢。頂多再加上照看爐火的工作，三不五時還因為嫌熱，偷空跑去喝它兩口。可是葛奴乙並不介意，毫無怨言地重複著攪拌油脂的辛苦工作，從早到晚，片刻無休，他卻一點兒都不覺得累。因為他在工作的過程中，一再驚喜地發現各種令人著迷的新現象，在他眼前和鼻端不斷地變幻著，看著鮮花在熱油中迅速凋萎，吐出的香氣緊接著被油脂全部吸收。

每隔一段時間，當德魯奧判定油脂已達飽和，再也無法吸收任何香氣，他們就熄火，將鍋裡的濃稠湯汁最後一次過篩，倒進一只平底陶鍋中，那湯汁立刻就凝成香氣美妙的香膏。

接下來就輪到阿努飛夫人上場了，她先過來檢視一下這珍貴的產品，幫它貼上標籤，然後把成果依照品質和數量詳細地登錄在她的帳簿裡，接著又親自為陶鍋加封，蓋上封印，最後放進陰涼的地窖深處。接著她穿上黑衣，罩上寡婦的面紗，到城裡去向那些大盤商和香水店四處兜售她的產品，用動人的言詞對著那些有錢的富商巨賈們，述說著她一個無依無靠的可憐寡婦，要獨力撐起一間店，處境有多麼艱難，希望對方能夠盡量出個好價錢。經過一番討價還價之後，終於一邊咳聲嘆氣地還是決定賣了——或是不賣。反正那香膏擺在陰涼的地窖裡，可以保存很久。如果現在的價錢實在賤到不像話，誰知道，說不定等到冬天或是來年的春天，價格就會往上翻兩番呢。或者也可以考慮看看，乾脆就不要跟這些摳得要死的吸血鬼們打交道。也許可以找幾個像她這樣的小生產者，大家通力合作，租一個貨櫃把產品直接運到熱那亞去，或是加入前往博凱爾秋市的車隊裡。這麼做風險當然比較大，不過獲利也會非常可觀。阿努飛夫人絞盡腦汁仔細估算著各種不同的可能性，有時候她會混合使用幾種方法，把一部分寶貝賣給大盤商，另一部分囤積起來，再把第三部分用比較冒險的方式加以處理。如果她到處打聽的結果，發現香膏市場已經達到飽和狀態，短時間內再也無利可圖，她就會飛也似的奔回家，顧不得面紗在風中飄揚，趕緊找來德魯奧，交代他把香膏用溶劑處理過，再提煉成純香精。

於是，香膏又從地窖裡被搬了出來，小心翼翼地放進密閉的鍋子裡加熱，倒進上好的酒精，由葛奴乙負責操作，用一個嵌入式的攪拌器徹底攪拌過，再放回地窖裡。混合物很快就冷卻下來，把酒精從凝固的油脂分離出來，再倒進玻璃瓶裡。它現在算是處於一種準香水的狀態，當然這時它的濃度還太高，至於殘存的香膏則已經喪失絕大部分的香氣了。可是整個操作過程仍未結束，還必須用紗布把酒精中含藏的油脂細屑徹底過濾乾淨，然後德魯奧再把那香氣四溢的溶液倒入一只小蒸餾瓶裡，用文火慢慢地燒，等酒精完全揮發之後，留下來的就是極微量的淺白色液體。這玩意兒葛奴乙非常熟悉，不過面前這個無論就品質方面或是純度方面，都是葛奴乙在包迪尼和余內爾那裡從未見識過的。這麼濃的花精油，以及它那質地極純的香氣，十萬朵水仙才能成就這麼一小瓶。可是這香精一點兒也不好聞，既衝又辣，味道非常刺鼻，幾乎讓人受不了。不過只要在一公升的酒精裡加上那麼一小滴，就可以重新喚起水仙精靈的生命力，讓人感覺剎那間彷彿置身在一大片水仙花田中一般心曠神怡。

最後的成品可以說是少得可憐，從蒸餾瓶裡倒出來的溶液，不過才剛好裝滿三小瓶而已。十萬朵水仙的香氣只能裝滿這三小瓶，此外再也得不出別的東西來了。然而光是在格拉斯城裡，它們就已經價格不菲；如果拿到巴黎、里昂、格勒諾勃、熱那亞或是馬賽，那就更是身價百倍了！阿努飛夫人注視著這三個珍貴的小瓶子，目光中充滿了感動和欣賞。她用眼神愛撫它們，小心翼翼地一個個捧在掌心，然後屏住呼吸，生怕一不留神就會吹掉一絲絲寶貴的香精似的，再用剛玉砂做的玻璃塞子封住瓶口。為了不讓哪怕是最微小的香氣原子從玻璃瓶塞的縫隙中逃逸出來，她又在瓶塞外圍加封一層蜜蠟，然後再套上一個魚膘，最後又用繩子在瓶頸上打一個牢牢的結，接著就放進一個底部墊了棉花的小保險箱裡，然後把保險箱嚴嚴地鎖在地下室裡。

37

在四月天裡，他們萃取金雀花和橙花的香氣；在五月天，他們從一大片玫瑰花海裡提煉香氣，整座城市浸潤在一片甜如鮮奶油的香霧中。葛奴乙像匹馬似的努力幹活兒，以近乎奴隸般的馴順，謙卑地接受德魯奧派給他的任何次等工作。當他裝出一副笨拙的樣子，手裡不斷忙著攪拌、翻剷、洗刷木桶、打掃工廠或是搬運木材等粗重活兒時，他的注意力可未曾離開過整個工作裡最要緊的事情，也就是香氣的變化。他用鼻子追蹤和監督香氣的變化：從最初的新鮮花瓣，經過油脂和酒精的淬煉，到最後裝進珍貴的小香水瓶裡，遠比德魯奧所能做到的還要精確。早在德魯奧察覺之前，他已經聞出油鍋加得過熱，花瓣已經凋萎，湯汁達到飽和。他還聞得出調和瓶裡發生了什麼事情，以及在某個精確的時間點上，整個蒸餾過程應該要結束了。偶爾他會設法讓對方了解自己的想法，當然他的表達方式完全不具威脅性，也絲毫不改低聲下氣的態度。他會說，他覺得油鍋好像加得過熱了；或是，他認為差不多應該要做過濾的動作了；還有，他怎麼老是有一種感覺，蒸餾器裡的酒精好像已經快要蒸乾了呢……而德魯奧，雖然算不上是天才，倒也不至於笨到離譜。這種時候他都多多少少察覺到，葛奴乙嘴裡說的那些話，不管是「他以為怎樣」還是「他覺得怎樣」，只要照著他的話去做安排或是下決定，結果總是最好的。再者，葛奴乙非但從不大聲說話，也不會露出自己更有知識的驕矜，更何況，他從不（特別是當阿努飛夫人在場的時候！）——即使只是開玩笑似的——懷疑德魯奧的權威，以及他做為第一夥計的優越地位。因此德魯奧找不到任何理由，要去拒絕葛奴乙的建議，是的，他甚至愈來愈公然放手讓葛奴乙去做決定。

這種情況發生得愈來愈頻繁，葛奴乙不但要負責攪拌，同時還要擔當加柴火、熱油鍋和過濾雜質的工作，而德魯奧就乘機溜到「四太子」那邊去喝一杯，或者到樓上去探探夫人有沒有需要他效勞的地方。他知道，他完全可以放心地把事情交給葛奴乙。而葛奴乙呢，雖然因此要負擔加倍的工作，可是卻可以交換獨處的快樂，這不但讓他有機會改善剛學到的新技術，同時也可以偶爾做點小實驗。他非常確信，由他獨力製作的香膏和香精，比起和德魯奧共同完成的要更優質也更精純，簡直不能相提並論，這讓他心裡竊喜不已。

七月底，茉莉花的季節開始了；八月裡，進入了晚香玉的季節。這兩種花的香氣都是這麼優雅，同時又是多麼脆弱，不但要趕在日出以前採摘它們的花朵，而且還需要特別細膩溫柔地加以對待處理。溫度稍微高一點就會減少它們的香氣，突然泡在過熱的油脂當中又會完全毀掉它的香氣。這種百花之中最高貴的名花，絕不會輕易讓人粗率地奪去它的靈魂。你必須不斷地以甜言蜜語連哄帶騙地博取它的好感，並進一步贏得它的芳心和託付終身。在一個特別布置過的芬芳撲鼻的房間裡，這些花被撒在塗了冷油脂的盤子上，或是鬆鬆地包覆在浸過油的布巾裡，讓它們在沉睡中慢慢地死去。直到三、四天之後，它們才會完全凋萎，並且把生命中所有的香氣統統呼出來，吐給緊挨著它們的油和脂。這時，人們就可以小心翼翼地把它們統統移除，然後再撒上一批新鮮的花朵。整個過程需要重複一、二十次，直到香膏完全吸飽了香氣，而香巾幾乎可以擰出水來為止，這當兒時序已經進入九月了。用這種方法取得的產品，在量上面少得驚人，比熱萃法還要少得多。可是，透過這種冷萃法所取得的產品，無論是茉莉花膏，或者是晚香玉油，在質方面卻極為精緻，而且更忠於原味，比起其他的香氣萃取術遠為優越。就拿茉莉花來說吧，它本身有一種甜滋滋的性感香氣，這種香氣被塗在盤子上的油脂吸收之後，就像一面鏡子般完全忠實地反映出來，可以說是完全忠於原味——當然只是幾可亂真啦，因為葛奴乙那靈敏的鼻子畢竟還是能夠分辨出鮮花和花精二者之間在香氣表現上的差別：油脂本身的氣味——儘管再怎麼純淨——就像一片薄紗般包覆在本尊的香氣容顏上，緩和柔化了前者那原本露骨的野蠻香氣，甚至還因此賦予了它一種易於被一般大眾接受的美感……不管怎樣，冷萃法可以說是用以捕捉這種嬌貴香氣的最巧妙且最有效的方法，沒有其他的方法可以比它更好。就算這種方法不能完全說服葛奴乙的鼻子，但是為了要騙過世界上一大堆嗅覺遲鈍的鼻子，倒是千百倍的足夠，這點他非常清楚。

經過很短的時間之後，不管是熱萃法還是冷萃法，葛奴乙的技術都已經超越他的老師德魯奧了。不過他還是像先前那樣，以極含蓄、極謙卑、極謹慎的態度，讓對方了解這一事實。因此，德魯奧非常樂於把出門到屠宰場去採購肉類的任務交付給他，因為他總是能挑選出最適合的貨色。他也把清洗肉品、下鍋熬油、過濾和決定混合比例的工作都一股腦兒全交給了他——對德魯奧而言，這些都是十分棘手而且往往讓他視為畏途的艱難任務。因為經過處理的油脂，只要有一點不乾淨、發出臭油味，或是仍然聞得出極重的豬肉、牛肉或羊臊味兒，就會整個毀掉歷盡千辛萬苦、好不容易才熬出來的珍貴香膏。他還把決定集香室裡油脂盤擺放的間距、更換鮮花的時間點，以及判斷香膏的飽和度等工作都交給了他。因為在這些事情上面，德魯奧總是根據學來的規則，最多也只能做到不太離譜的程度，就像從前的包迪尼那樣；可是葛奴乙卻能在他那靈敏的鼻子指導下，做到毫釐不差，百分之百的精準，這是德魯奧完全無法體會的境界。

「他不過是手氣好罷了，」德魯奧說：「他的直覺還真準呢。」有時候他也會想到：「這傢伙的天分硬是比我好上一百倍，他更夠格當個香水師呢。」不過同時又把他當作一個十足的大白痴。因為葛奴乙，正如他所相信的那樣，一點都沒有想到要利用自己的天分來賺取哪怕是最少的利益。可是他，也就是德魯奧，雖然能力比前者要遜色許多，出師的日子卻已經是指日可待了。何況葛奴乙的表現更是強化他的這種想法，他總是傻傻地埋頭苦幹，絲毫沒有顯露出任何雄心大志，一副對自己的天才毫無所知的樣子，只是馴順地照著經驗老到的德魯奧的吩咐去做，好像沒有他就不行似的。就這樣，兩人相處得倒是挺融洽的。

秋去冬來，工廠裡顯得愈來愈安靜，萃取得的花精都已經封瓶裝罐，鎖進地窖裡了，如果不是夫人突然心血來潮，想要拿一些香膏出來析離香精，或是要求他蒸餾一袋乾香料的話，並沒有太多事情可做。每個禮拜都還是會有人送橄欖過來，每次都是幾大籃裝得滿滿的。他們就要忙著把橄欖的初油壓出來，剩下的殘渣再送進油坊裡去處理。還有葡萄酒，葛奴乙先蒸餾出一部分酒精，然後再加以精餾。

德魯奧愈來愈少露面，他在夫人的床上善盡義務，當他難得出現時，身上總是一股精液和汗臭味兒。他之所以會下來，只是為了稍後馬上要溜到「四太子」那兒去喝一杯。夫人自己也很少下來，她在忙著處理財產的事情，還有就是忙著把守寡期滿之後要穿的衣服統統拿去給人家修改。除了幫他送飯和送湯的女傭之外，葛奴乙常常一整天都看不到人。他也很少出門，在社交生活方面，他偶爾會去參加定期舉辦的學徒聚會或是遊行活動，但次數也不是太頻繁，所以不管他有沒有出席，都不會引人注意。他既沒有親近的朋友，也沒有混得特別熟的人，他很小心地不在他人面前表現出驕慢自大或是特別孤僻的樣子。他讓其他的夥計們都以為，他在社交方面的表現不但乏善可陳，而且也獲益很少。他讓自己散發出無聊的氣息，假裝自己是個十足的大笨蛋，不過當然也不會誇張到讓人想要捉弄他的地步，或是因此成為某個大老粗專門欺負的對象。他成功地讓人對他完全不感興趣，大家都懶得理他，這對他而言倒是正中下懷。

38

他整天都待在工作室裡，表面上他跟德魯奧說，他想發明一種古龍水的配方，實際上他在實驗一種全然不同的香水。雖然他用得很節省，可是他從蒙帕利埃帶來的香水還是快要用完了，他得再調配一份新的。不過這回，他可不滿足於只是以倉卒間胡亂湊成的材料，馬馬虎虎地配出模仿人類基本體味的香水。他的野心還要更大，他想要配出的是某個甚至好幾個特定個體的氣味。

他首先配出的是一種不會引人注意的尋常氣味，好像一件鼠灰色的香氣外套般，這是可以每天穿上身的。這味道裡面除了有一般人身上那種乳酪般的汗酸味兒之外，同時又好像另外有一股其他的味道。儘管隔著一件厚厚的亞麻衫或是羊毛衣，那貼在老人家乾癟皮膚上的味道，仍能向外在世界傳送開來。帶著這一身味道，他能夠從容舒適地走入人群中，這樣的味道足夠強到讓人從視覺上認識到他的存在，可是又不失其謹慎，以至於不會讓人覺得受到干擾。其實葛奴乙本身在氣味上是完全不存在的，可是每次當他出現時，他都會以這種最卑微的方式提醒人們注意到他的存在。不管是在阿努飛夫人家裡，或是偶爾在街上到處亂逛，他身上都會發出這種雙重性格的氣味。

有些時候，過於卑微的氣味當然也會造成困擾。比如說，當德魯奧吩咐他去買個什麼東西，或者當他需要為自己張羅點麝貓香或是幾粒麝香時，可能會碰到這樣的情況：要不是人家根本就對他視而不見，理都不理他；就是儘管有看到他，卻拿錯了東西給他；或者剛要拿東西給他，可是一轉身卻又忘了他要的是什麼。碰到這種時候，他就會刻意在身上搽一種濃濃的、稍帶汗味的香水，讓自己在嗅覺上顯得有稜有角，讓人對他的出現產生深刻的印象，讓人以為他的時間很趕，讓人覺得他真是有急事要做似的。有時候，如果他想要引起人們相當的注意時，也會模仿德魯奧身上那種精液四散的氣味。他是用一塊塗了油脂的亞麻布，包住一團由新鮮鴨蛋和發過酵的麵粉打成的麵糊，用冷萃法取得的氣味，非常成功，所得的成品可說是幾可亂真呢。

在他的彈藥庫裡還有另一種香水，專門用來激發他人的同情心，特別是針對那些上了年紀的中年婦女或是老太婆。這時候，他身上聞起來會有一股稀稀的奶味和乾淨的軟木材味兒，再加上不刮鬍子、神情黯然、身上披著大衣的可憐模樣，看起來就像一個臉色蒼白的窮小子，穿著破夾克，一副非常需要他人伸出援手的樣子。市場的女菜販一聞到他身上的味道，就爭著把核桃或是乾酪梨塞到他手上，因為他看起來是這麼的飢餓、這麼的無助。屠夫的老婆，雖然本身是個不苟言笑、苛刻冷酷的死老太婆，居然默許他在發臭腐爛的肉堆裡挑東揀西，沒付一毛錢就把東西帶走，因為他身上那無辜的氣息，攪動了她深藏內心的母性。他把這些撿來的東西直接浸在酒精裡，析出一種氣味的主要成分，當他想要一個人獨處或是避開人群的時候，加在自己身上。這種味道在他身邊形成一種微微令人作嘔的氣蘊，就像一個才剛剛睡醒，還沒來得及刷牙的人口中呼出的氣息般，帶著點腐爛的臭味。這種臭味的功效非常神奇，就連不太敏感的德魯奧，一聞到這種味道就會不由自主地想要退避三舍，趕緊跑到戶外去透透氣。當然他完全搞不清楚，到底是什麼東西逼退他了。而且只要在他過夜的小木屋門檻上，滴上幾滴這種驅蟲液，就已經足以趕走任何入侵者，不管是動物或是人類。

在這些不同氣味的保護之下，他每次都根據不同的外在需要而變換不同的味道，就像換衣服一樣。最重要的就是要能夠在人類的世界中不受干擾，也不會讓人窺探到他的異常秉性，這樣葛奴乙才能專心致志地獻身於真正能夠讓他產生激情的目標：成為追逐香氣的機靈獵人。由於他在鼻子前面有一個偉大的目標，而且還有一年多的時間，因此他不只是懷抱著燃燒的熱情，而且還著手開始規劃系統井然的可行計畫，磨礪他的武器、淬煉他的技能、逐步改善他所擁有的一切方法。他從自己在包迪尼那兒受到重挫的地方，也就是從萃取無生命物質的氣味開始：石頭、金屬、玻璃、木材、鹽巴、水和空氣……

從前用粗糙的蒸餾法，使他飽嘗失敗的苦果，如今卻因為油脂具有極強的吸收能力，而成功地取得勝利的甜美果實。有一個黃銅做的門把，他非常喜歡它那股帶點涼涼的霉味。他在上面塗滿了牛油，過了幾天，再把牛油刮下來測試，用他的鼻子仔細地聞過之後，發現儘管味道相當微弱，但卻清清楚楚地就是那黃銅的味道，而且就算用酒精洗過之後，那味道居然還在。雖然非常微弱、非常迢遙，籠罩在一片酒精的迷霧中，而且全世界只有一個人的鼻子夠靈敏，才聞得出來，那就是葛奴乙。但是那味道確實還在，也就是說：至少原則上是可以被掌握的。假使他能弄到上萬個門把，花上成千個日子，在上面塗滿了牛油，他還真能夠製造出一小滴含有黃銅門把氣味的香精，味道之強，足以讓所有聞過的人，在鼻子前面不由自主地產生原始物件的幻覺。

他在小木屋前面的橄欖園裡撿到一塊石頭，他也同樣成功地取得它那多孔而且帶有石灰氣息的味道。他用熱萃法萃取到一小塊石頭膏，它那極細微的氣味，讓他感到難以形容的歡欣鼓舞。他把它和從小木屋四周撿到的各種東西萃取而得的氣味結合起來，慢慢地拼出一幅方濟會修道院後面葡萄園的嗅覺縮影。他把它裝進一只小玻璃瓶裡，隨身攜帶著，只要他高興，隨時都能讓它在氣味上重新活過來。

這種技藝高超的香氣手法，只有他會玩；再者，這麼精湛的小把戲，除了他之外，也沒有人懂得欣賞，甚至連一點頭緒都摸不著。可是他自己倒是樂在其中，這些看似毫無意義的舉動，為他的人生帶來了純淨的幸福感，懷抱著遊戲般的熱情，他盡情地創作香氣的風景畫、靜物和肖像畫，這樣純淨的幸福感在過去未曾出現，往後也不再發生，因為他的注意力很快就轉移到有生命的對象上了。

他大肆捕獵冬蠅、幼蟲、老鼠和小貓，把牠們浸在熱油鍋裡。趁著黑夜，偷偷溜進畜欄裡，用塗了油的布巾包住，或是用浸過油的繃帶蒙住母牛、山羊和小豬。有時候，他還會潛進羊圈裡，偷偷剪一把羔羊毛，然後把這味道極濃的羊毛泡在酒精裡。一開始，當然不可能得到令人滿意的結果啦，因為動物和完全不懂得反抗的門把或石頭等無生命物質不一樣，牠們不會乖乖地讓人取走自己身上的氣味。

小豬會靠在豬圈的柱子上磨磨蹭蹭，想要弄掉身上的繃帶；羊兒看到夜裡帶刀靠近的人影會嚇得咩咩叫；母牛則執拗地不停抖動乳房，想要抖掉綁在身上的油巾。有些甲蟲，當他意圖對牠們做加工處理的措施時，會分泌出令人作嘔的液體；而老鼠則因為恐懼，把屎拉在他那對氣味高度敏感的香膏上。當他想要萃取這些動物身上的氣味時，牠們不會像花兒那樣，毫無怨言地交出牠們的氣味，最多也只是發出無聲的嘆息罷了；相反的，牠們會拚命地抵抗，或做垂死的掙扎，怎麼也不肯讓人碰牠，兩條腿猛力地往後蹬、抗爭到底，因而製造了大量恐懼和死亡的冷汗。由於汗酸過多而腐壞溫熱的油脂，根本就沒有辦法工作，為了保持理性，必須讓這些傢伙安靜才行。而且要用迅雷不及掩耳的方式，要讓牠們來不及害怕、來不及反抗，因此他必須殺死牠們。

他先拿一隻小狗來做試驗，他在屠宰場前面，用一塊肉把一隻小狗從母親身邊引誘到他的工作坊裡，趁著小狗開心地撲向他的左手，猛然咬住那塊肉的當兒，擎起右手上拿著的那根木棍，朝著牠的後腦勺，狠狠地敲了一記。由於死得過於突然，小狗的臉上還滿是幸福的表情，眉梢眼角都還帶著微笑。接著葛奴乙把牠放在集香室裡，讓牠躺在油脂盤之間的鐵篦子上，讓牠靜靜地釋放出身上那純潔的、未受恐懼的汗水所汙染的狗味兒。當然，他必須特別注意！動物的屍體就像被人摘下來的花朵一樣，很快就會腐爛。因此，葛奴乙片刻不離地守候在他的犧牲品旁邊，約莫過了十二個小時之久，直到他發現屍體發出雖然還算好聞，但是已經開始變質的異樣味道時，他就立刻停止萃取過程，移開屍體，把那些已經吸飽了狗味的少許油脂刮下來，裝進一只鍋子裡。接著小心翼翼地倒進酒精，然後用蒸餾的方式，取得極微量的剩餘物，他把這最後的成果裝進一只小玻璃管裡。這香水清晰地發出一股潮溼的、油性的、稍微有點刺鼻的狗毛的味道，這味道甚至強烈到讓人不敢置信的地步。當葛奴乙把這香水拿到屠宰場前面給那隻老母狗聞時，牠立刻歡呼一聲，接著又嗚嗚哀鳴，說什麼也不肯將鼻子從那小玻璃管上移開。可是葛奴乙卻蓋緊了小玻璃管，把它藏在身上，隨身放了好幾天，以紀念這一個勝利的日子。這是他第一次從活生生的動物身上，成功地奪取牠的氣味靈魂呢。

接著，他又慢慢地而且非常小心謹慎地，把腦筋動到人的身上。他首先在安全距離之外，布下大眼網，因為他並不急於捕獲大量獵物，更重要的是，他想測試他的狩獵方法和原則是否管用。

他用輕淡的味道來掩護自己的行動，在晚上混進「四太子」酒館裡，乘機在桌子椅子底下和隱蔽的牆角，到處貼上一些塗了油脂或是浸過油的小塊碎布，過了幾天以後再來收齊它們，然後檢視成果。事實上，除了廚房雜七雜八的味道、菸草和酒味之外，這些碎布還吸收了少許人的味道。不過這味道非常模糊，給人一種撲朔迷離的感覺，與其說是某個特定人士的味道，不如說是一種綜合的氣味體要來得更貼切些。他在大教堂裡也可以收集到類似的集體氣味，不過更純淨、更顯得崇高就是了。他在十二月二十四日聖誕前夕當天，在教堂的長凳下掛滿了測試用的小布塊，到二十六日那天再把它們收齊了。這期間，教堂裡舉辦了不下七場彌撒，那些長凳子被人坐了又坐，形成一團令人顫慄的氣味凝塊：由肛門口排出的汗水、經血、潮溼的膝關節窩、痙攣交握的雙手，加上合唱團呼出的成千上百口氣息，隨著萬福瑪利亞的歌聲所傳出的味道，以及焚燒乳香和沒藥所造成的郁鬱氤氳，這一切氣味都在那些小布塊上留下了不可磨滅的印記。這一團模糊不清、難描難畫、令人感到噁心的氣味凝塊，卻毫無疑問就是人類的氣味。

葛奴乙是在一家慈善醫院取得他生平所擁有的第一份個人體味的。那是一個剛剛死於肺癆的皮包廠夥計，他死前包在身上達兩個月之久的一條被單，按照規定本來應該火化處理的，卻被他想辦法偷了過來。這床被單浸透了那個夥計身上的油垢，就像一層吸飽了他個人體味的油膏一樣，可以直接用酒精把它洗出來。結果就像幽靈或是分身般完全肖似它的本尊：那位皮包廠夥計彷彿藉著酒精之助，在葛奴乙的鼻子前面取得嗅覺上的重生，一個個體的氣味形象在他的房間裡四處飄浮。雖然透過這種獨特的複製方法，以及因為疾病所導致的無數瘢痕，使得他的幽靈顯得有些面目扭曲，不過湊合著還是可以辨識出他原來的相貌：一個年約三十的矮小男子，金髮、大鼻子、四肢短小、扁平足、性器官腫大、脾氣火爆、嘴裡有一股爛臭味——這傢伙一點都不美，至少在氣味上是如此，不像那隻小狗，他的氣味完全不值得長久保存。儘管如此，葛奴乙還是讓他的氣味幽靈在他的小房間裡足足飄了一整夜，聞了又聞，對於自己有能力支配另一個人的氣味，臉上洋溢著權力感所帶來的幸福和滿足，直到第二天才把它倒掉。

這個冬季，他還有一個實驗要做。他找到一個在城裡四處遊蕩的啞巴女叫化，付了她一塊法郎，要求她脫光了衣服，然後在身上纏上一條塗了各種不同油脂的繃帶，經過一整天之後才能取下來。最後他發現，用羊腎熬出的油，搭配精煉過多次的豬油和牛油，以二比五比三的比例混合起來，再加上少量的初榨橄欖油，用它來攝取人類的體味可以說是最適合不過了。

做到這裡就該住手了，葛奴乙放棄想要霸占任何活生生的個人整體，以便在他身上從事香水加工的念頭。因為這麼做風險太大，而且也不能帶來任何新知。他知道，他已經完全可以駕馭從人類身上奪取氣味的技術了；他認為，一再地重新證明自己已經擁有這種能力的嘗試實非必要。

因為人類的氣味本身對他來講是無所謂的，他完全可以用其他的替代品絲毫不差地加以複製。他真正渴望的是「某些人」的體味：那些稀有珍貴的人類，也就是能夠激起愛情的人類身上特有的體味，這些人才是他要的犧牲者。

39

一月裡，阿努飛的寡婦終於嫁給她的頭號夥計多明尼各·德魯奧，後者因此晉升為香水師兼手套師。他們準備了一桌豐盛的酒菜宴請行會的師傅，又準備了一桌簡單的飯菜招待同行的夥計。夫人買了一張新的床墊，從此可以和德魯奧公然地同床共枕，又從櫃子裡翻出所有的漂亮衣服，其他的一切照舊。她繼續維持原來的姓氏，保有全部的財產，統管店裡的大小帳務，以及進出地窖的鑰匙。德魯奧每天在床上盡責地履行同居義務，事後再到酒館去喝一杯提振精神；而葛奴乙，儘管現在成了第一和唯一的夥計，必須承擔突然加在身上的一切工作，但是薪水卻依然不變，伙食還是一樣差，住的地方並沒有因此得到改善。

這年一開春，遍地開滿鮮黃色的山扁豆，間或綴以風信子、香堇花和芬芳撲鼻的水仙。三月裡的一個星期天——就在他抵達格拉斯城將滿一年時——葛奴乙動身前往城市的另一頭，為了要探望城牆後面的花園裡，他關心的物事的近況。這回他對那香氣已有準備，清清楚楚地知道，等在面前的會是什麼……早在經過新城門時，距離目的地才不過走了一半的路而已，他的心就開始猛烈跳動，他還感覺到血液在血管中澎湃奔竄：她還在那兒，這豔冠群芳、無與倫比的奇葩。她挺過了嚴冬，毫髮無傷，如今已是亭亭玉立、豐美多汁，盡情地展顏生長，開出了最繽紛燦爛的美麗花朵！她的香氣，正如他所期待的那樣，變得比以前更加馥郁濃烈，可是絲毫不減其精緻細膩。一年前還微微分散、稍嫌稀疏，如今已匯聚成一道略顯濃稠的香河，綻放出光芒萬丈的斑斕色彩，緊密相連、難解難分。這一道香河，葛奴乙非常快樂而且確信，來自一個源源不絕而且愈來愈波瀾壯闊的源頭。再過一年，只要再過得一年，也就是整整十二個月，這個源頭就會滿溢，到時候他就可以前來收成，把她那香氣四溢、管都管不住的誘人體香逮個正著。

他沿著城牆走到預知的位置，後面就是那座花園。雖然那少女顯然不在花園裡，而在屋子裡，且在一間窗門緊閉的小房間裡，可是她的體香卻有如微風吹拂般，不斷地對著他飄過來。葛奴乙靜靜地站在城牆外，雖然不像第一次相遇時那般，陶醉到無法自已的地步，可是卻像一個初嘗戀愛滋味的少年，從遠處偷偷觀察著意中人的一顰一笑、一舉一動，知道再過一年就可以帶她回家，渾身沉浸在戀愛的幸福感之中。現實是什麼呢？葛奴乙這隻孤獨的扁虱，從來就不知道情為何物，既沒有愛過別人，也沒有被人愛過。在那個三月天裡，一個人呆站在格拉斯的城牆之外，居然開始戀愛了，而且深深地體會到戀愛時的幸福之感。

當然，其實他愛上的並不是一個具體存在的人，不是城牆後面房子裡的那位少女。他真正愛上的只是那少女身上的香氣，不是別的，而且只因為他將來可以擁有這份香氣，所以才會愛上它。再過一年，他就要帶它回家，他以自己的生命發誓。在發過這麼特別的誓言，或是訂下這麼特別的婚約之後，在他對自己和未來即將屬於自己的香氣，許下了這麼特別的承諾之後，他就心情愉悅地離開那個地方，繞到主城門，大大方方地進城，走大路回家。

夜裡當他躺在自己的小木屋裡，他又從記憶中再次召喚那個香氣——他無法抗拒這個誘惑——完全沉浸在其中，溫柔地愛撫對方，也讓對方愛撫自己，感覺到彼此之間前所未有的親密和貼近，彷彿他已真正將它據為己有。這是屬於他的香氣，完完全全歸他所有，他既愛上這個香氣本身，又透過這個香氣愛上擁有它的自己，就這樣陶醉了好一會兒。他本想將這自戀的感覺帶入夢中，奈何就在這個半夢半醒、即將入睡的關鍵時刻，它卻突然棄他而去，消逝得無影無蹤，取而代之的是冰冷刺鼻的羊膻味，在空中四處飄揚。

葛奴乙突然驚醒，心裡一個念頭盤繞不去：「怎麼辦？如果我即將擁有的那份香氣用完了……該怎麼辦呢？它不像記憶中的東西，在那裡，所有的香氣都不會消失；但是，現實世界中的香氣總有耗盡的時候，因為它會揮發掉。如果它終於被用光了，而提供這個香氣的泉源又不在了，那我豈不是又要恢復從前那種赤身裸體的窘態，只能靠著替代品來勉強度日嗎？不，情況會比以前更糟！因為我已經認識這種香氣，而且曾經擁有過它，這專屬於我的絕妙香氣，從此我再也忘不了它，因為我絕不會忘記任何一種香氣。難道我從此只能靠著對它的回憶來維持我的生命嗎？就像我現在這樣，常常會有那麼一刻，靠著對它的預期，也就是那份我即將擁有的香氣，來維持我的生命……究竟為什麼我會需要它呢？」

這個念頭讓葛奴乙感到極度不安，非常害怕：他至今尚未擁有的這份香氣，一旦他擁有了，可是卻無法避免地又要再度失去。他能夠保有它多長的時間呢？幾天？幾個禮拜？如果他非常節省地使用的話，也許可以有一個月那麼久吧？接下來呢？他似乎已經看到自己拚命想要倒出瓶底最後一滴香水，又用酒精去沖洗瓶子，生怕浪費掉殘留在瓶底的一點點剩餘。最後終於絕望地發現，他深愛的那份香氣已經永永遠遠地消逝掉，再也不可能挽回了。往後的人生對他而言就有如一場漫長的死亡之旅，在這個醜陋的世界裡緩慢地蒸發，在永無止境的煎熬中逐漸地窒息而死。

想到這裡，他不由得顫慄不已，一種強烈的渴望突然向他襲來：他要放棄這個計畫，他要逃進黑夜中，離得愈遠愈好。他要爬過終年積雪的高峰，一口氣逃到幾百哩之外的奧弗涅山區，躲進他的老巢穴裡，在那兒沉睡到死去為止。可是他沒有這麼做，他一直留在原地，沒有順從他的渴望，雖然這種渴望非常強烈。他沒有順從它，因為對他而言，這已是長久以來的渴望：逃得遠遠地，躲進山洞裡，這種想法他早就非常熟悉了。當然，他還不熟悉的是：擁有一種人類的體味，非常絕妙的香氣，就像牆後那位少女身上的一樣。就算他知道：一旦擁有這樣的香氣，最後終要付出悲慘的代價，承受極高的損失，但是在他看來：擁有和失去，畢竟要比索性放棄更值得追求。因為他一生都在放棄，可是卻從未體驗過擁有和失去。

所有的疑慮都慢慢退卻，顫抖也跟著停止，他感到熱血在胸前澎湃，堅持到底的意志又重新攫獲他的心思，而且比以前更堅強。因為這樣的決心不是基於一時的衝動，而是經過深思熟慮之後的決定。守候多年的扁虱葛奴乙，如今正處在生死存亡的抉擇關頭，是要留在樹上枯乾而死，還是要勇敢地縱身一跳。他選擇了後者，雖然他非常清楚地知道：這是他一生中最後一個壯烈的舉動。他倒回床上，舒舒服服地躺在稻草堆裡，開開心心地蓋好被子，覺得自己就像個凱旋的英雄一樣。

葛奴乙如果只是一味滿足於這種宿命般的英雄感，就不是葛奴乙了。他的意志十分堅定，個性極其狡猾，心思又非常細密。好──他已經下定決心，要把牆後少女的香氣據為己有，就算過了幾個禮拜之後又要失去它，並且因為不堪損失而付出生命的代價，他也在所不惜。不過，如果可以既擁有這份香氣同時又可以不死的話，當然更好啦，或者至少要做到盡可能延遲損失的發生。那就必須讓它可以保存得更久，要想辦法鎖住它那稍縱即逝的高度揮發性，可是又不會犧牲它的特徵──這是一個香水方面的難題。

有些香氣能持續數十年之久，比如塗上麝香的衣櫃、浸過桂油的皮革、龍涎香塊莖、香柏木盒子等等，在氣味上幾乎可以擁有不朽的生命。可是其他的東西，像是萊姆油、香檸檬、水仙，還有晚香玉花精，以及其他許多種花的香氣，如果不加約束地任其散置在空氣中，不到幾個小時就會吐盡芬芳、了無香意。碰到這種惱人的情況時，香水師就要想盡辦法，以氣味持久的東西充當絆索，綁住這些稍縱即逝的高度揮發性氣味。可是當他把枷鎖套到這些香氣的頭上，並因此局限住它們的自由時，也要注意適度地放鬆轡繩，讓那受到拘束的香氣能夠同時保有相當的自由度，可是又要能夠隨時收緊，免得被它逃逸了，這的確需要相當高的技巧。有一次，葛奴乙曾經運用這種技術，用微量的麝貓香、樹脂、香草以及柏樹油做為絆索，以幾乎達到完美的手法，成功地留住晚香玉油那稍縱即逝的香氣，這樣做出來的成品才有可能真正發揮它的功效。類似的方法為什麼不能用在那少女身上的香氣呢？為什麼他要把這所有香氣中最珍貴最柔弱的香氣直接拿來使用呢？這不是太浪費了嗎？這樣多愚蠢！未免也太粗糙了！會有人把未經琢磨的鑽石直接佩戴在身上的嗎？有看過人家把黃金整塊掛在脖子上的嗎？難道他，葛奴乙，就跟德魯奧或者其他的萃取者、蒸餾者和搾花者一樣，是那種野蠻的香氣掠奪者嗎？難道他不是全世界最偉大的香水師嗎？

想到這裡，他不由得大驚失色，連敲自己的腦袋，他以前怎麼會沒有考慮到這一點呢？這個獨一無二、舉世無雙的高貴香氣，當然不能這麼草率地拿來直接使用啦。他必須拿一些足以匹配得上的香氣鑲嵌在它的周圍，就像對待最珍貴的寶石那樣。他必須打造一頂香氣的王冠，其他的香氣一方面綁住它，一方面又有如眾星拱月般襯托著它。在王冠上最高貴的位置，他的香氣放射出耀眼的光芒。他要善用他所學到的所有技術和規則，做出世界上最完美的香水，而牆後那位少女身上的香氣，將會構成這絕妙香水的主要核心。

做為襯托物、做為基底、做為主幹、做為頭腦的各個組成部分、做為頂尖的氣味、做為固著劑，既不是麝香和麝貓香，也不是玫瑰油或橙花，這些都不合適，這是非常確定的。為了這樣的香水，為了烘托這樣的人類香水，需要其他的配料。

40

這一年的五月，人們在格拉斯城東邊的一座玫瑰園裡，就在通往奧皮奧村的半路上，發現了一具十五歲少女的裸屍。她是被人用一根木棍，朝著後腦一棒打死的。發現這具屍體的農夫，被這駭人的景象嚇糊塗了，差點就被警方當成嫌疑犯處理。因為他在報案時，以顫抖的聲音說：他從來沒有看過這麼美的東西——其實他真正要說的是：他從來沒有看過這麼可怕的東西。

這位少女確實長得非常精緻美麗，她是屬於那種慵懶型的女人，就像是用深色的蜂蜜做成似的，光滑、甜膩、黏糊糊的，以她那極為撩人的姿態：甩甩秀髮、拋拋媚眼，立刻風靡全場。男男女女都被她致命的吸引力挑撥得無法自已、心癢難搔，可是她卻像沒事人般，彷彿置身旋風的中心，對自己的魅力渾然不覺。她還年輕，非常年輕，她這一型的魅力還沒有糊掉。她那豐碩的四肢還很光滑緊實，胸部有如煮熟的雞蛋剛剛剝殼似的，臉上的肌膚吹彈得破，四周圍繞著一頭烏黑濃密的秀髮，還有一身最柔美的曲線，以及最私密的部位。但是，她的頭髮已經不見了，兇手把她的頭髮剪下來帶走了，她身上穿的衣服也一樣。

大家都懷疑是吉普賽人幹的，什麼事都可以推到吉普賽人頭上，因為吉普賽人是出了名的世界遊民，他們會把舊衣服拆下來織成地毯，把真人的頭髮塞進枕頭裡當作填充物，把絞刑犯的牙齒和皮膚拿來製作洋娃娃。所以，這樣令人髮指的罪行肯定就是吉普賽人幹的，還會有誰呢？問題是，這時節根本見不到半個吉普賽人，方圓幾百哩內，一個影子都找不著。上一回，吉普賽人打這兒經過，是在十二月裡。

既然找不到吉普賽人，大家就開始把矛頭指向來自義大利的季節性工人，但是義大利人可都還沒有來，因為現在來還嫌太早，起碼要等到六月裡茉莉花盛開的季節，才會需要他們來幫忙採收，因此也不可能是他們幹的。最後，嫌疑最大的當然就是做假髮的囉。大家去搜他們家裡，想找出遇害少女頭上的青絲，結果也是徒勞無功。接著又懷疑是猶太人，然後是那群被稱做葷和尚的本篤會修士——當然他們的年紀都已經七十好幾啦——接著是西都會的修士，然後是共濟會的會員，就連慈善醫院逃出來的精神病患、燒炭工和乞丐都列入可疑名單。最後被懷疑的人就是那些私生活不檢點、縱情聲色的貴族，特別是卡布里侯爵。因為他不但已經梅開三度，而且據說還常常在自家地窖裡舉行狂歡儀式，同時還藉著飲用處女經血來壯陽，當然沒有具體的證據可以證實這些猜測。既沒有目擊證人，也找不到死者的頭髮或衣物，過了幾個禮拜之後，承辦的警官只好準備結案了。

義大利人在六月中的時候抵達，許多人都攜家帶眷過來，這樣可以包下整個單位的採收工作。花農們雖然雇用了他們，可是因為無法擺脫先前謀殺事件的陰影，紛紛禁止自己的老婆孩子和這些外地人交往，畢竟還是小心一點比較好。雖然這些外籍勞工無須對那個謀殺事件負責，但是原則上他們的確有可能會犯下類似的案子，所以，提防一下還是比較好。

茉莉花的採收行動才剛剛開始，沒多久又傳出兩宗謀殺事件，受害者又是長得眉目如畫的少女，同樣也是屬於那種慵懶型的黑髮美女。而且當她們被人發現時也都是赤身裸體，同樣被剪光了頭髮，後腦遭到鈍器重擊，最後也是一樣陳屍在芬芳撲鼻的花田裡，犯罪者又是不留絲毫痕跡。消息很快就像野火燎原般迅速傳遍每個大街小巷，就在鎮民威脅著要對這些外地人採取強烈的報復行動時，這才發現，原來兩個受害者都是義大利人，一位熱那亞短期工的兩個女兒。

如今，整座城市都籠罩在一片恐懼的陰影中，人們再也不知道要將滿腔的怒氣向誰發洩，大家都充滿了無力感。確實還有一些人在懷疑，這些案子可能是瘋子或是聲名狼藉的侯爵幹的，不過沒有人會相信就是了。因為前者夜以繼日都在人們的監視之下，而後者早就動身前往巴黎了。在這樣風聲鶴唳的險境中，人們只好選擇彼此靠近，互相取暖。農夫們打開了穀倉的大門，收留這些外地人，之前他們都是在田地裡露天紮營；而城裡的居民則在每一個住宅區都安排一個夜間巡邏員；警察局長也加強了城門的守衛。可惜所有的措施都不管用，就在姊妹雙雙遇害的兇殺案過後不到幾天，人們又發現另一具少女的屍體，以同樣的手法慘遭謀殺。這一回，犧牲者是一位來自薩丁島的洗衣婦，在主教府邸服務。遇害的地點是在拉夫噴泉的大洗衣池附近，剛好就在城門口，被人用棍棒重擊而死。雖然執政官在群情激憤的民眾施壓下，採取一系列的其他措施——更嚴格地管制城門的通行許可、加強夜間的守衛、禁止任何婦女在天黑以後出門——然而，一整個夏天裡，沒有一個禮拜是在沒有一具少女屍體被發現的情況下度過的。而且被害的都是那種剛剛才要轉為成熟女人的少女，而且也都屬於那種黑髮棕膚的慵懶型美女。不過，兇手很快就連當地盛行的皮膚白皙、個性柔弱的豐腴型美女也不再嫌棄，甚至連褐髮的、暗金髮色的，只要不是太瘦的，最近也都成為他的新犧牲品。他到處追蹤她們，不只在格拉斯城四郊，而且在市中心，甚至就連在房子裡的少女都逃不過他的手掌心。一位細木工的女兒被人發現在她家五樓的閨房裡遭人重擊而死，房子裡的人竟然沒有一個聽到任何動靜，就連平常大老遠聞到生人味道就吠個不停的看門狗也不吭一聲。這個殺人兇手彷彿沒有實體，跟個鬼魂似的，完全捉摸不到。

激憤的人們怒不可遏，紛紛咒罵執政當局沒有盡到保護百姓的責任，而且只要有一點點風吹草動，就會引發大規模的群眾暴動。有個專賣愛情靈藥和狗皮膏藥的流動攤販，差點就被人當街打死，因為據說他賣的東西裡面含有磨成粉狀的少女頭髮成分；有人在卡布里客棧和慈善醫院縱火；布商亞歷山大・米斯那赫射殺了他的僕人，因為他三更半夜才回來，害他誤以為是那惡名昭彰的少女殺手上門來了。

只要是有辦法的人，都急著把快要轉大人的妙齡女兒送到遠方的親戚家裡，不然就是送到尼斯、艾克斯或是馬賽的寄宿學校。警察局長在市議會的強烈壓力下被迫解職，他的繼任者請來了法醫，對這些頭髮被剪掉的美少女的屍體進行檢查，看看是否仍是處女。結果發現，所有遇害者都還是完璧。

怪的是，知道這一點，不但沒有減少大家的疑慮，反而更添恐懼。因為每個人都在私下偷偷假設：這些少女都已經遭到玷汙，這樣人們至少還可以找到一個殺手行兇的動機，沒想到這個猜測居然落空，現在大家都不知道該怎麼辦了。那些信神的人就拚命祈禱，懇求上主保佑，希望至少可以使自己的家免於遭到惡魔施虐的劫難。

市議會是由三十個格拉斯最富裕而且最有名望的高階市民和貴族組成的，其中大部分都受過良好的高等教育，對教會的權威也都是持反抗的態度。直到現在他們都只是把主教當作一個好好先生，而且巴不得把所有的修士院和修女院統統改建成倉庫或是工廠。現在這些有錢有勢、高傲自視的先生們，碰到這樣解決不了的棘手事件，也不得不收斂起平日的氣焰，放下身段，寫了一封低聲下氣的懇求函，希望主教閣下能夠運用宗教的力量，詛咒這個專門謀殺少女的妖怪，並且把他驅逐出去。就像他那可敬的前任在一七〇八年間為驅逐危害整個農田的恐怖蝗害時所做的一樣，因為世俗的權勢完全治不了這種非人的惡魔。到九月底為止，已經連續謀害了不下於二十四位來自各個階層的青春美少女的這個殺人魔，就在城裡所有道壇（包括普伊聖母院）的書面布告和口頭聲討下，以及大主教親自主持的隆重驅魔儀式下，受到嚴厲的詛咒和譴責，並且被開除教籍。

結果非常具有說服力，日子一天天過去，謀殺的事件居然不再發生。十月和十一月安然度過，沒有再出現一具屍體。十二月初的時候，從格勒諾勃傳來了消息，說是那兒最近出了一個殺人魔，專門找少女下手，先是勒斃她們，然後把衣服從身上一片片撕開，再來就是將頭髮一把把從頭上扯下來。雖然這麼粗糙的犯罪手法，和格拉斯城那乾淨俐落的殺人作風絕無相似之處，可是全世界都寧願選擇相信，這一切罪行都是出自同一個人。格拉斯人都大大鬆了一口氣，紛紛在胸前畫三個十字，慶幸那個殺人魔王已經不在他們身邊作亂，而是在距離七天路程之遠的格勒諾勃肆虐。為了表揚主教的功績，他們進行了一場火炬大遊行，並且在十二月二十四日那天，舉辦了一場盛大的感恩禮拜儀式。一七六六年的一月一日，原本雷厲風行的安全預防措施開始放鬆了，禁止婦女夜出的禁令也取消了。人們的公私生活都以極為驚人的速度恢復正常，恐懼感好像一下子都被吹散了。沒有人再提起那些令人害怕的過往，不過才幾個月前還籠罩著整個城市和鄉間的烏雲，現在居然已經消逝得無影無蹤了。即使是遭逢變故的人家，也都絕口不提過去的傷心事。看樣子，主教的詛咒不但能有效地驅除惡魔，甚至還可以趕走人們對他的記憶，這對他們來說未嘗不是一件好事。

只是對那些「吾家有女初長成」的人而言，怎樣也不放心他們那如花似玉的妙齡女兒，老是看得死緊。天一黑，他們就緊張兮兮，直到天亮了，發現女兒還是完好無恙，他們就高興得不得了——只是他們不敢承認自己真正擔心的理由是什麼罷了。

41

儘管如此，格拉斯城裡還是有一個人，根本不相信這種表面的平靜。他的名字是安托萬·里希，他擔任的是第二執政官，住在正直街頭一幢豪華的別墅裡。

里希是個鰥夫，有個女兒名叫珞兒。雖然他還不到四十歲，而且身強體壯、精力充沛，可是他想再拖延一段時間才考慮續絃的事。在此之前，他想要先把女兒嫁掉。他心目中的女婿人選不一定要品行優良，但是在社會上一定要擁有極高的身分和名望。有一位在旺斯擁有領地的卜庸男爵，聲望極佳，可是經濟情況卻很糟。他有一個已達適婚年齡的兒子，里希曾經跟他約定過，將來要讓雙方的子女結為夫婦。等他順利把珞兒嫁出去之後，接著他就準備把自己求婚的觸角伸向幾個最有名望的家族：杜雷、莫貝和馮密雪——並不是因為他愛慕虛榮，所以才會不計代價想要弄到一個貴族夫人，而是因為他想要建立一個王朝，好讓自己的後代子孫能夠順著既定的方向，一路往上爬到最高的社會階層，並能夠發揮政治上的影響力。為此他至少還需要再生兩個兒子，其中一個將來要繼承家業，另外一個就要讓他去學法律，然後想辦法進入艾克斯議會，甚至有朝一日可以晉升為貴族。這樣的野心，憑他目前的身分地位，如果想要成功的話，就必須跟普羅旺斯的貴族家庭建立起最密切的關係，結為親家當然就是達到目的的不二法門了。

如果問到他本身具有什麼條件來實現這樣鴻圖大展的計畫時，答案當然就是他那富可敵國的驚人財富了。他是方圓幾百哩內最富有的公民，他不只在格拉斯城擁有大片的土地，用來種植柳橙、油類作物、小麥和大麻，而且在旺斯和昂蒂布一帶還擁有大批的田地租給佃農。他在艾克斯擁有整排的房子，在鄉下有好幾棟別墅，此外他還擁有好幾艘專跑印度的船公司的股份。他在熱那亞有一個常設的辦公室，而且他還擁有一個全法國規模最大的香水、香料、香油和皮革的倉庫。

然而在里希所擁有的財富當中，最珍貴的卻是他的女兒。她是他的獨生女，剛滿十六歲，有著一頭深紅色的秀髮，和一雙綠色的眼睛。她那張顛倒眾生的迷人臉龐，常常讓來訪的客人，不論男女老幼都會情不自禁地一直盯著她看，怎麼也捨不得把視線從她身上移開。他們用眼睛舔她的臉，就像用舌頭舔冰淇淋一樣，而且臉上還常常流露出只有在做這種事情時才會出現的呆滯表情。即使是里希本人，也常常這樣忘情地盯著他的女兒看了好一會兒之後，才驀然驚覺不知道自己到底看了多久。也許已經有一刻鐘那麼久，也許已經看了半個鐘頭了，不但忘記整個世界，而且連他平常最在乎的生意都被拋在腦後——這樣的事情即使在睡夢中也不會發生——這時他徹底放鬆心情，沉浸在觀賞少女那美麗容顏的歡悅裡，事後卻完全說不出自己剛剛到底做了什麼。而且就在最近——他不安地察覺到——每天夜裡送她上床睡覺時，或者偶爾在早晨到她房裡喚醒她時，看著她還在睡夢中，躺著的樣子宛如是上帝親手把她放在床上的。透過她身上穿著的薄紗睡衣，隱約可以窺見她的胸部和大腿的曲線，由乳房、肩膀、手肘和光滑的前臂所構成的四方形地帶，中間擱著她那張美豔絕倫的小臉蛋，從那裡升起一股溫熱平靜的呼息……他的胃不由自主地抽搐，喉頭一陣緊縮，然後他吞了吞口水，唉，上帝知道！他忍不住咒罵自己，為什麼他偏偏是這個女人的父親呢？為什麼他不是一個陌生人，隨便哪個不相干的男人都好。看著她那美麗的胴體橫陳在自己面前，就像現在一樣，他就可以毫無顧忌地躺到她身邊，然後壓在她身上，帶著他所有的慾望，進入她的體內。想到這裡，他不由得嚇出一身冷汗，四肢微微發抖，他拚命壓抑自己這種可怕的念頭，俯下身去，在她額上印下一個純潔的父愛之吻，以此喚醒他的寶貝女兒。

去年，在連續兇殺事件爆發期間，他還沒有這種令人不安的憂慮。因為那時候，女兒施加在他身上的魔力都還只是——至少對他而言是——一種孩童般的魅力。因此他並沒有真正感到恐懼，害怕珞兒會成為殺人魔手下的犧牲品。因為大家都知道，他從不對兒童和婦人下手，他單單只對剛發育成熟的處女下手。雖然他還是加強了住家的守衛，樓上的房間也都叫人裝了新的鐵窗，而且還吩咐珞兒的貼身婢女，夜裡就睡在小姐的房裡；可他就是說什麼也不肯把女兒送到遠遠的地方去避禍，儘管像他這樣身分地位的人都會這麼做，不只是女兒，甚至舉家遷移。他認為這樣退縮的行為會讓人瞧不起，而且也配不上一個身兼市議會議員和第二執政官的尊貴身分。他認為像他這種身分地位的人應該要能夠做為同胞的榜樣，遇事要冷靜沉著，要具備勇氣和不屈不撓的堅定毅力。再者，他本來就是一個很有主見的人，絕不輕易讓人左右他的決定。別說不會受到陷入恐慌的群眾影響，當然更不會讓一個匿名的萬惡罪犯來牽制他的行動。就在人心惶惶的那段恐慌期間，他是城裡少數擋得住恐懼的熱潮，仍能保持頭腦冷靜的人士之一。然而奇怪的是，像這樣的人，現在居然變了。就在外面的人正在大肆慶祝殺人魔的惡行已經結束，彷彿他們已將犯罪者送上絞刑臺似的，過去那段不幸的日子也迅速被人遺忘之際，恐懼卻有如魑惡的毒素般悄悄潛入安托萬．里希的內心深處。有很長一段時間，他不願意承認這個讓他信心動搖的東西就是恐懼，他一再推遲事先預定的行程，愈來愈不樂意離開家門。即使難得出去拜訪朋友或是出席市議會，也是盡可能縮短時間，一結束就迫不及待地趕回家裡。他以身體不適和過度勞累做為藉口來寬慰自己，不過他也承認，他確實是有點擔心，不過這種擔心就像每個做爸爸的人，家裡有著適婚年齡的女兒，這種擔心是很正常的……更何況，她的美貌已經聲名遠播，星期天上教堂時，人們不是都伸長了脖子想要一睹她的風采嗎？市議會裡不是有些名流仕紳紛紛開始為自己，或是為他們的兒子向他發動求婚的攻勢嗎？……

42

可是接下來，在三月裡的某一天，當里希坐在沙龍裡，看著珞兒走進花園。她穿著一件藍色的衣裳，一頭火紅的秀髮披在上面，在陽光照射下閃閃發亮，有如燃燒的烈焰，這麼美的景象他從未見過。看著她的身影消失在一道籬笆後面，當她再度現身時，比他預期的大概只是晚了兩次心跳的時間吧，他卻嚇得幾乎窒息而死。因為就在這麼兩次心跳的時間裡，他幾乎以為自己已經永遠失去她了。

當天夜裡，他從一個可怕的惡夢中驚醒，雖然不記得夢中的情景，不過肯定和珞兒有關。他急忙衝進她的房間，深信她已經死了，被人謀殺、玷汙之後，剪光了頭髮，棄屍在床上……結果卻發現她完好無恙。

他退回自己的臥室，因為激動過度而汗流浹背、顫抖不已，不，不是因為激動，而是因為恐懼。現在他終於承認，他的不安純粹是出於恐懼，既然承認了這一點，他的心情反而平靜下來，頭腦也變得清楚了。老實說，他從一開始就不相信主教的驅魔符咒那一套能起什麼作用；他不相信，兇手已經轉移陣地到格勒諾勃了；當然他也完全不相信，殺人魔已經離開格拉斯城了。不，他還住在這裡，就在格拉斯人中間，而且任何時候他都有可能會再度出手。在八月和九月的時候，里希曾經看過幾個遇害的少女，那景象著實讓他驚駭不已，可是同時也讓他非常著迷，這點他不得不承認。因為她們全都是百裡挑一的美女，而且每個人都有自己獨特的風韻。他從來沒有想到，格拉斯城裡居然會有這麼多不知名的美女，這個殺人魔王真是讓他大開眼界。這個兇手顯然具有極高的品味，而且還自成體系，不只犯案手法表現出同樣的秩序與條理，即使在挑選犧牲者方面，也透露出某種合乎經濟原則的巧妙安排。雖然里希並不知道，兇手究竟想要從犧牲者身上得到什麼。因為她們最好的東西：美貌和青春的魅力，都是他沒有辦法奪走的……或者可以？無論如何，對他而言，那個兇手似乎並不是一個只會破壞的莽漢，反而是一個心思細膩的收藏家。這種講法聽起來的確有點荒謬，如果我們——里希心想——不把這些犧牲者僅僅當作單獨的個體來看，而是把她們當成遵循同一個更高原則的構成部分來看的話，我們就會發現她們的個別特色只有在融入一個統一的整體時，才會達到理想的狀態。這樣拼出來的一幅彩色石子鑲嵌畫，就是絕對美的體現。從它身上散發出來的魅力，不再是人間的，而是神聖的。（正如我們所看到的，里希是一個有開明思想的智識分子，當他在做出褻瀆神明的推論時，是不會畏縮的。如果他不是在視覺的領域，而是在嗅覺的範疇內思考的話，那麼他距離真相也就非常接近了。）

假設，現在的情況是這樣——里希繼續推想下去——兇手是一個高明的美的收藏家，而且正在試圖拼出一幅完美的畫像，即使只是在他那病態的頭腦裡進行的幻想之作；再進一步推論下去，他是一個擁有最高品味和講究方法完善的人，正如他過去的所作所為實際呈現出來的那樣。接下來我們就不可能順理成章地假定，他竟然會放棄這幅畫中最珍貴的核心要素，那是他在這個世界上能夠找得到的，也就是珞兒的美。直到現在，他所犯下的每一樁謀殺罪行，如果少了她的話，就會毫無價值，因為她正是這整個建築的拱心石。

當里希做出這麼驚人的推論時，正穿著睡袍坐在自己的床上，很訝異自己居然可以如此冷靜。他不再覺得寒冷，也不再發抖，連續數週以來，不斷折磨他的那種不確定的恐懼感，已經消失不見了。取而代之的是，對某種具體危險的鮮明意識：從一開始，那個兇手的全部心思和想望顯然都是針對珞兒的，其他的事件都只不過是為了烘托這一最終的圓滿謀殺的點綴罷了。不過有一點還沒想通的是，這些謀殺行動究竟想要達到怎樣的實質目的呢？再者，她們真的擁有滿足這一目的的東西嗎？不過，最重要的是，對於兇手那一套自成體系的方法，還有他那極富理想性的動機，里希已經瞭若指掌了。他愈是往深處想，對於兇手的方法和動機就愈是欣賞，對於兇手本人也就更加尊敬——當然，這種尊敬完全是因為兇手好像一面光亮的鏡子般，映照出他對自己傑出心智的自信。也只有他，里希本人，才能透過這麼精密的分析推理，進一步識破他那高明對手的傑出詭計。

如果他，里希，自己就是那個兇手，而且也擁有像他那樣的狂熱思想的話，他也不可能選擇別的做法。就像那兇手直到現在已經做的那樣，接下來他也會像他一樣投入全部的心力，透過謀殺珞兒，這豔冠群芳、舉世無雙的美人，好讓他那瘋狂的作品能夠圓滿完成。

他特別喜歡最後一種想法，也就是：他能夠站在他女兒未來的兇手的立場上，設身處地的為他著想，這就是他能夠比兇手遠為優越的原因。因為，毫無疑問的，就算那個兇手再怎麼絕頂聰明，他也肯定不會想到要站在里希的立場，設身處地的為他著想——他怎麼可能會料到，里希早就在揣摩他的想法了。基本上，這和做生意沒有什麼兩樣，「知己知彼，百戰百勝」，道理非常簡單。如果你能夠洞悉競爭對手的意圖，那麼你就能夠立於不敗之地，你就不會再上他的當。里希之所以叫做里希，就是因為他擁有戰鬥的天性，而且飽經世故，什麼陣仗他沒見過。更何況，他還是全法國最大的香水供應商，他的財富和做為第二執政官的崇高地位，都不是天上掉下來的禮物，而是他經過艱苦的奮鬥，巧取豪奪，好不容易才獲得的。因為他能夠盡早發現危險，機靈地看穿對手的計畫，給競爭者致命的一擊，使自己立於不敗之地。至於他未來的計畫，就是要讓後代子孫能夠永享權力和榮華富貴，這樣的目標他一樣可以達成。因此，他必須想盡辦法破壞兇手的計畫，阻止他的競爭對手占有珞兒，因為珞兒也是他自己、里希的建築計畫中的那顆拱心石呀。他愛她，這是毫無疑問的，不過他也需要她，他需要她來實現他的最大野心。他絕不會讓任何人將她從身邊奪走，他一定會拚全力來守住她的。

現在他覺得舒服多了，當他成功地把如何與惡魔應戰的深夜省思，向下拉到生意競爭的考量層次時，他感到自己渾身充滿了全新的勇氣，甚至不自覺地產生睥睨群雄的豪邁氣概。剩下來的一點點恐懼已經不翼而飛，像折磨一個顫巍巍的衰頹老人般，啃噬著他的那種沮喪和憂慮的感覺，也都消失了。幾個禮拜以來，一直籠罩著他的那片不祥的預感迷霧也已經被吹散了。他發現自己又回到熟悉的領域，並覺得自己有能力可以應付任何挑戰。

43

他非常輕鬆，幾乎可以說是心情愉快地跳下床，拉動叫人鈴的繩子，吩咐他那睡眼惺忪、腳步踉蹌地趕到跟前聽取命令的貼身僕人，趕緊打點衣物和乾糧，因為他打算天一亮就帶著女兒前往格勒諾勃。接著他就穿好衣服，然後把其他人一一從床上叫醒。

三更半夜的，位在正直街的這幢大房子卻已經醒過來了，裡頭的人個個都忙得不可開交。廚房裡生起了爐火，激動的婢女們在走道上穿梭不停，里希的貼身僕人在樓梯間匆忙地跑上跑下，倉庫管理員的鑰匙串在地下室裡叮噹作響。院子裡火炬通明，馬夫跑去牽馬，其他人則把騾子從廄裡趕出來，接著就為牠們套上籠頭、配好鞍子、趕來趕去、加上行李——不知情的人還以為，就像一七四六年那樣，奧匈大軍恣意入侵，沿路燒殺劫掠，屋主為了躲避戰禍，正在準備倉皇出逃呢。不過情況完全不是這樣！我們這位男主人此時正坐鎮在他的辦公桌前面，儼然法國的陸軍大元帥模樣，一邊啜著咖啡，一邊對著不時衝進來待命的僕人發出指示，一邊還趁著空檔時間寫信給市長兼第一執政官、他的公證人、律師、他在馬賽的銀行經理、卜庸男爵，以及好幾個重要的事業夥伴。

早上六點左右，他已經寫好了一封書信，計畫中一切必要的物事也都準備妥當了。於是他在身上插了兩把小型的旅行用手槍，扣緊他的錢褡褳，鎖好辦公桌的抽屜，然後去叫醒他的女兒。

八點時分，這支小小的隊伍已經開拔了。里希騎馬帶頭走在前面，只見他穿著鑲金邊的酒紅色上衣，外罩一件黑色的馬服，頭戴著黑氈帽，帽簷上插著一束漂亮的羽毛，真可謂英姿煥發、相貌堂堂。緊跟在後面的是他的女兒，一身樸素的衣裝，仍然難掩她那美豔絕倫的天香國色。人們群聚在街頭爭相圍睹，或是倚靠在窗邊引領企盼。大家的視線都集中在她身上，並且由衷地發出喔和啊的讚歎聲。男人紛紛地摘下頭上的帽子——好像是在對第二執政官致敬，其實他們真正敬禮的對象是她，也就是這位雍容華貴的美少女。接下來是她的貼身婢女，幾乎沒有人注意到她，然後是里希的貼身僕人，和兩匹馱著行李的駿馬——由於到格勒諾勃的路況非常糟，所以馬車完全派不上用場——這整個隊伍的最後是由兩個騾夫趕著十二匹專門負責馱行李的騾子。經過步道城門的時候，警衛舉槍向他們行禮，直到最後一匹騾子踢踏走出城門之後，才把槍放下來。一群看熱鬧的孩童跟在後面，追了好一會兒，然後才依依不捨地向這大隊人馬揮揮手，目送著他們的背影，走向通往山上的那條陡峭曲折的道路，逐漸遠去。

由安托萬．里希和他女兒所帶領的這大隊人馬，給人留下了奇特而深刻的印象。他們好像目睹了一列古代的祭祀儀隊般，人們竊竊私語地謠傳著，里希打算到格勒諾勃，也就是那個專殺少女的惡魔最近正在橫行的危險城市。大家不知道要如何看待里希的這項決定，究竟應該當它是一種不可饒恕的輕率舉動，還是應該把它視為一種值得欽佩的勇敢行為？他究竟是要向眾神挑釁，抑或是想藉此平息祂們的怒氣？他們隱隱約約地預感到，這是他們最後一次看到這位美麗的紅髮少女；他們預感到，里希就要失去他的珞兒了。

這種預感，雖然建立在完全錯誤的前提上，但是後來畢竟證實是對的。里希根本不是要去格勒諾勃，那盛大豪華的隊伍只不過是個幌子罷了。就在格拉斯城西北方，距離一哩半的路上，也就是在聖瓦利耶村附近，他讓整個隊伍停下來。他把授權狀連同幾封親筆書信統統交給他的貼身僕人，命他單獨帶領整支騾隊連同兩個騾夫，繼續向格勒諾勃前進。

至於他本人則帶著珞兒和她的隨身婢女，轉往卡布里的方向。他在那裡稍事午間休息，然後騎馬橫越塔內隆山脈。接著一路往南，雖然道路非常險峻，但是可以由西邊拐一個大彎繞過格拉斯城和盆地。到了傍晚，就可以神不知鬼不覺地抵達海岸……隔天——按照里希的計畫——他就要帶著珞兒乘船前往萊蘭群島，防禦堅固的聖歐諾哈修道院就坐落在其中一個小島上。它是由一小群儘管上了年紀，可是卻具備十足自衛能力的修士所管理。里希和他們非常熟，因為他已經連續好幾年跟他們搜購，並進一步向外面推銷修道院所生產的一切產品：尤加利燒酒、松子和柏樹精油。而且那兒，也就是聖歐諾哈修道院裡面，可以說是除了附近的伊夫島監獄和聖瑪格麗特島上的國家大牢之外，全普羅旺斯最安全的地方了。他打算把女兒先暫時安頓在那兒，然後他自己要立刻趕回法國本土。這次是經由昂蒂布和卡涅，從東邊繞過格拉斯城，預計當天傍晚即可抵達旺斯。他已經委託他的公證人和卜庸男爵約好了見面的時間，共同商討他們的孩子珞兒與阿爾方斯的結婚事宜。他會開出非常優厚的條件，讓卜庸男爵無法拒絕：不但要接收他那高達四萬兩銀子的債務，而且還要附贈等額的嫁妝，包括好幾筆土地和馬加諾附近的一座油坊，每年能為這對年輕的夫婦帶來三千兩銀子的租金收入。至於里希方面所提出的唯一條件就是，對方必須在十天之內同意這件婚事，並且同時舉行婚禮。婚禮結束之後，這對夫妻就要立刻搬到旺斯去住。

里希當然知道，這麼匆促行動的結果，就是要付出不成比例的高額代價，來促成他們家和卜庸男爵家的這門親事。如果可以慢慢來的話，他不但能省下一大筆，到時候反而是男爵要倒過來向他求親，拜託他讓自己的兒子來為他這位平民富商的女兒，把身分提升到與她的社會地位相等的高度。因為那時候珞兒的美貌和里希的財富都會與日俱增，而男爵的財務狀況也會一天比一天更糟。唉，現在哪裡顧得計較這麼多。在這場交易中，他的對手不是男爵，而是那位不知名的兇手，他必須盡快促成這筆生意才行！一個結了婚的女人，馬上就會破身，甚至很快就會懷孕，再也不適合當作他的稀世珍藏了。馬賽克鑲嵌畫上的最後一塊寶石，立刻變得黯然無光。對兇手而言，珞兒的價值已經完全喪失，而他的曠世作品就會毀於一旦。這種失敗的苦頭，他早該嘗嘗！這場婚禮，里希偏偏就要在格拉斯城盛大舉行，並且敲鑼打鼓，昭告天下。就算他還不認識這個對手，而且恐怕永遠也沒有機會認識，不過卻一點兒也不妨礙他享受這種戰勝敵人的快感：只要想到他的對手在婚禮當天，眼睜睜地看著他最渴望得到的東西，就這樣被人硬生生從面前奪走，那將會是多麼大的挫折呀。

計畫設想得非常周到，我們不得不再度對里希的精明幹練表示敬佩，他果然非常接近真相。的確，如果卜庸男爵的兒子真的把珞兒帶回家的話，這對格拉斯城的少女殺手而言，果然不啻是一個致命的打擊。可惜他的計畫還來不及實現，可惜他最後終於沒能為女兒戴上救命的鳳冠霞帔。這會兒，他還沒能把女兒送到聖歐諾哈安全的修道院裡；這會兒，馬上的三位騎士還在塔內隆崎嶇難行的山道上顛簸前進呢。有時候，路況實在太差了，他們還不得不下馬步行，這麼一來，速度就拖慢了。將近黃昏的時候，他們希望可以趕到納普爾附近的海濱，這是坎城西邊的一個小鎮。

44

當珞兒和她父親離開格拉斯城的時候，葛奴乙正在城市的另一頭，在阿努飛夫人的香水廠裡，忙著用熱萃法萃取黃水仙的香氣。他一個人，心情非常愉快。他在格拉斯城的日子已經接近尾聲，勝利的一天就要來臨了。他在外頭的木屋裡，一只鋪棉的小箱子裡放了二十四個小香水瓶，裡頭裝的是二十四個少女的香氣，滴滴都是精華，珍貴無比——這是去年葛奴乙用冷脂萃取法從她們的身體，又用浸析法從她們的衣服和頭髮取得初步原料，再加入酒精浸洗，最後用蒸餾的方法提煉出來的。至於那第二十五瓶香水，也就是最重要最珍貴的一瓶，他今天晚上就要去提取了。為了這最後的一條大魚，他已經準備好一小鍋經過多次精煉的冷香脂、一塊上好的亞麻布，還有一只大肚瓶裡裝著精餾過的高純度酒精。他已經仔細勘查過地形了，今天晚上將是一輪新月。

他知道，想要趁著黑夜破門而入，這種方法用在正直街頭那棟戒備森嚴的豪宅是行不通的。因此，他決定要在天黑之前，趁著大門還沒關上的時候，偷偷地潛進屋裡，利用自身缺乏體味的掩護，好像穿上一件隱形衣一樣，躲過人畜的察覺，藏在屋裡任何一個角落，靜待夜晚的來臨。等到所有的人都入睡以後，再藉著自己嗅覺羅盤的指引，穿過黑暗，找到樓上他那寶貝的房間。他要當場用塗滿香脂的麻布，來取得他的珍寶。不過，就像往常一樣，頭髮和衣服他要帶走，因為這部分他可以直接用酒精析出其中的香氣，這個工作在香水廠裡進行比較舒服。至於對香膏和浸出物進行最後的加工，還需要耗掉他一個晚上的時間，才能得到真正的精華。如果這一切都很順利的話——他毫無理由懷疑這一切會順利進行——那麼後天他就擁有能夠製造出世界上最好的香水的全部精華。他將會成為世界上最有魅力的人，然後離開格拉斯城。

將近中午的時候，他已經處理完他的黃水仙了，接著熄火，蓋上鍋蓋，走出香水廠，好讓自己可以冷卻一下，這時風從西邊吹過來。

從第一口呼吸，他就已經察覺到有點不對勁，氣氛和往常不一樣。在這個城市的氣味大衣裡，就在這塊由千絲萬縷織成的薄紗中，少了一條氣味金線。就在上個禮拜，這條香氣金線還是這麼強而有力，即使葛奴乙人在城市另一頭的小木屋裡，都能清晰地聞到它的存在。可是現在它卻不見了，突然消失了，任憑他再怎麼用力聞都聞不到，葛奴乙嚇得全身癱瘓。

她死了，他不由得這樣想。還有，更可怕的是：有人比我捷足先登了。另一個人已經搶先摘下了我的這朵花兒，並且把它的香氣給帶走了！他沒有尖叫出聲，因為這個震撼太大了，可是淚水卻早已奪眶而出，沿著鼻翼兩側傾瀉而下。

這時德魯奧剛好從「四太子」用畢午餐回來，經過他身邊的時候順口提到，今天早上第二執政官帶著十二隻騾子還有他的女兒，動身前往格勒諾勃去了。葛奴乙一聽，趕緊收拾眼淚，快步跑了出去，穿街過巷，走捷徑衝向步道城門。在門前的廣場上，他屏氣凝神，專注地聞嗅，從一陣未受城市穢氣汙染的潔淨西風中，他又發現了那道氣味金線的蹤跡，儘管微弱稀薄，卻絕對不會弄錯。當然，這陣可愛的氣流並不是從西北方——那才是通往格勒諾勃的道路，而是從卡布里的方向——反而是從西南方飄過來的。

葛奴乙向守門的衛兵打聽，到底第二執政官走的是哪一條路？衛兵指指北方，他不是走卡布里那條路嗎？或是南邊那一條，通往奧里博和納普爾的路？當然不是，衛兵斬釘截鐵地說，這是他親眼看到的。

葛奴乙又穿過城市奔回他的小木屋裡，忙不迭地收拾行李，把亞麻布、裝著香膏的鍋子、抹刀、剪子和一根橄欖木做的小棍棒塞進背包裡，然後刻不容緩地趕緊動身啟程了——他走的不是格勒諾勃那條路，而是依照鼻子的指示，走向通往南邊的那條路。

這條路直接通往納普爾，穿過佛黑耶及西亞尼河谷，導向塔內隆的一個支脈，這條路比較好走。葛奴乙加快腳步兼程趕路，當奧里博出現在他的右手邊時，他從一座圓形山頂上嗅出來，他已經快要趕上那幾個倉皇出逃的人了。沒多久，他就站在與他們等高的山線上了。他現在可以單獨聞出她的味道，他甚至可以聞到她的坐騎噴出的氣息，他們最多就在西邊半哩路程的距離之外，在塔內隆森林的某處，已經快要抵達南邊的海濱了，就像他一樣。

下午五點鐘左右，葛奴乙到達納普爾，他走進客棧裡用餐，然後要一個便宜點的舖位，他謊稱自己是來自尼斯的鞣革匠學徒，正要前往馬賽去混頭路，即使在馬廄裡過夜也沒關係。他在那裡找了一個角落，然後躺下來休息。他已經聞出那三個騎士靠近的味道了，他只需要在這裡等著就行了。

過了兩個鐘頭以後——現在天色已經大暗了——他們終於抵達了。為了隱藏他們的身分，統統都換過衣服了。兩個女的穿著深色的袍子，披著黑頭紗，里希則罩著一件黑外套。他冒稱是來自卡斯泰朗的貴族，明天一早就要乘船到萊蘭群島，要求店東幫他張羅一艘小船，天一亮就要準備好。他又不放心地追問，除了他們以外，是否還有別的客人？不，店主答稱，只有一個從尼斯來的鞣革工，他就睡在馬廄裡。

里希打發兩個女的到房間，自己則走向馬廄，據他說是還有什麼東西放在鞍囊裡忘了拿出來。一開始，他完全找不到那個鞣革工，趕緊叫馬夫提來一盞煤油燈，這才看清楚他躺在角落裡的稻草堆上，身上蓋著一條舊毯子，頭枕在背包上，睡得正沉。他看起來是這麼不起眼，里希甚至產生一種錯覺，這傢伙根本就不存在，只不過是燈影搖曳下一個虛幻的景象罷了。不管怎樣，里希此時此刻非常確信，像這麼一個無害的生物，根本就不具絲毫的危險性，所以也完全不需要擔心他。於是他輕輕地離開，免得吵醒他，轉身回到客棧裡。

他和女兒一起在房間裡共進晚餐，直到現在，他都還沒有對她解釋這一趟奇怪的旅行的原因和目的地；直到現在，他都還沒有打算要對她說明白，雖然她一再地央求。明天就會告訴她，他說，她儘管可以放心，因為他的一切計畫和行動，都是為了她未來的幸福著想，一定會幫她做出最好的安排。

吃過飯後，他們玩了幾把牌，他每次都輸，因為他根本就不看牌，反而一直在看她的臉，沉浸在對她的美的愉悅欣賞中。九點鐘左右，他親自帶她回房，就在他的房間對面。他在她額頭親一下，道過晚安之後，從外面把房門鎖住，這才回到自己床上。

他突然覺得非常疲累，經過前天夜裡的折騰，加上白天的旅途跋涉，幸好現在一切都進行得很順利，他對自己的表現非常滿意。頭一沾枕就立刻沉沉入睡，哼都不哼一聲，既沒有擔憂顧慮，也沒有翻來覆去，連夢都沒有一個，就這樣一覺睡到天明。直到昨天為止，每到夜深人靜、燈火闌珊時分，長久以來一直折磨著他，並且讓他輾轉反側、無法成眠的那些憂慮和不祥的預感，統統都被拋到九霄雲外。這一次，里希終於又嘗到深沉、安靜而酣暢的睡眠滋味。

就在同一個時候，躺在馬廄裡的葛奴乙卻起身了。他也對事情的進展和自己的表現非常滿意，感覺特別神清氣爽，而且精神百倍，雖然他剛剛並沒有真的睡著。當里希走進馬廄來刺探他的動靜時，他只不過是在裝睡。從他身上散發出來的那種平庸的氣味本來就已經給人一種無害的印象，現在一裝睡，又更加強化了這種無害的感覺。和里希相反，他對里希的印象倒是準確得多，當然是嗅覺印象啦，而里希在他面前放鬆戒備的情況，他也絕對不會錯過。

在這短暫的交會過程中，雙方都對彼此留下了無害的印象，只不過一個是對的一個是錯的。葛奴乙覺得這樣才好，他那偽裝的無害和里希真正的無害，讓他打算要做的事情變得好辦多了——換了里希是他，應該也會有相同的看法。

45

葛奴乙以一種非常專業的謹慎態度開始工作。他打開旅行袋，取出麻布、香膏和抹刀，把亞麻布攤開在他剛剛睡過的被單上，然後把油膏仔細塗在上面。這是一項很耗費時間的工作，而且每個地方該塗多少並不一致，有些地方要塗得厚一點，有些地方要塗得薄一點，端視麻布會貼在身體的哪個部位來決定。嘴唇和腋下、乳房、私處和雙足的味道較重，脛骨、背部和肘彎的味道較淡；手心的味道比手背的味道要濃，眉毛的味道又比睫毛的味道更重，而味道較濃的地方，油膏就必須塗得厚一點。在塗抹油膏的過程中，葛奴乙可以說是同時在麻布上勾勒那即將被處理的身體的略圖。其實這部分的工作是最能帶給他滿足感的，因為這樣的工作需要高度的技藝，需要感官、想像和雙手能夠合作無間，此外又因為能夠預知期待最終的結果，帶給了他極大的精神享受。

當他把一小鍋香油膏全部用完之後，還意猶未盡地到處塗塗抹抹。這裡刮一點下來，那裡再補上一點，把線條修得更漂亮一些，最後再一次仔細檢查這幅用油膏勾勒而成的風景畫，看看還有哪裡不妥——當然不是用眼睛，而是用鼻子。整件事都是在完全的黑暗中進行的，這或許也是讓他覺得特別愉快的另一個原因吧。在這個新月臨空的夜裡，沒有什麼能夠讓他分心的。整個世界一派安靜，只有氣味和遠處傳來的稀微浪濤聲。他在適合他的環境裡，做著他拿手的事情。接著把油布巾像裱糊紙一樣摺疊起來，這麼一來，塗上油膏的那一面就會互相接觸。這樣做讓他覺得相當痛苦，因為他非常清楚地知道，就算再怎麼小心，剛剛辛苦雕塑出來的完美曲線，可能就會被壓扁，甚至變形。可是為了攜帶方便，他真的是別無選擇了。現在他已經把它摺到相當小的程度，夾在腋下帶著走不會覺得不方便，接著收好抹刀、剪子和那根橄欖木做成的小棍棒，然後悄悄地溜出戶外。

只見天空中烏雲密布，房子裡的燈火全都熄了。在這漆黑的暗夜裡，唯一的亮光來自東邊一哩之外聖瑪格麗特島上的燈塔，好像刺在大塊黑布上的一根耀眼的銀針，顯得特別突出。從海灣那邊吹來了一陣帶著魚腥味的海風，連狗都睡著了。

葛奴乙走向穀倉的小天窗，那兒靠著一把梯子，他用空著的右手抓住梯子最下面的三根橫木，讓上面的部分緊緊貼在右肩上，把它豎直了帶著，穿過曬穀場走到她的窗下。窗戶半開著，他輕輕鬆鬆地爬上梯子，就像走在石階上一般，非常慶幸可以在納普爾這裡，毫無阻礙地收割那少女的香氣。若是在格拉斯城，窗上都加了鐵條，屋子裡又隨時有人嚴密看守著，事情可就難辦得多了。在這兒呢？她甚至還一個人獨睡，他連對付那婢女的麻煩都給省下來了。

他推開窗扇，溜進房裡，先把手上的麻布擱在一邊，然後轉身面對著床。撲鼻而來的首先是她那頭秀髮的濃烈香氣，她是趴著睡的，一張臉圍在肘彎裡，壓在枕頭上，後腦的位置特別突出，正好可以用來挨一記悶棍。這姿勢真是太理想了。

這一棍打下去發出了「鏗」的一聲悶響，他恨死這個了，雖然只是一個小小的聲響，卻是他這啞然無聲的事業中唯一的大瑕疵。他只有拚命地咬緊牙關，才能忍受這令人作嘔的聲響，靜待它的結束。他又全身僵直地站了好一會兒，手指緊緊扣住剛剛行兇的棍子，好像很怕那聲響會像回音一般又傳過來似的。不過那聲音並沒有迴響傳來，反而是寂靜又回到這房間裡了，甚至是加倍的寂靜，因為如今連那少女輕微的呼吸聲都不見了。葛奴乙那繃得死緊的姿勢（人們也許可以把它當作是對死者的崇敬，或是一種奇特的默哀方式）這才突然鬆懈下來，又迅速恢復往日的靈活身段。

他收起棍子，開始準備要忙碌了。首先，他攤開那張萃香布，背朝下輕輕地放在桌子和椅子上，小心翼翼地不讓手指碰到塗了油脂的那一面。他接著掀開被單，少女那絕妙的體香突然撲鼻而來，濃烈溫熱，可是他卻不為所動，因為他太熟悉這個味道了。他還要再等一等，直到他完全擁有這個香氣以後，他才要好好地啜飲它、享用它，直到爛醉為止。現在最要緊的是，盡可能擷取更多的香氣，不要讓它有絲毫的流失；現在最重要的就是要集中精神，而且動作要快。

他拿起剪刀，快速地剪開她的睡袍，把它脫下來，接著拿起塗了油膏的麻布，蓋在她赤裸的身上。把她抬高，把覆在她身上的布巾從下面拉過去，然後把她捲進布巾裡，就像麵包師傅在揉一個包餡的麵包捲一樣，把兩邊摺好，把她從頭到腳包得密不透風，只剩她的秀髮還露在外面。他沿著頭皮把她的秀髮全部剪下來，包在她的睡衣裡面，然後把它捲成一捆，最後再把還沒用到的一小塊布角蓋在她的光頭上，把突出來的接邊撫平，然後用溫柔的指壓輕輕地貼牢它。接著他檢查這整個包裹，沒有任何縫隙，也沒有任何漏洞，足以讓少女的體香能夠逃逸。她已經被包得嚴嚴實實，現在唯一要做的事情就是等待，足足要等上六個小時，直到天朦朦亮為止。

他把一張小扶手椅搬到床邊，坐了下來，椅子上還放著她的衣服。在她那件寬大的長袍裡，還微微留著她的體香，混合了她放在口袋裡的茴香餅的味道，這是她準備在路上充飢用的乾糧。他把腿伸到床沿，挨著她的腳邊，把她的衣服蓋在自己身上，吃著她的茴香餅。他累了，可是他不想睡，一個人在工作的時候睡覺是不適當的，就算這個工作只是等待而已。他回憶起那些個夜晚，他在巴迪尼的工作室裡徹夜蒸餾的往事：那個被煤煙熏黑的蒸餾器、那搖曳的爐火、那蒸氣經過冷凝管，然後一滴滴滴入收集瓶時發出的聲響。你得三不五時地看看火勢，在蒸餾釜裡添水，還要更換收集瓶，倒掉被抽盡精華的材料，再補充一些新的。對他而言，清醒並不是因為偶爾有些事情要做，而是因為清醒本身就很有意義。即使在這個房間裡面，整個萃取的過程獨自進行著，不需要他插手。更何況如果在不恰當的時間，就對這個香氣包裹做一些多餘的測試、翻面和加料的動作，甚至會破壞既有的成果——然而，對葛奴乙而言，在這裡維持清醒並親自守候，卻是非常重要的。在這種時刻睡覺，極有可能會妨礙他的成功。

雖然他已經很累了，不過，保持清醒和默默地等待，對他而言並不困難。他喜歡這樣的等待，就跟另外那二十四位少女的情形一樣。因為這種等待不是沉悶枯燥的乾等，也不是熱切期盼的苦等，而是一種充滿感情的陪伴。就某種意義而言，也可以說是一種積極的等待。在這等待的過程當中，有某種微妙的事情正在發生，而且是非常重要的事情。就算它不會自己主動發生，也會透過他的精心安排而被動地發生。他已經盡到他最大的努力了，他畢生的技藝精華就表現在這最後一次戰役上了，絕不允許有任何的差錯。這個作品是獨一無二的，它的結果將會像王者頭上的皇冠一樣耀眼……他只需再等幾個小時就行了，這樣的等待讓他深深地感到滿足。他一生當中從未有過如此愉快的感覺，這般安詳、這般平靜，跟自己處得這麼融洽——即使是過去那段山居歲月裡，也沒能達到這樣的境界——就像此時此刻，在這手藝勞動的休憩過程中，在這星月無光的靜寂暗夜裡，傍著他的犧牲者比鄰而坐，清醒地守候著。這是獨一無二的時刻，從他那陰鬱幽暗的頭腦裡，甚至誕生了輕快歡暢的思想。

奇怪的是，這些念頭並不指向未來，縈繞在他心中的，並不是幾個小時之後他將要收成的香氣，也不是他用二十五個少女的體香所要配製出來的絕妙香水，更不是任何未來的計畫、運氣和成就。不，此時此刻占據他心頭的，竟然都是過去的前塵往事。他回想起幼時在賈亞爾太太家受託照顧的那一段日子，以及她家門前那一堆溫暖潮溼的木頭香氣，一直到今天，他兼程趕路地來到納普爾這帶著魚腥味的濱海小鎮。他想起了鞣革匠葛利馬、基塞佩．包迪尼、泰亞德-埃斯皮納斯侯爵；他想起了花都巴黎，以及它所散發出來數之不盡、五味雜陳的濃烈臭氣；他想起了馬雷街那個紅髮少女；他想起了一望無際的田野、輕柔的微風，以及蓊鬱的森林；他接著想起奧弗涅山區——他從不刻意避開這一段往事——他的山洞，以及那沒有人味的空氣；他跟著想起自己曾經做過的夢。在整個回憶的過程當中，他的心情都非常愉快。當他一一喚醒過去的記憶時，他就覺得自己特別幸運，老天爺是多麼地眷顧他呀，雖然命運帶著他一路走來顛簸曲折，可最後畢竟還是引領他走向正確的道路啊。難道還會有其他更好的安排嗎？像他在這裡所找到的那樣。在這個幽暗的房間裡，他難道不是已經達成目標、實現願望了嗎？平心而論，老天爺待他可說是特別仁慈呢！

想到這裡，他的內心不由得一陣感動，充滿了謙卑和感恩之情。「謝謝你。」他輕聲說道：「謝謝你，尚-巴蒂斯特．葛奴乙，因為你完全表現出你該有的樣子！」他深深地被自己感動了。

接著他合上眼瞼——不是因為想睡覺，而是為了將自己全心全意地獻給這個神聖的寧靜夜晚。他的內心充滿了平安喜樂，而周遭的環境也似乎感染了他內心的平靜。他聞到隔壁房間裡，她的貼身侍女睡得正酣；他聞到對面房間裡，安托萬．里希睡得極熟；他聞到客店主人和幾個傭人、幾條狗、廄欄裡的牲畜們也都睡得非常沉穩；甚至整個小鎮，還有旁邊的大海，似乎都沉入寧靜的夢鄉中呢。風也停了，一切都靜止了，沒有任何聲響來干擾這一片平靜。

有一次，他把一隻腳轉向一側，輕輕碰到珞兒的腳，其實不是真的碰到她的腳，而是碰到裹住她腳踝的布巾。塗在上面的那一層香膏正在汲取她的香氣，她那無與倫比的絕妙香氣，那是屬於他的香氣。

46

當小鳥開始在枝頭鳴唱的時候——距離破曉還有一段相當長的時間——他才站起身來，準備完成他的工作。他打開布巾，好像撕藥膏般從死者身上扯下綁帶。油脂從皮膚上剝離的情況非常良好，只在一些角落的部位留下一點點殘餘，還得勞駕他用抹刀刮下來。剩下的膏痕，他用珞兒的貼身內衣把它拭乾淨，最後再用同一件內衣把她的身體從頭到腳仔細擦過一遍。擦得這麼徹底，甚至連少女毛孔裡的皮脂分泌物都搓下來了，反正她身上的所有香氣，他是連最後的一絲一毫都絕對不肯放過。對他而言，現在的她才真是死了、枯萎了，既蒼白又委靡，就跟花渣一樣。

他把內衣丟進那一大塊萃香布裡，只有在這裡她還繼續活著，又把包著頭髮的睡袍跟它放在一起，然後全部捲成一個緊緊實實的小包裹，夾在腋下帶走。他懶得為床上的屍體蓋上被子，彷彿覺得沒有必要多此一舉。雖然這時長夜已盡，天色漸漸轉明，房間裡的物事慢慢顯出輪廓，他都沒朝床上多看一眼，就連這輩子唯一一次用眼睛看她，也不願意。他對她的身材一點都不感興趣，她的身體對他而言從來不曾存在，存在的只是她那不具形體的香氣，而這香氣他現在正夾在腋下準備帶走了呢。

他輕輕地躍上窗臺，爬下梯子。外頭又吹起了風，天空晴朗無雲，一道清冷的暗藍色曙光照射著大地。

過了半小時之後，珞兒的侍女在廚房裡生起了爐火。當她走出房外去拿柴薪時，雖然瞥見小姐窗外有一個梯子豎在那裡，可是因為她還睡眼惺忪，完全沒有意識到這有什麼不對勁。六點剛過，太陽就出來了，一個金紅色的巨輪從萊蘭群島兩個小嶼之間的海面升起，天空萬里無雲，一個燦爛的春日就要開始了。

里希的房間是坐東朝西的，他一直睡到七點鐘才清醒。幾個月以來，這是他第一次真正扎扎實實地睡了個飽，而且一反他平日的習慣，他又在床上多賴了一刻鐘，這才勉強伸伸懶腰，發出滿足的嘆息，一邊傾聽著廚房那邊傳過來令人舒適的嘈雜聲。當他終於起身，推開窗扇，看著外面陽光普照，呼吸著新鮮香甜的空氣，聽著海邊波濤拍岸的浪聲，他的心情真是好得不能再好，於是他噘起了嘴唇，吹著一支旋律輕快活潑的曲子。

他一邊穿衣服，一邊繼續吹著口哨，直到走出房門，還在吹口哨。他踏著輕快的步伐，穿過通道，走向女兒的房門口。他輕輕敲了敲門，又敲了一下，非常輕，生怕嚇到她了。沒有回應，他笑了，他知道，她一定還在睡。

他小心翼翼地把鑰匙插進鎖孔裡，輕輕地轉動鎖栓，免得把她吵醒了。他非常熱切地盼望能夠趕快看到她還繼續在睡，因為他想要用親吻來喚醒她。再一次，在他不得不把她交付給另一個男人之前，最後一次給她一個起床的親吻。

門開了，他走進房間，陽光照到他整個臉上。她的房間彷彿裝滿了閃亮的銀錠，所有的東西都在發光。強烈的光線刺痛了他的眼睛，他不得不暫時閉起眼睛。

當他再度張開眼睛時，看到珞兒躺在床上，全身赤裸，被剪光了頭髮，白得刺眼，顯然已經死去多時了。情況正如他前天夜裡在格拉斯城所做的惡夢一樣，當時他夢醒後就完全忘記了。如今夢中的情景有如閃電般突然回到記憶之中，毫釐不差，只是清晰得多。

47

洛兒遭到謀殺的消息很快就傳遍整個格拉斯城，騷動的情況就像是在宣布「國王駕崩了！」或是「開戰了！」或是「海盜上岸了！」一樣，但是所引起的恐慌卻有過之而無不及。那早已被人刻意遺忘的恐懼，伴隨著所有附加的現象：驚慌、激憤、狂怒，以及歇斯底里的懷疑和絕望，突然又出現了，而且迅速地蔓延到各地，就像去年秋天一樣。人們一到入夜就足不出戶，把女兒關在家裡，還築起了防禦工事來保衛自己，人人都互相猜忌，從此不敢安心睡覺。大家都在想，情況又回到從前了，每個禮拜都會發生一樁謀殺案，時光彷彿又倒退回半年前了。

這一次的恐懼，比起半年前又更具殺傷力，因為長久以來深信已被克服的危險，突然一下子就回籠了，一種深刻的無助感在人們之間迅速地傳播開來。如果連主教的詛咒都失靈了！如果連安托萬．里希，偉大的里希，格拉斯城最富有的公民、第二執政官，像他這麼思慮周密、有權有勢，而且又能夠支配所有的救助工具的人，都沒能保護好自己的小孩！如果兇手的魔掌，就連在洛兒那神聖的美之前都不肯縮手的話——事實上，她在眾人心目中的地位的確就像聖人一樣，這種印象在她死後又比以前更強烈了——那麼其他人還有什麼指望，能夠逃得過這個殺人魔呢？他簡直比瘟疫還要可怕，因為人們還可以逃得過瘟疫，可是卻逃不過這個殺人魔，里希的例子就是最好的證明。他顯然擁有非比尋常的超能力，如果他不就是魔鬼本人的話，也一定是跟魔鬼訂了盟約。尤其是一些頭腦簡單的人，除了上教堂去祈禱之外，再也想不出別的法子；各行各業的人都紛紛向他們的保護神尋求庇護，鎖匠向聖阿珞修，織工向聖克里斯班，園丁向聖安東尼，香水師向聖約瑟祈求平安。他們帶著老婆孩子一起祈禱，吃飯睡覺都在教堂裡，即使大白天也不肯離開一步。他們堅信，唯有絕望的一群人互相庇蔭，以及在聖母瑪利亞的看顧下，他們才有可能找到唯一的安全，如果還有任何安全可言的話。

其他一些頭腦比較機靈的人，看到教會已經失敗了一次，就不再對它寄以厚望。他們共同組成一個秘密團體，重金禮聘一個來自古爾東的有牌女巫，躲在格拉斯城地底一個石灰岩洞裡，偷偷舉行黑彌撒，試圖藉著討好惡魔，達到消災解厄的效果。還有一些人，特別是那些上層階級的市民和講究教養的貴族們，選擇用最現代化的科學方法，在他們的房子裡建立起一座磁場，催眠他們的女兒。然後又在他們的沙龍裡圍成一個流動的靜默氣場，企圖藉著集中彼此的念力，用感應的方式除掉惡魔。各種團體紛紛組成進香隊，從格拉斯步行懺悔到納普爾，再從納普爾回到格拉斯。來自城裡五座修道院的所有僧侶們，共同安排了一個接力式的祈福禮拜，持續不斷地唱著聖歌，所以城裡的人們可以聽到，一會兒從這個角落，一會兒從那個角落，夜以繼日地傳出永不休止的哀歌。幾乎沒有人在從事勞動了。

格拉斯城的居民們，幾乎是不耐久等，狂熱地盼著下一宗謀殺案的來臨。沒有人懷疑，這樣的事情一定會再度發生。私底下，每個人都希望早點聽到壞消息，唯一希望的是，這種事情最好是發生在別人家，而不是發生在自己家裡。

好在這一次，政府當局，包括市政府、鄉政府和省政府，都完全不受群眾歇斯底里的心情影響。自從出現了少女殺人魔以來，第一次，各地區的執政當局終於共同組成一支有計畫、有系統的緝兇團隊，動員了格拉斯城、德拉吉尼昂和土倫的大批政府官員、警察、憲兵、議會和海軍。

執政當局之所以會採取聯合行動的理由，一方面是因為害怕會爆發大規模的群眾暴動，另一方面也是因為在這次珞兒的謀殺案中，他們確實掌握了一些有力的線索，使得他們有可能對兇手採取系統化的追蹤行動。有人目擊過兇手，顯然就是那個在命案發生當夜，睡在納普爾客棧的馬廄裡，隔天早上就逃逸無蹤的鞣革工，他的嫌疑最大。綜合客店主人、馬夫和里希的供詞，得出一致的結論就是：這是一個相貌平庸、身材矮小的男人，穿著褐色的外套，背著一個粗麻布的旅行袋。可是除此之外，很奇怪的，三個證人對這傢伙的其他印象不約而同的都很模糊，完全說不出他的長相、他的髮色、他說話的方式到底是怎樣。不過客店主人倒是注意到一件事，如果他沒有看錯的話，那個陌生人的姿勢和走路的樣子似乎有點向左偏的感覺。如果不是有一條腿受傷了，那有可能他根本就是個跛腳漢。

有了這些線索，在命案發生的當天中午，騎警隊就派出兩支小隊，朝著馬賽方向，分頭展開緝兇行動，一支沿著海岸線，另一支則向內陸挺進。至於納普爾附近一帶，就責成一批志願的義警隊進行地毯式的搜索。格拉斯地方法院又派出兩個幹員，專程奔赴尼斯，看看能不能查出那個鞣革工的來龍去脈。在弗雷瑞斯、坎城和昂蒂布等港口，所有出航的船隻都必須接受檢查；通往薩瓦省邊境的道路全部加設路障，所有通關的旅客都必須出示身分證件。一份詳述罪犯特徵的通緝布告，在格拉斯、尼斯和古爾東的城門，以及鄉間的教堂門口到處張貼。識字的人可以自行閱讀，不識字的人可以透過一天三次、由專人宣讀的方式，得知其中的內容。關於兇手可能是個跛子的推測，不但強化了大家先前認為這兇手肯定就是魔鬼本人的想法，而且更加煽動了民眾的恐慌，對於收集有力的辦案線索反而毫無幫助。

直到格拉斯法院的院長接受里希的委託，提供一筆為數不少於二百斤銀子的獎金，懸賞捉拿罪犯之後，才在格拉斯、奧皮奧和古爾東等地，循線逮捕了幾個可疑的鞣革工。其中一個可憐的傢伙，不幸還真有一隻跛腳呢。雖然有好幾個證人為他提出了可靠的不在場證明，可是警方已經打算要對他嚴刑逼供了，幸虧，就在命案發生後的第十天，有個城門守衛到市政府那兒去檢舉，並且向承審的法官提出下列的供詞：那天中午，他，加百列．塔格里阿斯柯，守衛隊隊長，一如往常般在步道城門口執勤，來了一個人。那傢伙，他現在才知道他的特徵跟布告上描述的非常吻合。那人一再跟他打聽追問，那天早上第二執政官的馬隊到底是走哪個方向離開這城市的，那樣子好像很著急似的。這件事在當時和後來，都沒有對他產生任何意義，單憑他一個人的力量，也完全記不起這個人——這傢伙實在是太不引人注意了——要不是昨天恰好又看到他，而且就在這裡，在格拉斯城裡，在母狼街那邊，就在德魯奧師傅和阿努飛夫人的香水廠前面。而且這一次他剛好注意到，這傢伙正一拐一拐地走回工廠裡，看來他顯然是個跛子呢。

一個小時之後，葛奴乙遭到逮捕。來自納普爾的客店老闆和馬夫，為了要指認其他的嫌疑犯，此時還留在格拉斯城裡，立刻認出他就是那個在他們店裡住過一夜的鞣革工：就是他，不是別人，這正是大家都在尋找的那個兇手。

人們到香水廠裡搜索，又到方濟會修道院後面橄欖園裡的小木屋搜索，發現在一個角落裡堆著珞兒被剪開的睡袍、內衣和頭髮。人們又挖開地板，其他二十四個少女的衣服和頭髮也跟著一一出現。用來擊斃少女的木棍和麻布旅行袋也都找到了，這下子，可以說是證據確鑿。人們敲響了教堂的鐘聲，法院院長派人四處張貼布告和沿街宣讀：經過將近一年的緝捕行動之後，惡名昭彰的少女殺手終於被逮捕歸案了，現正受到嚴密的監視和拘禁。

48

一開始，人們並不相信政府的宣告。大家都認定，這是當局為了掩飾他們的無能，以及為了安撫人民的激憤情緒，免得爆發危險的群眾運動，所想出來的花招。大家都記得清清楚楚，前陣子不是還謠傳兇手已經到格勒諾勃去了嗎？這一次，大家都被那根深柢固的恐懼感給吞噬了心靈了。

直到隔天，在教堂廣場上，憲兵隊總部前面，公開展示各項證物——那景象真是可怕，二十五件睡袍和二十五束頭髮，像稻草人一樣掛在木樁上。在面對大教堂的廣場正面，一字排開——這時，眾人的看法才有了一百八十度的轉變。

成千上萬的人們列隊經過這個陰森恐怖的展示場。有些受害者的家屬認出了親人的衣服，立刻爆出驚天動地的哭喊。其他的人，部分是基於追求驚悚事物的癖好，部分是因為要親眼看見才會相信，紛紛要求當局把兇手帶來示眾。要求將兇手示眾的呼聲愈來愈高，愈來愈激昂。眼見這人潮洶湧、萬頭攢動的小小廣場上，立刻就要爆發危險的群眾暴動，法院院長當機立斷，命人將葛奴乙從牢房裡提押過來，帶到憲兵隊總部二樓的窗口上公開示眾。

葛奴乙一出現在窗口，喧囂的人群立刻鴉雀無聲，整個廣場突然變得一片死寂。就像在酷熱的夏日正午，所有的人都跑到野外去了，或是躲在房子的陰影裡。沒有人動一下，沒有人吭一聲，甚至連大氣都不敢喘一口。人人都瞪大了眼睛，張大了嘴巴，就這樣持續了數分鐘之久。沒有人能夠理解，這個不起眼的傢伙，這個微不足道的廢物，這個可憐的小東西，竟然就是犯下超過兩打以上罪行的大惡人嗎？他怎麼看都不像個殺人犯的樣子，雖然沒有人說得出來，這個殺人犯，這個惡魔，應該長什麼樣子，可是大家都一致認為：不是這個樣子！雖然這個兇手的樣子完全不符合大家對他的想像，因此他的出現，依照人們的看法，根本就不能產生令人信服的作用。然而弔詭的是，這個人現在就活生生地站在窗前，而且事實上，只有他而不是別人被當作兇手推到眾人面前，反而又產生一種令人信服的影響。大家都在想：這怎麼可能是真的？但同時人人又都知道，這一定就是真的！

可是，直到憲警把這猥瑣的男人推回黑暗的地牢裡，直到他不再出現在眾人面前，看不見了，才成為記憶。儘管只是非常短暫的記憶，甚至可以說是成為人們頭腦裡的一個概念，一個萬惡殺人魔的概念——這時人們才恍如大夢初醒般，做出正常人該有的反應：合上嘴巴，成千上萬的眼睛又恢復了生氣。接著，眾人異口同聲，發出如雷般的怒吼和復仇的呼喊：「把他交給我們！」接著他們就打算衝進憲兵隊總部，想要親手扼死他，把他碎屍萬段。憲警們竭盡全力地阻擋，把暴怒的群眾堵在門口，趕出門外。葛奴乙被火速帶回牢房裡，法院院長出現在窗口，承諾要盡快舉行公開審判，而且保證一定會從嚴量刑。然而群眾還是不肯就此罷休，直到人群完全散去，又過了好幾個鐘頭，等到整個城市恢復平靜，則需要好幾天的時間。

事實上，整個審判過程可以說是進行得非常順利，不只是因為罪證確鑿，而且是因為被告毫不迴避，一下子就承認他被指控的所有罪名。

唯有當問到他的動機時，他的回答總是不能讓人滿意，他只是一再重複說著：他需要這些少女，所以才會打死她們。到底他為什麼會需要她們？還有，他口中所謂的「他需要她們」究竟是什麼意思呢？對此，他就保持緘默了。人們想要用刑求的方式逼他回答，把他倒吊了好幾個鐘頭，又灌了他七品脫的水，最後再用夾棍來夾他的腳，還是問不出個所以然。這傢伙似乎對身體上的痛楚毫無知覺，連唉一聲都沒有，如果有人再問他話，他的回答也不外是：「我需要她們。」法官斷定他是個精神病患，於是停止逼供的行動，決定不再進一步審問下去，準備就此結案執刑了。

唯一的耽擱來自德拉吉尼昂市政府——納普爾是他們的管轄區——和艾克斯議會之間的法律爭議，因為他們都搶著要把這個案子攬到自己身上。但是格拉斯城的法院才不會這麼輕易地就把這個案子拱手讓給外人，犯人是他們捉到的，絕大部分的命案又都是發生在他們的轄區範圍內，何況外面還有大批群眾的怒吼在威脅著他們。如果他們把這個案子轉給其他的法院，群眾不會大聲抗議才怪，這傢伙必須在格拉斯城血債血還。

一七六六年的四月十五日，判決出來了，接著在地牢裡對被告當面宣讀，內文如下：「尚-巴蒂斯特．葛奴乙，職業：香水師學徒，應於四十八小時以內，押赴步道城門口的刑場。在那裡，臉朝天綁在木十字架上，活活用鐵棍重打十二下。把肘、膝、胯骨和肩膀關節一一敲碎，然後豎在刑場上公然示眾，直至死亡為止。」通常比較人道的做法是犯人的關節被敲碎之後，立刻用一根繩子把他勒死，但行刑官接獲非常明確的指示，絕對不准這麼做，哪怕犯人的死前掙扎因此要持續數天之久。屍體將趁天黑埋在牲畜埋屍場，而且不准標示位置。

葛奴乙木無表情地聆聽此一判決，法院的執事問他：「還有什麼最後的要求嗎？」葛奴乙說：「沒有。」他已經擁有一切他所需要的了。

一個神父走進牢房，想要聽取他的懺悔，可是不到一刻鐘就又出來了，而且是無功而返。那個死刑犯一聽他提到上帝的名字，就一臉茫然，好像生平第一次聽到似的，接著就躺在床上，立刻呼呼大睡。這種人，再跟他多說什麼也是白費唇舌。

接下來的兩天裡，許多好奇的民眾紛紛湧入地牢，想要近距離端詳這個出了名的殺人魔。牢頭讓他們從牢門上的監視孔往裡邊看一眼，這一眼就要收六個索耳。有個銅版畫家想要幫他畫一張素描，這樣要收二塊法郎，可是這題材實在太令人失望了。那個囚犯，上了手銬腳鐐，成天躺在牢床上，一直在睡覺。臉朝著牆壁，任你怎樣敲門叫喊，他都一概相應不理。法院嚴格禁止任何訪客踏進牢房，儘管有人提出相當誘人的高價，但是牢頭還是絲毫不敢違抗此一禁令。他們害怕這個囚犯可能會在行刑前，被受害者家屬殺死。基於同樣的理由，也不准提供他任何外面送來的食物，因為他可能會被下毒。在整個囚禁期間，葛奴乙吃的都是主教府邸的炊事專門為他調理的食物，而且典獄長都要親自試過。最後兩天，他幾乎什麼都不吃，只是一直躺在床上睡覺。偶爾聽到他身上的鐐銬喀哩啷響，牢頭趕緊衝到監視孔前去查看，只見他拿起水瓶喝一口水之後，又躺回床上繼續睡覺。看樣子，這傢伙似乎活得不耐煩了，以至於在他生命中的最後幾個小時，都不願意清醒地過似的。

這期間，刑場上的行刑工事已經準備完畢。木匠造了一座三米長三米寬又二米高的行刑臺，四周圍著欄杆，有一道堅固的階梯通到上面——這麼豪華的行刑臺，在格拉斯還沒有人看過呢。另外又專門為達官貴人們造了一座看臺，加上一道圍籬，遠遠隔開那些也趕來看熱鬧的升斗小民。城門左右兩側的房子，靠窗的位子都已經被人重金訂了下來，就連城門守衛的崗哨也都早就高價租出去了。甚至連位置稍嫌偏遠的慈善醫院，行刑官的助手也把腦筋動到病人身上。經過一番殺價之後，他們同意把房間讓出來，再由他以極高的利潤轉租給那些感興趣的人們。賣檸檬水的早就調好一壺壺的濃縮汁備著；版畫家也印製了好幾百張的死囚肖像，那是根據他在牢房裡的速寫，再經過自己的想像加工而成的；來自各地的流動攤販一打一打地湧入城裡，麵包師傅們也都趁勢推出一爐爐的紀念餅乾。

行刑官是帕朋先生，他已經好幾年沒有執行過敲碎犯人關節的刑罰了，特別訂製了一根四角柱形的鐵棍，還特地跑到屠宰場去，拿動物屍體來練習。他只能打十二下，要保證打斷十二個關節，並且不能傷害到身體較重要的部位，比如胸口或是頭部——這是一項高難度的任務，需要高度的敏感和力道控制。

市民們好像準備迎接盛大的節日般，那一天，所有的人都停止工作。婦女們把節日禮服燙得平平整整，男士們也把西裝外套刷得乾乾淨淨，又把靴子擦得鋥亮。文官武將們、行會師傅們，所有的律師、公證人，以及兄弟會或其他重要組織的頭頭們，紛紛穿上制服或是官服，並且配上勳章、披上肩帶、掛上飾鏈，最後再戴上一頂撲了香粉的雪白假髮。正教的信徒們打算在事後舉行一場隆重的感恩禮拜，而邪教的大師們也計畫要舉辦一場盛大的黑彌撒；至於那些教養好的名流仕紳們，則打算分別在卡布里什、維勒納夫和楓密雪等五星級大飯店，舉辦磁場感應會。家家戶戶的廚房裡都在忙著煎煎煮煮，地窖裡的葡萄酒也已經取出來了。牆上掛著市場上買來的各種花飾，大教堂裡，管風琴和合唱團也開始排練了。

位於正直街頭的里希家中，一片寂靜。一切為迎接「解放日」——老百姓都把犯人的處決日稱作解放日——的準備活動，里希都一概加以禁止。他非常厭惡這一切，對於先前人們再度突發的恐懼他感到非常厭惡，對於此刻人們莫名的狂歡他也同樣感到厭惡。他根本就厭惡這些人，所有的人，每一個他都非常厭惡。他既沒有去大教堂前的廣場上觀看罪犯和受害者遺物的展示，也沒有去旁聽犯人的審判，更不會擠在湊熱鬧的人群中，到牢房裡去排隊窺看那個即將受刑的死囚。為了完成女兒頭髮衣物的指認工作，他特別情商主審法官到他家裡，扼要而鎮靜地做完筆錄之後，請求法官讓他保有證物做為紀念，法官也都慨然應允。他拿著這些東西走進珞兒的房間，把剪開的睡袍和內衣攤在她的床上，把她的一頭紅髮鋪在枕頭上，自己坐在床前，日日夜夜，不再離開房門一步，彷彿想要透過這麼無謂的看顧，來彌補納普爾那一夜的疏忽似的。他的內心充滿了厭憎感，他厭惡這個世界，厭惡他自己，厭惡到哭不出來的地步。

對於那個殺人兇手，他也同樣感到厭惡。他再也不把他當人看，而是當作一頭待宰的畜牲來看。直到行刑的那一天，他才要去看他，看他躺在十字架上，被劊子手用鐵棍重打十二下。然後他要看著他，而且是挨近地看著他，他已經叫人幫他預定了一個最前排的位子。等到看熱鬧的人都散盡以後，再等上幾個鐘頭，他就要親自登上行刑臺，緊挨著他坐著，日夜監看著，直看到他的眼睛裡。這個殺害他女兒的兇手，把對他的所有憎恨，一滴滴地滴進他的眼睛裡；把對他的所有厭惡，像灼熱的酸液般，傾倒到他的垂死掙扎裡，一直到這不是人的東西嚥氣為止……

然後呢？接下來他要做什麼呢？他不知道。也許想辦法再恢復過去習慣了的生活，也許再討個老婆，也許再生個兒子，也許什麼都不做，也許就這樣死掉算了。反正都一樣啦，思考這些事情，對他而言，就好像思考死後要做什麼一樣，根本就毫無意義。死了以後還能做什麼呢？當然，什麼都不能做。

49

行刑的時間安排在下午五點，可是一大早就有看熱鬧的人跑來占位置了，他們帶了椅子、小板凳和坐墊，還有食物、葡萄酒和孩子們。靠近中午的時候，有許多鄉下人從四面八方成群結隊地湧進城裡，把整個刑場都擠滿了。新來的人就只能在廣場盡頭的公園和通往格勒諾勃街道兩側的梯田上，將就著安頓下來。小販們的生意都是應接不暇，看熱鬧的人群吃吃喝喝、嘰嘰呱呱，好像在年貨市場上一樣。沒多久就已經聚集了將近一萬個人，這可比推選茉莉花后所舉辦的慶典還要多，也比最大規模的儀隊遊行號召了更多的人潮，這樣萬人空巷的情形在格拉斯城可是頭一遭呢。直到遠處的山坡上都站滿了人，有的爬到樹上，有的蹲在牆垛上和屋頂上，一個窗口擠了十個甚至一打。只有在刑場中央，用街壘圍出了一塊空地來擺設看臺和行刑臺。在一大片黑壓壓的人群中，突然顯得相當渺小，就像玩具或是布偶戲臺般。此外，還有一條小巷道被完全淨空，從行刑臺到步道城門再延伸到正直街。

三點剛過，帕朋先生和他的助手現身了，觀眾席響起一片掌聲。只見他們扛著一個安德烈十字架走上行刑臺，把它的高度調整好之後，先用一個非常重的四腳支撐架把它固定住，跟著再由一個細木工把它釘牢了。助手和木匠每完成一個動作，都會贏得觀眾的喝采。當帕朋先生拎著鐵棍走過來，繞著十字架轉一圈，估算他的步伐，並且模擬行刑，一會兒這邊打一下，一會兒那邊打一下，這時觀眾更是歡聲雷動。

四點鐘左右，看臺上開始陸續入座，許多名流仕紳都出席了，富貴人家的子弟帶著僕從，舉止高雅、豔光四射的女士小姐們頭頂著大禮帽，身穿著光鮮亮麗的華服。住在城裡和鄉下的貴族們幾乎都到齊了，議會裡的議員先生們也都在兩位執政官的帶領之下列隊入場。只見里希穿著黑衣黑襪戴黑帽，緊接著進場的是由法院院長所帶領的全體市政府官員。最後一位是主教，乘著一頂無篷的軟轎，穿著亮紫色的教袍，戴著綠色的小圓帽。原本頭上還戴著帽子的人，現在也趕緊脫下來，場面十分莊嚴。

接下來的十分鐘幾乎沒有什麼動靜，名流仕紳們都已經對號入座了，平民百姓們也都靜靜地等候著，沒有人再繼續吃東西，大家都在引領企盼著。帕朋和他的助手已經站上了行刑臺準備就緒，一輪金色的太陽高高掛在埃斯特雷峰頂，從格拉斯盆地吹過來一陣溫熱的和風，帶來了橘子花的香氣，一切顯得異常的平靜。

最後，當人們開始覺得緊繃的情緒再也克制不住，就要爆出成千上萬的嘶吼、騷亂、恣意宣洩和群眾暴動時，突然聽到一陣馬蹄噠噠和車輪嘰嘰嘎嘎的聲響，打破了令人窒息的沉靜。

一輛封閉式的雙頭馬車，沿著正直街朝向這裡駛了過來，那是警察局長的座車。等它穿過城門，接著就出現在大家面前，然後通過一條狹窄的巷道，從容不迫地馳向刑場。警察局長堅持要用這種方式將犯人押赴刑場，他認為除此之外，其他的方法都不能保證犯人的安全。這樣的做法當然很不尋常，監獄距離刑場才不過五分鐘的路程，這麼短的距離，就算犯人因為任何理由而不克步行，那也應該讓他坐一輛驢拉的板車遊街示眾呀。像他這樣，乘坐封閉式的豪華馬車前來受刑，不但有專屬的車夫，而且還有護駕的騎兵和穿著制服的隨從，這樣的陣仗還真是從沒見過呢。

雖然如此，群眾並未因此而引起騷動或是不滿，相反的，大家都很滿意，總算有了點動靜了。大家都覺得，用馬車載來犯人是個很妙的點子，就像在劇場裡，看到一齣熟悉的戲碼，以令人驚奇的全新手法意外演出，反而得到觀眾的好評一樣。很多人甚至覺得，像這樣的出場方式非常合適，對待這麼罪惡滔天的大壞蛋，就應該要用非常特別的方式，不應該像對待攔路打劫的普通罪犯一樣，用鏈子綁著拖到刑場上，這有什麼看頭呢？就是要把他從四輪馬車的豪華座椅上拉下來，然後拖到行刑用的十字架上——這樣的殘酷才真是創意十足呢。

馬車在行刑臺和貴賓看臺之間停了下來，隨從們紛紛跳下來，打開車門，拉下梯子。首先下車的是警察局長，跟在他後面的是一個守衛官，最後才是葛奴乙。他穿著一件藍色的外套，裡面是白襯衫，腳上套著一雙帶釦的皮靴，配上白色的長統絲襪，身上沒有任何鐐銬鎖鏈，也沒有人架著他。只見他自由自在地步下馬車，完全不像個犯人的樣子。

接著發生了一樁奇蹟，或者類似奇蹟的事情，總之是發生了一件不可思議、聞所未聞、難以置信的事情，所有的目擊者事後都將會以奇蹟來稱呼它，如果他們有機會提到這件事的話。然而情況不是這樣，那天所有在場的人都因為曾經參與此事而深感羞恥，從此絕口不提此事。

事情是這樣的，當時聚集在刑場和周圍山坡上的一萬個人，他們的內心都突然被一種不可動搖的信念所占滿：這個穿著藍色外套，剛剛走下馬車的小個子男人，絕對不可能是個殺人兇手！並不是因為他們對他的身分有所懷疑！站在那裡的男人，就和幾天前他們在教堂廣場上、從衛兵總部的二樓窗口看到的是同一個人，那時候他們還恨不得親手殺了他，把他碎屍萬段；也和那個兩天前因為證據確鑿，以及他親口承認犯行下、被判決死刑的是同一個人。就在一分鐘以前，他們都還熱切期盼看到行刑官對他動用極刑的景象。就是他，就是同一個人，這點毫無疑問！

可是，同時他們又覺得：不是他，絕對不是他，他不可能是個殺人兇手。站在刑場上的那個男人，是無辜的。就在這一瞬間，從主教到賣檸檬水的，從侯爵到洗衣婦，從法院院長到街頭小混混，大家都知道這一點。

就連帕朋也知道這一點，他那雙緊握著鐵棍的雙手開始顫抖，他那兩隻孔武有力的臂膀突然變得非常虛弱，膝蓋也變得那麼無力，一顆心乒乓亂跳，慌得跟個孩子似的。他再也無法舉起這根鐵棍，他這輩子絕對不要把力氣用在為了對付這個無辜的人而舉起這根鐵棍，唉，他多麼害怕人家把他帶上行刑臺的那一刻。他忍不住全身發抖，不得不倚著那根用來殺人的鐵棍，免得因為過度虛弱而跪倒在地上，這位高大強壯的帕朋！

其他人的情況也一樣，一萬個圍觀的人群，無論男女老幼，個個都像少女一樣虛弱，拜倒在情人的魅力之下。每個人都對他產生一股強烈的愛慕、溫柔和意亂情迷的感覺，老天爺呀，竟然會愛上這麼一個矮小的殺人犯，現在他們是既不能也不想傷害他了。每個人都有一股想哭的衝動，好像壓抑已久，而今再也制止不了，從腹部升起的一股想哭的衝動，有如江河決堤般，滾滾洪流，傾瀉而下。所有的人都化成水，從內在的精神和靈魂開始融化；所有的人都化作不定形的液體，只剩一顆心，像一團捉摸不定的塊狀物，在他們的內裡搖啊晃的。每個男人，每個女人，都把他們的一顆心交在這個身穿藍色外套的小男人手上，問世間情為何物，直教人生死相許：他們都愛上他了。

葛奴乙在敞開的車門前站了好幾分鐘，一動也不動，挨著他身旁的那個僕從突然膝頭一軟，跪了下去，而且還繼續拜倒下去，直到額頭貼地。這種姿勢在東方比較常見，但也只有在蘇丹面前或是向阿拉祈禱時才會出現。即使已經是這樣的姿勢了，但是他的身體仍不停地發抖和搖擺，好像還想再繼續拜倒下去，直到五體投地仍不停止；甚至想要鑽進地裡，直到從世界的另一頭鑽出來為止，否則不足以表現他的忠誠似的。守衛官和警察局長，這兩個人原本都是鐵錚錚的男子漢，他們的任務本來是要把犯人押上斷頭臺，交給劊子手去處死的，現在卻完全無法履行他們職務。只見他們哭得淚人兒似的，一會兒摘下頭上的帽子，一會兒又戴了回去，最後乾脆把它丟在地上，彼此投入對方的懷抱裡。接著又鬆了開來，然後雙臂在空中胡亂揮舞，又絞著自己的雙手，一邊抽搐，一邊不由自主地皺著臉，彷彿罹患了舞蹈症似的。

坐在較遠地方的名流仕紳們，紛紛放下平日的矜持，縱容內心的慾望任意馳騁。那些貴婦千金們，有的一看到葛奴乙就雙手撫胸，發出幸福的歎息聲；有的則因為熱切渴望得到這位光輝燦爛的青春少年——這正是她們眼中所看到的他——激動得不聲不響地昏倒在地上。有些體面的先生們，不停地從座位上躍起又坐下，又跳起來，呼呼喘著大氣，雙拳握緊了劍柄，好像要拔出來似的。真教他給拔出來了，又立刻插了回去，弄得一支劍鞘喀哩啷響個不停。其他人則是默默地凝望著天空，兩手交握做祈禱狀。至於主教大人呢，雖然上身匍匐向前，額頭貼在膝蓋上，直到綠色的小圓帽從頭上掉下來。這種姿勢對他來講稀鬆平常，不過現在他卻是生平第一次沉浸在宗教的極樂境界裡。這種事情對他而言倒是一點都不尋常，一項奇蹟在眾目睽睽之下真的發生了，是上主本人親自制止了劊子手，讓這位被世人當作殺人犯的人顯現他的天使原形——噢，這種事情在十八世紀居然還會發生。上主是多麼的偉大！而人類又是多麼的卑微渺小，只是為了安撫騷動不安的群眾，居然膽敢對天使發出開除教籍的詛咒令，連他自己都不太相信這能有什麼效力。啊，你這狂妄自大、信心不足的人哪！現在天主竟不吝對你施行奇蹟！啊，多麼光榮的屈辱，多麼甜美的羞恥，身為主教而能受到上帝如此的懲罰，又是多麼慷慨的恩慈啊！

被隔在圍籬之外的平凡百姓們，因為葛奴乙的現身而激發了強烈的情慾迷霧，此時他們愈來愈不知羞恥地放浪形骸。一開始眼神中還只有同情和感動，現在卻已經被赤裸裸的慾望所填滿；起初只是讚歎和渴求，如今卻已經陷入迷狂的狀態之中。每個人都把這個穿著藍色外套的男人，當作是全世界最豔麗、最迷人、最完美的生物：修女們都視他為救世主的化身，魔鬼的信徒都把他當作黑暗界最光芒四射的統治者，哲學家們視他為最高的存在，年輕的少女們都把他當作童話世界裡的白馬王子，男人們則視他為自己理想的化身。每個都覺得他知道而且抓住了他們最敏感的部位，碰觸到他們的情慾核心。這男人彷彿有一萬隻看不見的手似的，他的手又好像同時放在圍繞著他的一萬個人的私處，以一種對每個人而言，不論男人或女人，在他們最私密的性幻想中最強烈渴望的方式去愛撫他們。

原本計畫要處決那一時代最窮凶極惡的殺手的行刑大典，結果卻演變成自基督誕生前兩世紀以來，全世界規模最大的雜交派對：端莊的淑女們開始袒胸露乳，一邊發出歇斯底里的叫喊，把裙子撩得高高的，躺倒在地上，岔開雙腿。男人們目光迷惘，踉踉蹌蹌地走過這一大片淫猥的肉林，以顫抖的手指從褲子裡掏出他們那彷彿被無形的冰霜凍僵的生殖器，喘息著，走到哪兒撲到哪兒，以最匪夷所思的姿勢和配對方式交媾。老頭和少女、雇工和律師夫人、學徒和修女、耶穌會修士和共濟會姊妹，亂成一團，一切全憑因緣際會。空氣中充斥著縱情色慾之後濃重的甜腥汗味，以及一萬個獸人的嘶吼、喘息和呻吟聲，簡直活像是人間地獄。

葛奴乙站在那裡，臉上露出微笑，或者應該說，看著他的人都以為他在微笑，而且是全世界最無辜、最可愛、最迷人和最誘人的微笑。可是，其實那並不是微笑，而是充滿嘲弄意味的、醜惡的訕笑，浮現在他的嘴角，反映出他對自己的勝利的喜悅和對無知群眾的輕蔑。他，尚-巴蒂斯特．葛奴乙，不帶任何氣味地降生在這個世界最臭的角落裡，被人從垃圾、糞便和腐物堆中拉出來，成長過程中未曾感受到任何的愛和溫暖，僅憑著一股執拗之氣和憎惡的力量存活下來。這個無論內在或是外在都是一樣地矮小、駝背、跛腳、醜陋而令人避之唯恐不及的怪物——而今他居然辦到，讓全世界都瘋狂地愛上了他。什麼叫做心動！什麼叫做愛慕！什麼叫做景仰！什麼叫做崇拜！如今他成就了普羅米修斯式的創舉。那神聖的火種，別人不管阿貓阿狗，都是從一出生就得到了，只有他，硬是扣著不肯給他。現在他終於憑著自己的奮力不懈爭取到了，而且還遠遠超過別人！他已經把這神聖的火種結結實實地種植在自己的心田裡。他比普羅米修斯還要偉大，因為他創造了一種香氣，比起站在他面前的任何人所曾經擁有的都要光輝燦爛、魅力無窮，為此他該感謝的不是別人——不是父親，不是母親，更加不是那個所謂仁慈的上帝——而是他自己。他實際上就是他自己的上帝，而且是個光輝燦爛的上帝，不是那個被人供在教堂裡，渾身散發出薰香臭的上帝。跪倒在他面前的，是一個活生生的主教，正在喜極而泣。那些有錢有勢的人，那些驕傲的仕紳貴婦們，都對他讚歎不已，而遠處的平民百姓們，包括他的犧牲者的父親、母親、兄弟和姊妹，全都尊他的名而且奉他的名，開始一場狂歡大會。只要他一個眼神，一個手勢，人人都準備立刻放棄原有的信仰，轉而尊奉他——偉大的葛奴乙——為他們唯一的上帝。

是的，他就是偉大的葛奴乙！情況已經非常明顯，他就是偉大的葛奴乙，正如從前在他自己的幻想中所曾經達到的境界一樣，現在卻是具體實現在這個真實世界中。此刻他體驗到一生中最偉大的勝利，但是這個勝利太偉大了，令他感到莫名的害怕。

他感到害怕，因為他完全無法享受這份勝利。當他從馬車上下來，踏進陽光燦亮的廣場那一刻，他身上的神奇香水立刻施展魔法，使得面前所有的人都如醉如痴地愛上了他。這足足耗費了他兩年的時間才煉製而成的香水，正是他畢生渴望有朝一日能夠擁有的香水……然而就在願望實現的這一刻，當他親眼看見並且親自聞到，這香水發揮了令人無法抵擋的魅力，風馳電掣般地迅速俘虜了圍繞著他的所有人們──此刻他的內心深處卻不由自主地升起一股對人們的憎惡感，完全破壞了勝利所帶來的喜悅。他不但沒有因此而感到絲毫的快樂，甚至連一點起碼的滿足都沒有。他原來一直渴望的事物，也就是能夠嘗嘗被愛的滋味，如今卻在功德圓滿的這一刻，感到無法忍受。因為他自己根本就不愛他們，他恨他們。他突然發現，他沒有辦法在愛中得到滿足，只能在恨和被恨當中得到滿足。

可是他對人們的恨，卻完全得不到任何回應。此刻他愈是憎恨他們，他們就愈是把他當作神來崇拜，因為在他們的心目中，他就等於他所霸占的那神聖的香氛。他所戴的香氣面具，這是他從別人那裡掠奪而來的香水，而實際上真正被當作神來崇拜的其實是它。

現在他恨不得把所有的人從地上全部消滅掉。這些愚蠢、發臭，而且色慾橫流的凡夫俗子，就像從前他在自己內心的黑暗國度中，一舉殲滅所有的外來氣味一樣。而且他希望，這些人會注意到他是多麼地憎恨他們，他希望他們會因為體認到他這唯一真實的感受，也反過來憎恨他，並且將他消滅掉，就像他們原來打算要做的那樣。他希望一生當中能有那麼一次，非常露骨地表達自己內心的真正想法，就像面前這些人，非常露骨地表達他們的愛意和他們那盲目的崇拜一樣，他也想毫不掩飾地對他們表達他的恨意。他希望一生當中能有那麼一次，哪怕是唯一的一次也好，能夠對他們揭示他存在的真實相貌，他希望因此能得到人們對他那唯一真實的感情的回應，也就是憎恨。

可是他的希望完全落空，人們完全沒有回應他的願望，因為現在的他正戴著全世界最好的香水面具，雖然面具下的那張臉，只是一團無香無臭的虛無氣味。於是他突然感到一陣虛弱，因為他察覺到那團虛無的氣味迷霧又再度升起。

就像在從前那段穴居生活中，在睡夢中，在內心的幻想世界裡，突然升起的那團迷霧一樣，那是由他自身的體味所形成的恐怖迷霧，他再怎麼努力都聞不到，因為他根本就沒有氣味。而且也像從前一樣，意識到這一點令他恐懼莫名，他相信自己一定會窒息而死。不過和從前不一樣的是，這回並不是在做夢，也不是在睡覺，而是赤裸裸的現實。而且和從前不一樣的是，這回他並不是單獨置身在洞穴中，反而是站在千萬人面前。和從前不一樣的是，這回他再也無法藉著叫喊讓自己驚醒，也無法藉著逃出洞外，回到溫暖舒適的世間而因此獲救。因為這一次，也就是此時此地，他就置身在世界之中；因為這一次，也就是此時此地，正是他的夢魘成真，而他自己曾經這麼想望過。

這一團令人窒息的可怕迷霧，持續地從他的靈魂沼澤中升起，與此同時，圍繞著他的人們卻陷溺在放縱情慾的狂歡中，不斷地喘息呻吟著。看哪，有個男人朝著他飛奔過來。只見他從名流仕紳的專用看臺那邊，從最前面那一排的位置上跳了起來，因為用力過猛，黑色的禮帽從頭上掉了下來。現在他正穿過刑場，對著葛奴乙疾衝過來，黑色的大衣飄揚在空中，獵獵作響，彷彿一隻巨大的烏鴉，又像是復仇天使，那就是里希。

他要來殺我了，葛奴乙心想，他是唯一沒有被我的面具矇騙的人，他是不會被人矇騙的，他女兒的香氣就黏附在我身上，像血跡一樣，揭露我的身分。他一定是認出我了，他就要來殺了我了，他一定會這麼做的。

於是他張開雙臂，迎接那對著他疾衝過來的復仇天使，確定他會一劍刺進他的胸膛。他幾乎已經感覺到劍尖穿透整副香氣的盔甲和那團令人窒息的迷霧，直接命中他冰冷的心臟，令他產生一種美妙的癢癢的刺痛的感覺——現在，他的心裡終於有了別的東西，和他自己不一樣的東西！他幾乎感到自己快要得到解脫了。

沒想到，一把投入他懷裡的里希，根本不是什麼復仇天使，反而是激動不已、哭得非常傷心的淚人兒。他牢牢抓住了他，死命抱緊了他，好像生怕自己會因為失去依靠，而溺死在這片幸福的歡樂大海裡似的。既沒有令人解脫的一劍，也沒有對準心臟的一刺，連一句咒罵和憤恨的叫喊都沒有。取而代之的是，里希那淚漣漣的雙頰，緊緊貼著他的臉龐，張開顫抖的嘴唇，不斷地對他哀求著：「原諒我啊，我的兒子，我親愛的兒子，原諒我吧！」

聽到他這麼說，葛奴乙不由覺得從內心深處直到眼前一片慘白，而外在的世界又變得一片漆黑。被囚禁的迷霧凝聚成澎湃的水流，就像煮沸的牛奶般，不斷冒出兇險的氣泡，淹沒了他，壓迫著他，以無法承受的力道。從體內衝撞著他的最後一道皮牆，彷彿找不到出口似的。他想逃，他多麼想逃，可是究竟要逃到哪裡去呢……他想要裂開，他想要爆炸，免得被自己窒息掉。最後他終於昏倒在地上，不省人事。

50

當他再度醒來時，發現自己正躺在珞兒的床上，她的遺體、衣物和頭髮都已經被移走了。一根蠟燭在床頭櫃上熠熠燃燒著，透過半掩的窗扉，他聽到遠處傳來這城市的狂野歡慶聲。安托萬．里希坐在床邊的一只矮凳上守候著，他把葛奴乙的手放在自己的掌心裡，輕輕愛撫著。

在他還沒有打開眼睛以前，葛奴乙先檢視了一下周遭的氣氛，他的內心非常平靜，不再翻騰，也不再有受到壓迫的感覺。他的靈魂又回到一片冷夜的統治之下，他需要這樣的冷靜，好讓他的意識能夠維持在清明和冰冷的狀態，這樣他才能夠專心地把意識的觸角伸到外界：在那裡，他聞著自己身上的香氣，它的味道已經起了變化，尖端的部分已經稍微轉弱，使得核心的部分，也就是珞兒的香氣，顯得更加突出，好像一把火似的，溫和、昏暗，卻又不斷地閃爍著光芒。他感覺到自己非常安全，他知道，在幾個鐘頭之內，他都還不會受到攻擊，於是他睜開眼睛。

里希的目光一直停在他身上，眼神中蘊藏了無限的慈愛、溫柔、感動，和宛如戀愛中的人般，空洞而顯得痴傻的深情。

他笑了，跟著把葛奴乙的手握得更緊，對他說：「現在都沒事了，市政府已經撤銷判決了，所有的證人都發誓不會再出庭作證。你已經自由了，你想做什麼就可以去做什麼。不過我想要你留在我身邊，我剛失去一個女兒，我想要你當我的兒子。你跟她很像，像她一樣美，你的頭髮、你的嘴唇、你的手……我一直握著你的手，你的手就像她的一樣。當我看著你的眼睛時，會有一種感覺，就像是她正在看著我似的。你是她的兄弟，而我想要你當我的兒子，我的喜悅，我的驕傲，我的繼承人。你的父母還在嗎？」

葛奴乙搖搖頭，里希的臉因為興奮至極而脹得通紅，結結巴巴地問道：「那你願意當我的兒子嗎？」一邊說著，一邊不由自主地從矮凳上抬起身來，挪到床沿上坐下，並且把葛奴乙的另一隻手也握得死緊。「你可以讓我成為你的父親嗎？可以嗎？可以嗎？噓！不要說話！什麼都別說！你還太虛弱，還沒有力氣說話呢，你只要點點頭就行了！」

葛奴乙點了點頭，里希興奮到了極點，彷彿全身的毛孔都同時冒出紅色的汗似的。他彎下身來，在葛奴乙的唇上親了一下。

當他再度挺起身子時，又說：「再睡一下吧，我親愛的兒子！我會一直守著你，直到你睡著為止。」當他沉浸在幸福之中，端詳了他好一會之後，又說：「你真的讓我好快樂好快樂。」

葛奴乙微微咧開嘴角，看起來很像是在微笑，接著閉上眼睛。他等了一會兒，讓自己的呼吸慢慢變得更平穩更沉靜，看起來好像真的睡著了。他感覺到里希那充滿愛憐的目光還一直逗留在自己臉上。有一次，他還感覺到里希想要站起身來，再親他一下，可是因為害怕會吵醒他，又作罷了。最後，蠟燭終於被吹熄了，里希踮起腳尖，悄悄地走到房外。

葛奴乙繼續躺著，直到屋裡和城裡都不再傳出聲響。當他再度起身時，已經是黎明時分了。他穿上衣服，溜出房間，輕輕地走過門廊，輕輕地步下樓梯，穿過沙龍，走上陽臺。

從這裡可以看到城牆，可以看到格拉斯盆地，天氣晴朗的時候，甚至還可以看得到大海。現在大地升起了一片薄霧，更像是一陣輕煙，籠罩著田野，從那裡傳過來青草的香氣，還有金雀花和玫瑰的芳香，好像經過一番清洗般，乾淨、純粹、簡單，令人寬慰。葛奴乙穿過花園，攀上城牆。

站在刑場步道的盡頭高處，他還得跟一大片氤氳的人類氣味奮戰，才能撥雲見日般找到通往空曠大地的方向。只見整個廣場和四面山坡上，好像一座巨大的敗軍營地似的。成千上萬的人橫七豎八地躺在地上，經過徹夜的狂歡之後，精疲力盡、喝得爛醉的人們，有的全裸，有的半裸，將就地把衣服當作被子蓋在身上。空氣中滿是葡萄酒、燒酒和烤肉味兒，以及汗酸味、尿臊味和屎臭味。到處可見一堆堆還在冒著煙的營火，人們昨天夜裡就圍在旁邊烤肉、狂飲和跳舞。在此起彼落的酣聲中，偶爾會聽到含含糊糊的說話聲或是一陣笑聲。可能有些人還醒著，正努力痛飲掉自己頭腦裡殘餘的最後一點意識。可是沒有人看到葛奴乙，這時他正小心翼翼地快速跨過橫七豎八、散置一地的人肉戰場，就像通過沼澤地一樣。即使有人看到他，也完全不認得他，因為他不再發出味道，奇蹟已經過去了。

抵達刑場步道的盡頭之後，他並沒有走上通往格勒諾勃或是卡布里的道路，反而逕自橫越田野，頭也不回地向西行進。當一輪又圓又大、發出灼熱刺痛光線的金色太陽升起時，他早已消失得無影無蹤。

當格拉斯人終於宿醉醒來時，發現自己的頭重得像鉛球似的，胃裡翻攪欲嘔，心情又極端煩悶。就連那些沒有喝醉的人，情況也是一樣。在刑場步道上，陽光亮得有些刺眼。老實的農夫到處找衣服，那是他們在昨夜的狂歡中脫掉後隨手亂拋的，端莊的淑女也開始尋找她們的丈夫和小孩，完全陌生的人驚愕地趕緊脫離對方的親密擁抱，熟人、鄰居和夫妻之間，發現彼此都是赤身裸體，公然站在陽光之下，尷尬地面面相覷。

這個經歷對許多人而言實在太可怕了，完全難以解釋，而且和他們一向所秉持的道德觀念又絕不相容，所以在發生的當下就立刻從記憶中抹除，以至於事後真的都完全想不起來。其他一些知覺器官比較不受控制的人，也嘗試著盡可能不要去看、不要去聽、不要去想——可是這並不容易辦到，因為這個恥辱實在是太明顯、太普遍了。誰要是找到自己的東西和家人，就盡量不引人注意地快快離開。將近中午的時候，廣場上已經完全淨空，好像剛剛掃過一樣。

人人幾乎都足不出戶，直到傍晚才勉強走出家門，因為必須去採買一些緊急用品。碰面時也只是匆匆打個招呼，談的也都是些無關緊要的事，對於今天早上和昨天夜裡發生的事情，大家都隻字不提。昨天還狂放不羈、朝氣蓬勃的人，現在都變得扭扭捏捏、拘謹羞澀。每個人都這樣，因為大家統統有罪。格拉斯城的居民從未有如那段時光般地和睦相處過，人人都像生活在棉絮裡一樣。

當然啦，還是有一些人，因為職責的關係，不得不面對和處理這件事。公共生活的延續、法律和秩序的維護，都要求採取迅速的措施。當天下午，市議會立刻召開會議，議員們，包括第二執政官在內，都默默無言地相互擁抱，好像透過這個心照不宣的姿勢，就可以重新建立整個團體的凝聚力似的。接著，就在不談那個事件，也完全沒有提到葛奴乙的名字的情況下，他們一致做成決議：「即刻拆除設於刑場上的觀禮臺和行刑臺，並立刻採取有效的行動，讓廣場和刑場四周慘遭踐踏的農田迅速恢復原狀。」為此他們批准了一筆為數一百六十斤銀子的預算。

同一時間，設於憲兵隊總部裡的法庭也召開緊急會議，全體官員不經討論即一致同意：「『葛字號案件』應該就此結案，不需加註就把整份文件歸檔封存。另外應該重新展開調查程序，迅速逮捕犯下二十五件少女謀殺案而至今仍未露面的格拉斯殺人魔。」警察局長一接獲命令，就立刻採取緝兇行動。

隔天，他就已經大有斬獲。人們根據各種明顯的疑點，逮捕了母狼街的香水師多明尼各．德魯奧，畢竟所有被害少女的頭髮和衣物，最終都是在他家的小木屋裡找到的呀。一開始，他完全否認涉案，不過法官並不會被他矇騙。經過十四個小時的嚴刑拷打之後，他承認了所有的罪行，甚至請求庭上立刻將他繩之以法，他的願望第二天就實現了。拂曉時分，他就被人吊死了，既沒有大肆宣傳，也沒有設觀禮臺和行刑臺。在場的除了劊子手之外，也只有幾個官員、一個醫生和一個神父。一等確認死亡，並由醫生開具證明，再由警方做成紀錄之後，屍體立刻加以掩埋，整個事件到此完全落幕。

城裡的人反正早就把他給忘了，而且忘得如此徹底，以至於往後幾天，來到格拉斯城的旅客們，想要順便打聽一下那位惡名昭彰的格拉斯少女殺手時，竟連一個神智清楚、能夠提供明確資訊的人都找不到。只有幾個瘋子，也就是住在慈善醫院裡的幾個出了名的神經病，還在嘀嘀咕咕地念叨著，步道廣場上曾經舉辦過什麼大型慶典，為此他們還被迫騰出房間給那些觀禮的人使用呢。

沒多久，生活又完全恢復正常。人們勤奮地工作，晚上睡得好，而且全心全意地投入事業中，安分守己，正正當當地過日子。各個噴泉和鑿井中的水，一如往日般川流不止地流出來，蔓延到格拉斯城的大街小巷，爛泥巴積得到處都是。這城市又再度雖襤褸但自豪地挺立在富饒盆地的山坡上，陽光非常溫暖，時序就要邁入五月了，人們馬上就要開始忙著採收玫瑰了。

PART FOUR

DAS PARFUM

51

葛奴乙只在夜間行走，就像他這趟旅行的開端一樣，繞過城市，避開街道，天一亮就休息，直到傍晚才起身，繼續前進。沿路找到什麼就吃什麼：青草、蘑菇、花瓣、死鳥和小蟲。他走過整個普羅旺斯，乘著偷來的小舟渡過奧朗日南邊的羅納河，順著它的支流阿爾代什，一直深入塞文山區，再沿著阿列河向北前進。

進入奧弗涅山區，康塔爾鉛彈已經近在咫尺，只見它矗立在西邊，在月光映照下呈銀灰色，看起來非常雄偉。接著他聞到一陣清冷的山風，這無疑是從它那兒飄過來的。可是他並不想回到那兒，他再也不要重過那種寂寥的穴居生活了。這種經驗他已經有過，而且也證明那不是值得過的生活，正如其他的經驗一樣，也就是與人類共處的生活，在他看來也是不值得過的，因為這兩種生活同樣都只會讓他感到窒息。事實上，他根本就不想再活下去了，他要去巴黎，然後死在那裡，這就是他要的。

他的手三不五時地伸進口袋裡，緊緊抓住那一小瓶被他奉為至寶的香水。那瓶香水幾乎還是全滿的。在格拉斯城現身時，他才只不過用了一小滴而已，剩下的部分，足夠他把整個世界弄到神魂顛倒。只要他願意，他可以讓巴黎城裡不止一萬，而是十萬個人圍著他歡呼吶喊；或者也可以到凡爾賽宮，讓國王跪下來親吻他的腳趾；要不然也可以寫一封灑了香水的信箋，寄給教皇，讓他昭告全世界，他就是新的彌賽亞；或者在聖母院裡，當著所有的國王和皇帝面前，被膏為萬王之王，甚至被膏為地上的神──如果人也可以被膏為神的話……

只要他願意，這一切他都做得到，他有這個力量。他所擁有的力量，比金錢的力量、比恐怖的力量，甚至比死亡的力量都更強大。這是一種無敵的力量，會讓人激發愛情的力量。只有一件事是這個力量辦不到的：它無法讓他聞到自己的味道。縱然他可以透過這個香水讓全世界都臣服在他面前，可是只要它沒辦法讓他聞得到自己，使得他永遠不知道自己到底是誰，他就不再對它，也不再對這個世界，甚至不再對自己感興趣了。

握過香水瓶的手，還殘留著淡淡的香氣，他把它放到鼻子前面聞一聞，突然一陣感傷，好一會兒忘了舉步，只是呆呆地站在那兒，痴痴地聞著。沒有人知道，這香水有多麼的好，他心想。沒有人知道，它是如何精心製作出來的成果。其他人都只是臣服在它的影響力之下，可是他們卻一點兒都不知道，那個讓他們如醉如痴、神魂顛倒的東西，其實只不過是香水罷了。唯一能夠真正認識到它的美的人，就是我，因為它是我創造的。同時，我也是唯一不會被它迷惑的人，我是那唯一讓它起不了作用的人。

又一次，那時已經在勃艮第了，他想：當我站在城牆邊時，正在花園裡玩耍的紅髮少女，她的香氣對著我飄過來……或者應該說是她的香氣的許諾，因為那後來才有的香氣，當時在她身上還不存在——也許當初我所感覺到的那種香氛，就和人們在刑場上所聞到的非常相似，那時他們也全都被我身上的香水所淹沒……？但是他旋即摒棄這種想法：不，情況完全不一樣。因為我是確確實實知道，我要的是她的香氣，而不是那個少女。可是人們卻以為，他們要的是我。到底他們真正渴望的是什麼呢？恐怕對他們來講也是個謎吧。

接著他就停止思考，因為思考並不是他所擅長的事，這時他已經抵達奧爾良了。

他在敘利附近渡過羅亞爾河，再過一天，他的鼻子已經聞到巴黎的味道了。一七六七年的六月二十五日，清晨六點，他經由聖雅克街進城。

那一天非常炎熱，是這一年來最熱的一天。成千上萬種數不清的氣味和臭味，好像從成千上萬個爆裂開的膿瘡中湧出一般，撲鼻而來。沒有一絲風，還不到中午，市場攤子上的蔬菜都已經萎軟不振，魚和肉也都開始腐爛了。巷子裡的空氣又髒又臭，就連塞納河都彷彿停止流動，好像塞住了一樣，只是不斷地發出熏天的惡臭。這一天就像葛奴乙出生的那天一樣。

他走過新橋，到達塞納河右岸，經過中央市場，朝著無辜者墓園走過去，最後在沿著鐵舖街的納骨塔所連接成的拱廊裡停下來歇歇腳。整座墳場就像一個被炸彈摧殘的殺戮戰場般展開在他面前，到處是未經整修的亂墳，頭顱和骨骸散置一地。看不到一棵樹、一叢花，甚至連一根草都沒有，只有一堆堆死人的亂骨。

看不到一個活著的人，濃重的屍臭味，竟連掘墓人都嚇得退避三舍。直到太陽下山以後他們才會再來，在火把照明下，趁著夜裡幹活兒，把隔天要用來掩埋死人的墳墓預先掘好。

直到午夜過後——連掘墓人都走了——這兒才開始聚集了一批社會敗類，有小偷、殺人犯、幫派分子、妓女、逃兵和街頭小混混。他們合力生起了一堆小小的營火，一方面可以用來煮東西，另方面可以順便除臭。

當葛奴乙從拱廊裡走出來，混進他們中間時，一開始他們完全沒有發現。他一聲不響地挨近火邊，就像是他們當中的一分子一樣，一點兒也不惹人注意。直到後來，他們才眾口一聲地強調：這傢伙若不是鬼魂，就是個天使，或是其他什麼超自然的東西。因為一般的情況下，他們對陌生人的靠近都會高度警覺到才是。

穿著藍色外套的矮小男子，突然就這樣站在哪裡，好像從土裡鑽出來似的，手上拿著一個小瓶子，接著拔開瓶塞。這就是所有的人都能夠記住的第一印象：有個人站在那裡，然後拔開瓶塞。接著他把瓶子裡的東西，一股腦兒全部往自己身上倒，突然，他變得輝煌奪目、美豔照人，就像被火光包圍了似的。

就在這一瞬間，所有的人都忍不住退後一步，因為無限的敬畏，也因為極度的驚愕。可是就在同一瞬間，他們也發現，原來後退是為了幫助他們進攻，而原先的敬畏已經化成渴望，驚愕已經變成興奮。他們感到自己強烈地被這個天使般的人物所吸引，從他身上發出一股強大的吸力，有如洶湧的浪潮般，無人能擋。事實上，也沒有人想要抵擋，因為這股浪潮所衝撞的，就是意志本身，而且是朝向它所要的方向，也就是他。

他們繞著他圍成一個圈，二十個人，三十個人，圈子愈縮愈小，愈縮愈小，很快就小到再也容不下所有的人了。於是他們開始推，開始擠，開始撞，每個人都爭著想要最先到達中心點。

他們心中的最後一道障礙，突然一下子就被沖垮了，他們所圍成的圈子也同時潰散。人人都奮不顧身地衝向那個天使，撲向他，把他按倒在地上。每個人都想要碰到他，每個人都想要擁有他身上的某個部分，哪怕是片羽片翅也好，哪怕是他那神奇火種的一星火花也好。他們撕破他的衣服，扯下他的頭髮，剝掉他的皮，他們用爪子和牙齒咬進他的肉裡，像獵狗般撲到他的身上。

可是這樣一具人體，其實是非常堅韌的，不是那麼容易就可以扯得裂的，就算用馬來拉，也要費很大的勁才行。接著一陣刀砍劍削，斧劈錘打，只見他的關節被敲碎了，骨頭被打斷了。不到一會兒工夫，天使已經被大卸三十塊了，這夥人每個都抓住一塊，趕緊退到一旁，貪婪地啃食著。過了半小時之後，尚－巴蒂斯特．葛奴乙就徹底從地面上消失了，連一根毛髮都不留下。

當這群食人族終於飽餐一頓之後，又聚回到火堆旁邊，沒有人說一句話。只聽得一會兒這個，一會兒那個，先是打幾個嗝，跟著吐出一小塊骨頭，然後輕輕地咂咂舌頭，最後再把留在腳邊的一小塊藍色外套的碎片踢進火裡。大家或多或少都覺得有點尷尬，每個人都不敢抬頭去看別人。他們當中的每一個，無論男人或女人，都曾經幹過殺人的勾當，或者犯過下流的罪行，可是吃人這件事？實在太可怕了，他們都未曾做過，也沒想到自己有一天會這麼做。現在他們非常驚訝，沒想到這麼恐怖的事情，居然這麼容易就做到了，而且，儘管覺得很難為情，可是良心卻絲毫沒有不安的感覺。相反的！除了覺得胃裡有點沉重，心情卻感到非常輕鬆。在他們那陰暗的靈魂裡，好像有什麼東西正在愉快地飛舞著，而且他們的臉上還掛著一個宛如少女般柔美的幸福之光。或許正是因為這個緣故，他們才會羞於抬頭互視吧，也或許正是因為這個緣故，他們才會害怕和對方四目交接吧。

當他們終於鼓起勇氣互瞥了幾眼，起先只是偷偷地，接著就變得率性大膽，這時他們再也忍不住笑了起來。他們覺得非常驕傲，這是他們第一次，因為愛而做了某件事。

國家圖書館出版品預行編目資料

香水 / 徐四金 著；洪翠娥 譯. -- 三版. -- 臺北市：皇冠, 2025. 03
336面；21×14.8公分. --(皇冠叢書；第5216種) (CLASSIC；123)
譯自：Das Parfum

ISBN 978-957-33-4267-0 (平裝)

875.57　　114001943

皇冠叢書第5216種

CLASSIC 123

香水【出版40週年紀念版】

Das Parfum

作　　者—徐四金
譯　　者—洪翠娥
發 行 人—平　雲
出版發行—皇冠文化出版有限公司
臺北市敦化北路120巷50號
電話◎02-27168888
郵撥帳號◎15261516號
皇冠出版社(香港)有限公司
香港銅鑼灣道180號百樂商業中心
19字樓1903室
電話◎2529-1778　傳真◎2527-0904
總 編 輯—許婷婷
責任主編—蔡承歡
美術設計—楊啟巽、李偉涵
行銷企劃—謝乙甄
著作完成日期—1985年
三版一刷日期—2025年3月

法律顧問—王惠光律師
有著作權・翻印必究
如有破損或裝訂錯誤，請寄回本社更換
讀者服務傳真專線◎02-27150507
電腦編號◎044123
ISBN◎978-957-33-4267-0
Printed in Taiwan
本書定價◎新臺幣420元/港幣140元